친구들과의 대화

친구들과의 대화

샐리 루니 장편소설
허진 옮김

이 책은 실로 꿰매어 제본하는 정통적인 사철 방식으로 만들어졌습니다.
사철 방식으로 제본된 책은 오랫동안 보관해도 손상되지 않습니다.

위기의 시대에,
우리는 모두 사랑하는 이가 누구인지
몇 번이고 다시 정해야 한다.

프랭크 오하라

차례

부

I

보비와 나는 시내에서 열린 〈시(詩)의 밤〉에서 공연하다가 멀리사를 처음 만났다. 셋이서 밖으로 나왔을 때 멀리사가 우리 사진을 찍었는데, 보비는 담배를 피우고 있었고 나는 타인의 시선을 의식하며 내 손목이 달아날까 봐 걱정된다는 듯 오른손으로 왼쪽 손목을 잡은 모습이었다. 멀리사는 커다란 전문가용 카메라를 썼고 특수 파우치에는 다양한 렌즈가 잔뜩 있었다. 그녀는 사진을 찍으면서 우리와 잡담을 나누거나 담배를 피웠다. 멀리사는 우리의 공연에 관해서 이야기했고 우리는 인터넷에서 읽은 멀리사의 글에 관해서 이야기했다. 자정쯤 술집이 문을 닫았다. 비가 내리기 시작했고, 멀리사는 자기 집에 가서 한잔 더 마시자고 했다.

우리는 셋 다 택시 뒷좌석에 올라 안전벨트를 맸다. 가운데 앉은 보비가 멀리사에게 무슨 말인가 하려고 고개를 돌리자 뒷목과 작은 숟가락 모양의 귀가 보였다. 멀리사는 택시 기사에게 몽크스타운의 주소를 댔고 나는 고개를 돌려 창밖을 보았다. 라디오에서 흘러나오는 목소리가 80년대…… 팝…… 클래식…… 같은 단어를 말했다. 그런 다음 광고 음악이 흘러나왔다. 나는 신이 났고 모르는 사람의 집에 간다는 모험을 할 준비가 된 기분이었으며, 벌써부터 칭찬의 말과 매력적으로 보일 만한 표정을 준비하고 있었다.

멀리사의 집은 다른 집들과 약간 떨어진 붉은 벽돌 주택으로, 집 앞에 플라타너스가 한 그루 서 있었다. 나뭇잎이 가로등 불빛을 받아 인공적인 주황색으로 빛났다. 나는 다른 사람의 집, 특히 멀리사처럼 약간 유명한 사람의 집 구경을 무척 좋아했다. 즉시 이 집에 대한 모든 것을 기억하기로 마음먹었다. 나중에 내가 친구들에게 설명하면 보비가 맞장구를 칠 것이다.

멀리사가 우리를 안으로 안내하자 털색이 불그스름한 작은 스패니얼이 복도를 달려와 우리를 향해 짖기 시작했다. 복도는 따뜻하고 불이 켜져 있었다. 문 옆의 낮은 탁자에 잔돈 한 움큼, 머리빗, 뚜껑 열린 립스틱이 놓여 있었다. 층계 위에는 모딜리아니의 누워 있는 나부(裸婦) 복제화가 걸려 있었다. 내가 생각했다. 없는 게 없는 집이네. 온 가족이 살아도 되겠다.

손님이 오셨어. 멀리사가 복도를 향해 소리쳤다.

아무도 나오지 않았기 때문에 우리는 멀리사를 따라 부엌으로 들어갔다. 짙은 색 나무 그릇에 잘 익은 과일이 담겨 있었고 유리온실을 얼핏 본 기억이 난다. 부자구나, 하고 생각했다. 당시 나는 항상 부자에 대해서 생각했다. 개가 부엌까지 따라 들어와 우리 발치에서 킁킁거리며 돌아다녔지만, 멀리사가 개를 언급하지 않았기 때문에 우리도 아무 말 하지 않았다.

포도주 마실까? 멀리사가 말했다. 화이트? 레드?

멀리사가 그릇처럼 큰 유리잔에 포도주를 따랐고 우리 세 사람은 낮은 탁자에 둘러앉았다. 멀리사는 우리에게 어쩌다가 시 낭송을 같이 하게 되었냐고 물었다. 당시 우리 둘 다 대학교 3학년을 막 마쳤는데, 보비와나는 고등학생 때부터 같이 공연을 했다. 그때는 기말시험도 이미 끝난 5월 말이었다.

멀리사는 탁자에 올려놓은 카메라를 가끔 집어 들어서 사진을 찍었고, 스스로 〈일중독〉이라고 깎아내리며 웃었다. 그녀가 담배에 불을 붙이더니 키치풍의 유리 재떨이에 재를 떨었다. 집에서 담배 냄새가 전혀 나지 않았기 때문에 나는 멀리사가 평소에 집에서 담배를 피울까 안 피울까 생각했다.

새 친구들을 사귀었어. 멀리사가 말했다.

멀리사의 남편이 부엌 문간에 서 있었다. 그가 손을 들어 우리에게 인사를 했고, 개가 낑낑거리며 빙글빙글

돌기 시작했다.

이쪽은 프랜시스야. 멀리사가 말했다. 이쪽은 보비. 둘 다 시인이래.

멀리사의 남편이 냉장고에서 맥주를 한 병 꺼내 부엌 조리대에 놓고 뚜껑을 땄다.

와서 같이 앉아. 멀리사가 말했다.

응, 그러고 싶긴 한데 비행기 타기 전에 좀 자야 해. 그가 말했다.

개가 근처 의자로 뛰어오르자 그가 멍하니 손을 뻗어 개를 쓰다듬었다. 그가 개한테 사료를 주었냐고 멀리사에게 물으니 아니라는 대답이 돌아왔다. 그가 품에 안아 들자 개가 그의 목과 턱을 핥았다. 그는 개한테 사료를 주겠다고 말한 다음 부엌을 나갔다.

닉은 내일 오전에 카디프에서 촬영이 있거든. 멀리사가 말했다.

우리는 멀리사의 남편이 배우라는 사실을 이미 알고 있었다. 두 사람은 여러 행사에서 자주 사진이 찍혔고, 친구의 친구들이 멀리사 부부를 만난 적이 있었다. 닉은 얼굴이 크고 잘생겼고, 한 팔로 멀리사를 수월하게 안아 들고 다른 팔로 침입자들을 밀어낼 수 있었다.

키가 무척 크시네요. 보비가 말했다.

멀리사는 〈크다〉라는 말이 뭔가 다른 의미의 완곡어법이라도 되는 것처럼, 하지만 꼭 좋은 것만은 아니라는 듯 미소를 지었다. 대화가 이어졌다. 우리는 정부와 가톨릭교에 대해 짤막하게 이야기했다. 멀리사가 우리에게 종교가 있냐고 물었고 우리는 아니라고 대답했다. 그녀는 장례식이나 결혼식 같은 종교적인 행사가 〈진정제처럼 마음을 편하게〉 해준다고 말했다. 멀리사가 말했다. 공동체라는 느낌이 들잖아. 신경질적인 개인주의자한테는 좋은 면이 있지. 난 수도원 학교에 다녀서 아직도 기도문을 대부분 알거든.

우리도 수도원 학교 나왔는데. 보비가 말했다. 문제가 좀 있었죠.

멀리사가 씩 웃으며 말했다. 어떤 문제?

음, 전 동성애자예요. 보비가 말했다. 프랜시스는 공산주의자고요.

난 기도문이 하나도 기억 안 나는 것 같아요. 내가 말했다.

우리는 한참 동안 앉아서 이야기를 나누며 술을 마셨다. 우리가 좋아하는 시인 퍼트리샤 록우드에 대해서, 그리고 보비가 〈임금 격차 페미니즘〉이라고 비꼬며 부르는 것에 관해서 이야기한 기억이 난다. 나는 점점 피곤하고 취기가 오르기 시작했다. 재치 있는 말이 떠오르지 않았고 유머 감각을 보여 주는 표정을 짓기가 어려웠다. 많이 웃고 고개를 많이 끄덕였던 것 같다. 멀리사는 새로운 에세이집을 준비 중이라고 했다. 보비는 그녀의 첫 에세이집을 읽었지만 나는 읽지 않았다.

그렇게 좋진 않아. 멀리사가 나에게 말했다. 다음 책이 나올 때까지 기다려요.

3시쯤 되자 멀리사가 우리를 남는 방으로 안내한 다음 만나서 정말 좋았다고, 우리가 자고 가서 정말 기쁘다고 말했다. 침대에 누운 나는 밀려드는 취기를 느끼며 천장을 보았다. 방이 작고 연속적인 원을 그리며 계속 빙글빙글 돌았다. 빙빙 도는 방향에 눈을 적응시키자마자 방이 방향을 바꾸어 돌았다. 내가 보비에게 방이 빙빙 도는 것 같냐고 묻자 보비는 아니라고 대답했다.

정말 멋진 사람이야, 그렇지? 보비가 말했다. 멀리사 말이야.

마음에 들어. 내가 말했다.

복도에서 멀리사의 목소리와 이 방 저 방 돌아다니는 그녀의 발소리가 들렸다. 한번은 개 짖는 소리가 들리더니 멀리사가 뭐라고 소리쳤고, 그런 다음 남편의 목소리가 들렸다. 그 뒤 우리는 잠들었다. 우리는 그가 나가는 소리를 듣지 못했다.

보비와 나는 중학교 때 처음 만났다. 당시 보비는 무척 독단적이었고 우리 학교에서 〈교수 및 학습 활동 방해)라고 부르는 문제 행동으로 방과 후에 남을 때가 많았다. 열여섯 살이 되자 보비는 코를 뚫고 담배를 피우기 시작했다. 아무도 보비를 좋아하지 않았다. 한번은 석고 십자가 옆 벽에 〈가부장제 엿 먹어라〉라고 썼다가 일시 정학을 당했다. 연대 의식은 없었다. 다들 보비가 너무 나댄다고 생각했다. 보비가 없는 일주일 동안 교수 및 학습 활동이 훨씬 순조로웠음을 나조차 인정하지 않을 수 없었다.

열일곱 살 때 우리는 학교 강당에서 열린 기부금 모금 댄스파티에 의무적으로 참석했는데, 살짝 부서진 디스코볼이 천장과 창살 달린 창을 비추었다. 보비는 얇은 여름 원피스 차림에 빗질을 하지 않은 듯한 모습이었다. 보비는 눈부시게 매력적이었고, 이는 다들 보비를 주목하지 않으려고 애를 써야 했다는 뜻이었다. 나는 보비에게 원피스가 예쁘다고 말해 주었다. 보비는 콜라병에 담아 와서 마시던 보드카를 조금 나눠 주면서 학교 다른 구역은 다 잠겼냐고 물었다. 우리가 뒤쪽 계단으로 통하는 문을 열어 보니 열려 있었다. 불은 전부 꺼져 있고 위층에는 아무도 없었다. 음악 소리가 바닥 널을 통해 다른 사람의 휴대 전화 벨 소리처럼 윙윙 울렸다. 보비가 나에게 보드카를 조금 더 주더니 여자를 좋아하는지 물었다. 보비의 옆에서 동요하지 않는 척하기란 아주 쉬운 일이었다. 나는 물론이지, 하고 대답했다.

내가 보비랑 사귄다고 해서 누군가를 배신하는 것은 아니었다. 나는 친한 친구도 없었고 점심시간이면 학교 도서관에서 혼자 교과서를 읽었다. 나는 다른 여자애들을 좋아해서 숙제를 보여 주기도 했지만 외롭고 진정한 우정을 누릴 자격이 없는 기분이었다. 그래서 내가 고쳐야 할 점을 쭉 적어 보기도 했다. 하지만 보비와 사귀기 시작하자 완전히 달라졌다. 이제 아무도 숙제를 보여 달라고 하지 않았다. 점심시간이면 우리는 손을 잡고 주차장으로 걸어갔고, 사람들은 악의를 드러내며 시선을 돌렸다. 재미있었다. 나로서는 처음 느끼는 진짜 재미였다.

　학교가 끝나면 우리는 보비의 방에 누워서 음악을 들으며 서로를 좋아하는 이유에 관해서 이야기했다. 길고 열띤 대화였고 나에게는 너무 중대하게 느껴졌기 때문에 나는 밤에 대화 내용을 떠올리면서 몰래 적어 놓았다. 보비가 나에 관해서 이야기할 때면 거울 속 내 모습을 처음으로 보는 기분이었다. 나는 실제로도 거울을 더 자주 보았다. 예전과 달리 내 얼굴과 몸에 큰 관심을 갖기 시작했다. 나는 보비에게 내 다리 짧아, 길어? 같은 질문을 했다.

　보비와 나는 졸업식에서 낭송 공연을 했다. 몇몇 학부모는 울었지만 같은 반 친구들은 강당 창밖을 보거나 자기들끼리 소리 죽여 속닥거렸다. 몇 달 뒤, 1년 넘게 사귄 보비와 나는 헤어졌다.

⟋

　멀리사가 우리 두 사람의 인물 소개 기사를 쓰고 싶다고 했다. 그녀는 이메일을 보내서 관심이 있는지 물었고, 술집 앞에서 찍은 우리 사진을 몇 장 첨부했다. 나는 방에 혼자 앉아서 파일 하나를 내려받은 다음 전체 화면으로 열어 보았다. 오른손에 담배를 들고 왼손으로 털목도리를 잡아당기는 장난스러운 표정의 보비가 화면 밖의 나를 마주 보았다. 보비 옆의 나는 지루한 표정이었지만 흥미를 자극했다. 인물 기사 사진에 세로 획이 두꺼운 세리프체로 적힌 내 이름을 상상해 보았다. 나는 다음에 만나면 멀리사에게 좋은 인상을 주도록 더 노력해야겠다고 마음먹었다.
　이메일이 도착한 직후 보비가 전화를 했다.
　사진 봤어? 보비가 말했다. 나 그 여자 너무 좋아.
　나는 한 손으로 전화기를 들고 다른 손으로 보비의 얼굴을 확대했다. 고화질 사진이었지만 픽셀이 드러날 때까지 확대해 보았다.
　네 얼굴이 너무 좋은 거겠지. 내가 말했다.
　내 얼굴이 아름답다고 해서 내가 나르시시스트라는 뜻은 아니야.

나는 그 말을 흘려들었다. 나는 여전히 사진 확대에 열중해 있었다. 멀리사가 규모가 꽤 큰 여러 문학 웹사이트에 글을 쓴다는 것은 알고 있었고, 그녀의 글이 인터넷에 많이 돌아다녔다. 아카데미 시상식에 대한 에세이가 유명했는데, 매년 시상식 시즌이 되면 다들 그 에세이를 다시 올렸다. 멀리사는 그래프턴 스트리트에서 작품을 파는 예술가들이나 런던의 버스커들을 소개하는 기사도 가끔 썼다. 기사에는 그 인물의 인간적이고 〈개성〉이 넘치는 아름다운 사진이 항상 같이 실렸다. 나는 사진을 다시 축소한 다음 인터넷에서 처음 보는 모르는 사람을 보듯이 내 얼굴을 보려고 애썼다. 동그랗고 하얀 얼굴에 뒤집힌 괄호 같은 눈썹, 렌즈를 피해 거의 감긴 눈. 내가 봐도 개성이 있었다.

보비와 나는 멀리사에게 정말 좋다고 답장을 보냈고, 멀리사는 우리 작품에 관해서 이야기하고 사진을 몇 장 더 찍자며 저녁 식사에 초대했다. 멀리사가 우리 시를 좀 보내 주겠냐고 해서 내가 괜찮은 시를 서너 편 보냈다. 보비와 나는 우리가 어떤 옷을 입어야 할지 이야기하는 척하면서 사실은 보비가 저녁 초대에 뭘 입고 갈지 의논했다. 나는 방에 누워서 보비가 거울을 보며 머리카락을 미세하게 이리 넘겼다 저리 넘겼다 하는 모습을 바라보았다.

전에 네가 멀리사 너무 좋다고 했던 거 말이야. 내가

말했다.

반했다는 뜻이야.

유부녀라는 거 알잖아.

멀리사가 나 안 좋아하는 거 같아? 보비가 말했다.

보비는 내 흰색 기모 면 셔츠를 들고 거울 앞에 서 있었다.

좋아한다니 무슨 뜻이야? 내가 말했다. 지금 진지한 거야, 장난치는 거야?

난 살짝 진지해. 멀리사가 날 좋아하는 것 같아.

불륜 같은 거 말이야?

보비는 내 말에 웃기만 했다. 나는 보통 다른 사람과 있을 때는 진지하게 받아들여야 할 것과 그러지 말아야 할 것을 알았지만 보비와 있을 때는 분간이 안 됐다. 보비는 항상 완전한 진심도, 완전한 장난도 아니었다. 그래서 나는 보비가 하는 이상한 말들을 선(禪)의 자세로 받아들이는 법을 배웠다. 나는 보비가 블라우스를 벗고 흰 셔츠로 갈아입는 모습을 바라보았다. 보비가 신중하게 소매를 말아 올렸다.

괜찮아? 보비가 말했다. 이상해?

괜찮아. 예뻐.

2

  우리가 멀리사의 집으로 저녁을 먹으러 가는 날, 온
종일 비가 내렸다. 나는 오전 나절에 침대에 앉아 시를
쓰면서 내킬 때마다 엔터키를 눌렀다. 그런 다음 블라
인드를 걷고, 인터넷으로 뉴스를 읽고, 샤워했다. 내가
사는 아파트에는 공용 뜰로 통하는 문이 있었는데, 뜰
에는 초목이 무척 많았고 한쪽 구석에 벚나무가 한 그
루 서 있었다. 이제 6월이 다 되었지만 4월에는 벚꽃이
색종이 조각처럼 밝고 부드러웠다. 옆집 부부의 아기가
밤에 가끔 울었다. 나는 이 집에 사는 것이 좋았다.

  보비와 나는 저녁에 시내에서 만나 버스를 타고 몽크
스타운으로 갔다. 그 집을 다시 찾아가려니 포장 풀기
게임[1]에서 포장을 푸는 기분이었다. 내가 그렇다고 말

  1 여러 사람이 둥글게 앉아서 여러 겹으로 포장한 상품을 한 방향으
로 전달하다가 음악이 멈출 때, 가지고 있던 사람이 포장을 한 겹씩 푸는

했더니 보비가 이렇게 말했다. 그럼 상품이 나온 거야, 다른 포장지가 나온 거야?

저녁 먹고 나면 알겠지. 내가 말했다.

우리가 초인종을 누르자 멀리사가 한쪽 어깨에 카메라를 멘 멀리사가 나왔다. 그녀는 와줘서 고맙다고 말했다. 멀리사가 의미심장하고 음모를 꾸미는 듯한 미소를 지었는데, 나는 아마 기사에서 다루는 모든 사람에게 똑같은 미소를 지을 것이라고 생각했다. 나한테 넌 평범한 기삿감이 아니야, 특별하고 제일 좋아하는 사람이야, 하는 듯이 말이다. 내가 나중에 이 미소를 부러워하며 거울 앞에서 연습하리라는 생각이 들었다. 우리가 재킷을 걸 때 부엌 문간에서 스패니얼이 짖었다.

부엌에서 멀리사의 남편이 채소를 썰고 있었다. 사람들이 모여서 잔뜩 흥분한 개가 부엌 의자로 뛰어오르더니 닉이 그만하라고 할 때까지 10~20초 정도 계속 짖었다.

두 사람, 포도주 마실래요? 멀리사가 말했다.

우리는 좋다고 했고, 닉이 잔에 포도주를 따랐다. 나는 닉을 처음 만난 뒤 인터넷에서 검색해 보았는데, 배우를 실제로 만난 것이 처음이라는 이유도 있었다. 닉은 주로 연극을 했지만, TV와 영화에도 몇 번 나왔다.

게임. 마지막 포장지를 푼 사람이 상품을 갖는다. 이하 모든 주는 옮긴이의 주임.

몇 년 전에는 큰 상 후보로도 올랐는데 수상하지는 못했다. 나는 우연히 닉이 상의를 벗은 사진을 잔뜩 봤는데, 대부분 좀 더 젊어 보이는 그가 오래전 방영 취소된 TV 프로그램에서 샤워하거나 수영장에서 나오는 장면이었다. 나는 보비에게 〈트로피 남편〉이라는 메시지와 함께 사진 한 장의 링크를 보냈다.

인터넷에 멀리사의 사진은 별로 많지 않았지만, 그녀의 에세이집은 큰 주목을 받았다. 나는 멀리사와 닉이 결혼한 지 얼마나 되었는지 몰랐다. 두 사람 다 그렇게 자세한 정보가 인터넷에 돌아다닐 만큼 유명하지는 않았다.

그래서, 전부 두 사람이 같이 써? 멀리사가 말했다.

아, 아니에요, 보비가 말했다. 프랜시스가 다 써요. 난 돕지도 않아요.

그건 아니에요. 내가 말했다. 아니야, 네가 도와주잖아. 얘가 괜히 하는 말이에요.

멀리사가 고개를 갸웃하면서 얼핏 웃었다.

알았어, 그래, 누구 말이 거짓말이지? 그녀가 말했다.

내 말이 거짓말이었다. 내 삶을 풍부하게 해준다는 점을 제외하면 보비는 내가 시를 쓰는 데 전혀 도움이 되지 않았다. 내가 아는 한 보비는 창의적인 글을 써본 적이 없었다. 보비는 극적인 독백을 연기하거나 반전(反戰) 발라드 부르는 것을 좋아했다. 무대 위에서는 보비가 공연을 더 잘했고, 나는 무엇을 할 차례인지 힌트를 얻으려고 보비를 초조하게 흘끔거릴 때가 많았다.

우리는 저녁으로 진득한 화이트와인 소스 스파게티와 엄청난 양의 마늘빵을 먹었다. 닉은 대체로 조용했고 멀리사가 우리에게 질문했다. 멀리사는 우리 모두를 많이 웃겼지만, 별로 내키지 않아 하는 사람에게 뭔가를 먹일 때와 같은 느낌이었다. 나는 이런 식의 쾌활한 강요가 좋은 건지 아닌지 모르겠다고 생각했지만, 보비는 분명히 즐기고 있었다. 나는 보비가 필요 이상으로 많이 웃고 있음을 잘 알았다.

정확한 이유를 콕 집어 말할 수는 없었지만 나 혼자 시를 쓴다고 하자 우리의 창작 과정에 대한 멀리사의 관심이 확실히 줄었다는 느낌이 들었다. 이러한 변화는 나중에 보비가 아니라고 부인할 만큼 미묘했고, 그래서 나는 이미 보비가 부인한 것처럼 짜증이 났다. 이 상황의 동력이 내 흥미를 전혀 끌지 못하거나 나와 아무 상관 없는 것 같았고, 이제 나 혼자 겉도는 느낌이 들기 시작했다. 열심히 애를 써서 어울릴 수도 있었겠지만, 애를 써야만 눈에 띌 수 있다는 사실에 화가 났던 것 같다.

저녁 식사가 끝나자 닉이 접시를 전부 치웠고 멀리사는 사진을 찍었다. 보비는 창틀에 앉아 불붙은 초를 바라보며 웃거나 귀여운 표정을 지었다. 나는 식탁 앞에 미동도 없이 앉아서 석 잔째 포도주를 다 마셨다.

난 창가에서 찍는 게 좋더라. 멀리사가 말했다. 온실에 가서 비슷하게 찍어 볼까?

부엌은 양쪽으로 여닫는 문을 통해 온실과 이어졌다. 보비가 멀리사를 따라 온실로 들어갔고, 멀리사가 문을 닫았다. 보비가 창가에서 웃는 모습이 보였지만 소리는 들리지 않았다. 닉이 싱크대에 뜨거운 물을 채우기 시작했다. 내가 닉에게 음식이 정말 맛있었다고 다시 한 번 말하자 닉이 고개를 들고 말했다. 아, 고마워.

유리를 통해 보비가 눈가의 화장을 닦아 내는 모습이 보였다. 보비는 손목이 가늘고 손이 길고 우아했다. 나는 일이 끝나고 집까지 걸어가거나 빨래를 너는 것처럼 지루한 일을 할 때 가끔 내가 보비처럼 생겼다고 상상했다. 보비는 나보다 자세가 더 좋았고 얼굴은 기억에 남을 만큼 아름다웠다. 보비인 척하는 것이 나에게는 너무 진짜처럼 느껴져서 어쩌다 어딘가에 비친 내 모습을 보면 나 자신을 빼앗긴 듯 이상한 충격에 빠졌다. 지금은 내 시선이 닿는 곳에 보비가 앉아 있어서 더 어려웠지만, 그래도 보비가 된 것처럼 상상하려 애써 보았다. 뭔가 도발적이고 멍청한 말을 하고 싶은 기분이었다.

필수품에 딸린 부록이 된 기분이에요. 내가 말했다.

닉이 보비가 머리카락으로 뭔가 하고 있는 온실 쪽을 보았다.

멀리사가 편애하는 것 같아? 닉이 말했다. 원하면 나

중에 내가 얘기해 볼게.

괜찮아요. 다들 보비를 좋아하는데요, 뭐.

그래? 나는 당신한테 더 정이 가던데.

우리가 서로 마주 보았다. 나는 닉이 나에게 맞춰 주고 있다는 생각이 들어서 미소를 지었다.

네, 우리 사이에 자연스러운 교감이 생기는 것 같네요. 내가 말했다.

난 시적인 유형한테 끌리거든.

아아, 그렇군요. 나는 내면이 아주 풍부한데. 정말이에요.

내가 이렇게 말하자 닉이 웃었다. 내가 좀 부적절하게 행동하고 있다는 생각은 들었지만 그렇게 나쁜 짓 같지는 않았다. 온실에서 멀리사가 담배에 불을 붙인 다음 카메라를 유리 탁자에 내려놓았다. 보비는 무슨 말에 열심히 고개를 끄덕이고 있었다.

오늘 저녁이 악몽 같을 줄 알았는데 막상 괜찮네. 닉이 말했다.

식탁 앞에 앉아 있던 내 옆자리에 그가 다시 앉았다. 나는 닉의 갑작스러운 솔직함이 좋았다. 내가 인터넷에서 상의를 벗은 그의 사진을 보았다는 사실을 닉은 모른다는 생각이 들었고, 순간적으로 그 사실이 너무 재미있어서 닉에게 말하고 싶을 지경이었다.

나도 저녁 식사 모임에 어울리는 사람은 아니에요.

내가 말했다.

당신은 꽤 괜찮던데.

당신도 아주 괜찮았어요. 훌륭했어요.

닉이 나를 보며 미소 지었다. 나는 나중에 보비에게 애기해 주려고 닉의 말을 전부 기억하려 애썼지만, 머릿속으로 말해 보니 썩 재미있게 들리지는 않았다.

문이 열리고 양손으로 카메라를 든 멀리사가 들어왔다. 그녀가 식탁 앞에 앉아 있던 우리 두 사람을 찍었다. 닉은 한 손에 잔을 들고 있었고 나는 렌즈를 멍하니 보고 있었다. 멀리사가 우리 맞은편에 앉아서 카메라 화면을 보았다. 보비가 들어오더니 집주인에게 묻지도 않고 자기 잔에 포도주를 채웠다. 보비는 행복에 겨운 표정이었고, 나는 보비가 취했음을 알 수 있었다. 닉이 보비를 보았지만 아무 말도 하지 않았다.

내가 막차를 타러 가자고 말했고 멀리사는 사진을 보내 주겠다고 약속했다. 보비의 미소가 약간 흐릿해졌지만 조금 더 있겠다고 하기에는 너무 늦은 시간이었다. 재킷도 벌써 건네받았다. 나는 머리가 어지러웠고, 보비가 조용해졌기 때문에 이유도 없이 혼자 계속 웃었다.

우리는 버스 정류장까지 10분 정도를 걸었다. 보비가 조용해서 처음에는 화가 났든지 짜증이 난 줄로만 알았다.

재밌었어? 내가 말했다.

멀리사가 걱정이야.

뭐라고?

행복한 것 같지 않아. 보비가 말했다.

어떤 의미에서 행복하지가 않다는 거야? 멀리사가 그래?

멀리사와 닉이 아주 행복한 것 같지 않아.

정말? 내가 말했다.

슬프다.

나는 보비가 멀리사를 겨우 두 번 만났음을 굳이 지적하지 않았는데, 어쩌면 지적해야 했을지도 모른다. 확실히 닉과 멀리사가 서로에게 푹 빠진 것처럼 보이지는 않았다. 닉은 멀리사가 만든 저녁 식사 자리가 〈악몽〉이 될 줄 알았다는 말을 불쑥 던졌었다.

닉, 재미있는 사람이던데. 내가 말했다.

거의 아무 말도 안 했잖아.

응, 침묵이 유머러스하더라.

보비는 웃지 않았다. 그래서 나도 관뒀다. 버스에서 우리는 거의 아무 말도 하지 않았다. 보비는 내가 멀리사의 트로피 남편과 금세 친해졌다는 이야기에 관심 없을 것이 뻔했고, 그 외에는 할 말이 생각나지 않았다.

아파트로 돌아오자 그 집에서보다 더 취하는 기분이었다. 보비는 자기 집으로 돌아갔기 때문에 나 혼자였다. 나는 불을 전부 켜고 침대에 누웠다. 가끔 그럴 때가 있었다.

—

　그해 여름, 보비의 부모님은 힘들게 헤어지는 중이
었다. 보비의 어머니 엘리너는 늘 감정에 취약했고 정
체 모를 병 때문에 항상 아프다고 했기 때문에 두 사람
이 헤어질 때 보비는 자연스럽게 아빠인 제리의 편이
되었다. 보비는 부모님을 항상 이름으로 불렀다. 처음
시작은 반항심 때문이었지만 이제는 평등한 관계라는
느낌을 주었고, 보비네 집안은 서로 협력하며 운영하는
작은 사업체 같았다. 보비의 여동생 리디아는 열네 살
이었기 때문에 부모님이 헤어지는 과정을 보비만큼 침
착하게 받아들이는 것 같지 않았다.
　우리 부모님은 내가 열두 살 때 헤어졌고, 아버지는
두 사람이 만났던 밸리나로 돌아갔다. 엄마는 내가 고
등학교를 마칠 때까지 더블린에서 같이 살다가 혼자 밸
리나로 돌아갔다. 나는 대학교에 입학하면서 더블린 시
내 리버티스에 위치한 삼촌 소유의 아파트로 들어갔다.
학기 중에는 남는 침실을 다른 학생에게 빌려주었기 때
문에 나는 밤에 조용히 지내고 부엌에서 룸메이트를 만
나면 예의 바르게 인사해야 했다. 하지만 여름 방학이
되어 룸메이트가 집으로 돌아가면 나 혼자 살면서 아무

때나 커피를 마시고 바닥에 책을 잔뜩 펼쳐 두어도 상관없었다.

당시 나는 저작권 에이전시에서 인턴으로 일했다. 필립이라는 인턴이 한 명 더 있었는데, 같은 대학에 다녀서 아는 사이였다. 우리의 일은 쌓여 있는 원고를 읽고 문학적 가치가 있는지에 관해 1장짜리 보고서를 쓰는 것이었다. 문학적 가치는 거의 항상 제로였다. 가끔 필립이 이상한 문장을 빈정거리며 읽어 주면 내가 웃음을 터뜨렸지만, 에이전시에서 일하는 다른 어른들 앞에서는 그렇게 하지 않았다. 우리는 일주일에 3일을 일하고 〈소정의 급료〉를 받았는데, 사실상 돈을 안 받는다는 뜻이었다. 나는 식비만 충당하면 되고 필립은 자기 집에서 살았기 때문에 우리는 돈을 못 받아도 별 상관없었다.

이런 식으로 특권이 영속화되는 거야. 어느 날 사무실에서 필립이 나에게 말했다. 우리처럼 돈 많은 나쁜 놈들이 무보수 인턴을 하면서 다른 사람들 직업을 몰래 훔치는 거지.

넌 그렇겠지. 내가 말했다. 난 직업을 가질 생각 없어.

3

그해 여름, 보비와 나는 낭독회와 공개 무대에 자주 올랐다. 우리가 밖에서 담배를 피울 때 남자 출연자들이 말을 걸면 보비는 늘 날카로운 한숨을 내쉴 뿐 아무 말도 하지 않았고, 그래서 내가 대표 역할을 해야 했다. 즉, 미소를 많이 짓고 다른 사람들 공연을 세세하게 기억해야 한다는 뜻이었다. 나는 이런 인물을, 많은 것을 기억하는 미소 짓는 소녀 역할을 즐겼다. 보비는 나에게 〈진짜 성격〉이 없는 것 같다고 말했지만, 칭찬이라고 했다. 나는 보비의 평가에 대체로 동의했다. 나는 언제나 아무 말이든 아무 행동이든 할 수 있는 기분이었고, 나중에야 아, 나는 그런 사람이구나, 하고 생각했다.

며칠 뒤, 멜리사가 저녁 식사 때 찍은 사진을 우리에게 보냈다. 나는 전부 보비 사진일 거라고, 내 사진은 촛불 뒤에서 스파게티를 둘둘 말 포크를 들고 흐릿하게 찍힌 구색 맞추기용 한두 장밖에 없을 것이라 생각했다. 하지만 실제로는 보비의 사진마다 나도 같이 찍혀 있었는데, 조명도 완벽하고 구도도 항상 아름다웠다. 예상치 못했지만 닉도 찍혀 있었다. 실제로 봤을 때보다 사진 속에서 더 밝고 매력적이었다. 이래서 닉이 배우로 성공한 건가 싶었다. 사진을 보면서 그가 존재감이 제일 강하다고 느끼지 않기는 어려웠지만 막상 당시에는 절대 그렇게 생각하지 않았었다.

멀리사가 찍힌 사진은 없었다. 그래서 사진에 찍힌 저녁 식사 모임은 우리가 실제로 참석한 모임과 어렴풋이 비슷할 뿐이었다. 실제 우리의 대화는 멀리사를 중심으로 맴돌았다. 멀리사는 우리에게서 의구심이나 감탄을 드러내는 다양한 표정을 끌어냈다. 우리는 멀리사가 농담할 때마다 웃었다. 사진에 멀리사가 없으니 저녁 모임의 성격이 달라져서 미묘하고 이상한 방향으로 향하는 것 같았다. 멀리사가 없으니 사진 속 인물들의 관계가 불분명해졌다.

내가 몽환적인 표정으로 렌즈를 똑바로 바라보고 닉이 내 말을 기다리는 것처럼 나를 보고 있는 사진이 제일 마음에 들었다. 그의 입이 약간 벌어져 있었다. 닉은 카메라를 보지 못한 것 같았다. 좋은 사진이었지만 사실 나는 멀리사를 보고 있었고 닉은 멀리사가 들어오는 모습을 못 봤을 뿐이었다. 이 사진은 실제로는 존재하지 않는 친밀함을, 너무 많이 생략되었기 때문에 알기 힘들고 약간 난처한 무언가를 포착하고 있었다. 나는 나중에 다시 보려고 이 사진을 다운로드 폴더에 저장했다.

사진이 도착하고 한 시간쯤 뒤에 보비가 메시지를 보내왔다.

보비: 그런데 우리 진짜 잘 나왔지?
보비: 우리 페이스북 프로필 사진으로 써도 될까 모르겠네
나: 안 돼
보비: 기사가 9월은 돼야 나온다고 했지?
나: 누가 그래
보비: 멀리사가
보비: 오늘 밤에 만날래?
보비: 영화나 보든지 하자

보비는 나를 빼고 멀리사와 연락했다는 사실을 숨기지 않으려고 했다. 그래서 나는 보비의 의도대로 좋은 인상을 받았지만 기분이 나쁘기도 했다. 멀리사가 나보다 보비를 좋아한다는 사실은 알았지만, 두 사람의 관심을 받으려고 나 자신을 낮추지 않으면서 두 사람의 새로운 우정에 다가갈 방법은 알지 못했다. 나는 우리 둘 다 작가였으니 멀리사가 나에게 관심을 갖기를 바랐었지만 그녀는 나를 좋아하는 것 같지 않았고 나 역시

멀리사가 좋은지 확신이 서지 않았다. 나는 멀리사를 대수롭지 않게 여길 수가 없었다. 멀리사는 이미 책을 냈고, 그것은 내가 아니라도 많은 사람이 그녀를 대단하게 여긴다는 증거였다. 스물한 살인 나는 내가 대단한 사람임을 증명할 그 어떤 성과도 재산도 없었다.

나는 닉에게 다들 보비를 더 좋아한다고 말했지만 사실이 아니었다. 보비는 제멋대로 하거나 거슬리게 굴어서 사람을 불편하게 만들 때가 있었고 나는 예의가 바른 편이라 사람들이 편하게 여겼다. 가령, 엄마들은 항상 나를 좋아했다. 그리고 보비는 남자들을 대개 재미있어하거나 경멸했기 때문에 남자들도 보통 결국에는 나를 더 좋아했다. 물론 보비는 나를 놀렸다. 〈네 속에 들어 있는 사람〉이라는 제목으로 앤절라 랜스버리[2]의 사진을 보낸 적도 있었다.

보비는 그날 밤 우리 집에 왔지만 멀리사 이야기는 꺼내지 않았다. 나는 그게 보비의 전략이고 내가 먼저 묻기 바란다는 사실을 알기 때문에 일부러 묻지 않았다. 이렇게 쓰니 실제로 그랬던 것보다 훨씬 더 수동 공격적으로 들리지만 사실 우리는 즐거운 저녁을 보냈다. 우리는 밤늦도록 이야기를 나누었고 보비는 내 방 매트리스에서 잤다.

2 영국 출신의 미국 여배우로, 주로 상냥한 어머니 역할을 맡았다.

그날 밤 나는 솜이불 밑에서 땀을 흘리며 깼다. 처음에는 꿈이나 영화 같은 느낌이었다. 내 방인데도 방향이 헷갈려서 창문이나 문이 원래 있어야 할 위치보다더 멀리 있는 것 같았다. 일어나 앉으려 하자 골반이 기묘하게 쥐어짜듯 아파서 나는 헉 소리를 내며 숨을 멈췄다.

보비? 내가 불렀다.

보비가 뒤척였다. 나는 침대에서 손을 뻗어 보비의어깨를 흔들려 했지만 마음대로 되지 않았고, 애를 쓰다 지쳐 버렸다. 동시에 통증이 너무 심했기 때문에 이로 인해 내 삶이 예상치 못한 방식으로 바뀌기라도 할것처럼 신이 났다.

보비. 내가 말했다. 보비, 일어나.

보비는 일어나지 않았다. 나는 침대에서 다리를 끌어내려 겨우 일어섰다. 몸을 구부리고 배를 꼭 조이면 통증이 좀 참을 만했다. 나는 보비가 누워 있는 매트리스를 빙 돌아 화장실로 갔다. 반드러운 플라스틱 통풍구에서 세찬 빗소리가 들렸다. 나는 욕조 모서리에 앉았다. 피를 흘리고 있었다. 그냥 생리통이었다. 나는 손에 얼굴을 묻었다. 손가락이 떨리고 있었다. 그런 다음 바닥에 내려가 앉아서 서늘한 욕조 귀퉁이에 얼굴을 댔다.

잠시 후 보비가 문을 두드렸다.

왜 그래? 보비가 밖에서 말했다. 괜찮아?

그냥 생리통이야.

아. 안에 진통제 있어?

아니.

좀 갖다줄게.

보비의 발소리가 멀어졌다. 나는 골반의 통증에서 주의를 돌리려고 욕조 가장자리에 이마를 찧었다. 온 내장이 하나의 작은 매듭으로 축소되는 것처럼 뜨거운 통증이었다. 발소리가 돌아오더니 욕실 문이 3센티미터쯤 열리고 보비가 이부프로펜 한 팩을 밀어 넣었다. 나는 문 쪽으로 기어가서 약을 먹었고, 보비는 사라졌다.

결국, 바깥이 밝아졌다. 잠에서 깬 보비가 나를 부축해 거실 소파에 앉혔다. 보비가 박하차를 타 주자 나는 몸을 구부리고 앉아서 티셔츠 위로 치골 바로 위쪽 부위에 찻잔을 가져다 댔다. 조금 지나자 델 듯이 뜨거웠다.

아프지. 보비가 말했다.

누구나 아파.

아, 심오하네. 보비가 말했다.

필립에게 직업을 갖지 않겠다고 한 말은 농담이 아니

었다. 나는 직업을 원하지 않았다. 앞으로의 금전적 지속 가능성에 대해 아무런 계획이 없었다. 나는 뭔가를 해서 돈을 벌고 싶지 않았다. 여름마다 최저 임금을 주는 다양한 일 — 광고 이메일 발송이나 텔레마케팅 등등 — 을 했고 졸업하면 더 하겠지, 생각했다. 결국에는 정규직을 갖게 되겠지만 나는 경제적 역할을 수행하고 돈을 받는 찬란한 미래에 대한 환상이 확실히 없었다. 반대로 나는 부에 대한 무관심이 사상적으로 건전하다고 느꼈다. 세계 총생산을 모든 사람이 똑같이 나누면 평균 연 소득이 얼마나 되는지 찾아보았더니 위키피디아에 따르면 1만 6천1백 달러였다. 나는 정치적으로든 금전적으로든 그보다 더 많은 돈을 벌어야 할 이유가 보이지 않았다.

에이전시 사장은 서니라는 여성이었다. 나도 필립도 서니를 좋아했지만 서니는 나를 더 좋아했다. 필립은 자기도 내가 더 좋다며 낙천적인 반응을 보였다. 사실 마음 깊은 곳에서 나는 내가 문학 에이전트가 될 생각이 없음을 서니도 알고 있고, 그래서 달라 보였을 거라고 생각했다. 필립은 확실히 에이전시 일에 대한 열정이 컸는데, 그가 인생 계획을 세운다고 해서 나쁘게 생각한 것은 아니지만 나는 열정을 쏟을 때 필립보다 더 신중하다고 생각했다.

서니는 내 진로에 관심이 많았다. 그녀는 항상 솔직

한 말을 산뜻하게 하는 기탄없는 사람이었고, 필립과 나는 서니의 그런 점을 가장 좋아했다.

저널리즘은 어때? 서니가 내게 물었다.

내가 서니에게 검토를 마친 원고 더미를 돌려주러 간 참이었다.

세상에 관심 많잖아. 서니가 말했다. 아는 것도 많고. 정치도 좋아하고.

제가요?

서니가 웃으며 고개를 저었다.

넌 똑똑해. 그녀가 말했다. 뭐든 해야 할 거 아니야.

돈을 노리고 결혼할까 봐요.

서니가 그만 가보라며 손을 흔들었다.

가서 일해. 그녀가 말했다.

✎

같은 주 금요일, 우리는 시내의 낭독회에서 공연하고 있었다. 나는 시를 한 편 쓰면 6개월 정도 낭독했지만 그러고 나면 사람들 앞에서 소리 내어 읽기는커녕 차마 보지도 못했다. 왜 그런 식으로 흘러가는지 몰랐지만 나는 작품을 낭독만 하고 출판은 하지 않아서 다행이라고 생각했다. 내 시는 박수 소리와 함께 우아하게 사라졌다. 진짜 작가와 화가는 자신이 만든 추한 산

물을 영원히 응시해야만 한다. 내가 만들어 내는 것이 전부 너무 추하다는 사실도 싫었지만 얼마나 추한지 마주할 용기가 없는 것도 싫었다. 내가 이 지론을 설명하자 필립은 너 자신을 미워하지 마, 넌 진짜 작가야, 하고 말할 뿐이었다.

보비와 나는 공연장 화장실에서 화장하면서 가장 최근에 쓴 시에 관해서 이야기했다.

네가 쓴 남자 캐릭터들은 전부 못돼서 좋아. 보비가 말했다.

전부 못된 건 아니야.

좋게 표현하자면 도덕적으로 아주 애매하지.

누구나 그렇지 않아? 내가 말했다.

필립에 관해서 써봐, 문제가 없잖아. 필립은 〈착해〉.

착해, 하고 말할 때 보비는 허공에 따옴표를 그렸지만 사실은 진심으로 필립이 착하다고 생각했다. 보비는 그 대상이 누구든 착하다고 말할 때면 꼭 따옴표를 그렸다.

멀리사가 그날 밤 공연을 보러 오겠다고 했었지만 우리는 공연이 끝나고 10시 반인가 11시쯤에야 그녀를 발견했다. 멀리사는 양복 차림의 닉과 같이 앉아 있었다. 멀리사가 인사를 하면서 공연이 정말 즐거웠다고 말했다. 보비가 칭찬을 기다리는 표정으로 닉을 보자 그가 웃음을 터뜨렸다.

두 사람 공연은 못 봤어. 닉이 말했다. 방금 도착해서 말야.

이번 달에는 왕립 극장에서 일이 있거든. 멀리사가 말했다. 「뜨거운 양철 지붕 위의 고양이」 공연 중이야.

두 사람은 분명히 멋졌을 거야. 닉이 말했다.

마실 것 좀 가져다줄게, 멀리사가 말했다.

보비가 멀리사와 함께 술을 가지러 갔기 때문에 닉과 나만 남겨졌다. 닉은 타이를 매지 않았고 양복은 비싸 보였다. 나는 너무 더워서 땀이 날까 봐 걱정됐다.

연극은 어땠어요? 내가 말했다.

아, 오늘 공연? 괜찮았어. 고마워.

닉은 커프스 링크를 푸는 중이었다. 그가 탁자 위 자기 잔 옆에 내려놓는 커프스 링크를 보니 아르 데코풍의 채색 에나멜이었다. 커프스 링크가 예쁘다고 말할까 잠깐 생각했지만 못 하겠다는 기분이 들었다. 그 대신 나는 뒤를 돌아보며 멀리사와 보비를 찾는 척했다. 시선을 다시 돌리자 닉이 전화기를 꺼내서 보고 있었다.

나도 그거 보고 싶어요. 내가 말했다. 그 연극 좋아하거든요.

언제 한번 와요, 표 맡겨 둘 테니까.

닉이 고개도 들지 않고 말했기 때문에 분명 그냥 하는 말이거나 적어도 금방 잊어버릴 것 같았다. 나는 얼마간 긍정적이지만 분명하게 약속하지는 않는 말로 대답했다. 닉이 나를 별로 신경 쓰지 않았기 때문에 나는 그를 더 자세히 볼 수 있었다. 닉은 정말 예외적으로 잘 생긴 사람이었다. 나는 잘생긴 사람들은 자기 외모에 익숙해지다가 결국에는 지루해지는 걸까 궁금했지만 상상이 안 갔다. 내가 닉만큼 잘생기면 항상 즐거울 것 같았다.

무례하게 굴어서 미안해요, 프랜시스. 닉이 말했다. 어머니한테 연락이 와서. 요즘 문자를 보내시거든. 지금 시인이랑 대화 중이라고 전해야겠어, 깜짝 놀라실 거야.

음, 그거야 모르죠. 내가 형편없는 시인일 수도 있잖아요.

닉이 미소를 짓더니 안주머니에 전화기를 넣었다. 나는 그의 손을 본 다음 시선을 돌렸다.

내가 들은 이야기랑은 다른데? 닉이 말했다. 다음엔 직접 판단할 수 있겠지.

멀리사와 보비가 마실 것을 들고 돌아왔다. 나는 닉이 지난번 대화 이후 나를 기억하고 있음을 드러내려고 내 이름을 일부러 흘렸음을 알아차렸다. 물론 나도 닉의 이름을 기억했지만 그는 나이도 더 많고 어느 정도 유명한 사람이었기 때문에 그의 관심이 기분 좋았다. 알고 보니 멀리사는 시내에 차를 가지고 나왔고, 공연을 마친 닉이 같이 차를 타고 집으로 돌아가려면 우리 공연장에 올 수밖에 없었다. 닉의 편의를 위한 결정은 아닌 것 같았고, 대화를 나누는 거의 내내 그는 피곤하고 지루해 보였다.

다음 날 멀리사가 이메일을 보내서 다음 주 화요일 표를 두 장 마련해 놓았지만 혹시 다른 약속이 있어도 미안해할 필요는 없다고 했다. 그리고 혹시 연락할 일이 있을지도 모르니까, 하며 닉의 이메일 주소도 알려 주었다.

4

보비는 화요일에 아버지와 외식 약속이 있었기 때문에 우리는 남는 표를 필립에게 주기로 했다. 필립은 연극이 끝나고 닉과 대화를 해야 하냐고 계속 물었지만 나도 몰랐다. 나는 닉이 과연 우리와 대화를 나누려고 일부러 나올까 의심스러웠기 때문에 그냥 평소처럼 돌아가면 될 거라고 말했다. 필립은 닉을 실제로 만난 적이 없었지만 TV에서 보았는데 〈위협적〉으로 생겼다고 생각했다. 필립이 실제 닉은 어떤 사람이냐며 질문을 많이 했지만 나는 대답할 자격이 없는 느낌이었다. 프로그램을 사자마자 필립이 배우 프로필을 펼쳐서 닉의 사진을 보여 주었다. 조명이 흐릿해서 얼굴 윤곽밖에 보이지 않았다.

턱 좀 봐. 필립이 말했다.

그래, 보여.

무대 조명이 켜지고 매기 역의 여배우가 등장해서 남부 억양으로 소리를 지르기 시작했다. 억양이 어색하지는 않지만 배우의 억양이라는 티가 났다. 그녀는 원피스를 벗고 흰 슬립 차림으로 서 있었는데, 영화 속 엘리자베스 테일러의 하얀 슬립과 비슷했지만 이 여배우는 덜 인공적이면서 어쩐지 설득력이 약해 보였다. 슬립 솔기 안쪽의 취급 설명 라벨이 비쳐 보였기 때문에 내 입장에서는 현실성이 깨졌다. 하지만 슬립과 취급 설명 라벨은 의심의 여지 없이 현실적이었다. 나는 어떤 현실은 비현실적인 효과가 있다는 결론을 내렸고, 그러자 이론가 장 보드리야르가 생각났지만 사실 그의 책을 읽어 본 적이 없었으므로 어쩌면 보드리야르가 이야기한 것이 이런 문제는 아니었을지도 몰랐다.

마침내 닉이 등장했다. 그는 무대 왼쪽 문에서 셔츠 단추를 채우며 나왔다. 나는 바로 그 순간 모든 관객이 고개를 돌려 내 반응을 관찰하기라도 하는 것처럼 갑자기 다른 사람들의 시선을 의식했다. 무대 위에 선 닉은 무척 달라 보였고 알아들을 수 없을 만큼 다른 목소리로 말했다. 멋있고 초연한 태도 때문에 성적으로 무자비할 것 같았다. 나는 입으로 여러 번 숨을 쉬고 혀로 입술을 계속 적셨다. 전체적인 공연은 썩 훌륭하지 않았다. 다른 배우들은 억양이 어울리지 않았고 무대 위의 모든 것이 손봐야 할 소품 같아 보였다. 어떤 면에서 그러한 요소들은 닉이 얼마나 아름다운지 강조할 뿐이었고, 그래서 그의 불행이 더 진짜 같았다.

극장을 나서자 비가 다시 내리고 있었다. 나는 갓 태어난 아기처럼 작고 순수한 존재가 된 기분이었다. 필립이 우산을 폈고 나는 그가 탈 버스가 서는 정류장까지 같이 걸어가면서 정신 나간 것처럼 괜히 씩 웃으면서 머리카락을 자꾸 만졌다.

흥미로웠어. 필립이 말했다.

닉이 다른 배우들보다 훨씬 더 잘한 것 같아.

응, 괴롭더라, 그치? 그래도 닉은 잘하더라.

나는 이 말에 지나치게 큰 소리로 웃다가 하나도 웃기지 않다는 사실을 깨닫고 멈췄다. 가볍고 시원한 비가 우산에 깃털처럼 내려앉았고, 나는 날씨에 대한 재미있는 말을 생각해 내려 애썼다.

그 사람 잘생겼지. 내가 말하는 소리가 들렸다.

정이 안 갈 정도로 말이지.

우리는 필립이 버스를 탈 정류장에 도착한 다음 누가 우산을 가지고 가야 하는지 잠깐 옥신각신했다. 결국 내가 가져가기로 했다. 빗줄기가 거세어지고 사위가 어두워졌다. 나는 연극 이야기를 더 하고 싶었지만 필립이 탈 버스가 오고 있었다. 어차피 필립은 연극 이야기를 별로 하고 싶어 하지 않았지만, 그래도 실망스러웠다. 필립이 버스 요금을 세면서 내일 보자고 말했다. 나는 혼자 아파트까지 걸어왔다.

집 안으로 들어간 나는 안뜰로 통하는 문 앞에 우산을 놓고 노트북을 열어 닉의 이메일 주소를 보았다. 표 고마웠다고 짤막한 감사 인사를 보내야 할 것 같았지만 난로 옆에 걸린 툴루즈 로트레크 포스터와 베란다 창의 얼룩 같은 방 안의 사물이 자꾸 신경 쓰였다. 나는 자리에서 일어나 잠시 서성이며 생각했다. 그런 다음 걸레를 적셔 얼룩을 닦고 차를 한 잔 만들었다. 보비에게 전화를 걸어서 이메일을 보내는 것이 정상인지 의논할까 생각했지만 보비가 아버지와 함께 있다는 사실이 떠올랐다. 나는 메일을 써보다가 실수로 보내기 버튼을 누를까 봐 지웠다. 그런 다음 똑같은 메시지를 다시 썼다.

나는 자리에 앉아서 노트북 화면이 까매질 때까지 멍하니 바라보았다. 난 보통 사람들보다 더 많은 것들을 중요하게 여긴다는 생각이 들었다. 긴장을 풀고 모든 것을 좀 놓아줄 필요가 있다. 약을 좀 먹어 봐야겠다. 내가 이런 생각을 하는 것은 드문 일이었다. 나는 거실 스테레오로 「어스트럴 위크스」 앨범[3]을 틀고 바닥에 털썩 누워서 음악을 들었다. 연극에 대해서 너무 많이 생각하지 않으려 했지만 나는 어느새 무대에서 소리치던 닉을 떠올리고 있었다. 당신 어깨에 기대고 싶지 않아, 목발을 줘. 필립도 나만큼 이 연극에 빠졌을까, 아니면

3 북아일랜드의 뮤지션 밴 모리슨의 두 번째 스튜디오 앨범.

더 개인적인 문제일까 생각했다. 나는 생각했다. 난 재미있고 호감 가는 사람이 되어야 해. 재미있는 사람은 고맙다는 이메일을 보내겠지.

나는 일어나 앉아서 연기가 좋았고 표 고마웠다는 짤막한 메시지를 입력했다. 그런 다음 문장 위치를 약간 바꾸다가 불쑥 보내기 버튼을 눌렀다. 그러고 나서 노트북을 닫고 다시 바닥에 앉았다.

보비가 제리와의 저녁 식사가 어땠는지 이야기하려고 전화를 하겠지 생각하고 있었는데 음악이 끝나자 진짜 보비한테서 전화가 왔다. 나는 벽에 기대어 앉은 채 전화를 받았다. 보비의 아버지는 보건부의 고위 공무원이었다. 보비에게는 기득권에 철저히 반대한다는 원칙이 있었지만 제리와의 관계에는 적용되지 않았다. 아니면, 적어도 일관성은 없었다. 제리가 비싼 레스토랑에 데려가서 저녁을 사주었고, 두 사람은 포도주를 마시며 세 가지 요리가 나오는 코스를 먹었다고 했다.

나도 이제 성인이라고 계속 강조하더라. 보비가 말했다. 나를 진지하게 대하고 있다는 둥 어떻다는 둥.

어머니는 어떠셔?

아, 편두통 철이 또 시작됐어. 그래서 우린 트라피스트회[4] 수도사들처럼 발뒤꿈치를 들고 걸어다녀야 돼. 연극은 어땠어?

4 성 베네딕트의 규율을 따르는 엄격한 관상 수도회.

닉이 연기를 잘하더라. 내가 말했다.

아, 다행이다. 왠지 끔찍할 것 같았거든.

끔찍한 건 맞아. 미안, 질문이 뭔지 이제 기억났어. 연극은 별로였어.

보비는 음도 맞지 않는 곡조를 혼자 흥얼거릴 뿐 더 이상 말이 없었다.

우리가 그 집에 마지막으로 갔을 때 기억나? 집에 가려고 나왔을 때 네가 불행한 부부 같다고 했잖아. 왜 그렇게 말했어?

그냥 멀리사가 우울해 보인다고 생각했어.

왜, 결혼 생활 때문에?

음, 닉이 멀리사한테 좀 적대적인 거 못 느꼈어? 보비가 말했다.

못 느꼈는데. 넌 느꼈어?

처음 그 집에 갔을 때 우리 보고 인상 쓰다가 나중에는 개 사료가 어쩌고 하면서 멀리사한테 소리친 거 기억나? 우리가 자러 들어간 뒤에도 둘이 싸우는 소리가 들렸잖아.

보비의 말을 들으니 그때 두 사람 사이에 악감정이 오가는 것을 느꼈던 기억이 떠올랐다. 닉이 소리를 쳤다는 부분은 인정하지 않았지만 말이다.

멀리사도 왔었어? 보비가 말했다. 연극 보러?

아니. 음, 모르겠다, 아무튼 우린 못 봤어.

어차피 테네시 윌리엄스 안 좋아한대. 자연스럽지 않아서.

나는 보비가 이렇게 말하면서 자기가 과시하고 있다는 생각 때문에 아이러니한 미소를 짓고 있음을 알 수 있었다. 질투가 났지만 연극은 나 혼자 봤으니 보비가 모르는 무언가에 나만 관련이 있다는 느낌도 들었다. 보비는 여전히 닉을 배경 인물로, 멀리사의 남편이라는 점만 빼면 전혀 중요하지 않은 사람으로 보았다. 내가 닉에게 표 고마웠다는 메일을 보냈다고 말해도 보비는 내가 과시한다고 생각하지 않을 것이다. 보비에게 닉은 멀리사의 불행이라는 기능일 뿐, 닉 자체에게는 흥미가 없었기 때문이다. 보비가 연극을 볼 것 같지는 않았고, 보비에게 닉의 중요성을 알려 줄 다른 방법도 생각나지 않았다. 다음에 우리 공연을 보러 오겠다는 닉의 말을 전하자 보비는 멀리사도 오냐고 물을 뿐이었다.

닉은 다음 날 오후, 대문자가 하나도 없는 답장을 보내 연극을 보러 와줘서 고맙다며 보비와 나의 다음 공연이 언제인지 물었다. 그는 왕립 극장에서 매일 밤 공연이 있고 주말에는 마티네 공연이 있기 때문에 10시 반 이후에 시작하지 않는 이상 우리 공연을 거의 다 놓칠 것 같다고 말했다. 나는 방법을 생각해 보겠지만 혹시 못 와도 신경 쓰지 말라고 답했다. 그러자 닉이 이렇게 대답했다. 그럼 보답할 수가 없잖아, 안 그래요?

5

여름 방학이 되자 나는 공부에 열중하느라 긴장을 풀수 있었던 학기 중이 그리웠다. 나는 도서관에 앉아 에세이를 쓰느라 창밖으로 해가 저물 때까지 시간 감각도 잃고 내가 누구인지도 잊는 것이 좋았다. 나는 웹 브라우저 탭을 열다섯 개쯤 열어 놓고 〈인식론적 재표현〉이나 〈유효한 논증 방법〉같은 말을 썼다. 그런 날에는 대체로 깜빡 잊고 아무것도 먹지 않았기 때문에 저녁이면 미세하고 날카로운 두통이 생겼다. 육체적 감각이 정말 새로운 느낌으로 다시 밀려왔다. 바람 소리도 새롭고 롱 룸 도서관[5] 바깥에서 들리는 새소리도 새로웠다. 이럴 때면 음식이 말도 안 되게 맛있고 탄산음료도 맛있었다. 나는 에세이를 읽어 보지도 않고 출력했다. 제출했던 에세이를 돌려받으면 여백에 항상 〈좋은 주장〉 같

5 트리니티 칼리지의 도서관으로 기다란 복도식 서가가 유명하다.

은 말이 쓰여 있고 가끔 〈훌륭함〉이라는 평도 있었다. 나는 〈훌륭함〉이라는 평가를 받을 때마다 휴대 전화로 살짝 찍어서 보비에게 보냈다. 보비는 이렇게 답장했다. 축하해, 네 자아가 비틀거리는 게 보인다.

항상 내 자아가 문제였다. 나는 지적인 성취가 도덕적으로는 기껏해야 중립적일 뿐임을 잘 알았지만 나쁜 일이 생기면 내가 얼마나 똑똑한지 떠올리면서 기분을 달랬다. 친구가 없었던 어린 시절에는 내가 모든 선생님들보다 똑똑하고 우리 학교를 거쳐 간 모든 학생보다 똑똑하다고, 평범한 사람들 사이에 숨은 천재라고 상상했다. 그러면 스파이가 된 기분이었다. 10대 때는 인터넷 게시판을 쓰기 시작하면서 스물여섯 살짜리 미국 대학원생과 친해졌다. 사진 속의 그는 이가 새하얬고, 나에게 물리학자의 뇌를 가진 것 같다고 말했다. 나는 밤늦게 그에게 메시지를 보내 학교에서 외롭다고, 다른 여자애들은 나를 이해하지 못하는 것 같다고 털어놓았다. 나는 남자 친구가 있으면 좋겠다고 썼다. 어느 날 밤 그가 자기 성기 사진을 찍어 보냈다. 플래시를 터뜨린 사진이었는데, 발기한 성기를 병원 검사라도 받는 것처럼 확대해서 보냈다. 그 뒤 며칠 동안 나는 죄책감을 느끼면서 겁에 질렸다. 내가 역겨운 인터넷 범죄를 저질렀고, 당장이라도 사람들에게 발각될 것 같은 기분이었다. 나는 계정을 삭제하고 연결된 이메일 주소를 버렸다. 아무에게도 말하지 않았다, 말할 사람이 없었다.

✐

토요일에 나는 낭독회 측에 이야기해서 우리 순서를 10시 반 이후로 미뤘다. 나는 보비에게 미뤘다는 말도, 미룬 이유도 말하지 않았다. 보비와 나는 화이트와인을 몰래 한 병 가져와서 아래층 화장실에서 플라스틱 컵에 담아 나눠 마셨다. 우리는 공연 전에 포도주 한두 잔을 즐겨 마셨지만 그 이상은 마시지 않았다. 보비와 나는 세면대에 앉아서 컵을 채우면서 새로 공연할 내용에 대해 이야기했다.

보비에게 말하고 싶지 않았지만 사실 나는 초조했다. 거울만 봐도 초조해졌다. 내가 끔찍하게 생겼다고 생각하는 것은 아니었다. 얼굴은 평범하지만 흥미로울 만큼 극도로 말랐기 때문에 나는 마른 몸매를 강조하는 옷을 골랐다. 나는 목선이 깊이 파이고 색이 짙은 옷을 자주 입었다. 그날 밤에는 붉은 빛이 도는 갈색 립스틱을 발랐는데, 화장실의 이상한 불빛 밑에서 보니 아프고 약해 보였다. 내 이목구비가 서로 멀어졌거나 적어도 평소와 같은 관계가 아닌 것처럼 보였다. 어떤 단어를 자꾸 읽다 보니 말이 안 되게 느껴질 때처럼 말이다. 나는 공황 발작을 일으키는 게 아닐까 생각했다. 그러다가 보비가 거울 좀 그만 보라고 말해서 나는 시키는 대로 했다.

위층으로 올라가자 포도주 한 잔과 카메라를 들고 혼자 앉아 있는 멀리사가 보였다. 옆자리는 비어 있었다. 주변을 둘러보았지만 왠지 그 공간의 모습이나 소리에서 닉이 아직 오지 않았음이 확실하게 느껴졌다. 그러면 마음이 진정될 줄 알았지만 그렇지 않았다. 나는 혀로 이를 몇 번 쓸면서 남자가 마이크에 대고 우리 이름을 부를 때까지 기다렸다.

무대 위의 보비는 항상 정확했다. 내가 할 일은 보비 특유의 리듬에 맞추려고 노력하는 것밖에 없었고, 보비에게 맞추는 한 나도 괜찮았다. 나는 때때로 잘했고 때때로 괜찮았다. 하지만 보비는 정확했다. 그날 밤 보비는 모두를 웃겼고 무척 큰 박수를 받았다. 우리는 잠시 동안 조명 밑에서 박수를 받으며 서서 다 이 친구 덕분이에요, 하고 말하는 것처럼 서로를 가리켰다. 바로 그때 뒤쪽 문으로 들어오는 닉이 보였다. 계단을 너무 빨리 올라왔는지 약간 숨이 차 보였다. 나는 곧장 시선을 돌려 그를 못 본 척했다. 닉이 나와 눈을 맞추려는 것이 보였고, 내가 마주 보았다면 미안하다는 표정을 지었을 것이다. 이 생각은 갓을 씌우지 않은 전등처럼 너무 강렬했기 때문에 계속 생각할 수가 없었다. 관객은 계속 박수를 쳤고, 나는 무대에서 내려가면서 우리를 보는 닉의 시선을 느꼈다.

필립이 바에서 우리에게 술을 가져다주며 새로 발표한 시가 제일 좋다고 말했다. 나는 필립의 우산을 깜빡 잊고 가져오지 않았다.

사람들은 내가 남자를 싫어한다지만 난 네가 정말 좋아, 필립. 보비가 말했다.

나는 진토닉 반 잔을 두 모금만에 마셨다. 아무에게도 인사를 하지 않고 가버릴까 생각 중이었다. 나는 그럴 수 있다고 생각했고, 그러자 내가 내 삶을 다시 통제하게 된 것처럼 기분이 좋았다.

멀리사를 찾아보자. 보비가 말했다. 우리가 소개해줄게.

닉은 멀리사 옆자리에서 벌써 병맥주를 마시고 있었다. 두 사람에게 다가가는 것이 무척 어색했다. 마지막으로 보았을 때 닉은 가짜 억양을 쓰면서 다른 옷을 입고 있었고, 나는 그의 진짜 억양을 다시 들을 준비가 되어 있는지 모르겠다는 느낌이 들었다. 하지만 어차피 멀리사가 이미 우리를 보았다. 멀리사가 같이 앉자며 우리를 불렀다.

보비가 멀리사와 닉을 필립에게 소개했고, 필립은 두 사람과 악수를 나누었다. 멀리사가 지난번에 만난 기억이 난다고 말하자 필립이 좋아했다. 닉은 우리 공연을 놓쳐서 미안하다는 식으로 말했지만 나는 여전히 닉을 보지 않았다. 나는 진토닉을 다 마신 다음 유리잔 안의 얼음을 이리저리 흔들었다. 필립이 닉에게 공연 잘 봤다고 말했고, 두 사람은 테네시 윌리엄스에 대해 이야기를 나눴다. 멀리사는 테네시 윌리엄스가 〈자연스럽지 않다〉고 다시 한번 말했고 나는 그 말을 처음 듣는 척했다.

다들 술을 한 잔씩 더 산 다음 멀리사가 담배를 피우러 나가자고 했다. 흡연 구역은 아래층의 벽으로 막힌 작은 뜰이었는데, 아직 비가 오고 있었기 때문에 사람이 많지는 않았다. 닉이 담배 피우는 모습은 본 적이 없었다. 나는 담배를 피우고 싶지 않았지만 한 개비 받았다. 보비는 낭독회에서 우리보다 먼저 공연했던 어떤 남자를 흉내 내고 있었다. 잔인하지만 아주 재미있었다. 우리 모두 웃었다. 그때 비가 더 세차게 내리기 시작했기 때문에 우리는 창문의 짧은 돌출부 아래 모여 섰다. 다섯 명이서 잠시 이야기를 나누었는데, 말은 보비가 거의 다 했다.

동성애자 역할을 맡다니 멋지네요. 보비가 닉에게 말하고 있었다.

브릭이 동성애자였나? 닉이 말했다. 그냥 양성애자 일지도 모르지.

〈그냥 양성애자〉라고 말하지 마세요. 보비가 말했다. 프랜시스가 양성애자거든요.

그건 몰랐네. 멀리사가 말했다.

나는 뭐라 말을 하기 전에 담배를 한참 빨아들였다. 다들 내 말을 기다리고 있었다.

음. 내가 말했다. 네, 말하자면 잡식성이죠.

이 말에 멀리사가 웃었다. 닉이 나를 보며 재미있다는 듯 미소를 지었고, 나는 얼른 고개를 돌려 내 잔을 유심히 보는 척했다.

나도 그래. 멀리사가 말했다.

이 말에 보비가 아주 기뻐하는 것을 알 수 있었다. 보비가 멀리사에게 뭐라고 물었지만 나는 듣지 않았다. 필립이 화장실에 간다며 술잔을 창틀에 올려놓았다. 나는 목걸이 줄을 만지작거리며 배 속에 든 따뜻한 알코올을 느꼈다.

늦어서 미안해요. 닉이 말했다.

그는 나에게 말하고 있었다. 사실 닉은 이 말을 하려고 필립이 우리 둘만 남겨 놓고 가기를 기다린 것 같았다. 나는 괜찮다고 말했다. 닉은 검지와 중지 사이에 담배를 끼우고 있었는데, 손이 너무 커서 담배가 미니어처 같았다. 나는 그가 원한다면 어떤 사람이든 될 수 있다는 사실을 의식하면서 그도 나처럼 〈진짜 성격〉이 없는 걸까 생각했다.

도착하니 박수가 쏟아지고 있었어. 닉이 말했다. 그러니까 잘했을 거라고 생각할 수밖에 없지. 사실은 당신

작품 읽었지만. 이런 말 하면 안 되는 건가? 멀리사가 보내 줬어. 내가 문학을 좋아한다고 생각하거든.

그러자 이상하게도 자기 인식이 증발해 버려서 내 얼굴도 몸도 전혀 생각나지 않았다. 누가 보이지 않는 연필 끝 지우개로 내 존재를 지운 것 같았다. 정말 신기하고 불쾌하지 않은 느낌이었지만 추웠다. 몸을 덜덜 떨고 있을지도 몰랐다.

다른 사람들한테 보낼 거란 말은 안 했는데요. 내가 말했다.

다른 사람들까지는 아니고 나한테만 보낸 건데. 이메일로 감상문을 보낼게요. 지금 칭찬하면 그냥 하는 말 같겠지만 이메일로 받으면 기분이 정말 좋을 테니까.

아, 좋아요. 난 칭찬받을 때 그 사람 눈을 마주칠 필요가 없는 게 좋거든요.

이 말에 닉이 웃었고, 그래서 나는 만족스러웠다. 비가 더 세차게 내리기 시작했고 필립이 화장실에서 돌아와 우리와 함께 돌출부 밑에서 비를 피했다. 내 팔이 닉의 몸에 닿자 금지된 육체적 친밀함이라는 생각에 즐거워졌다.

어떤 사람을 우연히 알게 되었는데 알고 보니 뭐든지 유심하게 관찰하는 사람이었다면 느낌이 참 이상해. 닉이 말했다. 세상에, 이 사람이 나한테서 뭘 봤을까? 싶지.

우리는 서로 마주 보았다. 닉의 얼굴은 아주 일반적

인 의미에서 잘생겼다. 깨끗한 피부, 두드러진 뼈대, 약간 부드러워 보이는 입. 하지만 미묘하고 지적인 표정이 잘생김을 압도하는 것 같았고, 그래서 그와 눈이 마주치면 카리스마가 느껴졌다. 닉이 나를 바라보면 나는 그에게 약해지는 기분이 들었다. 하지만 닉이 일부러 관찰당하고 있다는 느낌, 내가 그의 인상을 결정하는 데 흥미가 많다는 사실을 알아차렸다는 느낌, 내가 과연 어떤 결론을 내릴지 궁금하게 생각한다는 느낌을 강하게 받았다.

그렇죠. 내가 말했다. 나쁜 점을 다 봤겠죠.

당신, 스물네 살 정도였나?

스물한 살이에요.

닉은 내가 농담이라도 한 것처럼 잠시 나를 빤히 보았다. 눈을 크게 뜨고 눈썹을 추켜올렸고, 그런 다음 고개를 저었다. 나는 생각했다. 배우는 자신이 느끼지도 않는 것을 전달하는 법을 배우잖아. 닉은 내가 스물한 살이라는 것을 이미 알고 있었다. 어쩌면 그가 정말 전달하고 싶었던 것은 우리의 나이 차이에 대한 과장된 인식, 또는 그것이 약간 못마땅하다거나 실망스럽다는 느낌일지도 몰랐다. 나는 인터넷에서 찾아봤기 때문에 그가 서른두 살인 걸 알고 있었다.

하지만 나이 차가 우리의 자연스러운 교감을 방해하게 두진 말자고요. 내가 말했다.

닉이 잠시 나를 보며 미소를, 동요하는 미소를 지었고, 그러자 나는 너무 기뻐서 내 입을 의식했다. 입이 약간 벌어져 있었다.

그래, 절대 그럴 순 없지. 닉이 말했다.

필립이 막차를 타러 가겠다고 하자 멀리사가 다음 날 회의 때문에 자기도 갈 생각이었다고 말했다. 다들 바로 흩어졌다. 보비는 더블린 급행 전철을 타고 샌디마운트로 돌아갔고 나는 부두를 따라서 집까지 걸어갔다. 리피강은 불어난 강물 때문에 화가 나 보였다. 택시와 자동차 떼가 헤엄치며 지나갔고 길 건너에서 술에 취해 걸어가던 남자가 나에게 사랑한다고 소리쳤다.

나는 아파트로 들어가면서 모두가 박수를 칠 때 공연장으로 들어오던 닉을 떠올렸다. 이제 그 장면이 완벽하게, 너무나 완벽하게 느껴졌기 때문에 나는 그가 공연을 놓친 것이 기뻤다. 닉에게 인정받기 위해서 필요한 위험을 무릅쓰지 않으면서도 다른 사람들이 나를 얼마나 인정하는지 목격하게 만들었기 때문에 그와 다시 대화할 수 있었는지도 몰랐다. 나 역시 닉처럼 수많은 팬을 가진 중요한 사람이 된 것처럼, 그보다 못한 점이 하나도 없다는 듯이 말이다. 하지만 박수는 공연의 일부, 가장 좋은 부분, 내가 하려는 것의 가장 완전한 표현처럼 느껴지기도 했다. 바로 그런 사람, 칭찬과 사랑을 받을 만한 사람이 되는 것이었다.

6

그 뒤 우리는 멀리사를 가끔 만났고, 멀리사는 기사 진척 상황을 이메일로 가끔 보내 주었다. 멀리사의 집에 가지는 않았지만 문학 행사에서 가끔 마주쳤다. 나는 보통 멀리사나 닉이 어떤 행사에 참석할지 말지 미리 짐작해 보았는데, 두 사람이 좋기도 했고 두 사람이 나를 다정하게 대하는 모습을 다른 사람들에게 보여 주는 것도 좋아서였다. 멀리사와 닉은 나를 편집자나 에이전트에게 소개해 주었고, 그런 사람들은 나를 만나서 무척 기쁘다는 듯 굴면서 내 작품에 대해 흥미로운 질문을 던졌다. 닉은 항상 친근했고 사람들에게 가끔 내 칭찬도 했지만 딱히 나와 다시 대화를 나누려고 애쓰지는 않았고, 나는 화들짝 놀라지 않고 그와 눈을 마주 보는 데 익숙해졌다.

보비와 나는 행사에 같이 갔지만 보비에게 정말 중요

한 것은 멀리사의 관심밖에 없었다. 도슨 스트리트에서 열린 출간 기념회에서 보비가 닉에게 〈배우한테 유감이 있는 건 아니〉라고 말하자, 닉은 아, 고마워 보비, 아주 너그럽네, 하는 식으로 대답했다. 언젠가 닉 혼자 행사에 참석했을 때는 보비가 이렇게 말했다. 혼자 왔어요? 아름다운 아내분은 어디 가셨죠?

당신은 나를 싫어하는 것 같은데? 닉이 말했다.

개인적인 건 아니에요. 내가 말했다. 보비는 남자를 미워하거든요.

이렇게 말하면 기분이 좀 나을지 모르겠지만, 난 개인적으로도 당신 별로예요. 보비가 말했다.

닉이 우리 공연을 놓친 날 이후로 우리는 이메일을 주고받기 시작했다. 닉은 약속대로 내 작품에 대해서 메일을 보내 어떤 이미지가 〈아름답다〉고 말했다. 나는 닉의 연기를 〈아름답다〉고 생각했을지 몰라도 이메일에 그렇게 쓰지는 않았을 것이다. 하지만 생각해 보면 닉의 연기는 그의 육체적 존재와 관련이 있지만 표준 서체로 입력해서 누군가가 보낸 시는 그렇지 않았다. 추상적으로 말해서 누구나 그 시의 작자가 될 수 있었다. 하지만 이 말도 진실 같지는 않았다. 닉이 정말로 하려는 말은 네가 생각하고 느끼는 방식에 아름다운 면이 있어, 또는 네가 세상을 경험하는 방식은 어떤 면에서 아름다워, 인 것 같았다. 나는 이메일을 받고 나서 며칠 동안 이 말이 자꾸 떠올랐다. 그럴 때면 은밀한 농담을 떠올리는 것처럼 나도 모르게 미소를 지었다.

닉에게 메일을 쓰는 것은 쉬웠지만 탁구를 칠 때처럼 경쟁심이 들고 짜릿하기도 했다. 우리는 항상 서로 건방지게 굴었다. 부모님이 메이요주에 산다고 하자 그는 이렇게 썼다.

예전에 아킬섬에 별장이 있었는데 (내가 아는 남부 더블린 집안은 다 그랬지).

나는 이렇게 대답했다.

우리 집안의 고향이 당신의 계급 정체성을 굳건히 하는 데 도움이 되었다니 기쁘네요. 추신: 어디든 별장을 갖는 걸 법으로 금지해야 돼요.

보비를 만난 이후 커피나 시끄러운 음악을 즐길 때처럼 비이성적이고 감각적으로 대화를 즐기게 해준 사람은 닉이 처음이었다. 그는 나를 웃게 만들었다. 한번은 닉이 멀리사와 다른 방을 쓴다고 지나가듯이 말했다. 나는 이 이야기를 보비에게는 하지 않았지만 그것에 대해서 많이 생각했다. 나는 두 사람이 아직도 서로 〈사랑〉할까 생각했다. 무엇에 대해서든 닉이 아이러니하지 않게 구는 모습은 상상하기 힘들었지만 말이다.

닉은 이른 아침이 되어서야 잠자리에 드는 것 같았고, 우리는 점점 더 늦은 시간에 메일을 주고받았다. 그는 트리니티 칼리지에서 영어와 프랑스어를 공부했는데, 심지어 몇몇 강사도 나와 겹쳤다. 닉은 영어를 전공했고 캐릴 처칠에 대해서 졸업 논문을 썼다. 나는 닉과 대화할 때 가끔 구글에 그의 이름을 검색해서 사진을 찾아보면서 그가 어떻게 생겼었는지 상기했다. 나는 인터넷에서 닉에 대한 글을 전부 찾아 읽은 다음 이메일을 쓸 때 그가 인터뷰에서 한 말을 자주 인용했는데, 닉이 그만하라고 말한 뒤에도 계속했다. 그는 〈엄청 창피하다〉고 말했다. 나는 이렇게 대답했다. 그러면 새벽 3시 34분에 이메일 보내는 것 좀 그만두시죠(진심은 아님). 닉이 대답했다. 내가 한밤중에 스물한 살짜리한테 이메일을 보낸다고? 무슨 말을 하는지 모르겠네. 난 절대 그런 짓 안 해.

어느 날 새로운 시선집 출간 기념회에서 나는 멀리사와 어떤 남자 소설가와 대화를 하게 되었는데, 한 번도 읽어 본 적 없는 작가였다. 장소는 데임 스트리트의 어느 술집이었고, 나는 작다는 것을 뻔히 아는 신발을 신고 왔기 때문에 발이 아팠다. 소설가가 나에게 누구 소설을 즐겨 읽느냐고 묻자 나는 어깨를 으쓱했다. 나는 그가 나를 혼자 내버려 둘 때까지 아무 말도 안 해도 괜찮을까, 아니면 실수하는 걸까 생각했다. 그의 책이 얼마나 좋은 평을 받는지 몰랐기 때문이었다.

당신은 정말 초연한 분위기가 있군요. 그가 나에게 말했다. 그렇죠?

멀리사가 고개를 끄덕였지만 열의는 별로 없었다. 나에게 정말 초연한 분위기가 있었다 해도 멀리사에게 큰 인상을 남기지는 못한 것 같았다.

고마워요. 내가 말했다.

게다가 칭찬도 잘 받아들이는군요. 그것도 좋은 점이에요. 소설가가 말했다. 스스로를 깔아뭉개려는 사람들이 많지만, 당신 태도가 옳은 겁니다.

네. 저는 칭찬을 잘 받아들이는 사람이거든요. 내가 말했다.

그러자 소설가가 여전히 별 관심이 없던 멀리사와 눈짓을 주고받는 것이 보였다. 그가 멀리사에게 윙크를 할 것만 같았지만, 실제로 하지는 않았다. 소설가가 싱글싱글 웃으며 나를 보았다.

음, 그렇다고 거만하게 굴지는 말아요. 그가 말했다.

닉과 보비가 돌아왔다. 소설가가 닉에게 무슨 말을 하자 닉이 〈친구〉라는 말을 섞어서 대답했다. 아, 그건 미안하게 됐어, 친구, 같은 말이었다. 나는 나중에 이메일로 대화할 때 이런 허세를 놀려야겠다고 생각했다. 보비가 멀리사의 어깨에 머리를 기댔다.

소설가가 대화를 끝내고 자리를 뜨자 멀리사가 포도주 잔을 비우고 나를 보며 싱긋 웃었다.

저 사람 너한테 폭 빠졌어. 그녀가 말했다.

반어법이에요? 내가 물었다.

너한테 잘 보이려고 했잖아. 초연한 분위기가 있다면서 말이야.

나는 옆에 서 있던 닉을 의식했지만 그의 표정은 보이지 않았다. 나는 진심으로 이 대화를 장악하고 싶었다.

네, 남자들은 나한테 초연하다는 말을 많이 하더라고요. 내가 말했다. 그러면서 그런 말을 처음 듣는 것처럼 굴기를 바라죠.

그러자 멀리사가 진심으로 웃었다. 내가 멀리사를 그렇게 웃길 수 있다는 사실에 깜짝 놀랐다. 내가 멀리사를 잘못 알았다는 생각, 특히 나를 대하는 태도를 오해했다는 느낌이 잠시 들었다. 그러다가 닉도 웃고 있음을 깨닫자 멀리사의 기분에 대한 관심은 사라졌다.

잔인하네. 닉이 말했다.

당신은 아니라고 생각하지 말아요. 보비가 말했다.

아, 나야 물론 나쁜 남자지. 닉이 말했다. 난 아니라서 웃는 건 아니야.

6월 말에 나는 부모님을 만나러 밸리나에 며칠 다녀왔다. 엄마는 오라고 강요하지는 않았지만 통화를 할 때 이런 식으로 말하기 시작했다. 프랜시스, 살아는 있는 거지? 다음에 네가 오면 내가 널 알아 볼 수 있으려나? 아니면 옷깃에 꽃을 꽂는 게 좋겠니? 결국 내가 기차표를 예매했다. 나는 엄마에게 도착 시간을 알리는 문자 메시지를 보내면서 자식의 도리에 충실한 딸로부터, 하고 덧붙였다.

보비와 우리 엄마는 사이가 아주 좋았다. 보비는 엄마가 중요하다고 생각하는 역사와 정치를 전공했다. 엄마는 나를 보고 눈썹을 추켜올리며 진짜 학문이지, 하고 말하곤 했다. 엄마는 말하자면 사회 민주주의자였고, 당시 보비는 스스로 공산 사회주의 무정부주의자라 생각했던 것 같다. 엄마가 더블린에 오면 두 사람은 스페인 내전에 대해 시시콜콜 언쟁을 하며 즐거워했다. 가끔 보비가 나를 보면서 말했다. 프랜시스, 넌 공산주의자잖아, 내 편 좀 들어 줘. 그러면 엄마는 웃으며 이렇게 말했다. 쟤? 차라리 찻주전자한테 부탁하는 게 낫겠다. 엄마는 내 친구 관계나 개인사에 별로 관심이 없었고 그런 성향이 우리 두 사람 모두에게 잘 맞았지만, 보비와 헤어졌을 때는 〈정말 안타까운 일〉이라고 말했다.

토요일에 엄마가 나를 태우러 기차역까지 나왔고 우리는 정원에서 오후를 보냈다. 베어 놓은 잡초에서 따뜻하고 알레르기를 자극하는 냄새가 났다. 하늘은 천 조각처럼 부드러워 보였고 새들이 길게 줄을 지어 하늘을 가로질렀다. 엄마는 잡초를 뽑았고 나는 잡초를 뽑는 척하면서 이야기를 했다. 이상하게도 나는 더블린에서 만난 편집자와 작가에 대해 전부 이야기하고 싶었다. 나는 장갑을 벗고 이마를 닦은 다음 다시 끼지 않았다. 엄마에게 차를 마시고 싶은지 물었지만 엄마가 못들은 척했다. 나는 바늘꽃 덤불 아래 앉아서 가지에 달린 작은 바늘꽃을 똑똑 따며 유명한 사람들 이야기를 계속했다. 말이 입 밖으로 감미롭게 흘러나왔다. 할 말이 이렇게 많은지, 내가 그런 이야기를 이렇게 좋아할지 미처 몰랐다.

결국 엄마도 장갑을 벗고 정원용 의자에 앉았다. 나는 다리를 꼬고 앉아서 운동화 끝을 보고 있었다.

멀리사라는 여자한테 큰 인상을 받은 모양이네. 엄마가 말했다.

내가요?

그 여자가 너한테 여러 사람을 소개해 줬잖아.

멀리사는 나보다 보비를 더 좋아해요. 내가 말했다.

하지만 그 남편은 널 좋아하지.

나는 어깨를 으쓱하며 모르겠다고 말했다. 그런 다음 엄지에 침을 묻혀 운동화의 작은 얼룩을 문지르기 시작했다.

그 사람들 돈 많지? 엄마가 말했다.

그럴걸. 남편 집안이 부자예요. 집도 정말 좋고.

근사한 집에 흥분하다니 너답지 않네.

이 말이 나를 찔렀다. 나는 엄마의 말투를 못 알아들은 척하며 신발을 계속 문질렀다.

흥분한 거 아니에요. 내가 말했다. 그냥 그 사람들 집이 어떤지를 말한 거지.

내 귀에는 좀 이상하게 들리는데? 멀리사라는 여자는 그 나이에 왜 대학생들이랑 어울리는지 모르겠다.

멀리사는 서른일곱 살이에요, 쉰이 아니라. 그리고 우리 기사를 쓰고 있다고요. 말했잖아.

엄마가 의자에서 일어나 정원 일을 할 때 입는 리넨 바지에 손을 닦았다.

글쎄. 엄마가 말했다. 네가 자란 곳은 몽크스타운의 좋은 집들이랑은 거리가 멀지.

내가 웃었고, 엄마는 나를 일으켜 주려고 손을 내밀었다. 엄마의 손은 크고 퉁퉁 부어서 내 손과 전혀 달랐다. 엄마의 손은 나에게 없는 실용적인 능력을 잔뜩 가지고 있었고, 내 손은 고쳐야 할 물건처럼 엄마 손에 꼭 맞았다.

저녁에 아빠한테 갈 거니? 엄마가 말했다.

내가 손을 빼서 주머니에 넣었다.

어쩌면요. 내가 말했다.

부모님이 서로 좋아하지 않는다는 것은 어렸을 때부터 빤히 보였다. 영화나 텔레비전에 나오는 부부는 집 안일을 같이 하고 함께한 추억에 대해서 사랑스럽게 이야기를 나누었다. 나는 식사 때만 빼면 어머니와 아버지가 같은 공간에 있는 모습을 본 기억이 없었다. 아버지는 〈감정 기복〉이 있었다. 가끔 아버지가 언짢을 때면 엄마가 나를 데리고 클론타프의 버니 이모 집으로 갔고, 엄마와 이모가 부엌에 앉아서 고개를 저으며 이야기를 나누는 동안 나는 사촌 앨런이 「시간의 오카리나」⁶를 연주하는 모습을 보았다. 나는 이런 사건들에서 술이 모종의 역할을 한다는 사실은 알았지만 정확히 어떤 작용을 하는지는 알 수 없었다.

나는 버니 이모네 집에 가는 것이 좋았다. 그 집에서는 다이제스티브 비스킷을 마음껏 먹을 수 있었고, 집에 돌아와 보면 아버지는 나가고 없거나 크게 뉘우치고 있었다. 나는 아버지가 나갈 때가 좋았다. 뉘우칠 때는 자꾸 내 학교생활에 대해서 이야기를 나누려 했고, 그러면 나는 아빠를 즐겁게 하거나 무시하는 것 중 하나를 선택해야 했다. 아빠를 즐겁게 해주면 부정직하고 나약한 기분, 쉬운 목표물이 된 기분이었다. 반대로 아

6 닌텐도가 개발한 비디오 게임의 배경 음악.

빠를 무시하면 심장이 정말 빨리 뛰었고 나중에 거울에 비친 내 모습을 볼 수가 없었다. 그리고 엄마가 울었다.

아빠의 감정 기복이 무엇 때문인지 구체적으로 말하기는 어려웠다. 아빠는 가끔 며칠 동안 집을 비웠다가 돌아왔는데, 그럴 때면 엄마와 나는 내 아일랜드 은행 저금통에서 돈이 사라지거나 텔레비전이 사라진 것을 발견했다. 또 아빠가 가구에 부딪쳤다가 이성을 잃을 때도 있었다. 아빠가 내 학교 실내화를 밟고 넘어져서 내 얼굴을 향해 실내화 한 짝을 던진 적도 있었다. 실내화는 빗나가서 난로로 들어갔고, 나는 얼굴이 타들어 가는 기분으로 불타는 신발을 지켜보았다. 나는 공포심을 드러내지 않는 법을 배웠다. 공포심을 드러내 봤자 아빠를 자극할 뿐이었다. 나는 더없이 차가웠다. 나중에 엄마가 말했다. 왜 실내화를 안 꺼냈어? 시도해 볼 수는 있었잖아. 나는 어깨를 으쓱하며 말했다. 내 얼굴이 난로에 들어갔어도 타버리게 됐을 거예요.

저녁에 아빠가 퇴근하면 나는 꼼짝 않고 가만히 있었고, 잠시 후에는 아빠의 감정이 어떤 상태인지 아주 분명하게 알 수 있었다. 아빠가 문을 닫거나 열쇠를 돌리는 방식의 어떤 부분이 마치 아빠가 집이 떠나가라 소리를 지른 것처럼 확실히 알려 주었다. 내가 엄마에게 말했다. 지금 언짢은 상태야. 그러면 엄마가 말했다. 그러지 마. 하지만 엄마는 나만큼이나 잘 알고 있었다. 열

두 살 때 아빠가 갑자기 학교로 나를 데리러 왔다. 자동차에 탄 우리는 집으로 가는 대신 시내를 벗어나 외곽의 블랙록으로 향했다. 왼쪽으로 더블린 급행열차가 지나갔고 차창 밖으로 풀베그 발전소 탑이 보였다. 아빠가 말했다. 엄마가 우리 가정을 깨뜨리려고 해. 내가 곧장 대답했다. 제발 내려 주세요. 나중에 아빠는 이 말이 엄마가 나를 조종해서 아빠를 미워하게 만들었다는 증거라고 했다.

아빠가 밸리나로 이사한 후 나는 둘째 주 주말마다 아빠 집에 갔다. 당시 아빠는 대체로 상태가 괜찮았고, 우리는 음식을 포장해 와서 먹고 가끔 영화를 보러 갔다. 나는 아빠의 기분 좋은 감정이 곧 끝나고 나쁜 일이 벌어지리라는 신호를 끊임없이 찾았다. 무엇이든 신호가 될 수 있었다. 하지만 우리가 매카시스에 가면 아빠의 친구들이 이렇게 말했다. 얘가 바로 자네가 말한 그 천재군. 그렇지, 데니스? 그런 다음 신문 뒷면 크로스워드 퍼즐이나 아주 긴 단어의 철자를 물어보았다. 문제를 맞히면 아저씨들이 내 등을 탁 치고 레드 레모네이드를 사주었다.

앤 나중에 나사NASA에서 일할 거야. 아빠 친구 폴 아저씨가 말했다. 자네는 평생 행복하겠군.

뭐든 하고 싶은 걸 하겠지. 아빠가 말했다.

보비는 우리 아빠를 딱 한 번, 학교 졸업식 날 만났

다. 아빠는 졸업식에 참석하려고 셔츠와 보라색 타이 차림으로 더블린까지 왔다. 아빠는 엄마한테 보비 이야 기를 들었기 때문에 졸업식이 끝난 후 보비를 만나자 악수를 하며 말했다. 공연 정말 좋더구나. 우리는 학교 도서관에서 삼각형 샌드위치를 먹으면서 콜라를 마시 고 있었다. 보비가 말했다. 프랜시스랑 닮으셨네요. 아 빠와 내가 마주 보았고, 아빠가 수줍게 웃으며 말했다. 나는 잘 모르겠는데. 나중에 아빠는 나에게 보비가 〈예 쁜 아이〉더라고 말한 다음 작별 인사로 내 뺨에 입을 맞 추었다.

나는 대학에 간 뒤로 아빠를 자주 찾아가지 않았다. 그 대신 한 달에 한 번 밸리나에 가서 엄마 집에서 지냈 다. 아빠는 은퇴 후 감정 기복이 더 심해졌다. 나는 아 빠를 달래고, 명랑한 척하고, 아빠가 쓰러뜨린 물건을 바로 세우느라 얼마나 많은 시간을 허비하는지 깨닫기 시작했다. 나는 턱이 뻣뻣해졌고 작은 소리에도 흠칫거 렸다. 우리의 대화는 억지스러웠고 아빠는 내가 억양을 바꾸었다고 두 번 이상 비난했다. 어느 날 말다툼을 하 다가 아빠가 이렇게 말했다. 너 내가 우습지? 내가 대답 했다. 바보같이 굴지 마세요. 아빠가 웃으며 말했다. 아, 이제야 실토하는군. 이제야 진실이 드러났어.

저녁을 먹은 후 나는 아빠한테 다녀오겠다고 말했다. 엄마가 내 어깨를 주무르면서 좋은 생각이라고 말했다. 아주 좋은 생각이야. 착하기도 하지.

나는 재킷 주머니에 손을 넣고 시내를 가로질렀다. 해가 지고 있었고, 나는 텔레비전에서 뭘 하고 있을까 생각했다. 두통이 하늘에서 내 뇌로 곧장 떨어진 것처럼 밀려왔다. 나는 나쁜 생각을 하지 않으려고 최대한 시끄럽게 발을 구르며 걸으려 했지만 사람들이 나를 보고 묘한 표정을 지어서 주눅이 들었다. 내가 약하기 때문임을 나도 알았다. 보비는 절대 낯선 사람들 때문에 주눅 들지 않았다.

아버지는 주유소 근처의 테라스 달린 작은 집에 살았다. 나는 초인종을 누르고 손을 주머니에 다시 넣었다. 아무 반응도 없었다. 내가 초인종을 다시 누르고 손잡이를 잡아 보니 끈적거렸다. 문이 열리기에 나는 안으로 들어섰다.

아빠? 계세요?

집에서 싸구려 기름과 식초 냄새가 났다. 아빠가 처음 이사했을 때는 복도 양탄자에 무늬가 있었지만 이제는 워낙 밟고 지나다녀서 납작한 갈색 양탄자가 되었다. 휴가 때 마요르카에서 찍은 가족사진이 전화기 위에 걸려 있었다. 네 살 때의 나는 〈행복하세요〉라고 적힌 노란 티셔츠를 입고 있었다.

계세요? 내가 말했다.

아빠가 부엌문 뒤에서 나타났다.

너니, 프랜시스? 아빠가 말했다.

네.

들어와라, 뭐 좀 먹고 있었어.

높고 얼룩덜룩한 부엌 창은 콘크리트 마당을 향해 나 있었다. 개수대 옆에 더러운 그릇이 쌓여 있고 작은 쓰레기들이 휴지통 플라스틱 테두리 너머로 넘쳐서 바닥에 떨어져 있었다. 영수증, 감자 껍질 같은 것들이었다. 아빠는 쓰레기를 못 본 듯 밟고 지나갔다. 작은 파란색 접시에 갈색 봉투에 든 무언가를 놓고 먹는 중이었다.

저녁 먹었지? 아빠가 말했다.

네, 먹었어요.

더블린 소식 좀 전해 주렴.

안됐지만 별거 없어요. 내가 말했다.

아빠가 식사를 끝내자 나는 주전자에 물을 끓여서 개수대에 채운 다음 레몬향 세제를 풀었다. 아빠는 텔레비전을 보러 딴 방으로 갔다. 물이 너무 뜨거워서 손을 꺼내 보니 분홍색으로 변해 있었다. 나는 유리잔과 포크, 나이프를 먼저 씻은 다음 접시를 씻었고, 그다음에 솥과 팬을 씻었다. 설거지를 끝낸 나는 개수대를 비우고, 주방 조리대를 닦고, 감자 껍질을 쓰레기통에 다시넣었다. 부엌칼 칼날을 따라 소리 없이 미끄러지는 비누 거품을 보고 있으니 갑자기 자해를 하고 싶었다. 나는 그 대신 소금 통과 후추 통을 치우고 거실로 갔다.

저 가요. 내가 말했다.

가려고?

쓰레기통 비우세요.

또 보자. 아빠가 말했다.

7

7월에 멀리사가 자기 생일 파티에 우리를 초대했다. 우리는 한동안 멀리사를 보지 못했고, 보비는 멀리사에게 무엇을 사줘야 할까, 둘이서 같이 사야 할까 각자 사야 할까 고민하기 시작했다. 나는 포도주나 한 병 사주겠다고, 그 문제는 이걸로 끝이라고 말했다. 멀리사와 나는 행사장에서 만날 때마다 점점 더 서로 눈을 피하게 되었다. 멀리사와 보비는 고등학생처럼 귓속말을 속닥이면서 웃었다. 나는 멀리사를 싫어할 용기가 없었지만 싫어하고 싶다는 것은 알았다.

보비는 딱 붙는 짧은 티셔츠에 블랙 진을 입고 파티에 갔다. 나는 복잡한 어깨 끈이 달린 여름 원피스를 입었다. 따뜻한 저녁이었고, 멀리사의 집에 도착할 때쯤에야 하늘이 겨우 어두워지기 시작했다. 구름은 초록색이었고 별들을 보니 설탕이 생각났다. 뒤뜰에서 개 짖는 소리가 들렸다. 나는 닉을 아주 오랫동안 못 본 것 같았고, 이메일을 주고받을 때는 무관심한 척하면서 우스꽝스럽게 굴었기 때문에 그를 만난다고 생각하니 약간 초조해졌다.

멀리사가 직접 현관으로 나왔다. 그녀는 우리를 차례로 포옹한 다음 내 왼쪽 광대뼈에 가볍게 입을 맞췄다. 내가 아는 향수 냄새가 났다.

선물 안 해도 되는데! 멀리사가 말했다. 둘 다 인심이 너무 좋다니까! 들어와서 뭐라도 좀 마셔. 정말 반갑다.

우리는 멀리사를 따라 부엌으로 들어갔다. 부엌은 어두침침했고 긴 목걸이를 한 사람들과 음악 소리로 가득했다. 전부 깨끗하고 널찍해 보였다. 잠시 후 나는 이게 우리 집이라고, 내가 여기서 자랐다고, 이 집의 물건들이 다 내 거라고 상상해 보았다.

포도주는 조리대에 있고 다른 술은 뒤쪽 다용도실에 있어. 멀리사가 말했다. 마음껏 마셔.

보비가 커다란 잔에 붉은 포도주를 따르더니 멀리사를 따라 온실로 갔다. 나는 두 사람을 따라가고 싶지 않았기 때문에 다른 술을 마시고 싶은 척했다.

부엌 뒷문으로 통하는 다용도실은 벽장 크기의 공간으로, 다섯 명 정도가 마리화나를 피우며 무슨 얘기에 떠들썩하게 웃고 있었다. 그중에 닉도 있었다. 내가 안으로 들어가자 누군가가 말했다. 앗, 경찰이다! 그러더니 다 같이 웃었다. 나는 그 사람들보다 한참 어리다는 것을 실감하며, 원피스 등 쪽이 얼마나 많이 파였나 생각하며 서 있었다. 닉은 세탁기에 앉아서 병맥주를 마시고 있었다. 흰 셔츠의 첫 단추가 풀려 있었고 얼굴이 벌겠다. 다용도실 안은 무척 덥고 연기가 자욱했다. 부엌보다 훨씬 더웠다.

멀리사가 여기 술이 있다고 해서요. 내가 말했다.

응. 닉이 말했다. 뭐 줄까?

나는 진을 한 잔 마시겠다고 말했고, 다들 평온하고 무표정한 얼굴로 나를 보았다. 닉을 빼면 여자 둘, 남자 둘이었다. 여자들은 서로를 보지 않았다. 나는 손톱을 내려다보며 깨끗한지 확인했다.

당신도 배우예요? 누군가 물었다.

작가야. 닉이 말했다.

그가 나를 다른 사람에게 소개했지만 나는 이름을 바로 잊어버렸다. 닉이 커다란 유리잔에 진을 넉넉히 따르면서 어딘가에 토닉워터가 있을 거라고 말했고, 그래서 나는 닉이 토닉워터를 찾는 동안 기다렸다.

기분 상하라고 한 말은 아니었어요. 한 남자가 말했다. 여배우들이 워낙 많아서.

맞아, 닉은 사람들 시선을 조심해야 돼. 다른 누군가가 말했다.

닉이 나를 보았지만 당황한 건지 취한 건지 알아보기

어려웠다. 분명 성적 함의가 있는 말이었지만 나는 무슨 뜻인지 정확히 알 수 없었다.

안 그래. 닉이 말했다.

그럼 멀리사가 마음이 넓은가 봐. 다른 누군가가 말했다.

이 말에 닉을 뺀 모두가 웃었다. 이 사람들이 나를 어렴풋이 파멸적이고 관능적인 존재로 취급하며 장난을 치고 있음을 이제야 깨달았다. 딱히 신경이 쓰이지는 않았고 사실 이메일을 쓸 때 이 일을 얼마나 재미있게 활용할 수 있을지 생각하는 중이었다. 닉이 진토닉 잔을 건네자 나는 이를 드러내지 않고 미소를 지었다. 이제 술을 받았으니 내가 그만 나가기를 닉이 바랄지, 아니면 그랬다가 실례가 되는지 알 수가 없었다.

집에서는 어땠어? 닉이 말했다.

아, 좋았어요. 부모님도 잘 계시고. 물어봐 줘서 고마워요.

어디 출신이에요, 프랜시스? 남자들 가운데 한 명이 말했다.

저는 더블린 출신인데 부모님은 밸리나에 사세요.

아, 그럼 컬치[7]구나. 닉한테 컬치 친구가 있는 줄 몰랐네.

음, 전 샌디마운트에서 자랐는데요? 내가 말했다.

7 더블린이 아닌 시골 출신을 이르는 말.

올 아일랜드 경기하면 어느 팀 응원해요? 누군가 물었다.

나는 남들이 피우는 담배 연기를, 그 달콤하고 역한 맛을 들이마셨다. 내가 말했다. 여성인 나에게 조국은 없죠. 닉의 친구들은 악의가 없어 보였지만 그들을 무시하자 기분이 좋았다. 닉은 무슨 생각이 떠올라 혼자 웃는 사람처럼 웃었다.

누군가 부엌에서 케이크에 대해서 뭐라고 소리치자 닉과 나를 제외한 모두가 다용도실을 나갔다. 개가 들어오려고 했지만 닉이 발로 밀어내고 문을 닫았다. 그는 갑자기 나와 함께 있어서 수줍어하는 것처럼 보였지만, 열기 때문에 얼굴이 빨개진 것뿐일지도 몰랐다. 부엌에서 제임스 블레이크의 노래 「레트로그레이드」가 들려왔다. 닉이 메일에서 이 앨범을 정말 좋아한다고 말했었기 때문에 나는 닉이 오늘 파티를 위해서 이 노래를 골랐을까 생각했다.

미안. 닉이 말했다. 너무 취해서 정신이 없네.

부럽네요.

나는 냉장고에 기대어 서서 손으로 얼굴에 부채질을 했다. 그가 맥주병을 내 뺨에 대주었다. 유리병이 환상적일 만큼 차갑고 축축해서 나도 모르게 너무 빨리 숨을 내쉬었다.

좋아? 닉이 말했다.

네, 믿을 수 없을 정도로요. 여기도 좀 해줘요.

내가 원피스의 한쪽 어깨끈을 옆으로 치우자 닉이 내
쇄골에 병을 가져다 댔다. 차갑게 응축된 물 한 방울이
살갗을 따라 흐르자 몸이 떨렸다.

너무 좋아요. 내가 말했다.

닉은 아무 말도 하지 않았다. 나는 그의 귀가 빨개진
것을 알아차렸다.

다리 뒤쪽도 해줘요. 내가 말했다.

닉이 다른 손으로 병을 옮겨서 내 허벅지 뒤쪽에 가
져다 댔다. 내 살갗에 닿은 그의 손가락 끝이 차가웠다.

좋아? 닉이 말했다.

더 가까이 와요.

우리 지금 서로 유혹하는 건가?

내가 닉에게 입을 맞췄다. 그는 가만히 있었다. 닉의
입 속은 뜨거웠고, 그가 나를 만지고 싶다는 듯 맥주병
을 들지 않은 손을 내 허리에 얹었다. 나는 닉을 너무나
원했기 때문에 완전히 바보가 된 기분이었고 어떤 말이
나 행동도 할 수 없었다.

몇 초 후 닉이 내게서 떨어져 입을 닦았지만, 입술이
아직 거기 있는지 확인하려는 것처럼 부드러운 몸짓이
었다.

우리 여기서 이러면 안 될 것 같아. 닉이 말했다.

내가 침을 삼키고 말했다. 가야겠어요. 그런 다음 손

가락으로 아랫입술을 꼬집으면서, 아무 표정도 짓지 않으려고 애쓰면서 다용도실을 나왔다.

바깥 온실을 보니 보비가 창틀에 앉아 멀리사에게 이야기를 하고 있었다. 보비가 나를 손짓으로 불렀고, 나는 가고 싶지 않았지만 가서 어울려야 할 것 같았다. 두 사람은 작고 깔끔하게 자른 조각 케이크를 먹고 있었다. 크림과 잼으로 그린 가느다란 두 줄 장식이 꼭 치약 같았다. 보비는 손으로, 멀리사는 포크로 먹고 있었다. 내가 미소를 지으며 강박적으로 다시 입을 만졌다. 만지면서도 별로 좋은 생각이 아니라는 것을 알았지만 멈출 수가 없었다.

우리가 멀리사를 얼마나 숭배하는지 말하고 있었어. 보비가 말했다.

멀리사가 차분한 눈빛으로 나를 보더니 담뱃갑을 꺼냈다.

프랜시스는 아무도 숭배하지 않을 것 같은데. 멀리사가 말했다.

나는 힘없이 어깨를 으쓱했다. 그런 다음 진토닉을 마저 마시고 백포도주를 한 잔 따랐다. 나는 조리대 너머로 볼 수 있게 닉이 부엌으로 나오면 좋겠다고 생각했지만 그 대신 멀리사를 보며 생각했다. 난 당신이 싫어. 농담이나 감탄처럼 불쑥 떠오른 생각이었다. 나는 사실 멀리사가 정말 싫은지 아닌지 몰랐지만 이 말은 갑자기 생각 난 노래 가사처럼 옳게 느껴졌다.

시간이 지났지만 닉은 전혀 보이지 않았다. 애초에 보비와 나는 남는 방에서 자고 갈 계획이었으나 새벽 4~5시가 되어도 손님들이 대부분 남아 있었다. 이제 나는 보비가 어디 있는지도 알 수 없었다. 보비를 찾아서 우리가 묵을 방으로 올라가 봤지만 아무도 없었다. 나는 옷을 입은 채 침대에 누워서 슬픔이나 후회 같은 감정이 점차 느껴지는지 생각해 보았다. 결국 나는 잠들었고, 일어나 보니 보비는 없었다. 바깥은 회색빛 아침이었다. 나는 아무도 마주치지 않고 혼자 그 집을 나와서 버스를 타고 시내로 돌아왔다.

8

그날 오후에 나는 창문을 열어 둔 채 조끼와 속옷 차림으로 침대에 누워서 담배를 피웠다. 숙취가 있었고 보비는 아직 연락이 없었다. 창문을 통해 바람이 나뭇잎의 위치를 바꾸는 것이 보였고 어린애 두 명이 나무 뒤에서 나타났다 사라졌다 했는데, 한 명은 플라스틱 광선 검을 들고 있었다. 이 광경을 보니 마음이 누그러졌다. 또는, 적어도 신경이 딴 데 쏠려서 끔찍한 기분이 들지 않았다. 약간 추웠지만 옷을 챙겨 입느라 이 주문을 깨뜨리고 싶지 않았다.

나는 결국 오후 3~4시쯤 침대에서 나왔다. 그 무엇도 쓸 기분이 들지 않았다. 사실 뭔가를 쓰려고 하면 추하고 과시적인 글이 나올 것 같았다. 나는 그럴듯한 사람인 척했지만 실제로는 그렇지 않았다. 다용도실에 들어갔을 때 닉의 친구들 앞에서 재치 있는 척했다는 생각이 들어서 역겨웠다. 나는 부유한 집에 어울리지 않았다. 내가 그런 집에 초대를 받은 것은 보비 때문이었다. 보비는 어디든 어울렸고 같이 있으면 왠지 비교되어서 내가 보이지 않게 만들었다.

그날 저녁에 닉의 이메일을 받았다.

안녕 프랜시스, 어젯밤 일은 정말 미안해. 내가 정말 멍청했어, 마음이 너무 안 좋다. 나는 그런 사람이 되고 싶지 않고, 네가 날 그런 사람이라고 생각하지 않았으면 좋겠어. 마음이 정말 불편하다. 절대로 널 그런 상황에 처하게 해서는 안 되는 거였는데. 오늘 네 기분이 괜찮았으면 좋겠다.

나는 답장을 보내지 않고 한 시간 정도 인터넷으로 만화를 보고 커피를 한 잔 만들었다. 그런 다음 닉의 이메일을 여러 번 다시 읽었다. 닉이 언제나처럼 전부 소문자로 써서 마음이 놓였다. 이렇게 긴장된 순간에 대문자를 썼다면 너무 극적이었을 것이다. 결국 나는 답장을 썼고, 그에게 키스를 한 것은 내 잘못이라고, 미안하다고 했다.

닉이 즉시 답장을 보냈다.

아니, 네 잘못이 아니었어. 내가 너보다 열한 살이나 많은데다가 내 아내의 생일이었잖아. 내 행동이 나빴어, 네가 죄책감을 느끼지 않았으면 좋겠다.

바깥이 어두워지고 있었다. 나는 어지럽고 초조했다. 산책을 갈까 생각했지만 비가 내렸고, 나는 커피를 너무 많이 마셨다. 심장이 너무 빨리 뛰었다. 내가 답장 버튼을 눌렀다.

파티에서 여자애들한테 키스 자주 해요?

20분도 지나기 전에 답장이 왔다

이렇게 말하면 그 일이 더 나쁘게 느껴지겠지만, 결혼한 뒤에는 한번도 그런 적 없어.

전화가 울려서 나는 여전히 이메일을 보면서 받았다. 같이 「브라질」 볼래? 보비가 말했다.
뭐?
나랑 같이 「브라질」 보겠냐고. 여보세요? 몬티 파이턴[8] 멤버가 만든 디스토피아 영화 말이야. 너 그거 보고 싶다며.
뭐? 그래, 좋아. 오늘 밤에?

8 영국의 코미디 그룹으로, 「브라질」의 감독 테리 길리엄이 몬티 파이턴 소속이다.

자고 있었어? 목소리가 이상하네.

안 잤어. 미안. 인터넷 보고 있었어. 그래, 만나자.

30분 후에 보비가 우리 집에 도착했다. 보비는 자고 가도 되냐고 물었다. 나는 된다고 했다. 우리는 침대에 앉아서 담배를 피우면서 어젯밤 파티에 대해서 이야기했다. 내가 거짓말을 하고 있다는 생각이 들자 심장이 세차게 뛰었지만 겉으로 보기에는 유능한 거짓말쟁이, 경쟁력 있는 거짓말쟁이였다.

너 머리 진짜 많이 길었다. 보비가 말했다.

자를까?

우리는 내 머리카락을 자르기로 했다. 나는 거실 거울 앞에 낡은 신문지를 깐 다음 의자를 놓고 앉았다. 보비는 부엌 가위를 썼지만, 끓는 물로 소독하고 페어리 세제로 씻은 다음이었다.

너 아직도 멀리사가 널 좋아한다고 생각해? 내가 말했다.

보비는 그 생각을 한 번도 의심한 적 없다는 듯 나를 보며 너그러운 미소를 지었다.

다들 날 좋아해. 보비가 말했다.

내 말은, 멀리사가 다른 사람들에 비해서 너한테 특별한 유대감을 느끼는 것 같냐고. 무슨 말인지 알잖아.

모르겠어. 멀리사는 읽어 내기 힘든 사람이라서.

내가 보기에도 그래. 가끔 멀리사가 나를 혐오한다는

생각이 들어.

아니야. 멀리사는 인간적으로 너를 진짜 좋아해. 널 보면 자기 자신이 떠오르나 봐.

그러자 나는 더욱 정직하지 못한 기분이 들어서 귓가가 화끈거렸다. 멀리사의 믿음을 배신했음을 깨닫자 내가 거짓말쟁이처럼 느껴지는 것 같기도 하고, 우리가 비슷하다는 생각이 다른 무언가를 암시하는 것 같기도 했다. 나는 닉이 아니라 내가 먼저 키스했다는 사실은 알았지만 닉이 그것을 바랐다고도 생각했다. 멀리사가 나를 볼 때 자신이 떠오른다면 닉 역시 나를 보면서 멀리사를 떠올리는 것은 아닐까?

앞머리를 좀 내도 되겠다. 보비가 말했다.

아니야, 지금도 사람들이 너랑 나를 자꾸 헷갈려 하잖아.

그게 기분 나쁘다니, 나 기분 나쁜데?

우리는 머리카락을 다 자르고 나서 커피를 한 주전자 만든 다음 소파에 앉아 페미니즘 클럽에 대해서 이야기했다. 작년에 클럽에서 이라크 침공을 지지했던 영국인을 연사로 초청하자 보비는 클럽을 탈퇴했다. 회장은 클럽 페이스북 페이지에서 보비의 반대가 〈공격적〉이고 〈분파주의적〉이라고 썼는데, 우리끼리는 완전 말도 안 되는 소리라고 결론을 내렸지만 결국 연사가 초청을 받아들이지 않았기 때문에 필립과 나는 클럽을 공식적으로 탈퇴하지 않았다. 보비는 나의 이런 결정에 그때 그때 다른 태도를 보였는데, 그 당시 우리가 얼마나 잘 지내고 있는지 나타내는 지표라 할 수 있었다. 우리가 잘 지내고 있으면 보비는 그것을 내 너그러움의 표시로, 심지어는 젠더 혁명 대의를 위한 자기희생으로 받아들였다. 하지만 우리가 의견이 맞지 않을 때는 내가 의리도 없고 사상적으로 줏대도 없음을 잘 보여 주는 예라고 했다.

요즘 성차별 경향에 대한 공식 입장이 있긴 하대? 보비가 말했다. 아니면 그 문제에도 양면이 존재한대?

여성 CEO가 더 많아져야 한다고는 하더라.

있잖아, 여성 무기상이 확실히 부족한 것 같아. 난 항상 그렇게 생각했어.

우리는 결국 영화를 틀었지만 보비는 보다가 잠들었다. 나는 보비가 부모님 곁에 있는 것이 괴로워서 우리 집에서 자는 게 더 좋은 걸까 생각했다. 보비가 그렇게 말한 것은 아니었다. 보비는 보통 자기감정을 시시콜콜한 부분까지 잘 말했지만 가족 문제는 달랐다. 나는 혼자 영화를 보고 싶지 않았기 때문에 영화를 끄고 인터넷 서핑을 했다. 보비가 잠깐 깨더니 내 방 매트리스로 가서 제대로 잠들었다. 보비가 내 방에서 자고 있고 나는 깨어 있다는 사실이 좋았다. 왠지 마음이 놓였다.

그날 밤 보비가 잠든 사이에 나는 노트북을 열고 닉

의 마지막 이메일에 답장을 썼다.

/

그런 다음 나는 닉에게 키스를 했다고 보비에게 말할지 말지 다시 고민했다. 최종 결정과 상관없이 보비에게 말을 한다면 어떤 식으로 할지, 어떤 부분을 강조하고 어떤 부분을 뺄지 세심하게 예행연습을 해보았다.

그냥 그렇게 됐어. 내가 이렇게 말한다.

말도 안 돼. 보비가 대답한다. 하지만 닉이 너를 좀 좋아한다는 생각은 항상 들었어.

모르겠어. 닉이 무척 취했었거든, 바보 같은 짓이었어.

하지만 닉은 이메일에서 자기 잘못이라고 확실히 말했잖아. 안 그래?

나는 보비라는 인물을 닉이 나에게 관심이 있다고 스스로를 안심시키는 데 사용하고 있고 진짜 보비는 그런 식으로 말하지 않으리란 사실을 잘 알았기 때문에 상상 속의 대화를 그만두었다. 상황을 이해할 만한 사람에게 이야기하고 싶은 충동을 느낀 것은 사실이었지만 보비가 멀리사에게 말할지도 모른다는 위험을 무릅쓰고 싶지는 않았다. 보비는 일부러 나를 배신하려고가 아니라 멀리사의 삶에 더 깊숙이 들어가고 싶어서 말할 것 같았다.

나는 보비에게 말하지 않기로 결정했다. 이는 아무에게도, 즉 상황을 이해할 만한 누구에게도 이야기하지 않으리라는 뜻이었다. 나는 필립에게 키스하면 안 되는 사람에게 키스했다고 말했지만 필립은 무슨 말인지 알아듣지 못했다.

보비 말이야? 필립이 말했다.

아니, 보비는 아니야.

보비한테 키스한 것보다 나빠, 나아?

더 나빠. 훨씬 나빠. 그냥 잊어버려.

세상에, 그보다 나쁜 일은 불가능할 줄 알았는데.

필립에게 이야기하려 해봐야 소용없었다.

파티에서 전 여자 친구한테 키스한 적이 있어. 필립이 말했다. 몇 주 동안 아주 드라마를 찍었지. 집중력이 완전 깨지더라.

그렇구나.

걔한테 남자 친구가 있어서 일이 더 복잡해졌거든.

그랬겠다.

다음 날 호지스피기스 서점에서 출간 기념회가 열렸는데 보비가 책에 사인을 받으러 가고 싶다고 했다. 아주 따뜻한 7월 오후였다. 나는 나갈 시간이 될 때까지 집에 앉아서 손가락으로 엉킨 머리카락을 풀고 있었는데, 너무 세게 잡아당기는 바람에 갈라진 머리카락이 엉켜서 끊어져 버렸다. 나는 생각했다. 두 사람은 아예 안 올지도 몰라. 그럼 난 집으로 돌아와서 끔찍한 기분으로 끊어진 머리카락을 쓸겠지. 이제 내 인생에서 중요한 일은 두 번 다시 일어나지 않고 나는 죽을 때까지 머리카락이나 쓸어야 할지도 몰라.

나는 서점 문 앞에서 보비를 만났다. 보비가 나를 향해 손을 흔들자 왼쪽 손목에 끼고 있던 팔찌들이 우아하게 짤랑거리며 흘러내렸다. 내가 보비처럼 생겼다면 나쁜 일은 하나도 일어나지 않을 거라는 생각을 나도 모르게 종종 했다. 어느 날 일어나 보니 새롭고 낯선 얼굴을 가지고 있는 것과는 다르다. 일어나 보니 내가 이미 아는 얼굴, 나라고 상상했던 얼굴을 가지고 있는 셈이고, 그러므로 자연스러운 기분이 들 것이다.

행사장으로 가는 길에 계단 난간 너머로 닉과 멀리사가 보였다. 진열된 책 옆에 서 있었다. 멀리사는 무척 창백한 장딴지를 드러내고 발목 끈이 달린 플랫 슈즈를 신고 있었다. 내가 걸음을 멈추고 쇄골을 만졌다.

보비. 나 얼굴 번쩍거려? 내가 말했다.

보비가 흘끔 돌아봤다가 눈을 찌푸리고 나를 자세히 봤다.

응, 조금. 보비가 말했다.

나는 폐 속의 공기를 조용히 내보냈다. 이미 계단에 들어섰기 때문에 내가 할 수 있는 일은 어차피 아무것도 없었다. 물어보지 말 걸 그랬다.

나쁘진 않아. 너 오늘 귀여워. 왜?

나는 고개를 저었고 우리는 계단을 계속 올라갔다. 낭독이 아직 시작되지 않았기 때문에 다들 기대에 차서 포도주 잔을 들고 돌아다니는 중이었다. 행사장 안 공기는 무척 뜨거웠지만 거리를 향해 난 창문이 전부 열려 있었고, 시원한 바람이 왼쪽 팔에 살짝 닿자 몸이 떨렸다. 보비가 내 귀에 대고 뭐라 말을 했고 나는 고개를 끄덕이며 듣는 척했다.

결국 닉이 우리 쪽을 보았고 나도 그를 보았다. 내 몸 안에서 열쇠가 돌아가는 느낌이었다. 너무 세게 돌아가서 어떻게 해도 멈출 수가 없었다. 닉이 무슨 말을 하려는 듯 입을 벌렸지만 숨을 들이마시더니 하려던 말을 삼키는 것 같았다. 우리 둘 다 손짓이나 몸짓도 없이 아무도 엿들을 수 없는 둘만의 대화를 나누는 것처럼 서로 바라보기만 했다.

잠시 후 보비가 말을 멈췄음을 깨닫고 고개를 돌리자 보비도 닉을 보고 있었다. 아랫입술을 비죽 내민 것이 아하, 저 사람 보고 있었구나? 하고 말하는 것 같았다. 나는 유리잔을 얼굴에 대고 싶었다.

음, 옷 입을 줄은 좀 아네. 보비가 말했다.

나는 무슨 말인지 모르는 척하지 않았다. 닉은 흰 티셔츠에 스웨이드 신발을 신고 있었는데, 당시 유행하던 데저트 부츠였다. 나도 데저트 부츠를 신고 있었다. 닉이 잘생겨 보이는 것은 원래 잘생겼기 때문이었지만 보비는 나만큼 미에 약하지 않았다.

멀리사가 골라 줬을지도 몰라. 보비가 말했다.

보비는 수수께끼를 감추듯 혼자 미소를 지었지만 보비의 행동은 전혀 수수께끼 같지 않았다. 나는 손으로 머리를 쓸어 넘기며 시선을 돌렸다. 햇빛이 들어와서 카펫에 눈처럼 하얀 네모를 만들었다.

두 사람은 침대도 같이 안 쓴대. 내가 말했다.

우리의 눈이 마주쳤고 보비가 턱을 아주 살짝 들었다.

알아. 보비가 말했다.

작가가 낭독을 하는 동안 우리는 평소와 달리 귓속말을 하지 않았다. 여성 작가의 단편집이었다. 내가 보비를 흘깃 보았지만 보비는 계속 앞만 보았고, 그래서 나는 모종의 이유로 벌을 받고 있음을 알았다.

낭독이 끝난 후 우리는 닉과 멀리사를 보았다. 보비가 두 사람을 향해 다가가자 나도 손등으로 얼굴을 식히며 보비를 따라갔다. 두 사람은 다과 테이블 근처에서 있었고 멀리사가 우리에게 포도주를 주려고 손을 뻗었다. 화이트? 레드? 그녀가 말했다.

화이트요. 내가 말했다. 난 항상 화이트를 마셔요.

레드를 마시면 입이 이렇게 되거든요. 보비가 이렇게 말하면서 입가에 작은 동그라미를 그렸다. 아, 뭔지 알겠다. 멀리사가 나에게 포도주 잔을 건네면서 말했다. 나는 그렇게 심한 건 아닌데, 하고 생각했다. 그러면 뭔가 사악해 보이잖아. 멀리사가 말했다. 피라도 마신 것 같죠. 보비가 맞장구를 치며 말했다. 그래, 제물로 바친 처녀라든지 말이야. 멀리사가 웃으며 말했다.

나는 포도주를 들여다보았다. 맑고 초록색에 가까운 노란빛, 잘린 잡초의 색이었다. 닉을 흘긋 보자 나를 보고 있었다. 창문으로 들어온 햇빛 때문에 뒷목이 뜨거웠다. 닉이 말했다. 네가 올까 안 올까 궁금했어. 얼굴 보니 반갑네. 그러더니 다른 행동을 할까 봐 두렵다는 듯 손을 주머니에 넣었다. 멀리사와 보비는 아직도 이야기 중이었다. 아무도 우리에게 신경을 쓰지 않았다. 내가 말했다. 네. 나도 반가워요.

٩

다음 주에 멀리사는 일 때문에 런던에 갔다. 1년 중 가장 더운 일주일이었고, 보비와 나는 살갗을 좀 태우려고 텅 빈 캠퍼스에 앉아서 아이스크림을 먹었다. 어느 날 오후, 나는 닉에게 메일을 보내서 이야기를 좀 하고 싶은데 집으로 찾아가도 되냐고 물었다. 그는 물론 괜찮다고 답장을 보냈다. 보비에게는 말하지 않았다. 나는 칫솔을 챙겨 갔다.

닉의 집에 도착하니 창문과 문이 다 열려 있었지만 나는 어쨌든 초인종을 눌렀다. 부엌에서 닉이 들어오라고 외쳤다. 누구인지 묻지도 않았다. 나는 안으로 들어가 문을 닫았다. 부엌으로 들어가자 닉은 이제 막 설거지를 마쳤는지 행주에 손을 닦고 있었다. 그가 미소를 지으면서 나를 다시 만날 생각에 긴장했다고 말했다. 스패니얼이 소파에 누워 있었다. 개가 소파에 올라가 있는 모습은 처음 봤기 때문에 멀리사가 소파에서 못 자게 하는 건 아닐까 싶었다. 내가 왜 긴장했냐고 묻자 닉은 웃으면서 어깨를 으쓱했지만, 불안하다기보다 느긋해 보이는 몸짓이었다. 내가 조리대에 등을 기댔고 닉은 수건을 갰다.

그러니까, 당신은 유부남이죠. 내가 말했다.

응, 그런 것 같네. 마실 것 줄까?

나는 작은 병맥주를 받았지만 손에 쥐고 있을 것이 필요해서였다. 초조했다. 이미 잘못을 저지른 다음 그 결과가 어떻게 될지 불안할 때의 기분이었다. 나는 가정 파괴범이 되고 싶지는 않다고 말했다. 그러자 닉이 웃었다.

재밌네. 그게 무슨 뜻이야? 닉이 말했다.

그러니까, 당신은 바람을 피운 적이 없잖아요. 난 당신 결혼 생활을 망치고 싶지 않아요.

음, 글쎄, 사실 우리 결혼 생활은 여러 번의 바람을 견디고 살아남았어, 내가 관련되지 않았을 뿐이지.

닉이 재미있게 말했기에 내가 웃었지만, 내가 이 일의 도덕성에 대해서 마음을 놓게 하는 효과도 있었다. 아마 의도했을 것이다. 나는 멀리사에게 동정심을 느끼기는 정말 싫었는데, 이 말을 듣자 멀리사가 내 동정심의 테두리에서 완전히 벗어나는 것이 느껴졌다. 멀리사는 다른 인물이 나오는 다른 이야기에 속한 것 같았다.

위층으로 올라갔을 때 나는 닉에게 남자와 자본 적이 없다고 말했다. 닉은 그게 중요한지 물었고 나는 그렇게 생각하지 않지만 그가 이 사실을 나중에 알면 이상할 것 같다고 말했다. 우리가 옷을 벗는 동안 나는 아무렇지도 않은 것처럼 팔다리를 심하게 떨지 않으려고 애썼다. 나는 닉 앞에서 옷을 벗는 것이 두려웠지만, 어색하거나 매력 없어 보이지 않으면서 내 몸을 숨길 방법을 몰랐다. 닉의 상체는 동상처럼 무척 인상적이었다. 나는 갈채받는 나를 닉이 지켜볼 때의 그 거리감이 그리웠다. 지금은 그 거리가 나를 보호할 것 같고 심지어는 필요하다고 느껴졌다. 하지만 닉이 정말 이런 걸 하고 싶은 게 확실하냐고 묻자 내가 이렇게 대답하는 소리가 들렸다. 알겠지만 정말 이야기만 하려고 온 건 아니에요.

침대에서 닉은 뭐가 제일 기분 좋은지 물었다. 나는 전부 기분 좋다고 말했다. 온몸이 붉어지는 기분이었고 나는 소리를 무척 많이 내고 있었는데, 정확한 말이 아니라 모음뿐이었다. 나는 눈을 감았다. 몸 안쪽이 기름처럼 뜨거웠다. 나는 위협적이고 당황스럽고 강렬한 에너지에 몸을 빼앗겼다. 제발요. 내가 이렇게 말하고 있었다. 제발, 제발. 닉이 침대 옆 장식장에서 콘돔 상자를 꺼내려고 일어나 앉았을 때 나는 이렇게 생각했다. 끝나고 나면 난 영원히 말을 못할지도 몰라. 하지만 나는 저항하지 않고 굴복했다. 닉은 내가 침대에 누워서 몇 초쯤 기다린 것이 자기 잘못이라는 듯 〈미안해〉라고 중얼거렸다.

끝난 후 나는 똑바로 누워서 몸을 떨고 있었다. 하는 내내 끔찍할 만큼 시끄럽고 연극적으로 굴었기 때문에 이메일을 주고받을 때처럼 무관심한 척하는 것이 불가능했다.

괜찮았어요. 내가 말했다.

그래?

당신보다 내가 더 좋아한 것 같아요.

닉이 웃음을 터뜨리며 한쪽 팔을 들어서 손을 베고 누웠다.

아니야. 그가 말했다. 진짜 아니었어.

당신은 정말 상냥했어요.

그랬어?

진심이에요, 상냥하게 대해 줘서 정말 고마워요. 내가 말했다.

잠깐. 어이. 너 괜찮아?

내 눈에서 베개로 작은 눈물방울이 흘러내리고 있었다. 나는 슬프지 않았고, 내가 왜 우는지도 몰랐다. 예전에 보비랑 사귈 때에도 이런 문제가 있었는데, 보비는 억눌린 감정이 표출된 것이라고 생각했다. 나는 눈물을 멈출 수 없었기 때문에 진심으로 우는 게 아님을 보여 주려고 얌전히 웃었다. 스스로를 아주 난처하게 만들고 있다는 것은 알았지만 나도 어쩔 수 없었다.

가끔 이래요. 내가 말했다. 당신이랑은 상관없어요.

닉이 내 몸에, 가슴 바로 아래에 손을 가져다 댔다. 그러자 나는 동물처럼 마음이 놓여서 더 심하게 울었다.

정말이야? 닉이 말했다.

네. 보비한테 물어봐도 돼요. 아니, 진짜로 묻진 말고요.

닉이 미소를 지으며 말했다. 그래, 안 물어볼게. 그가 손가락 끝으로 개를 쓰다듬을 때처럼 나를 쓰다듬었다. 내가 얼굴을 거칠게 닦았다.

당신 정말 잘생겼어요. 내가 말했다.

그러자 닉이 웃었다.

그게 다야? 내 성격을 좋아하는 줄 알았는데. 닉이 말했다.

당신한테 성격이 있어요?

닉이 몸을 돌려 똑바로 눕더니 재미있다는 표정으로 천장을 보았다. 그가 말했다. 우리가 이랬다는 게 믿어지지 않아. 울음이 어느새 그쳐 있었다. 무슨 생각을 해도 느낌이 좋았다. 내가 그의 손목 안쪽을 만지며 말했다. 응, 믿어도 돼요.

나는 다음 날 아침 늦게 일어났다. 닉이 아침 식사로 프렌치토스트를 만들어 주었고 나는 시내로 가는 버스에 탔다. 뒷자리 창가 근처에 앉으니 햇빛이 드릴처럼 얼굴에 쏟아졌고 맨살에 닿는 좌석 천이 관능적으로 느껴졌다.

✐

그날 밤 보비가 〈집안 문제〉가 생겨서 잘 곳이 필요하다고 말했다. 주말에 엘리너가 제리의 물건을 버렸고, 그래서 말다툼이 커지자 리디아가 화장실에 들어가 문을 잠그고 죽고 싶다며 소리를 질렀다고 했다.

정말 엉망이야. 보비가 말했다.

나는 우리 집으로 오라고 했다. 달리 뭐라고 말해야 좋을지 몰랐다. 보비는 우리 집이 비어 있음을 잘 알았다. 그날 밤 보비는 내 노트북으로 악보를 찾아서 전자 피아노를 치며 놀았고, 나는 휴대 전화로 이메일을 확인했다. 아무 연락도 없었다. 책을 집어 들었지만 읽을 기분이 아니었다. 그날 아침에도 그 전날 아침에도 아무것도 쓰지 않았다. 나는 유명한 작가들의 긴 인터뷰를 읽기 시작했고, 내가 그들과 얼마나 다른지 깨달았다.

메시지 왔다고 떴어. 보비가 말했다.

읽지 마. 보여 줘.

왜 읽지 말라고 해?

네가 읽는 거 싫어. 노트북 줘.

보비가 노트북을 건넸지만 피아노로 돌아갈 생각이 없음을 알 수 있었다. 메시지를 보낸 사람은 닉이었다.

닉: 알아, 난 나쁜 놈이야.
닉: 이번 주에 한 번 더 올래?

누구야? 보비가 말했다.

그냥 좀 놔둘래?

왜 읽지 말라고 했어?

네가 읽는 게 싫으니까.

보비가 엄지손톱을 요염하게 깨물더니 침대 위 내 옆자리로 올라왔다. 내가 노트북을 덮자 보비가 웃었다.

열어 보지는 않았지만 누가 보냈는지는 봤어. 보비가 말했다.

그래, 잘했어.

너 그 사람 진짜 좋아하는구나, 응?

무슨 말인지 모르겠어. 내가 말했다.

멀리사 남편 말이야. 너 진심인 것 같은데.

내가 눈을 굴렸다. 보비가 침대에 누워 씩 웃었다. 그러자 너무 얄미워서 때리고 싶을 정도였다.

왜, 질투 나? 내가 말했다.

보비는 미소를 지었지만 딴생각을 하는 듯 멍한 미소였다. 나는 이제 뭐라고 해야 할지 몰랐다. 보비는 피아

노 앞으로 돌아가서 잠시 앉아 있더니 자고 싶다고 했다. 다음 날 아침, 내가 일어났을 때 보비는 이미 가고 없었다.

✦

나는 일주일 동안 거의 매일 밤을 닉과 함께 보냈다. 닉은 일이 없었기 때문에 오전에 몇 시간 정도 운동을 하러 갔고 나는 에이전시에 출근하거나 가게들을 돌아다녔다. 저녁이면 닉이 식사를 준비했고 나는 스패니얼과 놀았다. 나는 닉에게 평생 이렇게 많이 먹은 적이 없는 것 같다고 말했는데, 사실이었다. 부모님은 절대 초리조나 오베르진[9]으로 요리를 하지 않았다. 나는 신선한 아보카도 역시 처음 먹어 봤지만 닉에게는 말하지 않았다.

어느 날 밤, 멀리사가 우리 사이를 알게 될까 봐 무섭냐고 묻자 닉은 멀리사가 알아내지 못할 거라고 말했다.

하지만 당신은 알아냈잖아요. 내가 말했다. 멀리사가 바람 피웠을 때 말이에요.

아니야, 멀리사가 말한 거야.

정말요? 뜬금없이?

응, 처음에는 그랬어. 아주 초현실적이었지. 멀리사

9 프랑스어로 〈가지〉라는 뜻.

가 도서전 때문에 어딜 갔었는데, 새벽 5시였나, 갑자기 전화가 와서 할 말이 있다는 거야. 그게 다였어.

말도 안 돼.

하지만 그때는 일회적인 거였어, 그 뒤로 계속 만나진 않았고. 또 한 번은 훨씬 더 복잡했지. 당신한테 이런 비밀을 이야기하면 안 될지도 모르겠다. 멀리사를 나쁜 사람으로 만들려는 건 아니야. 적어도 내가 생각하기엔 아닌 것 같은데, 모르겠네.

우리는 저녁을 먹으면서 각자의 삶에 대해 사소한 이야기를 나누었다. 나는 자본주의를 파괴하고 싶다고, 남성성이 억압적이라 생각한다고 설명했다. 닉은 자신이 〈기본적으로〉 마르크스주의자라고, 집을 가지고 있다는 사실로 자신을 판단하지 않았으면 좋겠다고 했다. 그가 말했다. 집을 사거나 영원히 집세를 내거나 둘 중 하나야. 하지만 어느 정도 문제가 있다는 건 인정해. 나에게는 그의 집안이 무척 부유하다는 말로 들렸지만, 내가 무언가의 비용을 지불한 적이 한 번도 없다는 사실에 이미 신경이 쓰였기 때문에 그 문제를 따지고 들기가 피곤했다. 닉의 부모님은 아직 결혼 생활 중이고, 형제는 삼 남매라고 했다.

이런 이야기를 나누면서 닉은 내가 농담할 때마다 웃었다. 나는 내 농담에 웃는 사람한테 쉽게 넘어간다고 말했고 닉은 자기보다 똑똑한 사람한테 쉽게 넘어간다고 했다.

그런 사람을 자주 못 만나나 봐요. 내가 말했다.

봐, 서로 칭찬하니까 기분 좋잖아?

섹스는 너무 좋았기 때문에 나는 도중에 자주 울었다. 닉은 자신이 침대 머리판에 기대어 앉고 내가 위로 올라가는 것을 좋아했다. 그러면 조용히 이야기를 나눌 수 있었다. 내가 기분이 얼마나 좋은지 말하면 닉이 좋아하는 것을 알 수 있었다. 좋다는 말을 많이 하면 닉을 쉽게 보낼 수 있었다. 나는 가끔 내가 그에게 갖는 힘을 실감하고 싶다는 이유만으로 그렇게 했는데, 그러면 닉은 이렇게 말했다. 세상에, 미안, 너무 부끄럽다. 나는 섹스 자체보다도 닉이 그렇게 말할 때가 훨씬 더 좋았다.

나는 닉이 사는 집에 완전히 반했다. 모든 것이 티 한 점 없었고 아침이면 바닥 널이 시원했다. 부엌에 전동 커피 그라인더가 있었고 닉이 원두를 사 와서 아침 식사 전에 그라인더에 조금 넣었다. 그 행동이 과시적인지 아닌지 확신은 서지 않았지만 커피 맛은 진짜 좋았다. 내가 어쨌든 과시적인 행동이라고 말하자 닉은 이렇게 말했다. 그러면 뭘 마셔야 하는데? 빌어먹을 네스카페? 당신은 학생이야, 벌써부터 취향을 가진 것처럼 굴지 마. 물론 나는 그 집 부엌에 갖춰진 값비싼 가전제품 전부를 남몰래 좋아했다. 닉이 표면에 얇고 검은 크림이 생기도록 커피를 천천히 내리는 모습을 지켜볼 때

만큼 좋았다.

일주일 동안 닉은 거의 매일 멀리사와 통화를 했다. 주로 저녁쯤 멀리사에게서 전화가 왔고, 닉이 다른 방으로 가서 전화를 받는 동안 나는 소파에 누워서 텔레비전을 보거나 나가서 담배를 피웠다. 통화는 20분 이상 걸릴 때가 많았다. 닉이 전화를 받으러 나갔다가 돌아오기 전에 「못말리는 패밀리」 한 회를 다 본 적도 있었다. 바나나 노점을 태우는 내용이었다. 나는 닉이 통화할 때 뭐라고 하는지 한 번도 듣지 못했다. 내가 이렇게 물어본 적도 있었다. 멀리사가 뭘 의심하거나 그런 건 아니죠? 그러자 닉이 고개를 저으며 말했다. 아니야, 괜찮아. 닉은 자기 방을 나서면 나에게 육체적인 애정 표현을 하지 않았다. 우리는 같이 앉아서 텔레비전을 보았는데, 멀리사가 퇴근하기를 기다리는 사람들이라고 해도 이상하지 않을 정도였다. 내가 키스를 하면 닉은 거부하지 않았지만, 항상 내가 먼저 시작해야 했다.

닉의 진짜 기분이 어떤지 파악하기는 어려웠다. 침대에서 그는 절대 아무것도 강요하지 않았고 내가 무엇을 원하는지 항상 민감하게 신경 썼다. 하지만 닉은 어딘가 멍하고 억제하는 면이 있었다. 닉은 내 외모를 절대 칭찬하지 않았다. 충동적으로 나를 만지거나 입을 맞추지도 않았다. 나는 아직도 옷을 벗을 때마다 긴장이 됐다. 내가 펠라티오를 처음 해주었을 때는 닉이 너무 조용해서 중간에 멈추고 아픈지 물어봤을 정도였다. 닉은 아니라고 말했지만 내가 다시 시작한 뒤에도 아무 소리도 내지 않았다. 나를 만지지도 않았고, 닉이 나를 보고 있는지조차 알 수 없었다. 펠라티오가 끝나자 나는 기분이 이상했다. 우리 두 사람 다 즐겁지 않은 무언가를 내가 닉에게 강요한 기분이었다.

목요일에 나는 에이전시에서 잠깐 나왔다가 닉과 우연히 마주쳤다. 근무 도중 필립과 함께 커피를 마시러 나왔다가 키 큰 여자와 함께 있는 닉을 보았다. 여자는 한 손으로 유모차를 밀면서 다른 손으로는 전화기를 들고 통화 중이었다. 닉은 아기를 안고 있었다. 빨간 모자를 쓴 아기였다. 두 사람이 우리를 지나칠 때 닉이 손을 흔들어 인사했고 우리는 얼른 눈도 마주쳤지만, 그들 두 사람이 걸음을 멈추고 말을 걸지는 않았다. 그날 아침에 닉은 양손을 베고 누워서 내가 옷 입는 모습을 지켜보았다.

닉 아기는 아니겠지? 필립이 말했다.

나는 조작법을 모르는 비디오 게임을 하는 기분이었다. 내가 어깨를 으쓱하고 말했다. 아마 애 없을걸, 아닌가? 잠시 후 닉이 문자 메시지를 보냈다. 내 동생 로라랑 조카야. 그냥 지나쳐서 미안해, 좀 서두르는 중이어서. 내가 답장을 보냈다. 아기 귀엽네요. 오늘 밤에 가도 돼요?

그날 밤 저녁 식사를 할 때 닉이 물었다. 정말 귀엽다고 생각했어? 나는 아기를 제대로 보지 못했지만 멀리서 봤을 때 귀여워 보였다고 말했다. 닉이 말했다. 아, 걘 정말 최고야. 이름은 레이철이고. 난 지금까지 살면서 사랑하는 대상이 별로 없었는데, 레이철은 정말 사랑해. 처음 봤을 때는 눈물이 났다니까, 너무 작았지. 나는 닉이 이렇게까지 감정을 드러내는 것은 처음 보았고, 그래서 질투가 났다. 나는 얼마나 질투가 나는지 농담해 볼까 생각했지만 아기한테 질투를 한다는 것이 소름끼치는 일 같았고, 닉이 과연 알아들을지 의심스러웠다. 나는 이렇게 말했다. 참 다정하네요. 닉이 내 말에 열의가 부족한 것을 알아차렸는지 어색하게 말했다. 당신은 너무 어려서 어차피 아기한테 관심이 없을지도 몰라. 나는 이 말에 상처를 받아 말없이 포크로 리소토를 쓸었다. 그러다가 이렇게 말했다. 아니, 정말로 다정하다고 생각했어요. 어울리지 않게 말이에요.

뭐야, 평소에는 거칠고 공격적이라는 뜻이야? 닉이 말했다.

내가 어깨를 으쓱했다. 우리는 식사를 계속했다. 닉이 나 때문에 긴장하기 시작했음을 알았고, 그가 흘끔거리는 것이 느껴졌다. 닉은 전혀 거칠거나 공격적이지 않았다. 나는 닉이 자신도 모르게 내밀한 두려움을 드러냈음을 느끼면서 이 문제는 나중에 생각해 보려고 마음에 담아 두었다.

그날 밤 옷을 벗고 누웠을 때 침대 시트가 피부에 닿자 내가 차갑다고 말했다. 그러자 닉이 말했다. 집이 말이야? 밤에 추워?

아니요, 지금 말이에요. 내가 말했다.

내가 다가가서 키스를 하자 닉은 가만히 있었지만 왠지 멍하고 아무 감정이 없는 것 같았다. 잠시 후 닉이 몸을 피하며 말했다. 밤에 추우면 난방을 켜면 돼.

안 추워요. 내가 말했다. 방금 시트가 차갑게 느껴졌을 뿐이에요.

그래.

우리는 섹스를 했고, 좋았고, 끝난 다음 천장을 보며 누워 있었다. 폐 속으로 공기가 세차게 밀려 들었고, 나는 평화로운 기분이었다. 닉이 내 손을 잡고 말했다. 이제 따뜻해? 내가 대답했다. 따뜻해요. 내 체온에 이렇게나 관심을 가져 주다니, 감동적이네요. 그러자 닉이 말했다. 음, 뭐. 네가 얼어 죽은 걸 발견하면 마음이 안 좋을 테니까. 하지만 닉은 이렇게 말하면서 내 손을 쓰다듬었다. 내가 말했다. 경찰이 심문할지도 몰라요. 닉이 웃으며 말했다. 그래. 이 아름다운 시체가 왜 당신 침대에 있는 겁니까, 닉? 그런 질문을 하겠지. 이 말은 농담이었을 뿐, 닉이 나에게 아름답다고 말하는 일은 절대 없었다. 어쨌든 나는 그 농담이 좋았다.

금요일 밤, 멀리사가 런던에서 돌아오기 전에 우리는 「북북서로 진로를 돌려라」를 보면서 포도주를 한 병 나눠 마셨다. 닉은 그다음 주부터 무슨 촬영 때문에 에든버러에 갈 예정이었고, 그래서 당분간 만날 수 없었다. 그날 우리가 했던 이야기가 대부분 기억나지 않는다. 캐리 그랜트가 기차에서 금발 여자와 시시덕거리던 장면과 무슨 이유에선지 내가 또박또박한 미국 억양으로 여자의 대사를 따라 했던 것만 기억난다. 내가 말했다. 읽고 있는 책이 **딱히** 마음에 들지는 않거든요. 그러자 닉이 별 이유도 없이, 어쩌면 내 억양이 너무 엉망이어서였든지 무척 많이 웃었다.

이제 당신이 캐리 그랜트의 대사를 해야죠. 내가 말했다.

닉이 미국 동부 영화 같은 목소리로 말했다. 난 매력적인 여자를 만나는 순간 그녀와 사랑을 나누고 싶은 생각이 전혀 없는 척해야 하지요.

보통 그런 척을 오래 하나요? 내가 말했다.

당신이 말해 봐. 닉이 평소 목소리로 말했다.

나는 꽤 빨리 눈치챘던 것 같아요. 하지만 내가 착각한 건 아닐까 걱정했죠.

아, 나도 당신한테서 똑같은 느낌을 받았는데.

닉이 포도주 병을 들어 우리 잔을 다시 채웠다.

그럼 우리는 그냥 섹스만 하는 관계예요, 아니면 내

가 정말 좋아요?

프랜시스, 취했구나.

말해도 돼요, 기분 안 상해요.

그래, 나도 알아. 당신은 내가 섹스만 하는 관계라고 말하길 바라는 것 같아.

내가 웃었다. 나는 닉이 그렇게 생각하기를 바랐기 때문에, 그리고 사실은 닉도 그 사실을 알고 있지만 장난을 치고 있을 뿐이라고 생각했기 때문에 그 말을 듣자 기분이 좋았다.

기분 나빠 하지 마요. 내가 말했다. 엄청나게 즐거우니까. 아마 전에도 말했겠지만요.

몇 번밖에 안 했어. 가능하면 서면으로 작성해 주면 좋겠는데. 죽는 순간에도 바라볼 수 있는 영구적인 게 좋으니까.

닉이 내 무릎 사이로 손을 미끄러뜨렸다. 나는 맨다리에 줄무늬 원피스를 입고 있었다. 그가 손을 대는 순간 나는 잠에서 깬 사람처럼 저항할 수 없고 뜨거운 기분이 들었다. 힘이 완전히 다 빠져나간 것 같았고 말을 하려고 해도 더듬거리며 나왔다.

당신 아내가 집에 돌아오면 어떻게 되는 거죠? 내가 말했다.

그래. 어떻게든 해보자.

10

보비는 우리 집에서 자고 간 뒤로 연락이 없었다. 나는 닉과 함께 지내면서 다른 생각은 하지 않았기 때문에 보비에게 연락할 생각도 못 했고 보비가 왜 연락이 없는지 깊이 생각하지도 않았다. 그러다가 멀리사가 더블린으로 돌아온 후 보비가 〈질투???〉라는 제목의 이메일을 보냈다.

있잖아, 난 네가 닉한테 반했어도 상관없고, 너를 난처하게 만들거나 그러려던 건 아니었어. 그런 식으로 느껴졌다면 미안해. (닉이 유부남이라고 훈계하지도 않을 거야, 어차피 멀리사도 아마 바람을 피우고 있을 테니까.) 하지만 내가 닉을 질투한다고 비난한 건 네가 정말 잘못한 거야. 레즈비언한테 남자를 남몰래 질투한다고 비난하는 건 전형적인 호모포비아고, 너도 그 사실을 이미 알고 있어. 하지만 무엇보다도 내가 너의 관심을 두고 남자와 경쟁을 하고 있다는 듯이 말하는 건 우리 우정을 정말로 깎아내리는 행동이야. 넌나를 어떻게 생각하는 거니? 우리 우정이 웬 중년 유부남에게 느끼는 일시적인 성적 흥미보다 못하다고 진심으로 생각하는 거야? 그렇다면 난 정말 가슴이 아프다.

이 메일을 받았을 때 나는 근무 중이었지만 다른 직원은 아무도 없었다. 나는 메시지를 여러 번 읽었다. 왠지 모르겠지만 나는 메일을 잠깐 지웠다가 바로 휴지통 폴더로 가서 복원시켰다. 그러고 나서 읽지 않은 메일로 표시한 다음 메시지를 열어서 처음으로 읽는 것처럼 다시 읽어 보았다. 물론 보비의 말이 옳았다. 나는 보비에게 상처를 주고 싶어서 질투하냐고 말했다. 다만 그게 정말로 통할지 몰랐다. 아니, 내가 아무리 열심히 노력해도 보비에게 상처를 주는 게 가능하리라 생각도 하지 못했다. 보비에게 상처를 주는 것이 내 능력 안의 일임을 깨달았을 뿐 아니라 사실상 아무 준비도 없이 나도 모르게 그렇게 했음을 깨닫자 마음이 불편했다. 나는 사무실을 서성이다가 목이 마른 것도 아니면서 냉장고에서 물을 꺼내 플라스틱 컵에 따랐다. 그런 다음 다시 자리에 앉았다.

나는 여러 번 고쳐 쓴 끝에야 답장을 보냈다.

있잖아, 네 말이 맞아. 이상하고 옳지 않은 말이었고, 그런 말을 하면 안 되는 거였어. 나는 궁지에 몰린 기분이 들어서 그냥 널 화나게 만들고 싶었어. 이렇게 바보 같은 일로 네 감정을 상하게 하다니 정말 죄책감이 든다. 미안해.

나는 메일을 보낸 다음 일을 하려고 이메일 계정에서 로그아웃했다.

11시쯤 필립이 왔고, 우리는 이야기를 나눴다. 내가 일주일 동안 아무것도 못 썼다고 하자 필립이 눈썹을 추켜올렸다.

넌 아주 규칙적인 사람인 줄 알았는데. 필립이 말했다.

그랬었지.

이번 달에 좀 힘들어? 그래 보인다.

점심시간이 되자 나는 이메일 계정에 다시 로그인했다. 보비의 답장이 와 있었다.

좋아, 용서할게. 하지만 닉이라니, 진심이야? 요즘은 그런 사람이 좋아? 그냥, 〈완벽한 복근을 위한 비장의 묘수〉 같은 기사를 진지하게 읽을 사람이라는 느낌이 들어서

상대가 꼭 남자여야 한다면 필립처럼 남자답지 않고 섬세한 사람일 거라고 생각했거든, 그래서 좀 의외다.

이번에는 답장을 보내지 않았다. 보비와 나는 남자들이 육체적 우월함에 광적으로 집착하는 것을 같이 경멸했다. 아주 최근에도 테스코 상점 바닥에 같이 앉아서 남성 잡지의 공허한 문단을 소리 내서 읽다가 가게에서 나가 달라는 소리를 들었다. 하지만 보비는 닉을 잘못 봤다. 닉은 그런 사람이 아니었다. 사실 닉은 보비가 자신에 대해서 가지고 있는 잔인한 생각을 바로잡으려고도 하지 않고 웃어넘길 사람이었다. 하지만 나는 보비에게 그런 설명을 할 수가 없었다. 내가 닉을 보면서 가장 사랑스럽다고 생각하는 부분을 보비에게는 절대 말할 수 없었는데, 바로 나처럼 평범하고 감정적으로 차가운 여자한테 끌린다는 점이었다.

일을 끝내자 피곤하고 머리가 아팠다. 심한 두통이었다. 나는 집으로 걸어 돌아와 침대에 잠시 누워 있기로 했다. 5시였다. 나는 한밤중까지 깨지 않았다.

닉이 스코틀랜드로 떠날 때까지 우리는 다시 만나지 못했다. 스코틀랜드에서 닉은 아침 일찍부터 세트장에 나갔기 때문에 우리는 늦은 밤이 되어서야 온라인으로 이야기를 나눌 수 있었다. 그때쯤 되면 닉은 대체로 피곤하고 소극적인 것 같았고, 그래서 나는 그의 메시지에 간결하게만 대답하거나 아예 대답하지 않았다. 닉은 같이 일하는 동료들이 정말 싫다는 등 사소한 이야기를 온라인으로 했다. 내가 보고 싶다거나 내 생각을 한다는 말은 절대 하지 않았다. 내가 그의 집에서 같이 보낸 시간을 언급하면 닉은 말을 돌렸다. 그러면 나는 더 차갑게 빈정거렸다.

닉: 세트에서 제정신인 사람은 스테파니밖에 없어

나: 그럼 그 여자랑 바람피우지 그래요

닉: 글쎄, 그래 봤자 우리 업무 관계에 해만 될 것 같은데

나: 나 들으라고 하는 말인가요

닉: 게다가 스테파니는 최소 60살은 넘었어

나: 당신이 몇 살이더라? 63?

닉: 재밌네

닉: 당신이 원하면 스테파니랑 의논해 볼게

나: 아, 제발 그렇게 해줘요

나는 집에서 유튜브로 닉이 나오는 영화와 TV 클립을 보았다. 닉은 아주 오래된 범죄 드라마의 어느 에피소드에서 유괴된 아이의 젊은 아빠 역할을 맡은 적이 있는데, 그중에 경찰서에서 주저앉아 우는 장면이 있었다. 나는 그 클립을 제일 자주 봤다. 내가 상상한 닉의 우는 모습 그대로, 우는 자신이 밉지만 너무 미워서 오

히려 더 심하게 우는 장면이었다. 나는 밤에 대화를 나누기 전에 이 클립을 보면 닉을 더 호의적으로 대한다는 사실을 깨달았다. 닉에게는 2011년 이후 업데이트가 되지 않은 아주 기초적인 HTML로 꾸민 팬사이트가 있었는데, 나는 가끔 닉과 대화를 나누면서 그 사이트를 보았다.

당시 나는 아팠는데, 방광염이었다. 한동안 계속된 불편함과 미열이 심리적으로 적절한 것 같았기에 아무 조치도 취하지 않았지만 결국은 학교 병원에서 진료를 받았고, 의사가 처방해 준 항생제와 진통제를 먹으니 자꾸 졸렸다. 저녁이면 내 손을 멍하니 보거나 노트북 화면에 초점을 맞추려고 애쓰면서 시간을 보냈다. 구역질이 났다. 온몸에 사악한 박테리아가 가득한 느낌이었다. 나는 알았다, 닉은 나와 비슷한 여파를 겪고 있지 않았다. 우리 사이에 동등한 것은 하나도 없었다. 닉은 나를 종잇조각처럼 구겨서 던져 버렸다.

시를 다시 쓰려 했지만 내가 쓴 글을 보면 전부 부끄러운 빈정거림으로 가득한 느낌이었다. 그래서 몇 편은 삭제하고 몇 편은 절대 열어 보지 않는 폴더들에 숨겼다. 나는 또다시 모든 일을 너무 심각하게 받아들이고 있었다. 내 생각에 닉이 나에게 저지른 잘못, 그가 직접적으로나 간접적으로 했던 냉담한 말에 집착했고, 그래서 닉을 미워하면서 그에 대한 내 강렬한 감정이 순수한 증오라고 정당화할 수 있었다. 하지만 닉이 나에게 준 상처는 애정을 거두어 간 것뿐이며, 그에게는 당연히 그럴 권리가 있다는 사실을 나는 잘 알았다. 그 점만 제외하면 닉은 항상 예의 바르고 사려 깊었다. 가끔 나는 이 일이 내 평생 최악의 불행이라고 생각했지만, 아주 얕은 불행이었고, 언제든지 닉의 말 한마디에 완전히 녹아서 바보 같은 행복으로 바뀔 수 있었다.

어느 날 밤 나는 온라인으로 대화를 하다가 닉에게 가학적인 기질이 있냐고 물었다.

닉: 내가 알기론 없는데
닉: 왜 물어?
나: 있는 것 같아서요
닉: 흐음
닉: 걱정스럽네

시간이 조금 흘렀다. 나는 스크린을 빤히 보았지만 아무 말도 입력하지 않았다. 항생제를 끊기 하루 전이었다.

닉: 생각나는 예가 있어?
나: 아니요
닉: 그래

닉: 나는 이기적으로 굴어서 사람들한테 상처를 줄 때가
　　많은 것 같아

닉: 상처를 주는 것 자체가 목적이라기보다는 말이야

닉: 내가 너한테 상처 준 거 있어?

나: 아니요

닉: 확실해?

시간이 조금 더 흘렀다. 나는 손가락 끝 통통한 부분
으로 노트북 화면에 뜬 그의 이름을 가렸다.

닉: 아직 있어?

나: 네

닉: 아

닉: 별로 말하고 싶은 기분이 아닌가 보네

닉: 괜찮아, 어차피 나도 자야 돼

다음 날 아침 닉이 다음과 같은 이메일을 보냈다.

요즘 네가 나랑 연락하고 싶은 기분이 아닌 것 같으니까 메
시지는 그만 보낼게, 알았지? 돌아가면 보자.

나는 심술궂은 답장을 쓸까 생각했지만 아예 답장을
보내지 않았다.

다음 날 밤에 보비가 닉의 영화를 같이 보자고 했다.

이상할 거 같아. 내가 말했다.

닉은 우리 친구잖아, 뭐가 이상해?

보비는 내 노트북으로 넷플릭스에서 검색하고 있었다. 내가 박하차를 한 주전자 끓였고, 우리는 차가 우러나기를 기다리고 있었다.

찾았다. 여기서 본 적 있거든. 신부 들러리가 자기 상사랑 결혼하는 이야기야.

닉이 나오는 영화를 왜 찾아봐?

별로 중요한 역은 아니지만 셔츠 벗는 장면도 있어. 너 그거 좋아하잖아, 맞지?

정말 그만 좀 해.

보비가 딱 멈췄다. 바닥에 다리를 꼬고 앉아 있던 보비가 손을 뻗어 차를 약간 따라서 다 우러났는지 확인했다.

넌 닉 자체가 좋아? 아니면 그냥 잘생기고 다른 사람이랑 결혼했다는 게 흥미로운 거야?

보비가 질투하냐는 말 때문에 아직 상처받은 상태임을 알겠지만 나는 이미 사과를 했다. 나는 닉을 향한 보비의 적대감을 즐기고 싶지 않았다. 내가 닉과 연락을 하지 않는 상황이라서 더욱 그랬다. 보비가 정말로 마음이 상했었다고 해도 이제는 정말로 상처를 받은 게 아닌 것 같았고, 내가 낭만적인 감정을 느낄 때마다 놀리면서 즐기는 것이 분명해 보였다. 나는 보비를 나와 아주 거리가 먼 사람처럼, 옛 친구나 이름이 생각나지 않는 사람처럼 바라보았다.

멀리사는 별로 흥미롭지 않은데? 내가 말했다.

보비가 집으로 돌아간 후 나는 보비가 이야기했던 영화를 찾아보았다. 6년 전, 내가 열다섯 살 때 나온 작품이었다. 닉은 주인공이 충동적으로 하룻밤을 같이 보내고 후회하는 상대로 나왔다. 나는 비디오 링크를 찾아서 닉이 아침에 주인공의 샤워실에서 나오는 장면으로 건너뛰었다. 닉은 더 젊어 보이고 얼굴이 달랐지만, 영상 속에서도 지금의 나보다 나이가 많았다. 나는 그 장면을 두 번 보았다. 닉이 나가자 주인공이 친구에게 전화를 걸고, 두 사람은 닉이 연기하는 인물이 얼마나 멍청한지 신경질적으로 웃으며 이야기했다. 두 사람의 우정이 깊어지는 순간이었다.

나는 그 장면을 본 다음 닉에게 이메일을 보냈다.

당신이 원한다면 그렇게 해요. 영화 잘 찍어요.

새벽 1시에 답장이 왔다.

미리 말을 못 했는데, 난 8월 내내 멀리사랑 친구들이랑 프랑스 북부에서 지낼 거야. 에타블이라는 마을의 큰 저택인데, 친구들이 항상 왔다 갔다 하니까 당신도 언제든지 놀러 와. 내키지 않는다고 해도 이해하지만 말이야.

이메일이 왔을 때 나는 침대에 다리를 꼬고 앉아서 공연 준비를 하고 있었다. 내가 답장을 보냈다.

우리 아직도 바람피우는 거예요, 아니면 이제 끝난 거예요?

닉은 한동안 답장이 없었다. 자러 갔나 보다 생각했지만 그렇지 않을지도 모른다는 가능성 때문에 더 이상 일하고 싶지 않았다. 나는 인스턴트커피를 한 잔 타서 유튜브로 다른 시 낭독 공연 영상을 보았다.
인스턴트 메시지가 떴다.

닉: 안 자니
나: 네
닉: 음, 그래 있잖아
닉: 네가 뭘 원하는지 모르겠어
닉: 자주 만나지 못할 건 뻔해
닉: 게다가 바람을 피우는 건 상당한 스트레스야
나: 하하
나: 지금 헤어지자는 건가요
닉: 우리가 만나지 못한다면

닉: 바람을 피우는 것도

닉: 우리 관계에 대해서 걱정하는 게 다야

닉: 무슨 말인지 알겠니

나: 인스턴트 메신저로 헤어지자고 하다니 믿을 수가 없네요

나: 당신이 아내를 버리고 둘이서 같이 도망칠 줄 알았는데

닉: 방어적으로 굴 필요 없어

나: 나한테 뭐가 필요한지 당신이 어떻게 알아요

나: 내가 정말로 기분이 상했을지도 모르잖아요

닉: 기분 상했니

닉: 난 네가 무엇에 대해서든 어떤 감정을 갖는지 전혀 모르겠어

나: 음, 이젠 진짜 상관없잖아요, 안 그래요

닉은 아침 일찍 세트장에 나가야 했기 때문에 자러 갔다. 나는 펠라티오를 해주었을 때 닉이 말없이 누워서 내가 하는 대로 놔두었던 것을 계속 생각했다. 나는 설명하고 싶었다. 한 번도 해본 적 없었어요. 내가 하는 대로 놔두는 대신 뭐가 그렇게 별로였는지 얘기해 줄 수도 있었잖아요. 친절하지 않았어요. 난 정말 바보가 된 기분이었어요. 그러나 나는 사실 닉이 잘못한 건 아무것도 없음을 알고 있었다. 보비에게 전화를 걸어서 전부 말할까도 생각했다. 그러면 보비가 멀리사에게 말

할지도 모르고, 그러면 닉의 삶이 망가질지도 모르니까. 하지만 너무 굴욕적인 이야기라서 말할 수 없다는 결론을 내렸다.

11

　다음 날 나는 늦잠을 자는 바람에 출근을 못 했다. 내
가 서니에게 정말 죄송하다고 굽신거리는 메일을 보내
자 그녀는 이렇게 대답했다. 너 없다고 우리가 죽진 않
아. 나는 정오가 되어서야 샤워를 했다. 검은색 티셔츠
원피스를 입고 산책을 하러 나갔지만 너무 더워서 산책
을 즐길 수가 없었다. 공기가 거리에 힘없이 갇혀 있는
느낌이었다. 가게의 유리창에서 반사된 햇빛이 눈을 멀
게 할 것처럼 이글거렸고 살갗이 축축해졌다. 나는 캠
퍼스 크리켓 경기장에 혼자 앉아서 담배를 두 개비 연
달아 피웠다. 머리가 아팠다, 아직 아무것도 먹지 않았
다. 내 몸을 다 써버려서 이제 아무 쓸모도 없어진 느낌
이었다. 더 이상 내 몸에 음식이나 약을 집어넣고 싶지
않았다.
　오후에 집으로 돌아가니 닉에게 새로운 메일이 와 있

었다.

어젯밤 우리 대화는 좀 이상했던 것 같아. 난 네가 뭘 원하는지 정말 모르겠고 네가 상처받았다는 말이 농담인지 아닌지 진짜 모르겠어. 당신이랑 온라인으로 대화를 나누는 건 정말 긴장되는 일이야. 네가 기분이 상하거나 그런 건 아니면 좋겠다.

내가 답장을 썼다.

잊어버려요. 9월에 봐. 프랑스 날씨가 좋기만을 바랄게요.

그 뒤로 닉은 이메일을 보내지 않았다.

사흘 뒤 멀리사가 8월에 에타블의 저택으로 며칠 놀러 오라며 보비와 나를 초대했다. 보비는 라이언에어 웹사이트 링크를 계속 보내면서 일주일, 아니 닷새만이라도 꼭 가야 한다고 말했다. 나는 비행기 삯을 낼 수 있었고 서니는 내가 쉬어도 별 상관하지 않았다.

결국 내가 말했다. 좋아. 가자.

✎

보비와 나는 그전에도 해외여행을 여러 번 같이 갔

127

다. 우리는 항상 가장 싼 이른 아침이나 늦은 밤 비행기를 탔고, 따라서 여행 첫날은 보통 예민한 기분으로 무료 와이파이를 찾으면서 보냈다. 부다페스트에서 딱 하루 머물렀을 때는 짐을 가지고 커피숍에 들어갔는데, 보비는 에스프레소를 마시며 드론 공격에 대해 열띤 온라인 토론을 벌이면서 내게 소리 내서 읽어 주었다. 내가 보비에게 딱히 토론을 듣고 싶지는 않다고 말하자 보비가 말했다. 아이들이 죽고 있어, 프랜시스. 그런 다음 우리는 몇 시간 동안 말을 하지 않았다.

출발하기 전 며칠 동안 보비는 자주 문자를 보내서 내가 잊지 말고 챙겨야 할 물건들을 알려 주었다. 나는 원래 필요한 물건을 잘 기억하는 편이고 보비는 그렇지 않은 편이었다. 어느 날 저녁, 보비가 챙겨 가야 할 물건 목록을 들고 우리 집에 들렀다. 내가 현관으로 나가 보니 보비가 어깨와 귀 사이에 휴대 전화를 끼우고 있었다.

지금 프랜시스네 집에 막 도착했어요. 보비가 말했다. 스피커폰으로 통화해도 돼요?

보비가 문을 닫고 나를 따라 거실로 들어오더니 다짜고짜 휴대 전화를 탁자 위에 놓고 스피커폰으로 바꿨다.

안녕 프랜시스. 멀리사의 목소리가 말했다.

나는 안녕하세요, 하고 말했는데 사실은 내가 당신 남편이랑 잤다는 걸 아직 알아내지 않았으면 좋겠네요,

하는 뜻이었다.

그 집이 정확히 누구 집이에요? 보비가 말했다.

발레리라는 내 친구 집이야. 음, 친구라고 했지만 60대니까 멘토에 더 가깝지. 책을 낼 때 무척 큰 도움을 준 사람이고 뭐 그래. 아무튼, 대대로 물려받은 재산이야. 발레리는 집이 여러 채 있는데, 자기가 없을 때 친구들이 쓰는 걸 좋아해.

나는 흥미로운 사람 같다고 말했다.

너도 마음에 들 거야. 아마 만날 일이 있을 거야. 가끔 하루 이틀 와서 지내거든. 보통은 파리에 살지만.

부자들을 보면 메스꺼워요. 보비가 말했다. 하지만 그분은 분명 멋지겠죠.

어떻게 지냈어, 프랜시스? 멀리사가 말했다. 진짜 오랫동안 못 본 것 같다.

내가 잠깐 가만히 있다가 말했다. 잘 지냈어요, 고마워요. 당신은요? 멀리사 역시 잠시 말을 멈췄다가 대답했다. 잘 지냈어.

런던은 좀 어땠어요? 내가 물었다. 지난달에 런던 갔었죠?

그게 지난달이었니? 시간은 정말 우스워.

멀리사는 저녁 식사 중이어서 이제 그만 가봐야겠다며 전화를 끊었다. 나는 시간에 아주 약간이라도 우스운 점이 있다고 생각하지 않았고, 확실히 〈정말 웃기다)고는 생각하지 않았다.

그날 밤 보비가 돌아간 다음 나는 한 시간 반 동안 시를 썼는데, 내 몸을 한 점의 쓰레기, 텅 빈 포장지, 또는 반쯤 먹다 버린 과일에 비유한 내용이었다. 나의 자기 혐오를 이런 식으로 써먹는다고 해서 기분이 크게 나아지지는 않았지만 지치기는 했다. 잠시 후 나는 모로 누워서 『포스트 식민 이성 비판』을 베개에 받쳐 반쯤 펼쳐 놓았다. 가끔 손가락을 들어서 책장을 넘겼고 심오하고 복잡한 구문이 액체처럼 눈을 거쳐 두뇌까지 흘러가도록 놔두었다. 나는 생각했다. 난 더 좋아지고 있어. 아무도 나를 이해할 수 없을 만큼 똑똑해질 거야.

나는 영국을 떠나기 전 닉에게 보비와 내가 그곳에 가서 며칠 지내기로 했다고 이메일을 보냈다. 나는 이렇게 썼다. 분명히 멀리사가 벌써 말했겠지만 그냥 내가 소란을 피울 계획은 아니라고 확인해 주고 싶어서요. 닉이 답장을 보냈다. 그래, 만나면 정말 반가울 거야. 나는 메시지를 여러 번 빤히 보았고, 여러 번 다시 열어서 읽었다. 어조나 의미가 전혀 없어서 화가 났다. 우리 관계가 이미 끝났고 닉은 나를 지인이라는 예전의 위치로 강등시킨 것 같았다. 나 역시 우리 관계가 끝났을지도 모른다고 생각했지만, 끝난 것은 아예 없었던 것과 다르다. 나는 분노에 차올라 메일과 문자 메시지를 뒤지면서 우리 관계의 〈증거〉를 찾기까지 했지만,

그가 몇 시에 돌아올 것인지 내가 몇 시에 도착할 것인지 일정을 알리는 지루한 메시지 몇 개가 전부였다. 열정적인 사랑의 선언도, 생생한 성적 메시지도 없었다. 관계는 온라인이 아니라 현실에서 이루어졌으니 그럴 수밖에 없었지만 그래도 나는 뭔가를 뺏긴 기분이었다.

보비가 이어폰을 깜빡 잊고 가져오지 않아서 나는 비행기에서 보비와 이어폰을 나누어 썼다. 엔진 소리 때문에 음량을 한참 높여야 했다. 보비는 비행기를 타면 불안해했다. 적어도 본인 말로는 그랬다. 하지만 나는 보비가 장난 삼아 과장한다고 생각했다. 같이 비행기를 타면 보비는 손을 잡아 달라고 했다. 지금 상황에서 내가 어떻게 해야 할지 보비에게 물어보고 싶었지만 무슨 일이 있었는지 알면 보비는 내가 에타블에 간다는 사실 자체에 깜짝 놀랄 것이다. 어떤 면에서는 나 역시 놀라웠지만 뭔가 매력적이기도 했다. 그해 여름까지 나는 내가 여러 번 같이 잔 남자의 아내로부터 이런 초대를 받아들이는 사람인 줄은 꿈에도 몰랐다. 이 사실이 나에게는 소름 끼칠 만큼 흥미로웠다.

보비는 비행기를 타고 가는 내내 거의 자다가 착륙한 후에야 잠에서 깼다. 승객들이 일어서서 짐을 꺼내기 시작했지만 보비는 내 손을 꼭 쥐며 이렇게 말했다. 너랑 같이 비행기 타니까 진짜 마음이 놓인다. 넌 정말 차분한 사람 같아. 공항에서 인공적인 공기 청정제 향기가 났다. 내가 버스 편을 알아보는 동안 보비가 블랙커피를 두 잔 사 왔다. 보비는 고등학교 때 독일어를 배웠기 때문에 프랑스어는 한 마디도 못했지만 어딜 가든 손과 표정으로 의사소통을 잘했다. 나는 커피숍 카운터 뒤의 남자가 사랑스러운 사촌을 보듯 보비를 보며 미소 짓는 모습을 보았다. 그동안 나는 매표소의 여자에게 동네 이름과 버스 회사 이름을 애타게 반복했다.

보비는 어디서든 잘 어울렸다. 보비는 부자가 싫다고 말했지만 집안에 돈이 많았고, 부자들은 보비가 같은 부류임을 알아보았다. 부자들은 보비의 급진적인 정치적 입장을 부르주아의 자기 비하 비슷한 것, 별로 진지하지 않은 것으로 여겼고, 보비에게 고급 레스토랑에 대해서, 로마에 가면 어디서 묵는지에 대해서 이야기했다. 그럴 때면 나는 아무것도 모르고 어울리지도 않는 사람이 된 듯 씁쓸한 기분이 들었지만 내가 적당히 가난한 공산주의자임이 밝혀질까 봐 두렵기도 했다. 마찬가지로 부모님과 같은 배경을 가진 사람들과 대화를 할 때에도 나는 내 발음이 잘난 척하는 것처럼 들리거나 벼룩시장에서 산 커다란 외투 때문에 부자처럼 보일까 봐 안절부절못했다. 필립 역시 부유해 보여서 힘들어했지만 걔는 진짜 부자였다. 보비가 택시 운전사와 시사 문제에 대해서 아무렇지도 않게 잡담을 나누는 동안 필립과 나는 말이 없어질 때가 많았다.

우리는 아침 6시에 에타블행 버스에 올랐다. 나는 진이 다 빠졌고 안구 뒤쪽에서부터 두통이 시작되었기 때문에 눈을 찌푸리고 표를 읽어야 했다. 우리를 실은 버스가 햇빛이 하얀 안개를 뚫고 비치는 푸른 시골길을 달렸다. 버스 라디오에서 흘러나오는 목소리들이 프랑스어로 가벼운 대화를 나누면서 가끔 웃었고, 그러다가 음악이 나왔다. 양쪽으로 농장이 펼쳐져 있었다. 버스는 직접 그린 표지판이 세워진 포도밭과 깔끔한 산세리프체의 광고판을 세워 둔 흠잡을 데 없는 드라이브스루 빵집을 지나쳤다. 도로에 차가 정말 적은 것만은 분명했다.

7시가 되자 하늘색이 옅어지더니 부드럽고 끝없는 파란색으로 변했다. 보비는 내 어깨에 기대어 잠이 들었다. 나도 잠깐 잠들었다가 치아에 이상이 생기는 꿈을 꾸었다. 꿈속에서 나와 반대편 방 끝에 멀리 앉아 있던 엄마가 말했다. 그런 거 고치려면 돈이 많이 들어, 알지? 나는 순순히 혀를 이 아래쪽으로 밀어 넣었고 결국 이빨이 뽑히자 손에다 뱉었다. 그거니? 엄마가 이렇게 말했지만 입 속에 난 구멍에서 피가 울컥울컥 쏟아져서 나는 대답할 수 없었다. 피는 진하고 덩어리가 졌고 짠맛이 났다. 피가 목구멍으로 넘어가는 것이 생생하게 느껴졌다. 엄마가 말했다. 자, 이제 뱉어. 나는 시키는 대로 바닥에 뱉었다. 피는 블랙베리 색이었다. 잠

에서 깨자 버스 기사가 에타블이라고 말했다. 보비가
내 머리카락을 살짝 잡아당기고 있었다.

12

항구 바로 옆 버스 정류장에서 멀리사가 우리를 기다리고 있었다. 멀리사는 목선이 깊이 파이고 허리 부분을 리본으로 묶은 랩 원피스 차림이었다. 가슴이 크고 몸매가 풍만해서 나와는 전혀 달랐다. 멀리사는 난간에 기대어 플라스틱처럼 편평한 바다를 바라보고 있었다. 멀리사가 짐을 들어 주겠다고 했지만 우리가 들겠다고 하자 어깨를 으쓱했다. 멀리사의 코 껍질이 벗겨지고 있었다. 멀리사는 예뻤다.

우리가 도착하자 개가 밖으로 달려 나와 컹컹 짖으며 작은 서커스 동물처럼 뒷발로 폴짝폴짝 뛰었다. 멀리사는 개를 무시하고 대문을 열었다. 거대한 석조 전면에 창마다 파랗게 칠한 덧문이 달려 있고 흰 계단이 현관문까지 이어졌다. 안으로 들어가 보니 전부 새것처럼 깔끔하고 세제와 자외선 차단제 냄새가 흐릿하게 났다.

벽지는 요트 문양이었고 선반을 보니 프랑스어 소설이 가득했다. 우리 방은 지하였다. 보비의 방에서는 마당이 보이고 내 방에서는 바다가 보였다. 우리가 방에 짐을 두고 나오자 멀리사가 뒤뜰에서 아침 식사 중이라고 알려 주었다.

정원으로 나가 보니 크고 하얀 텐트 안에 식탁과 의자가 놓여 있고 텐트의 캔버스 문은 돌돌 말려 리본으로 묶여 있었다. 개가 내 발목을 쫓아오면서 관심을 끌려고 컹컹 짖었다. 멀리사가 우리를 친구들에게, 이블린과 데릭이라는 부부에게 소개했다. 두 사람은 멀리사와 나이가 같거나 조금 더 많아 보였다. 이블린과 데릭은 탁자에 포크와 나이프를 놓고 있었다. 개가 나를 보며 다시 짖자 멀리사가 말했다. 아, 네가 좋은가 봐. 얘도 해외여행 하려면 여권 필요한 거 알아? 아기를 키우는 것 같다니까. 내가 아무 이유 없이 웃었고, 개가 내 정강이뼈에 머리를 들이밀며 낑낑거렸다.

닉이 접시를 몇 장 들고 나왔다. 내가 침을 꿀꺽 삼키는 것이 느껴졌다. 닉은 살이 빠지고 무척 피곤해 보였다. 눈을 찌르는 햇빛 때문에 닉이 눈을 가늘게 뜨고 우리가 도착한지 몰랐다는 듯이 보비와 나를 보았다. 마침내 그가 우리를 알아보았다. 닉이 말했다. 어, 안녕, 여행은 어땠어? 닉이 나에게서 시선을 돌렸고 개가 울부짖었다. 보비가 말했다. 별일 없었어요. 닉이 접시를 내려놓고 이마가 젖은 것처럼 손을 들어 닦았지만 딱히 젖어 보이지는 않았다.

원래 이렇게 말랐었어요? 보비가 말했다. 몸집이 더 컸던 것 같은데.

아팠어요. 데릭이 말했다. 기관지염을 앓았거든, 기관지가 약해서.

폐렴이었어. 닉이 말했다.

이제 괜찮아요? 내가 물었다.

닉이 내 신발을 보면서 고개를 끄덕이고 말했다. 응, 당연하지. 괜찮아. 그는 확실히 달라 보였다. 얼굴이 더 홀쭉하고 눈 밑이 짙어졌다. 닉은 이제 항생제를 다 먹었다고 말했다. 나는 신경을 다른 곳으로 돌리려고 내 귓불을 세게 꼬집었다.

멀리사가 식탁을 다 차리자 나는 보비 옆에 앉았다. 보비는 재미있는 이야기를 하면서 많이 웃었다. 다들 보비에게 매료된 것 같았다. 약간 끈적거리는 비닐 식탁보 위에 갓 구운 크루아상과 다양한 잼, 뜨거운 커피가 잔뜩 차려져 있었다. 나는 환영받지 못한다는 느낌을 쫓아 버릴 어떤 말도 생각이 나지 않았다. 그래서 침묵을 지키며 커피 잔을 세 번 다시 채웠다. 나는 팔꿈치 옆 작은 그릇에 쌓인 반짝이는 흰색 각설탕을 하나씩 집어서 커피 잔에 넣고 저었다.

보비가 더블린 공항에 대해서 뭐라고 말하자 데릭이

말했다. 아, 닉이 예전부터 좋아하던 곳이지.

공항을 특별히 사랑해요? 보비가 말했다.

닉은 여행을 많이 다니거든. 이블린이 말했다. 공항에서 살다시피 하지.

승무원이랑 뜨거운 연애도 했다니까. 데릭이 말했다.

나는 가슴이 조여들었지만 시선을 들지 않았다. 커피가 이미 지나치게 달았지만 각설탕을 하나 더 집어서 컵받침에 놓았다.

승무원 아니었어. 멀리사가 말했다. 스타벅스 직원이었지.

그만해. 닉이 말했다. 진짜 줄 알잖아.

이름이 뭐였더라? 이블린이 말했다. 롤라?

루이자야. 닉이 말했다.

내가 드디어 그를 보았지만 닉은 나를 보고 있지 않았다. 그는 입을 반쯤 벌려 미소를 짓고 있었다.

닉이 공항에서 만난 여자애랑 데이트를 했었어. 이블린이 우리에게 말했다.

얼떨결에 그렇게 된 거야. 닉이 말했다.

음, 약간은 의도적이었지. 데릭이 말했다.

그러자 닉이 짐짓 지친 표정으로, 그래, 얘기하지 뭐, 하는 듯이 보비를 보았다. 하지만 사실 그 이야기를 하는 것이 정말 싫은 느낌은 아니었다.

3년쯤 전이었어. 닉이 말했다. 당시 공항에 자주 가

다가 그 애를 알게 되었는데, 주문이 나오길 기다리는 동안 가끔 얘기를 나눴지. 그러다가 언젠가 그 여자애가 시내에서 만나서 커피를 한잔 마시자고 했어. 내 생각엔……

그때 다른 사람들이 일제히 입을 열었다. 다들 웃으면서 한꺼번에 말을 시작했다.

내 생각엔 말이야. 닉이 다시 말했다. 난 걔가 정말로 커피만 마시고 싶은 줄 알았어.

어떻게 됐는데요? 보비가 말했다.

음, 난 약속 장소에 도착한 다음에야 이게 데이트라는 걸 깨달았지. 그래서 완전히 당황했어, 끔찍한 기분이더라.

사람들이 다시 끼어들기 시작했다. 이블린은 웃었고 데릭은 과연 그렇게 끔찍한 기분이었을까 의심했다. 멀리사가 접시에서 고개를 들지 않은 채 무슨 말을 했지만 나에게는 안 들렸다.

그래서 유부남이라고 말했어. 닉이 말했다.

어느 순간에는 그 여자가 뭘 바라는지 알았을 거 아냐. 데릭이 말했다.

솔직히 다들 커피 한잔 정도는 같이 하잖아. 닉이 말했다. 그 생각은 진짜 못했어.

진짜 표지 기삿감이야. 이블린이 말했다. 당신이 그 여자랑 정말로 바람을 피웠다면 말이야.

그 여자 매력적이었어요? 보비가 말했다.

닉이 웃더니 무슨 생각을 하는 거야, 하고 말하듯이 손바닥을 보이며 한 손을 들었다. 황홀할 정도로 그가 말했다.

멀리사가 이 말에 웃었고, 닉은 멀리사를 웃겨서 기쁜 듯 자기 무릎을 내려다보며 미소 지었다. 나는 탁자 밑에서 샌들 뒤꿈치로 내 발가락을 꾹 밟았다.

게다가 말도 안 되게 어렸잖아, 응? 데릭이 말했다. 스물세 살인가 그랬지.

당신이 유부남이라는 걸 알고 있었을지도 몰라. 이블린이 말했다. 유부남을 좋아하는 여자도 있거든, 도전적이니까.

발을 너무 세게 밟아서 통증이 다리를 타고 올라왔고, 나는 소리를 내지 않으려고 입술을 꽉 물어야 했다. 뒤꿈치를 치우자 발가락이 욱신거렸다.

난 진짜 그렇게 생각 안 해. 닉이 말했다. 게다가 유부남이라고 했더니 좀 실망한 것 같았어.

아침 식사가 끝난 후 이블린과 데릭은 해변으로 내려가고 보비와 나는 남아서 짐을 풀었다. 멀리사와 닉이 위층에서 이야기하는 소리가 들렸지만 억양만 들릴 뿐 무슨 말인지는 들리지 않았다. 열린 창문으로 띠호박벌 한 마리가 들어와 벽지에 쉼표 같은 그림자를 드리우더니 다시 날아갔다. 나는 짐을 다 풀고 샤워를 한 다음

면으로 된 회색 민소매 원피스로 갈아입었다. 옆방에서 보비가 프랑수아 하디의 노래를 흥얼거리는 소리가 들렸다.

2~3시쯤 우리는 다 함께 집을 나섰다. 해변으로 가는 길은 언덕 포장 도로 아래쪽이었고, 우리는 흰색 집 두 채를 지난 다음 지그재그로 난 계단을 따라 바위 절벽을 내려갔다. 해변에는 색색의 수건을 깔고 누워서 서로의 등에 자외선 차단제를 발라 주는 젊은 가족들이 가득했다. 마른 초록색 해초 너머까지 물이 빠져 있고 10대 아이들이 바위 근처에서 배구를 했다. 아이들이 외국 억양으로 외치는 소리가 우리에게까지 들렸다. 햇볕이 모래밭에 내리쬐고 있었고 나는 땀을 흘리기 시작했다. 이블린과 데릭이 우리를 향해 손을 흔들었다. 이블린은 갈색 원피스 수영복 차림이었는데, 허벅지가 휘핑크림처럼 올록볼록했다.

우리는 수건을 깔았고 멀리사가 보비의 목에 자외선 차단제를 발라 주었다. 데릭은 닉에게 바닷물이 〈상쾌〉하다고 말했다. 나는 소금 냄새 때문에 목이 아팠다. 보비가 옷을 벗고 비키니 차림이 되었다. 닉과 멀리사가 같이 옷을 벗기 시작해서 나는 시선을 돌렸다. 멀리사가 닉에게 뭐라고 묻자 닉이 아니, 괜찮아, 하고 대답하는 소리가 들렸다. 이블린이 말했다. 그러다가 살갗 다 타.

안 들어가요, 프랜시스? 데릭이 말했다.

그러자 다들 고개를 돌려 나를 보았다. 나는 선글라스 다리를 만지며 한쪽 어깨만 으쓱했다.

햇볕 쬐면서 누워 있을래요. 내가 말했다.

사실 나는 사람들 앞에서 수영복으로 갈아입고 싶지 않았다. 내 몸에게 그 정도는 해줘야 할 것 같았다. 다들 별로 신경 쓰지 않고 나를 두고 갔다. 사람들이 가자 나는 얼굴에 자국이 생기지 않도록 선글라스를 벗었다. 근처에서 아이들이 플라스틱 장난감을 가지고 놀면서 프랑스어로 소리쳤는데, 뜻을 모르니 고상하고 세련되게 들렸다. 나는 엎드려 있었기 때문에 아이들의 얼굴이 보이지 않았지만 가끔 시야 가장자리에서 흐릿한 원색과 삽이나 들통, 얼핏 지나가는 발목이 보였다. 관절이 모래에 덮인 것처럼 묵직했다. 나는 그날 아침 버스에서 느낀 열기를 생각했다.

내가 몸을 돌려 똑바로 누웠을 때 보비가 새하얗게 질려서 덜덜 떨며 물에서 나왔다. 보비는 커다란 비치타월로 몸을 감싸고 성모 마리아처럼 연파랑 수건을 머리에 늘어뜨렸다.

역시 발트해야. 보비가 말했다. 심장마비 걸리는 줄 알았어.

들어가지 말았어야지. 난 오히려 좀 지나치게 따뜻한데.

보비가 머리에 썼던 수건을 치우고 개처럼 고개를 흔

들자 물방울이 맨살에 튀어서 내가 욕을 했다. 보비가 말했다. 넌 당해도 싸. 그런 다음 보비는 슈퍼마리오가 그려진 커다란 수건으로 몸을 감싼 채 자리에 앉아서 책을 펼쳤다.

바다에 들어갈 때 다들 네 얘기를 하더라. 보비가 말했어.

뭐?

그래, 널 두고 짤막한 그룹 토론을 벌였지. 네가 진짜 인상 깊은가 봐. 나로서는 처음 듣는 이야기지만, 물론.

누가 그러던데? 내가 말했다.

해변에서 담배 피워도 되나?

나는 안 되는 것 같다고 말했다. 보비는 연극적으로 한숨을 내쉬더니 머리카락에 남아 있던 바닷물을 짜냈다. 누가 칭찬했는지 말하지 않으려는 것을 보자 사실 나를 칭찬한 사람은 보비라는 확신이 들었다.

닉은 네가 인상적인지 어떤지 정말 아무 말도 안 했어. 보비가 말했다. 하지만 내가 계속 지켜봤는데, 아주 어색하더라.

네가 보고 있어서 그랬겠지.

아니면 멀리사가 보고 있어서든지.

나는 기침하고 아무 말도 하지 않았다. 보비가 핸드백 깊숙이에서 시리얼 바를 꺼내서 먹기 시작했다.

그래, 얼마나 지독하게 반한 거야? 1부터 10까지로

매기면? 보비가 말했다. 10은 네가 고등학교 때 나한테 반한 만큼이야.

그럼 1은 정말 지독하게 반한 거고?

보비는 입 안 가득 시리얼 바를 물고 있었지만 이 말에 웃음을 터뜨렸다.

맘대로 하셔. 보비가 말했다. 그러니까, 온라인으로 대화를 하면서 즐거운 정도야, 아니면 닉을 갈기갈기 찢어서 피를 마시고 싶은 정도야?

그 사람 피를 마시고 싶진 않아.

나는 그럴 생각은 아니었지만 피라는 단어를 약간 지나치게 강조했고, 그러자 보비가 코웃음을 쳤다. 보비가 말했다. 난 네가 닉의 뭘 마시고 싶은지 생각할 준비가 아직 안 됐어. 그건 너무 역겹잖아. 그 순간 나는 닉과 무슨 일이 있었는지 보비에게 이야기하는 게 어떨까 생각했다. 지금이라면 농담인 척할 수 있을 테고, 어쨌든 이제 끝났으니 말이다. 하지만 왠지 모르겠지만 나는 아무 말도 하지 않았고, 보비는 이렇게 말할 뿐이었다. 남자랑 섹스라니. 진짜 이상하다.

13

　다음 날 우리가 아침 먹은 접시를 치우고 있는데 멀리사가 닉에게 시내 외곽 쇼핑몰로 차를 몰고 가서 텍체어를 새로 사다 주겠냐고 물었다. 어제 갈 생각이었는데 깜빡 잊었다고 했다. 닉은 멀리사의 제안이 아주 마음에 드는 것 같지는 않았지만 가겠다고 했다. 그는 이런 식으로 말했다. 아, 거기 진짜 멀지 않아? 확실하게는 모르겠지만. 닉은 개수대에서 설거지를 하고 있었고, 내가 그릇을 닦아서 주면 멀리사가 찬장에 정리해 넣는 중이었다. 두 사람 사이에서 나는 서툴고 쓸모없는 기분이었고, 보비는 내 얼굴이 붉어진 것을 확실히 알았을 것이다. 보비는 부엌 식탁에 앉아서 다리를 흔들며 과일을 먹고 있었다.

　그럼 애들 데리고 가. 멀리사가 말했다.

　부탁이니까 애들이라고 부르지 말아요, 멀리사. 보

145

비가 말했다.

멀리사가 보비를 노려보자 보비가 순진무구하게 복숭아를 깨물었다.

그럼 젊은 여성분들 모시고 가. 멀리사가 말했다.

왜, 내가 심심할까 봐? 닉이 말했다. 두 사람은 해변에 가고 싶겠지.

호수에 데려가면 되잖아. 멀리사가 말했다. 아니면 샤토로드랑에 가도 되고.

거기 아직 열려 있나? 닉이 말했다.

두 사람은 샤토로드랑이 아직 열려 있는지 의견을 나눴다. 그런 다음 닉이 보비를 향해 고개를 돌렸다. 손과 손목이 젖어 있었다.

차 오래 타도 괜찮겠어? 닉이 말했다.

저 사람 말 듣지 마, 그렇게 안 멀어. 멀리사가 말했다. 재미있을 거야.

멀리사는 이렇게 말하면서 재미 없으리라는 사실을 아주 잘 안다는 듯이 웃었다. 피크닉을 하고 싶을지도 모르니 차에 싣고 가라며 멀리사가 로제 와인 한 병과 패스트리 한 상자를 주었다. 그런 다음 고맙다고 말하며 닉의 손을 얼른 꼭 쥐었다.

차는 아침 내내 햇볕에 서 있었기 때문에 먼저 차창을 전부 내려야 했다. 우리가 차에 오르자 흙냄새와 뜨거운 플라스틱 냄새가 났다. 나는 뒷좌석에 앉았고 보비는 조수석에 앉아서 테리어처럼 창밖으로 작은 얼굴을 내밀었다. 닉이 라디오를 켜자 보비가 차창 안으로 고개를 돌리며 말했다. CD 플레이어 없어요? 음악 들어도 돼요? 닉이 말했다. 그럼, 괜찮아. 보비가 CD를 뒤적이면서 닉의 것인지 멀리사의 것인지 추측했다.

〈애니멀 컬렉티브〉는 누가 좋아하는 거예요? 당신이에요, 멀리사예요? 보비가 말했다.

둘 다 좋아하는 것 같은데.

그럼 CD는 누가 샀어요?

기억이 안 나. 닉이 말했다. 알겠지만 같이 쓰거든. 뭐가 누구 거였는지 기억이 안 나.

보비가 좌석 뒤쪽으로 나를 흘깃 보았다. 나는 보비를 무시했다.

프랜시스? 보비가 말했다. 너 닉이 1992년에 채널 4에서 방영된 영재 다큐멘터리에 나온 거 알고 있었어?

내가 보비를 보며 말했다. 뭐라고? 닉이 얼른 말했다. 그 이야기는 어디서 들었어? 보비가 상자에서 패스트리를 하나 꺼냈다. 보비는 패스트리 위의 휘핑크림을 검지로 떠서 입에 넣었다.

멀리사가 말해 줬어요. 보비가 말했다. 프랜시스도 영재였으니까 관심이 있을 것 같아서요. 다큐멘터리에 출연한 적은 없지만요. 1992년엔 태어나지 않았기도 하고요.

난 그때부터 내리막길이었어. 닉이 말했다. 멀리사가 너한테 그런 얘기를 왜 했지?

보비가 유혹적이라기보다는 오만한 몸짓으로 손가락에 묻은 크림을 빨아 먹으며 닉을 보았다.

나한텐 비밀을 털어놓거든요. 보비가 말했다.

내가 백미러로 닉을 보았지만 그는 도로를 주시하고 있었다.

멀리사는 처음부터 나를 엄청 좋아했거든요. 보비가 말했다. 하지만 앞으로 어떻게 될지는 모르겠어요, 결혼을 했다나 뭐라나.

어떤 배우랑 말이지. 닉이 말했다.

보비는 세 입인지 네 입 만에 패스트리를 다 먹었다. 그런 다음 애니멀 컬렉티브 CD를 넣고 음악을 엄청나게 크게 틀었다. 가정용품점에 도착하자 보비와 나는 주차장에서 담배를 피웠고 닉은 덱체어를 사러 안으로 들어갔다. 그는 한 팔에 덱체어를 끼우고 아주 남성적인 모습으로 나왔다. 나는 샌들 앞부분으로 담배를 밟아 껐고, 닉이 트렁크를 열면서 말했다. 호수를 보면 크게 실망할 텐데.

20분 뒤 닉이 차를 세웠고 셋이서 나무에 둘러싸인 작은 길을 따라 내려갔다. 호수는 하늘을 그대로 비추며 파랗고 잔잔하게 펼쳐져 있었다. 근처에 아무도 없었다. 우리는 호숫가 버드나무 그늘 풀밭에 앉아서 크림 패스트리를 먹었다. 보비와 나는 번갈아 가면서 포도주를 병째 들고 마셨다. 따뜻하고 달콤했다.

수영해도 돼요? 보비가 말했다. 이 호수 말이에요.

응, 그럴걸. 닉이 말했다.

보비가 풀밭에서 다리를 쭉 폈다. 보비는 수영하고 싶다고 말했다.

너 수영복 없잖아. 내가 말했다.

그게 뭐? 보비가 말했다. 어차피 아무도 없잖아.

나 있는데. 내가 말했다.

이 말에 보비가 웃었다. 보비는 고개를 젖히고 나무들을 향해 웃었다. 자잘한 꽃무늬의 민소매 면 블라우스 차림이었고, 그늘 속이라 팔이 날씬하고 검어 보였다. 보비가 블라우스 단추를 풀기 시작했다. 내가 말했다. 보비. 진심은 아니지?

닉은 셔츠를 벗어도 되고 난 안 돼? 보비가 말했다.

내가 양손을 들었다. 닉이 기침을 했다. 재미있다는 듯한 작은 기침이었다.

난 셔츠 벗을 생각 없었는데. 닉이 말했다.

당신까지 반대하면 나 화낼 거예요. 보비가 말했다.

반대한 사람은 프랜시스지 내가 아니야.

아, 프랜시스요? 보비가 말했다. 죽진 않을 거예요.

보비가 옷을 개서 풀밭에 놓고 호수로 걸어갔다. 피부 밑에서 등 근육이 매끄럽게 움직였고, 번득이는 햇

살 아래에서 햇볕에 탄 자국이 거의 보이지 않았기 때문에 온전하고 아주 완벽해 보였다. 그 뒤로는 보비가 물속에서 팔다리를 움직이는 소리밖에 들리지 않았다. 날씨가 아주 더웠고, 우리는 패스트리를 다 먹었다. 햇볕이 자리를 옮겨서 이제 우리는 그늘 속이 아니었다. 나는 포도주를 조금 더 마시고 멀리 바라보며 보비를 찾았다.

잰 정말 부끄러운 줄을 몰라요. 내가 말했다. 나도 좀 더 그랬으면 좋겠어요.

닉과 나는 꽤 가까이 앉아 있었기 때문에 내가 고개를 기울이면 그의 어깨에 닿을 정도였다. 햇빛이 지나치게 밝았다. 눈을 감자 눈꺼풀 아래에서 기묘한 문양이 어른거렸다. 열기가 머리카락에 쏟아졌고 작은 벌레들이 덤불 속에서 붕붕거렸다. 닉의 옷이 풍기는 세제 냄새와 내가 그의 집에서 지낼 때 썼던 오렌지 오일 샤워 젤 향기가 났다.

어제는 너무 어색했어. 닉이 말했다. 공항에서 만난 여자 얘기 말이야.

나는 귀엽고 편견 없는 미소를 지으려 했지만 닉의 말투 때문에 고르게 숨 쉬기가 힘들었다. 나와 단둘이 이야기할 기회를 기다렸다는 말처럼 들렸고, 어느새 나는 다시 닉이 솔직한 이야기를 털어놓는 상대가 되었다.

유부남을 좋아하는 여자도 있죠. 내가 말했다.

닉이 웃었다. 웃음소리가 들렸다. 나는 눈을 감은 채 눈꺼풀 밑에서 붉은 문양이 만화경처럼 펼쳐지도록 놔 두었다.

난 그렇게 생각하지 않는다고 말했어. 닉이 말했다.

의리 있네요.

네가 진짜라고 생각할까 봐 걱정했어.

그 여자애 안 좋아했어요? 내가 말했다.

루이자? 아, 뭐. 착한 애였어. 밤에 그 애 꿈을 꾸진 않 았지.

닉은 밤에 내 꿈을 꾼다거나 심지어는 나를 특별히 좋아한다는 말도 절대 하지 않았다. 분명한 표현으로 따지자면, 내가 기억하는 한 〈밤에 그 애 꿈을 꾸진 않 았지〉는 내가 그에게 특별한 위치임을 처음으로 암시한 말이었다.

지금 만나는 사람 있어? 닉이 말했다.

내가 눈을 반짝 떴다. 닉은 내가 아니라 엄지와 검지 로 잡고 있는 민들레를 보고 있었다. 농담하는 것 같지 는 않았다. 나는 양쪽 다리를 딱 붙였다.

음, 한동안은 있었죠. 내가 말했다. 하지만 그 남자 가 끝낸 것 같아요.

닉이 마지못한 미소를 지으면서 꽃줄기를 비틀었다.

그랬어? 닉이 말했다. 그 남자는 무슨 생각으로 그랬 대?

음, 나야 전혀 모르죠.

닉이 나를 보자 내가 무슨 표정을 짓고 있을까 두려웠다.

네가 와서 정말 기뻐. 닉이 말했다. 다시 보니까 좋다.

나는 눈썹을 추켜올렸다가 고개를 돌렸다. 바다표범처럼 은색 수면 밑으로 내려갔다 올라왔다 하는 보비의 머리가 보였다.

그리고 미안해. 닉이 말했다.

나는 기계적으로 미소를 지으며 말했다. 아, 내 감정을 상하게 해서요? 닉이 뭔가 무거운 것을 내려놓은 것처럼 한숨을 쉬었다. 그는 긴장을 풀었다, 자세가 바뀌는 것을 느낄 수 있었다. 내가 뒤로 눕자 어깨에 풀잎이 닿았다.

네가 상처를 받았다면, 물론이야. 닉이 말했다.

평생 한 번이라도 진지한 말을 해본 적 있어요?

미안하다고 했잖아, 난 진지했어. 널 다시 만나서 얼마나 좋은지 말하고 싶었어. 뭘 원하니? 굽실거릴 수도 있지만 그런 게 통하는 사람은 아닌 것 같은데.

나를 얼마나 잘 아는데요?

닉이 드디어 긴 변명을 그만두려는 듯 나를 보았다. 좋은 표정이었지만 나는 다른 것들도 그렇듯이 닉이 그런 표정도 연습할 수 있음을 알았다.

음, 난 너를 더 잘 알고 싶어. 닉이 말했다.

그때 보비가 호수에서 나오는 것이 보였지만 나는 닉의 그늘에 계속 누워 있었고, 그는 내 뺨에 거의 닿을 듯 가까이 놓인 팔을 치우지 않았다. 보비가 덜덜 떨면서 둑으로 올라와 머리카락의 물기를 짜냈다. 보비가 옷을 다시 입자 블라우스가 젖어서 속이 거의 다 비쳤다. 우리가 보비를 올려다보며 호수가 어땠냐고 묻자 보비가 대답했다. 아주 차가워요, 진짜 기분 좋아.

집으로 돌아갈 때는 내가 앞좌석에 탔고 보비는 뒷좌석에 타서 다리를 쭉 폈다. 닉과 나는 살짝 마주 보았다가 얼른 시선을 돌렸지만, 미소를 감추지 못할 만큼은 긴 순간이었다. 뒷좌석의 보비가 말했다. 뭐가 웃겨? 하지만 나른하게 물었을 뿐, 대답을 재촉하지 않았다. 나는 CD 플레이어에 조니 미첼의 앨범을 넣고 창밖을 보면서 얼굴에 닿는 시원한 공기를 느꼈다. 집에 도착하자 벌써 초저녁이었다.

그날 저녁 식사 때는 닉과 내가 옆자리에 앉았다. 식사를 마친 후 멀리사가 포도주를 한 병 더 땄고 닉이 몸을 숙여 내 담배에 불을 붙여 주었다. 닉은 성냥을 흔들어 끄면서 아무렇지도 않게 내 의자 등받이에 팔을 올렸다. 아무도 눈치채지 못한 것 같았고 실제로는 더없이 평범해 보였겠지만, 나는 신경이 쓰여서 도무지 집중할 수가 없었다. 다른 사람들은 난민에 대해서 이야기 중이었다. 이블린이 말을 이었다. 학위를 가진 사람들도 있어, 우리가 얘기하는 건 의사나 교수라고. 나는 사람들이 난민의 자격을 강조하는 경향이 있음을 이미 예전에 알아차렸다. 데릭이 말했다. 다른 사람이야 모르겠지만, 의사들을 내친다고 상상해 봐. 미친 짓이지.

그게 무슨 뜻이에요? 보비가 말했다. 의학 학위가 없으면 받지 말자는 거예요?

이블린은 데릭의 말이 그런 뜻이 아니라고 했고, 데릭이 끼어들어서 서구의 가치 체계와 문화 상대주의에 대해서 말했다. 보비는 허공에 따옴표를 그리면서 〈서구의 가치 체계〉라는 게 존재한다면 피난처에 대한 보편 권리도 그중 하나라고 말했다.

다문화주의는 안이한 꿈이지. 데릭이 말했다. 지젝이 아주 잘 설명하잖아. 알겠지만 국경이 존재하는 것도 다 이유가 있는 거지.

그건 정말 맞는 말이에요. 보비가 말했다. 하지만 그 이유에 대해서는 분명 나와 생각이 다르실걸요.

그때 닉이 웃기 시작했다. 멀리사는 대화를 듣고 있지 않았다는 듯 시선을 돌릴 뿐이었다. 나는 닉의 팔에 닿으려고 어깨를 아주 살짝 폈다.

우린 같은 편이야. 데릭이 말했다. 닉, 당신도 억압

적인 백인 남성이잖아, 날 거들어야지.

사실 난 보비 말에 동의해. 닉이 말했다. 물론 나는 억압적인 백인 남성이지만.

아, 신이시여. 데릭이 말했다. 자유 민주주의 따위가 무슨 소용이야? 정부 청사를 다 불태워 버리고 어떻게 되나 봐야 할지도 모르지.

그 말이 과장이라는 건 알지만, 그러지 말아야 할 이유를 점점 모르겠네. 닉이 말했다.

언제부터 그렇게 과격했어? 이블린이 말했다. 대학생들이랑 너무 많이 어울렸나 봐. 젊은 애들이 당신 머리에 이상한 생각을 집어넣고 있어.

멀리사가 왼손에 든 재떨이에 담뱃재를 톡톡 털었다. 우스꽝스러운 미소를 살짝 짓고 있었다.

닉, 예전에는 경찰국가가 좋다며. 멀리사가 말했다. 어떻게 된 거야?

휴가에 대학생들을 초대한 건 당신이잖아. 닉이 말했다. 난 저항할 힘이 없었던 것뿐이야.

멀리사가 뒤로 기대어 앉아 흐릿한 담배 연기 사이로 닉을 보았다. 닉이 내 의자 등받이에 걸쳤던 팔을 들어 재떨이에 담배를 내려놓았다. 기온이 눈에 띄게 내려간 것 같았고, 이제 모든 것이 흐릿한 색이었다.

호수에 갔었어? 멀리사가 말했다.

응, 돌아오는 길에. 닉이 말했다.

프랜시스는 다 탔어요. 보비가 말했다.

사실 타지는 않았지만 얼굴과 팔이 분홍색으로 변했고 만지면 좀 따뜻했다. 내가 어깨를 으쓱했다.

보비는 굳이 옷을 벗고 호수에 들어갔어요. 내가 말했다.

고자질쟁이. 보비가 말했다. 네가 부끄럽다.

멀리사는 여전히 닉을 보고 있었다. 하지만 닉은 전혀 불안해 보이지 않았다. 그는 멀리사를 마주 보며 미소를 지었다. 편안하고 자연스러운 미소였고, 그래서 잘생겨 보였다. 멀리사는 재미있다는 듯이, 또는 지쳤다는 듯이 고개를 젓더니 결국 시선을 돌렸다.

그날 밤 다들 늦게, 새벽 2시쯤에 잠자리에 들었다. 나는 어둠 속에서 10~20분 정도 침대에 누워 머리 위의 바닥 널이 조용히 불평하는 소리와 문이 딸깍 닫히는 소리에 귀를 기울였다. 목소리는 들리지 않았다. 바로 옆 보비의 방은 아주 조용했다. 나는 일어나 앉았다가 다시 누웠다. 어느새 나는 목이 마르지도 않으면서 물을 한 잔 마시러 위층으로 올라갈 계획을 짜고 있었다. 나중에 위층에서 뭘 하고 있었냐는 인터뷰라도 당할 것처럼 심지어는 저녁때 마신 포도주를 들먹이며 갈증을 정당화하는 나 자신을 발견하기도 했다. 다시 일어나 앉아서 이마를 만져 보니 체온은 정상이었다. 나는 침대에서 조용히 빠져나와 작은 장미 꽃봉오리 무늬의 흰 원피스 잠옷 차림으로 계단을 올라갔다. 부엌 불이 켜져 있었다. 심장이 정말 심하게 뛰기 시작했다.

부엌에서는 닉이 깨끗이 씻은 포도주 잔을 찬장에 넣고 있었다. 그가 나를 올려다보며 말했다. 아, 안녕. 나는 곧장, 외우고 있던 말을 하는 것처럼 대답했다. 물한 잔 마시고 싶어서요. 닉이 내 말을 믿지 않는다는 듯 우스꽝스러운 표정을 지었지만 어쨌든 잔을 건네주었다. 나는 물을 따라서 냉장고 문 앞에 선 채로 마셨다. 미지근하고 염소 맛이 났다. 마침내 닉이 내 앞에 서더니 이렇게 말했다. 이제 포도주 잔 다 넣었어, 그럼. 우리는 마주 보았다. 나는 그에게 정말 난처했다고 말했고 닉은 그렇다는 것을 〈극도로 잘 알고 있었다〉고 말했다. 그가 내 허리에 손을 얹자 온몸이 그를 향해 올라가는 것이 느껴졌다. 내가 닉의 벨트 버클을 만지며 말했다. 당신이 그러고 싶으면 같이 자도 되지만, 역설적인 의도라는 것만 알아요.

닉의 방은 부엌과 같은 층이었다. 1층에는 닉의 방밖에 없었다. 다른 사람들의 방은 한 층 위거나 내 방처럼 지하였다. 창문이 바다를 향해 열려 있었기 때문에 그가 덧문을 조용히 당겨서 닫았고, 그사이에 나는 침대로 들어갔다. 닉이 내 안으로 들어왔을 때 내가 그의 어깨에 얼굴을 꾹 누르며 말했다. 기분 괜찮아요?

계속 고맙다는 말을 하고 싶었어. 닉이 말했다. 이상

157

하지, 응?

나는 그럼 말하라고 했고 닉은 그렇게 했다. 내가 갈 것 같다고 말하자 닉이 눈을 감고 오, 하고 말했다. 끝난 후 나는 벽을 등지고 일어나 앉아서 닉을 내려다보았고, 닉은 똑바로 누워 숨을 쉬고 있었다.

몇 주 동안 힘들었어. 닉이 말했다. 인터넷으로 보낸 메시지는 미안해.

내가 당신한테 차갑게 대했던 거 알아요. 폐렴에 걸린 줄 몰랐어요.

닉이 미소를 짓더니 손가락으로 내 무릎 뒤쪽의 부드러운 부분을 쓸었다.

혼자 내버려 두기를 바라는 줄 알았어. 닉이 말했다. 난 진짜 아프고 외로웠지. 당신은 나랑 연관되기 싫은 것 같았어.

나는 이렇게 말하면 어떨까 생각했다. 아니요, 난 당신한테 밤에 내 꿈을 꾼다는 말이 듣고 싶었어요.

나도 별로 안 좋았어요. 내가 말했다. 그냥 서로 잊어버려요.

음, 관대하네. 내가 좀 더 잘 대처할 수 있었을 텐데.

하지만 용서해 줄게요, 그러니까 이제 괜찮아요.

닉이 팔꿈치로 몸을 지탱하며 일어나 앉아서 나를 보았다.

그래. 하지만 내 말은 네가 날 너무 빨리 용서한다는

거야. 닉이 말했다. 내가 너랑 헤어지려고 했던 걸 생각하면 말이야. 마음만 먹으면 훨씬 더 오래 끌 수도 있었을 텐데.

아뇨, 당신이랑 다시 침대에 들어가고 싶었던 것뿐이에요.

이 말에 닉이 즐겁다는 듯 웃었다. 그가 빛을 피해 고개를 돌리고 누워서 눈을 감았다.

내가 그 정도로 잘하는 줄은 몰랐네. 닉이 말했다.

나쁘지 않아요.

정말 난처한 사람인 줄 알았는데.

그건 맞는데, 불쌍해서요. 내가 말했다. 그리고 섹스는 아주 좋아요.

닉은 아무 말도 하지 않았다. 아침까지 있으면 내가 닉의 방에서 나오는 장면을 누군가에게 들킬지도 몰랐기 때문에 어차피 그의 침대에서 잘 수는 없었다. 그래서 나는 내 방으로 돌아와 침대에 누워서 몸을 최대한 작게 웅크렸다.

14

다음 날 나는 아이처럼 따뜻하고 졸렸다. 아침으로
빵 네 조각과 큰 잔 가득 따른 커피에 크림과 설탕을 넣
어서 두 잔이나 마셨다. 보비가 나를 보고 새끼 돼지라
고 말했지만 〈귀엽다는 뜻〉이라고 했다. 나는 식탁 아
래로 닉의 다리를 쓸면서 그가 애써 웃음을 참는 모습
을 지켜보았다. 나는 열렬하고 경멸스러울 정도의 기쁨
에 넘쳤다.

에타블에서의 사흘이 이런 식으로 지나갔다. 정원에
서 식사를 할 때마다 닉과 보비와 내가 식탁 한쪽 끝에
같이 앉아서 서로의 말에 엄청 끼어들었다. 닉과 나는
보비가 소리를 지르고 싶을 만큼 웃기다고 생각했고,
보비가 무슨 말을 하든 항상 웃었다. 한번은 아침 식사
때 보비가 멀리사 부부의 친구들 중에서 데이비드라는
사람을 흉내 내자 닉이 눈물까지 흘렸다. 우리는 데이

비드를 더블린의 문학 모임에서 잠깐 봤을 뿐이지만 보비는 그의 목소리를 완벽하게 흉내 냈다. 닉은 또 보비와 나의 프랑스어 실력 향상을 위해 우리에게 프랑스어로 말하면서 부탁할 때마다 〈에르r〉 발음을 해주었다. 보비는 닉에게 내가 프랑스어를 할 줄 알지만 그에게 배우고 싶어서 못하는 척하는 거라고 말했다. 그러자 닉이 얼굴을 붉혔고, 방 반대쪽에 앉아 있던 보비가 나를 흘깃 보았다.

오후가 되어 해변에 내려가면 멀리사는 파라솔 밑에서 신문을 읽고 우리는 햇볕을 쬐며 누워서 물병에 담긴 물을 마시고 서로의 어깨에 자외선 차단제를 다시 발라 주었다. 닉은 헤엄치러 가는 것을 좋아했고, 젖은 몸을 번쩍이며 돌아올 때는 오드콜로뉴 광고 모델 같았다. 데릭이 그 모습을 보면 남성성이 제거되는 기분이라고 말했다. 나는 로버트 피스크의 책을 한 장 넘기면서 못 들은 척했다. 데릭이 말했다. 멀리사, 닉이 공들여서 꾸미는 유형이야? 멀리사가 신문에서 고개도 들지 않고 말했다. 아니, 유감스럽지만 멋지게 타고난 거야. 이래서 얼굴 보고 결혼하는 거지. 닉이 웃었다. 나는 다 읽지도 않은 책장을 또 넘겼다.

나는 연달아 이틀 동안 침대에 들어가서 집 안이 조용해지기를 기다렸다가 닉의 방으로 올라갔다. 늦게 자는 것이 썩 피곤하지는 않았지만 낮에 해변이나 정원에서 잠들 때가 많았다. 우리는 네다섯 시간밖에 못 잤지만 닉은 피곤하다고 불평하지 않았고 아주 늦은 시간에도 나를 서둘러 보내지 않았다. 첫날 밤 이후 닉은 저녁식사 때 포도주를 마시지 않았다. 다른 술도 전혀 마시지 않았던 것 같다. 데릭은 이 사실을 자주 지적했고, 닉이 마시고 싶지 않다고 해도 멀리사가 포도주를 권하는 장면이 여러 번 보였다.

한번은 닉과 같이 수영을 한 다음 바닷물에서 나오면서 내가 물었다. 사람들이 눈치챈 건 아니겠죠? 아직 바닷물이 허리까지 오는 곳이었다. 닉이 손바닥을 펴서 눈을 가리며 나를 보았다. 해변으로 돌아간 사람들이 수건으로 몸을 감싸는 것이 보였다. 햇빛 속에서 내 팔은 라일락처럼 하얗고 소름이 돋아 있었다.

아니. 닉이 말했다. 모를 거야.

밤에 우리 소리가 들릴지도 몰라요.

우리 아주 조용한 거 같은데.

말도 안 되게 위험한 짓 같아요.

그래, 물론 그렇지. 이제 알았어?

양손을 바닷물에 담그자 소금기 때문에 따가웠다. 나는 한 손을 들었다가 손바닥을 아래로 향해 다시 수면으로 떨어뜨렸다.

그럼 왜 계속해요? 내가 말했다.

닉이 눈가를 가렸던 손을 내리고 고개를 저었다. 대

리석처럼 정말 새하얗다. 닉의 외모에는 뭔가 엄숙한 면이 있었다.

지금 나 유혹하는 거야? 닉이 말했다.

어서요. 날 간절히 원한다고 말해 봐요.

닉이 물을 움켜쥐고 내 맨살에 뿌렸다. 물에 얼굴을 맞자 너무 차가워서 아플 지경이었다. 나는 티 한 점 없이 파란 뚜껑 같은 하늘을 올려다보았다.

꺼져. 닉이 말했다.

나는 닉을 좋아했지만 그가 꼭 그 사실을 알 필요는 없었다.

✎

나흘째 밤에 저녁 식사를 마치고 다 함께 마을로 산책을 갔다. 항구 쪽 하늘은 흐릿한 산호 빛이었고 바다는 납처럼 검었다. 요트가 선창에 일렬로 늘어서서 까딱거렸고, 맨발의 잘생긴 사람들이 포도주 병을 들고 갑판을 돌아다녔다. 멀리사는 끈 달린 카메라를 어깨에 메고 가다가 이따금 사진을 찍었다. 나는 단추가 달린 남색 리넨 원피스 차림이었다.

아이스크림 가게 앞에서 내 휴대 전화가 울렸다. 아빠였다. 나는 나 자신을 보호하듯 본능적으로 몸을 돌리며 전화를 받았다. 아빠의 목소리가 알아듣기 어려웠고 주변이 시끄러운 것 같았다. 나는 아빠의 말을 들으며 엄지손톱을 깨물고 이빨로 손톱의 결을 느꼈다.

무슨 일 있어요? 내가 말했다.

아니, 아주 잘 지낸다. 외동딸한테 가끔 전화하는 것도 안 되냐?

이렇게 말하는 아빠의 목소리가 한없이 오르내렸다. 아빠의 취기가 느껴지자 내 몸이 더러워진 기분이었다. 샤워를 하거나 신선한 과일을 한 쪽 먹고 싶었다. 나는 일행들에게서 조금 떨어졌지만 자리를 아예 벗어나고 싶지는 않았다. 그래서 나는 가로등 근처를 서성였고 다른 사람들은 아이스크림을 먹을지 말지 의논했다.

당연히 해도 되죠. 내가 말했다.

그래, 어떻게 지내니? 일은 어때?

저 프랑스에 있는 거 아시죠?

무슨 소리냐? 아빠가 말했다.

저 지금 프랑스예요.

누가 듣고 있을 거라고 생각하지는 않았지만 이렇게 간단한 문장을 반복하려니 눈치가 보였다.

아, 너 지금 프랑스에 있구나? 아빠가 말했다. 그랬지, 미안하다. 거긴 어떠냐?

아주 좋아요. 고마워요.

잘됐군. 음, 엄마가 다음 달에 네 용돈을 줄 거다, 알겠니? 학교 다닐 때 말이다.

네, 알았어요. 내가 말했다. 잘됐네요.

보비가 아이스크림 가게에 들어간다는 신호를 보내자 나는 조증처럼 보일 만한 미소를 지으며 사람들에게 먼저 들어가라고 손짓을 했다.

돈이 없어서 곤란한 건 아니지? 아빠가 말했다.

네? 아니에요.

너 저축은 계속하고 있지, 응? 들여 놓으면 좋은 습관이야.

네.

가게 창을 통해서 유리 진열대에 늘어놓은 여러 가지 맛의 아이스크림이 보였고, 이블린의 실루엣이 계산대에서 손짓을 하고 있었다.

지금까지 얼마나 모았냐? 아빠가 말했다.

몰라요. 많진 않아요.

좋은 습관이다, 프랜시스. 흐음? 바로 그거야. 저축 말이다.

잠시 후 통화가 끝났다. 사람들이 가게에서 나왔고 아이스크림콘을 두 개 든 보비가 나에게 하나를 건넸다. 보비가 나를 위해 아이스크림을 샀다는 것이 정말 고마웠다. 내가 콘을 받아 들고 고맙다고 하자 보비가 내 얼굴을 살피며 말했다. 괜찮아? 누구였어? 내가 눈을 깜빡이며 대답했다. 아빠였어. 무슨 일이 있는 건 아니고. 보비가 씩 웃으며 말했다. 아, 잘됐다. 고맙긴 뭘.

먹기 싫으면 내가 먹을게. 시야 끝에서 멀리사가 카메라를 드는 것이 보이자 나는 멀리사가 카메라를 들어서, 혹은 오래전에 했던 다른 행동 때문에 상처를 받았다는 듯이 짜증스럽게 돌아섰다. 건방진 태도라는 것은 알았지만 멀리사가 눈치챘는지는 알 수 없었다.

그날 밤 우리는 담배를 많이 피웠고, 사람들이 모두 잠자리에 들고 내가 닉의 방에 찾아갔을 때 그는 아직 살짝 흥분한 상태였다. 닉은 옷도 갈아입지 않은 채 침대에 걸터앉아 맥북으로 뭔가를 읽고 있었다. 글씨가 잘 안 보이는지 눈을 가늘게 뜨고 있었는데, 내용이 복잡해서였을지도 몰랐다. 그러고 있으니 멋있어 보였다. 어쩌면 햇볕에 좀 탄 것도 같았다. 나 역시 흥분한 상태였던 것 같다. 내가 닉의 발치에 앉아서 그의 정강이에 머리를 기댔다.

왜 바닥에 앉아? 닉이 말했다.

여기가 좋아요.

참, 아까 전화는 누구였어?

내가 눈을 감고 머리에 힘을 주어 누르자 결국 닉이 그만하라고 말했다.

아빠였어요.

당신이 여기 온 거 모르셔?

내가 침대로 올라가서 닉의 뒤에 앉아 양팔로 그의 허리를 감았다. 그러자 닉이 무엇을 읽고 있었는지 보였는데, 캠프 데이비드 협정에 관한 장문의 글이었다. 내가 웃으며 말했다. 흥분했을 때 하는 일이 이거예요? 중동 관련 에세이 읽기?

재미있어. 닉이 말했다. 그래서, 아버지는 당신이 여기 온 걸 모르셨던 거야, 뭐야?

말은 했어요, 아빠가 그냥 사람 말을 건성으로 들어서 그래요.

내가 닉의 등에, 하얀 티셔츠 천에 코를 살짝 문지른 다음 이마를 댔다. 그에게서는 비누처럼 깨끗한 냄새와 흐릿한 바닷물 냄새가 났다.

음주 문제가 좀 있어요. 내가 말했다.

아버지가? 그런 말은 한 적 없잖아.

닉이 맥북을 덮고 나를 향해 몸을 돌렸다.

누구한테도 말한 적 없어요.

닉이 침대 머리판에 기대어 앉으며 말했다. 어떤 문제데?

그냥 통화해 보면 취한 것 같을 때가 많아요. 그 문제에 대해서 진지하게 이야기한 적은 없지만. 별로 안 친하거든요.

내가 닉의 무릎에 올라앉자 마주 보는 자세가 되었

고, 닉이 나를 다른 사람으로 착각한 것처럼 반사적으로 내 머리카락을 쓰다듬었다. 닉은 나를 그런 식으로 만진 적이 없었다. 하지만 나를 보고 있었으니 내가 누구인지 분명히 알았을 것이다.

어머니도 알고 계셔? 닉이 말했다. 그러니까, 두 분이 헤어지신 건 알지만 말이야.

나는 어깨를 으쓱한 다음 아빠는 항상 그랬다고 말했다. 난 좀 끔찍한 딸이에요. 아빠랑 진심으로 대화를 한 적이 없어요. 하지만 학기 중에는 아빠가 용돈을 줘요. 참 못됐죠?

그런가? 닉이 말했다. 아버지가 용돈을 주니까 당신한테 어떻게 하든 괜찮지만 음주 문제로 뭐라고 하지는 않는다는 말이야?

내가 닉을 보자 그도 약간 무표정하고 진지한 얼굴로 마주 보았다. 나는 닉이 정말 진지하다는 것을, 진심으로 애정을 담아서 내 머리카락을 쓰다듬으려는 뜻이었음을 깨달았다. 내가 말했다. 응. 그런 것 같아요.

아니면 어떻게 해야 하는 건데? 닉이 말했다. 재정적 의존이라는 문제는 진짜 골치 아파. 난 부모님한테 돈을 빌릴 필요가 없어지자마자 모든 게 정말이지 좋아졌어.

그래도 부모님을 좋아하잖아요. 잘 지내기도 하고.

닉이 웃으며 말했다. 세상에, 절대 아니야. 장난쳐? 내가 열 살 때 텔레비전 프로그램에서 빌어먹을 블레이

저를 입고 플라톤에 대해서 이야기하게 만든 사람들이라는 걸 잊지 마.

부모님이 시켰어요? 당신 생각이었는 줄 알았는데.

오, 아니야. 난 그때 문제가 많았어. 내 정신과 의사한테 물어봐.

정신과에 다녀요? 아니면 이것도 농담이에요?

닉이 흐음, 비슷한 소리를 내더니 신기하다는 듯 내 손을 만졌다. 아직 흥분한 것이 틀림없었다.

아니야. 우울증이 좀 있어서. 닉이 말했다. 약도 먹고 다 해.

정말요?

응, 작년엔 한동안 많이 심했어. 그리고, 어. 에든버러에서 1~2주 정도 힘들었지, 폐렴이랑 뭐 그런 것 때문에. 당신한테 해줄 만큼 재미있는 이야기는 아닌 것 같다. 아무튼 이제 괜찮아.

재미없지 않아요. 내가 말했다.

보비는 토론할 때 정신 건강에 대해 의견이 많았으니 이런 상황에서 무슨 말을 해야 할지 알 것이다. 내가 말했다. 보비는 우울증이 후기 자본주의 상황에 대한 인간적인 반응이라고 생각해요. 그러자 닉이 미소를 지었다. 내가 병에 대해 이야기하고 싶은지 묻자 닉은 아니, 절대 아니야, 하고 말했다. 그는 내 뒷목 쪽 머리카락 사이로 손가락을 넣었고, 그의 손길 때문에 나는 아무

169

말도 하고 싶지 않았다.

잠시 우리는 말없이 입을 맞추었고, 가끔 내가 아, 조금 더, 같은 말을 할 뿐이었다. 닉의 호흡이 거칠어지더니 언제나처럼 흐음, 아, 좋아, 하고 말했다. 그가 내 원피스 안으로 손을 넣어 허벅지 안쪽을 어루만졌다. 내가 갑자기 닉의 손목을 잡자 그가 나를 보았다. 하고 싶어요? 내가 말했다. 닉은 내가 수수께끼를, 그가 대답하지 못하면 내가 대신 대답할 수수께끼를 낸 것처럼 혼란스러운 표정이었다. 글쎄, 응. 닉이 말했다. 이게…… 네가 원하는 거야? 내 턱이, 전동 그라인더 같은 입이 오므라드는 것이 느껴졌다.

있잖아요, 가끔 당신은 별로 열중하는 것 같지 않아요. 내가 말했다.

닉이 웃었는데, 내가 기대했던 것과 달리 호의적인 반응은 아니었다. 그가 나를 내려다보았다. 얼굴이 약간 상기되어 있었다. 닉이 말했다. 안 그런 것 같아?

그러자 나는 상처받은 느낌이 들어서 이렇게 말했다. 그러니까, 난 당신을 얼마나 원하는지, 내가 얼마나 즐기고 있는지 항상 말로 표현하는데 돌아오는 반응은 별로 없잖아요. 내가 당신을 별로 만족시키지 못한다는 느낌이 들어요.

닉이 한 손을 들어 자기 뒷목을 문지르며 말했다. 아. 그래. 음, 미안해.

알겠지만 난 노력하고 있어요. 내가 잘못하는 부분이 있으면 얘기해 주면 좋겠어요.

닉이 약간 고통스러운 듯한 목소리로 말했다. 잘못하는 부분 없어. 내 문제야, 내가 좀 서툴거든.

닉은 그렇게만 말했다. 나는 더 이상 무슨 말을 해야 할지 몰랐고, 내가 아무리 직접적으로 그의 확인을 끌어내려 해도 그가 확실히 말해 주지 않으리라는 것이 분명해 보였다. 우리는 계속 입을 맞췄고, 나는 그 생각을 하지 않으려고 애썼다. 닉은 엎드려서 하고 싶은지 물었고 나는 좋다고 말했다. 우리는 서로를 보지 않은 채 옷을 벗었다. 내가 매트리스에 얼굴을 대자 머리카락을 만지는 그의 손이 느껴졌다. 닉이 팔로 나를 안으며 말했다. 잠깐만 이렇게 해봐. 무릎을 꿇은 채 몸을 세우니 등 뒤로 그의 가슴이 느껴졌고, 내가 고개를 돌리자 그의 입이 내 귓바퀴에 닿았다. 닉이 말했다. 프랜시스, 널 정말로 원해. 나는 눈을 감았다. 그 말이 내 마음을 뚫고 내 몸으로 곧장 파고들어 거기에 남아 있는 것 같았다. 내가 입을 열자 낮고 관능적인 목소리가 나왔다. 날 갖지 못하면 죽을 만큼? 그러자 닉이 말했다. 그래.

닉이 안으로 들어오자 나는 숨 쉬는 법이 기억나지 않는 기분이었다. 그가 양손으로 내 허리를 잡았다. 나는 계속 더 세게 해달라고 말했지만, 정말 그렇게 하자 조금 아팠다. 닉은 정말 안 아파? 같은 말을 했고 나는 아팠으면 좋겠다고 말했지만, 정말 그런지 확신은 없었다. 닉은 알았어, 하고 말하기만 했다. 잠시 후 나는 너무 좋아서 눈앞이 아찔할 정도였고, 한 문장도 제대로 말할 수 없을 것 같았다. 나는 계속 제발, 제발, 이라고 말했지만 그에게 뭘 요구하고 있는지도 몰랐다. 닉이 조용히 하라는 듯이 내 입술에 손가락을 가져다 대자 나는 그의 손가락이 목구멍에 닿을 정도로 깊숙이 입에 넣었다. 닉이 아, 안 돼, 하지 마, 하고 말하는 소리가 들렸다. 하지만 너무 늦었고, 그는 사정해 버렸다. 닉이 땀을 흘리며 말했다. 제길, 미안해. 이런. 나는 몸을 심하게 떨고 있었다. 우리 사이에 무슨 일이 일어나고 있는지 전혀 모르겠다는 기분이 들었다.

이제 날이 밝기 시작했기 때문에 나는 그만 가야 했다. 닉이 일어나 앉아서 내가 원피스 입는 모습을 지켜보았다. 나는 그에게 뭐라고 말해야 할지 몰랐다. 우리는 괴로운 표정으로 마주 보다가 시선을 돌렸다. 아래층 내 방으로 돌아왔지만 잠을 이룰 수 없었다. 나는 무릎을 끌어안고 침대에 앉아서 덧문의 갈라진 틈새로 빛의 움직임을 지켜보았다. 결국 내가 창문을 열고 바다를 내다보았다. 새벽이었고 은빛이 도는 파란 하늘이 더없이 아름다웠다. 위층 방에서 닉이 서성이는 소리가 들렸다. 눈을 감으면 그가 아주 가까이, 숨소리가 들릴 만큼 가까이 느껴졌다. 위층 문이 열리고, 개가 짖고, 아침에 마실 커피를 내리려고 커피 머신 켜는 소리가 들릴 때까지 나는 창가에 그렇게 앉아 있었다.

15

　다음 날 밤에 이블린이 게임을 하자고 제안해서 우리
는 팀을 나누고 유명인의 이름을 적어서 커다란 그릇에
넣었다. 한 사람이 이름을 뽑으면 같은 팀원들이 네, 아
니요로 대답할 수 있는 질문을 해서 누구인지 맞추는
게임이었다. 바깥은 어두웠고 우리는 불을 켜고 덧문을
연 채 거실에 앉아 있었다. 가끔 열린 창으로 나방이 날
아 들어오면 닉이 손으로 잡아서 밖으로 던졌고, 데릭
은 죽이라고 부추겼다. 보비가 그만하라고 하자 데릭이
말했다. 동물권이 나방한테까지 확장된다고 말하려는
건 아니겠지? 보비의 입술은 포도주로 검게 물들었다.
취했다.

　아니요. 보비가 말했다. 죽이고 싶으면 직접 죽이라
는 말이에요.

　멀리사와 데릭과 내가 한 팀, 닉과 보비와 이블린이

한 팀이었다. 멀리사가 포도주를 한 병 더 꺼내러 간 사이 우리가 이름을 써서 그릇에 넣었다. 다들 저녁 식사를 하면서 포도주를 이미 많이 마셨다. 멀리사가 포도주를 권하자 닉이 빈 물잔을 손으로 덮었다. 두 사람이 어떤 표정을 주고받는 것 같았고, 그런 다음 멀리사가 자기 잔을 채웠다.

보비네 팀이 먼저 하게 되어서 닉이 이름을 뽑았다. 그가 뽑은 이름을 읽고 얼굴을 찌푸리더니 음, 좋아, 하고 말했다. 보비가 남자냐고 묻자 닉이 아니라고 했다. 여자예요? 보비가 말했다. 응, 맞아. 이블린은 정치가인지, 여배우인지, 운동선수인지 물었지만 전부 아니었다. 보비가 말했다. 음악가예요? 닉이 대답했다. 내가 아는 한은 아니야.

유명한 사람이에요? 보비가 말했다.

글쎄, 유명하다는 말을 정의해 봐. 닉이 말했다.

우리 모두 아는 사람이야? 이블린이 말했다.

두 사람은 분명히 알아. 닉이 말했다.

아. 보비가 말했다. 좋아요, 그럼 우리가 실제로 아는 사람이에요?

닉이 그렇다고 말했다. 멀리사와 데릭과 나는 말없이 지켜보았다. 나는 손에 들린 포도주 잔을 의식하면서 엄지로 잔 기둥을 지나치게 세게 잡았다.

그 사람 좋아해요? 보비가 말했다. 아니면 싫어해요?

개인적으로? 응, 좋아해.

그 여자도 당신 좋아해요? 보비가 말했다.

그 질문이 답을 맞히는 데 도움이 돼? 닉이 말했다.

될지도 모르죠. 보비가 말했다.

모르겠는데. 닉이 말했다.

그러니까 당신은 그 여자를 좋아하는데 그 여자가 당신을 좋아하는지는 모른다는 거죠? 보비가 말했다. 잘 아는 여자예요? 아니면 수수께끼 같은 여자인가요?

닉은 질문이 다 너무 멍청하다는 듯이 고개를 저으면서 혼자 웃었다. 멀리사와 데릭과 내가 아주 조용해진 것이 느껴졌다. 이제 아무도 말을 하거나 술을 마시지 않았다.

둘 다인 것 같은데. 닉이 말했다.

그 여자를 아주 잘 아는 건 아니고 약간 수수께끼 같다는 거야? 이블린이 말했다.

당신보다 똑똑한가요? 보비가 말했다.

응, 하지만 그런 사람은 아주 많지. 전부 썩 전략적인 질문은 아닌 것 같은데.

알았어요, 알았어. 보비가 말했다. 감정적인 사람이에요, 이성적인 사람이에요?

아, 이성적인 것 같아.

음, 비감정적이라는 거죠. 보비가 말했다. 감정적으로 둔하다는 거군요.

뭐? 아니야. 그런 뜻이 아니야.

흐릿한 열기가 얼굴로 몰려들어서 나는 잔을 내려다보았다. 닉이 약간 동요하는 것 같다고, 평소에는 초연하고 편안한 척하지만 적어도 지금은 그렇게 보이지 않는다고 생각했고, 그러다가 내가 언제부터 그걸 척이라고 생각하게 되었을까 궁금해졌다.

외향적이야, 내향적이야? 이블린이 말했다.

내향적인 것 같아. 닉이 말했다.

나이가 많아, 적어? 이블린이 말했다.

어려, 확실히 어려.

아이인가요? 보비가 말했다.

아니, 아니, 어른이야. 세상에.

어른 여성이라, 좋아요. 보비가 말했다. 그 여자가 수영복을 입은 모습이 매력적이라고 생각해요?

닉이 괴로울 만큼 한참 동안 보비를 보더니 종이를 내려놓았다.

보비는 이미 알고 있어. 닉이 말했다.

우리 모두 누군지 알아. 멀리사가 조용히 말했다.

난 모르는데. 이블린이 말했다. 누구야? 당신이에요, 보비?

보비가 장난스럽게 씩 웃더니 말했다. 프랜시스예요. 나는 보비를 보았지만 이 연극이 누구를 겨냥한 것인지 알 수 없었다. 재미있다고 생각하는 사람은 보비밖에 없었지만, 보비는 아랑곳하지 않는 것 같았다. 보비를 보니 자신의 의도대로 되었다고 생각하는 것 같았다. 나는 애초에 보비가 내 이름을 그릇에 넣은 것이 거의 확실하다는 사실을 멍청하게도 뒤늦게야 깨달았다. 나는 보비의 무모함이, 무언가의 안으로 파고들어서 깨뜨려 폭로하는 경향이 떠올랐고 보비가 무서워졌다. 이런 적이 처음은 아니었다. 보비는 내 감정의 내밀한 무언가를 폭로하려 했고, 그것을 비밀이 아닌 다른 무언가로, 장난이나 게임으로 바꾸려 했다.

차례가 끝나자 거실 분위기가 바뀌었다. 처음에는 사람들이 우리 사이를 눈치챘을까 봐, 밤에 소리를 들었을까 봐, 멀리사도 알고 있을까 봐 무서웠지만 그것과는 다른 종류의 긴장임을 깨달았다. 데릭과 이블린은 닉 때문에 어색해 보였다. 닉이 자신의 감정을 나에게 숨기려 애써 왔다고 생각하는 듯했다. 그리고 나에게는 무언의 걱정을, 내가 기분이 상하거나 화가 났을지도 모른다는 걱정을 드러냈다. 이블린이 동정 어린 표정으로 자꾸 나를 흘끔거렸다. 멀리사가 빌 클린턴을 맞춘 뒤, 나는 잠깐 실례한다고 말하고 복도 맞은편의 화장실로 갔다. 나는 찬물을 틀어서 손을 씻고 눈 밑에 뿌린 다음 깨끗한 수건으로 얼굴을 닦았다.

복도로 나가니 멀리사가 화장실을 쓰려고 기다리고 있었다. 내가 지나치기 전에 멀리사가 말했다. 괜찮니?

괜찮아요. 내가 말했다. 왜요?

멀리사가 입술을 모았다. 그녀는 목선이 깊이 파인 파란색 플리트 원피스를 입고 있었다. 나는 접어 올린 청바지와 구깃구깃한 흰 셔츠 차림이었다.

그 사람, 아무 짓도 안 했지? 멀리사가 말했다. 그러니까, 널 괴롭히진 않았어?

나는 닉의 이야기라는 걸 깨닫고 머리가 아찔했다.

누가요? 내가 말했다.

멀리사가 달갑지 않은 표정으로, 실망한 표정으로 나를 보았다.

됐어. 멀리사가 말했다. 잊어버려.

나는 멀리사가 나를 걱정해 주고 있음을 알았기 때문에 죄책감이 들었다. 멀리사로서는 이렇게 애를 쓰는 것이 아마도 고통스러울 것이다. 내가 조용히 말했다. 아니, 음, 당연히 괴롭히지 않았어요. 모르겠어요……. 그냥 아무것도 아닌 것 같은데. 미안해요. 보비가 괜히 그런 거예요.

음, 잠깐 반한 걸 거야. 멀리사가 말했다. 아마 악의는 없겠지만, 불편한 일이 생기면 나한테 얘기해도 된다는 말을 꼭 하고 싶었어.

고마워요, 정말 친절하시군요. 하지만 진짜, 하나도…… 전 아무렇지도 않아요.

그러자 멀리사는 내가 괜찮아서 마음이 놓인다는 듯

이, 자기 남편이 온당치 못한 행동을 하지 않아서 다행이라는 듯이 나를 보며 미소를 지었다. 나도 고마운 마음에 미소를 지었고, 멀리사가 자기 원피스 치마에 손을 닦았다.

닉답지 않아. 멀리사가 말했다. 아마 네가 닉이 좋아하는 타입인가 봐.

나는 멀리사와 내 발을 내려다보았다. 어지러웠다.

너무 내 칭찬 같은가? 멀리사가 말했다.

나는 멀리사와 눈이 마주치자 나를 웃게 하려는 말임을 깨달았다. 멀리사의 친절과 믿음이 고마워서 내가 웃었다.

제 칭찬 같은데요. 내가 말했다.

닉 때문은 아니지, 그 사람은 정말 아무짝에도 쓸모가 없거든. 하지만 여자 보는 눈은 있다니까.

멀리사가 화장실을 가리켰다. 내가 길을 비키자 멀리사가 안으로 들어갔다. 손목으로 얼굴을 닦아 보니 축축했다. 나는 닉이 〈쓸모가 없다〉는 말이 무슨 뜻일까 생각했다. 애정의 표현인지 신랄한 비판인지 분간이 안 됐다. 멀리사는 애정 표현과 신랄한 비판을 같은 것처럼 보이게 만드는 면이 있었다.

게임은 금방 끝났다. 나는 잠자리에 들 때까지 보비에게 한 마디도 하지 않았다. 다른 사람들이 전부 자기 방으로 들어갈 때까지 나는 소파에 앉아 있었고, 몇 분

후 닉이 다시 나왔다. 그는 덧문을 닫은 다음 창틀에 기대어 섰다. 나는 하품을 하며 머리카락을 만졌다. 닉이 말했다. 있지, 참 이상했어, 그렇지? 보비 말이야. 나도 동의했다. 닉은 내가 보비를 어떻게 생각하는지 잘 모르겠는지, 보비에 대해 이야기할 때 조심스러워 보였다.

술은 이제 끊었어요? 내가 말했다.

마시면 너무 피곤해서. 어쨌든 이럴 때는 제정신인 게 더 좋으니까.

닉은 우리가 곧 일어날 거라고 생각하는지 소파 팔걸이에 앉았다. 내가 말했다. 이럴 때라니 무슨 뜻이에요? 그러자 닉이 말했다. 아, 우리가 늦은 밤에 나누는 이 자극적인 대화 말이야.

술 마시고 섹스하는 게 싫어요? 내가 말했다.

내가 술을 안 먹는 게 모두한테 더 좋을 것 같아서.

뭐, 성 기능 문제 같은 거예요? 난 불만 없는데.

그건 아니야, 널 기분 좋게 하는 건 쉬우니까. 닉이 말했다.

나는 닉이 그런 말을 하는 것이 싫었지만 사실이었고 닉도 아마 그렇게 생각했을 것이다. 그의 손이 내 손목 안쪽을 만지자 몸이 떨렸다.

별로 안 그래요. 내가 말했다. 내가 침대에 누워서 당신 정말 대단하다고 말하면 당신이 얼마나 좋아하는지 잘 알 뿐이죠.

닉이 얼굴을 찌푸리며 말했다. 너무하네. 내가 웃으며 말했다. 아, 이런, 내가 당신 환상을 깨뜨렸어요? 원한다면 당신이 얼마나 정력적이고 남성적인지 한숨을 쉬면서 다시 말해 줄게요. 닉은 아무 말도 하지 않았다.

어쨌든 난 자러 가봐야겠어요. 내가 말했다. 완전 지쳤어.

닉이 내 등에 손을 올렸는데, 그답지 않게 다정한 행동이었다. 나는 꼼짝도 하지 않았다.

예전에는 왜 바람을 안 피웠어요? 내가 말했다.

아. 누굴 만난 적이 없어서 그랬나 봐.

무슨 뜻이에요?

잠깐이지만 나는 닉이 이렇게 말할 줄 알았다. 널 원하는 것처럼 간절히 원하는 사람을 만난 적이 없어. 하지만 닉은 이렇게 말했다. 음, 나도 모르겠어. 우리 부부는 오랫동안 행복했고, 그래서 그때는 그런 생각을 안 했어. 알잖아, 사랑에 빠졌을 때는 그런 생각이 안 들지.

언제부터 사랑하지 않았는데요?

그러자 닉이 손을 치웠다. 이제 우리 몸의 어느 부분도 닿아 있지 않았다.

사랑하지 않는 건 아닌 것 같은데. 닉이 말했다.

아직도 멀리사를 사랑한다는 말이군요.

음, 맞아.

나는 천장에 달린 조명을 물끄러미 보았다. 꺼져 있었다. 아까 게임을 시작할 때 천장 등을 끄고 테이블 램프를 켰다. 램프 불빛이 창문을 향해 긴 그림자를 드리웠다.

상처받았다면 미안해. 닉이 말했다.

아니, 당연히 안 받았죠. 그럼 우리 관계는 멀리사랑 하는 게임 같은 거예요? 대학생이랑 바람을 피우면서 멀리사의 관심 끌기?

와. 잠깐만. 멀리사의 관심을 끈다고?

왜요? 당신이 날 어떤 눈으로 바라보는지 멀리사가 알아차리지 못한 것 같지는 않잖아요. 당신이 날 불편하게 하냐고 묻던데요?

세상에. 닉이 말했다. 그래. 내가 널 불편하게 만들어?

나는 그렇지 않다고 대답할 기분이 아니었기 때문에 대답하는 대신 눈을 굴리다가 소파에서 일어나 셔츠를 가다듬었다.

자러 가겠다 이거지. 닉이 말했다.

나는 그렇다고 말했다. 나는 그를 올려다보지 않고 아래층으로 가져갈 핸드백에 전화기를 넣었다.

알지, 아까 그 말은 아팠어. 닉이 말했다. 방금 한 말.

내가 바닥에 떨어진 카디건을 집어서 가방에 걸쳤다. 샌들은 난롯가에 가지런히 놓여 있었다.

당신은 내가 관심을 끌려고 이런다고 생각하는구나.

닉이 말했다. 왜 그렇게 생각해?

당신 아내는 이제 관심이 없는데, 당신은 아직 아내를 사랑하니까 그렇겠죠.

닉이 웃었지만 나는 그를 보지 않았다. 난로 위 거울을 흘깃 보자 내 얼굴이 너무 끔찍해 보였다. 충격적일 만큼 이상했다. 뺨은 누구한테 맞은 것처럼 얼룩덜룩하고 입술은 바짝 말라서 거의 하얀색이었다.

질투하는 건 아니지, 프랜시스? 응? 닉이 말했다.

내가 당신한테 무슨 감정이라도 있다고 생각해요? 난처하게 굴지 마세요.

나는 아래층으로 내려갔다. 침대에 눕자 슬픔보다는 충격과 이상하게 지친 느낌 때문에 기분이 끔찍했다. 누가 내 어깨를 붙들고 내가 그만두라고 애원하는데도 세게 흔드는 기분이었다. 내 잘못임은 알고 있었다. 내가 무리하게 닉을 도발해 싸움을 만들었다. 이제 정적 속에 혼자 누워 있으니 모든 것에 대한 통제력을 잃은 기분이었다. 내가 결정할 수 있는 것은 닉과 섹스를 하느냐 마느냐밖에 없었다. 그 행위의 느낌과 의미는 내가 결정할 수 없었다. 또 닉과 싸울지 말지, 무엇을 두고 싸울지는 결정할 수 있었지만 그가 무슨 말을 할지, 또 내가 그 말에 얼마나 상처를 받을지는 결정할 수 없었다. 나는 팔을 접고 침대에 웅크리고 누워서 착잡한 마음으로 닉은 모든 힘을 가지고 있지만 나는 아무런 힘도 없다고 생각했다. 꼭 그런 것은 아니었지만, 그날 밤 나는 그동안 나 자신의 약함을 얼마나 과소평가했는지 처음으로 명확히 깨달았다. 나는 닉과 함께하기 위해서 모두에게, 멀리사에게, 심지어는 보비에게도 거짓말을 했다. 사실을 털어놓을 사람, 내 행동을 동정해 줄 사람 하나 남겨 두지 않았다. 그랬는데 그는 다른 사람을 사랑한다. 나는 눈을 꼭 감고 베개에 얼굴을 꾹 눌렀다. 나는 전날 밤을, 닉이 나를 얼마나 원하는지 말해 주었던 때를, 그때 어떤 기분이었는지를 떠올렸다. 인정해. 내가 생각했다. 그는 너를 사랑하지 않아. 넌 그래서 상처를 받은 거야.

16

다음 날은 보비와 내가 떠나기 하루 전이었다. 아침 식사 때 멀리사가 발레리의 방문 소식을 알렸다. 다들 어느 방을 준비해 두어야 할지 의논하는 동안 나는 각설탕을 향해 씩씩하게 식탁을 가로지르는 금속 같은 느낌의 빨간 무당벌레를 바라보았다. 자동으로 움직이는 다리를 가진 초소형 로봇 같았다.

저녁거리도 준비해야 돼. 멀리사가 말하고 있었다. 몇 명이서 슈퍼마켓 좀 다녀올래? 내가 목록을 만들어 줄게.

내가 갈게. 이블린이 말했다.

멀리사는 크루아상을 갈라서 펼치고 가염 버터를 발랐고, 말하면서 나이프를 살짝 흔들었다.

닉이 태워 줄 거야. 멀리사가 말했다. 디저트도 사야 돼, 신선하고 좋은 걸 하나 사자. 꽃도 사고. 도와줄 사람을 한 명 데려가는 게 좋겠어. 프랜시스랑 가면 되겠다. 괜찮지?

무당벌레가 설탕 그릇에 도착해서 반드럽고 하얀 가장자리를 따라 올라가기 시작했다. 나는 예의 바른 표정을 짓고 있기를 바라며 고개를 들고 말했다. 당연히 괜찮죠.

그리고 데릭은 더 큰 식탁을 정원으로 꺼내 줘. 멀리사가 말했다. 보비랑 난 집 정리를 할게.

우리는 일정을 정한 다음 아침 식사를 마치고 접시를 안으로 들여갔다. 닉이 자동차 열쇠를 찾으러 가고 이블린은 현관 앞 계단에서 무릎에 팔꿈치를 괴고 앉아 있었는데, 안경을 써서 어려 보였다. 멀리사는 부엌 창틀에 기대어 목록을 적었고, 닉이 소파 쿠션을 들추며 말했다. 누가 자동차 열쇠 못 봤어? 나는 방해가 되지 않으려고 복도 벽에 등을 붙이고 서 있었다. 고리에 걸려 있어요. 내가 말했지만 목소리가 너무 작아서 닉은 듣지 못했다. 닉이 말했다. 어디 주머니 같은 데 넣어 뒀나 봐. 멀리사가 찬장을 열어 식재료를 확인했다. 자동차 열쇠 못 봤어? 닉이 말했지만 멀리사가 무시했다.

결국 내가 소리 없이 고리의 열쇠를 빼서 닉이 지나갈 때 그의 손에 건넸다. 아, 아하. 닉이 말했다. 음, 고마워. 닉은 내 눈을 피하고 있었지만 나한테만 그런 것은 아니었다. 모두의 시선을 피하는 것 같았다. 찾았어? 부엌에서 멀리사가 말했다. 고리에 걸려 있는지 확인했어?

이블린과 닉과 내가 자동차로 갔다. 안개 낀 아침이었지만 멀리사는 곧 갤 거라고 말했다. 내가 보비를 찾아 고개를 돌려 보니 자기 방 창가에 모습을 드러냈다. 덧문을 열고 있었다. 그래. 보비가 말했다. 나 버리고 가버려. 새 친구들이랑 슈퍼마켓에 가서 즐겁게 놀아라.

영영 안 돌아올지도 몰라. 내가 말했다.

오지 마. 보비가 말했다.

내가 뒷좌석에 타서 벨트를 맸다. 이블린과 닉이 차에 올라 문을 닫자 우리는 셋만의 공간에 봉인되었지만, 나는 여기 속하지 않는 느낌이었다. 이블린이 짐짓 지친 듯 한숨을 쉬었고 닉이 시동을 걸었다.

차 문제는 해결했어? 닉이 이블린에게 말했다.

아니, 데릭이 딜러한테 전화를 못 하게 해. 이블린이 말했다. 자기가 〈알아서 하고〉 있대.

자동차가 진입로를 벗어나 해안 도로에 들어섰다. 이블린이 안경 너머 눈을 문지르며 고개를 저었다. 안개는 베일처럼 회색이었다. 나는 내 배를 세게 때리는 상상을 했다.

음, 알아서 하고 있다는 거지, 그래. 닉이 말했다.

데릭이 어떤지 알잖아.

닉이 흐음, 비슷하게 뭔가 함축적인 소리를 냈다. 자

동차는 항구를 따라 달렸고, 안개 너머로 배들이 어떤 추상적인 개념처럼 숨어 있었다. 나는 차창에 코를 눌렀다.

지금까지는 괜찮았는데. 이블린이 말했다. 괜찮은 줄 알았어. 오늘까지는 말이야.

음, 그게 발레리 효과지. 닉이 말했다.

하지만 비교적 느긋했잖아, 안 그래? 이블린이 말했다. 이렇게 되기 전까지는 말이야.

맞아. 그랬지.

닉이 좌회전 방향 지시 등을 켰고 나는 아무 말도 하지 않았다. 멀리사의 이야기가 분명했다. 이블린이 안경을 벗어서 부드러운 면 치마로 닦았다. 그런 다음 안경을 다시 쓰고 거울을 보다가 거울에 비친 나를 발견하고 얼굴을 약간 찌푸렸다.

절대 결혼하지 말아요, 프랜시스. 이블린이 말했다.

닉이 웃으며 말했다. 프랜시스는 그런 부르주아 제도에 절대 굴복하지 않을 거야. 그는 핸들을 돌려 모퉁이를 돌면서 도로에서 시선을 떼지 않았다. 이블린이 미소를 지으며 창밖의 배들을 바라보았다.

발레리가 오는 줄 몰랐어요. 내가 말했다.

내가 말 안 했나? 닉이 말했다. 어젯밤에 말하려고 했는데. 와서 저녁 식사만 할 거야, 여기서 지내는 건 아니고. 하지만 항상 아기 공주님 같은 대접을 받거든.

멀리사가 발레리한테는 꼼짝못하는 면이 있어. 이블린이 말했다.

닉이 어깨 너머로 뒤창을 내다보았지만 나를 보지는 않았다. 나는 닉이 운전을 하느라 바쁘다는 점이 마음에 들었다. 신경 써서 서로 아는 척하지 않고도 대화할 수 있다는 뜻이기 때문이었다. 물론 어젯밤에 닉은 발레리에 대해서 이야기하지 않았다. 그 대신 아내를 여전히 사랑하며 나는 그에게 아무 의미도 없다고 말했다. 원래 발레리에 대해 이야기하려 했다는 말은 개인적인 친밀감을 암시했는데, 이제 우리는 개인적인 친밀감을 영영 잃은 것만 같았다.

다 잘될 거야. 이블린이 말했다.

닉은 아무 말도 하지 않았고 나도 그랬다. 다 잘될지 아닐지에 대한 그의 의견은 내 의견과 달리 중요했기 때문에 닉의 침묵은 중대했고 나의 침묵은 그렇지 않았다.

적어도 못 견딜 정도는 아닐 거야. 이블린이 말했다. 프랜시스와 보비의 존재가 긴장을 풀어 줄 테니까.

프랜시스랑 보비가 그런 역할이었어? 닉이 말했다. 몰랐네.

이블린이 거울 속의 나에게 다시 한번 미소를 지으며 말했다. 음, 그리고 보기 좋기도 하지.

그 말엔 반대야. 닉이 말했다. 절대로.

슈퍼마켓은 시내 외곽의 커다란 유리 건물이었고 에

어컨이 시원하게 나왔다. 닉이 카트를 끌었고 이블린과 나는 그의 뒤를 따라 작은 일방 출입구를 지나 문고판 책과 보안 태그가 붙은 플라스틱 상자 안에 남성용 시계가 진열된 곳으로 들어갔다. 닉이 디저트와 꽃만 손에 들고 나머지는 전부 카트에 넣으면 된다고 말했다. 닉과 이블린은 어떤 디저트가 가장 덜 논쟁적일지 의논하다가 뭐든 시럽 입힌 딸기를 잔뜩 올린 비싼 것을 사기로 했다. 이블린이 디저트가 진열된 통로로 향했고 닉과 나는 조금 뒤떨어져서 따라갔다.

나가는 길에 꽃을 사야 하는데, 내가 같이 갈게. 닉이 말했다.

그럴 필요 없어요.

음, 만약에 꽃을 잘못 사면 내 책임이라고 말하는 게 좋을 것 같아.

커피가 진열된 통로에 도착하자 닉이 걸음을 멈추고는 다양한 크기로 포장된 여러 종류의 분말 커피를 살폈다.

기사도 정신을 발휘할 필요는 없어요. 내가 말했다.

아니, 당신이랑 멀리사가 싸우면 오늘은 내가 감당 못 할 것 같아서 그래.

나는 치마 주머니에 손을 넣었고 닉은 검은색으로 포장된 각종 커피를 카트에 담았다.

적어도 당신이 누구 편을 들지 우리 둘 다 알잖아요.

내가 말했다.

닉이 왼손에 에티오피아 커피 한 봉지를 들고 약간 웃음기 띤 표정으로 고개를 들었다.

누구 편을 드는데? 닉이 말했다. 이제 나한테 관심 없는 사람? 아니면 섹스 때문에 나를 이용하는 사람?

얼굴 전체가 확 붉어지는 것이 느껴졌다. 닉이 커피 봉지를 내려놓았지만 나는 그가 무슨 말을 하기 전에 걸어가 버렸다. 조리 음식 코너와 살아 있는 갑각류가 든 수조가 놓인 슈퍼마켓 뒤쪽까지 곧장 걸어갔다. 갑각류들은 고대의 생물, 신화적인 유물 같았고, 수조 유리를 향해 집게발을 헛되이 휘두르면서 나를 비난하듯 바라보았다. 나는 차가운 손을 얼굴에 대고 갑각류를 심술궂게 노려봤다.

이블린이 푸른빛 도는 크고 얇은 플라스틱 상자에 담긴 딸기 타르트를 들고 조리 음식 코너로 돌아왔다.

목록에 바닷가재가 있다는 말은 하지 말아 줘. 이블린이 말했다.

제가 아는 한 없어요.

이블린이 나를 보며 힘을 내라는 듯 다시 미소를 지었다. 왠지 모르지만 이블린은 나를 응원하기로 한 것 같았다.

오늘은 다들 많이 피곤한 것 같아. 이블린이 말했다.

다른 통로에서 카트를 끌고 나오는 닉이 보였지만 그

192

는 우리를 보지 못하고 방향을 바꾸었다. 오른손에는 멀리사가 써준 목록을 들고 왼손으로 카트 방향을 조종 했다.

작년에 일이 좀 있었거든. 이블린이 말했다. 발레리 랑 사이에 말이야.

아.

우리는 닉의 카트를 따라 걸어갔고 나는 설명을 기다 렸지만 이블린은 더 이상 말이 없었다. 슈퍼마켓 계산 대 근처에 꽃집이 있었는데, 싱싱한 화분과 양동이에 담긴 카네이션과 국화가 있었다. 닉이 분홍색 장미 두 다발과 여러 종류가 섞인 꽃다발 하나를 골랐다. 장미 꽃잎은 크고 관능적이었고 가운데 봉오리가 아직 꽉 닫 혀 있어서 야한 악몽 같았다. 닉이 나에게 꽃다발을 건 넸지만 나는 그를 보지 않았다. 나는 말없이 꽃다발을 들고 계산대로 갔다.

우리는 별말 없이 함께 슈퍼마켓을 나섰다. 비가 내 려 피부와 머리카락에 물방울이 송송 맺혔고 주차된 차 들은 죽은 벌레 같았다. 이블린은 데릭과 함께 페리에 차를 싣고 왔는데 에타블로 오는 도로에서 펑크가 나는 바람에 닉이 차를 타고 와서 타이어를 갈아 주었다는 이야기를 시작했다. 나는 닉이 예전에 했던 착한 일을 끄집어내서 기운을 내게 하려는 간접적이고 심지어는 무의식적인 의도가 있다고 파악했다. 이블린이 말했다.

평생 당신 얼굴이 그렇게 반가웠던 때가 없었어. 닉이 말했다. 당신도 직접 할 수 있는 일인데, 뭐. 독재자랑 결혼하지만 않았으면 말이야.

우리가 집에 도착해서 차를 세우자 보비가 달려 나왔고 개가 발치를 졸졸 쫓아왔다. 정오가 다 되었는데도 안개는 걷히지 않았다. 리넨 반바지 차림의 보비는 햇볕에 태운 다리가 길고 예뻐 보였다. 개가 두 번 컹컹 짖었다. 내가 도울게. 보비가 말했다. 닉이 식료품 봉투를 하나 건네자 보비가 무슨 말을 하려는 듯 닉을 보았다.

우리가 자리 비운 사이에 별일 없었어? 닉이 말했다.

긴장이 절정이에요. 보비가 말했다.

아, 이런. 닉이 말했다.

닉이 봉투를 하나 더 주자 보비가 배에 받치며 받아 들었다. 닉이 나머지 식료품을 안아 들었고 이블린과 나는 에드워드 시대의 침울한 하녀처럼 꽃과 디저트를 들고 조심스럽게 안으로 들어갔다.

부엌에 멀리사가 있었다. 의자와 식탁이 없으니 부엌이 텅 비어 보였다. 보비가 발레리의 방을 마저 쓸러 위층으로 올라갔다. 닉이 봉투를 창가에 말없이 내려놓고 식료품을 정리하기 시작했고 이블린은 디저트 상자를 냉장고 위에 올렸다. 나는 꽃을 어떻게 해야 할지 몰라서 계속 들고 있었다. 싱싱하고 미심쩍은 향기가 났다. 멀리사가 손등으로 입술을 닦으며 말했다. 아, 결국 오긴 왔구나.

별로 오래 안 걸렸잖아, 응? 닉이 말했다.

비가 올 것 같아. 멀리사가 말했다. 그래서 어쩔 수 없이 식탁과 의자를 식당으로 옮겼어. 너무 끔찍해, 의자가 전혀 안 어울려.

발레리 거잖아. 닉이 말했다. 어울리는지 아닌지는 발레리가 잘 알겠지.

내가 보기에 닉이 최선을 다해서 멀리사의 기분을 달래는 것 같지는 않았다. 나는 꽃을 들고 선 채로 무슨 말을, 이건 어디 둘까요? 같은 말을 하려고 기다렸지만 말이 나오지 않았다. 이블린은 닉을 도와 식료품을 정리했고 멀리사는 우리가 사 온 과일을 점검했다.

레몬을 빠뜨린 건 아니지? 멀리사가 말했다.

안 샀는데. 닉이 말했다. 목록에 적혀 있었어?

멀리사가 복숭아에서 손을 떼고 금방이라도 기절할 것처럼 이마에 손을 올렸다.

믿을 수가 없어. 멀리사가 말했다. 당신이 나갈 때 얘기했잖아, 레몬 사는 거 잊지 말라고 콕 집어서 말했어.

음, 못 들었어. 닉이 말했다.

잠시 정적이 흘렀다. 나는 엄지 아래쪽의 부드러운 부분이 가시에 눌려서 보라색으로 변하고 있음을 알아차렸다. 그래서 내가 부엌에 계속 있었음을 들키지 않으면서 손가락이 아프지 않게 꽃을 고쳐 들려고 애썼다.

모퉁이 가게에 가서 사 올게. 닉이 말했다. 거기가 세상 끝도 아니잖아.

믿을 수가 없어. 멀리사가 다시 말했다.

이거 어디 둘까요? 내가 말했다. 어, 아니면 꽃병에 꽃을까요?

부엌에 있던 모두가 고개를 돌려 나를 보았다. 멀리사가 내 품에서 꽃다발 하나를 받아 들고 살펴보더니 말했다. 이건 줄기를 잘라야겠어.

제가 할게요. 내가 말했다.

그래. 멀리사가 말했다. 꽃병이 어디 있는지 닉이 알려 줄 거야. 나는 데릭을 도와서 식당을 정리할게. 다들 아침부터 고생해 줘서 고마워.

멀리사가 부엌에서 나가 문을 쾅 닫았다. 내가 생각했다. 이 여자예요? 당신이 사랑한다는 게 이 여자예요? 닉이 내 품에서 꽃다발을 받아 들고 카운터에 내려놓았다. 꽃병은 싱크대 아래 찬장에 있었다. 이블린이 초조하게 닉을 지켜보았다.

미안해. 이블린이 말했다.

사과하지 마. 닉이 말했다.

내가 가서 도와야겠다.

그래, 그게 좋겠어.

닉이 꽃다발 비닐을 벗기고 가위로 줄기를 잘랐고 이블린은 부엌을 나갔다. 내가 말했다. 나 혼자 하면 돼요.

196

가서 레몬이나 사 와요. 닉이 나를 보지 않은 채 말했다. 멀리사는 줄기를 비스듬히 자르는 걸 좋아해. 비스듬히 가 무슨 뜻인지 알겠지? 이렇게 말이야. 닉이 끝을 어슷 하게 잘랐다. 레몬 사 오라는 말은 나도 못 들었어요. 내가 이렇게 말하자 닉이 미소를 지었고, 그때 뒤에서 보비가 들어왔다. 이제 내 편들어 주는 거야? 닉이 말했다.

나 빼놓고 새로운 친구나 만들고 다닐 줄 알았어. 보비가 말했다.

넌 침실을 정리하는 줄 알았는데. 닉이 말했다.

방 하난데요, 뭐. 보비가 말했다. 깨끗해지는 데도 한계가 있죠. 날 쫓아내려는 거예요?

우리가 없는 사이에 무슨 일 있었어? 닉이 말했다.

보비가 창틀에 올라앉더니 다리를 앞뒤로 흔들었고, 나는 싱크대에서 꽃줄기를 하나하나 잘랐다.

오늘 당신 부인 신경이 좀 곤두선 것 같아요. 보비가 말했다. 아까 내 리넨 접는 기술을 보고도 별 감흥을 못 느끼더라고요. 발레리가 오면 〈부자를 헐뜯는 어떤 말도〉 하지 말래요. 그대로 인용한 거예요.

이 말에 닉이 크게 웃었다. 보비는 항상 그를 재미있고 즐겁게 해주었지만 나는 모든 점을 감안할 때 그에게 즐거움보다 괴로움을 더 많이 주었음을 알 수 있었다.

오후 내내 멀리사가 우리에게 여러 가지 단조로운 일을 시켰다. 멀리사가 유리잔이 별로 깨끗하지 않다고 생각했기 때문에 내가 다시 썼었다. 데릭은 꽃병 하나, 침대 옆 테이블에 놓을 탄산수 한 병, 깨끗한 유리잔을 발레리의 방에 가져다 놓았다. 보비와 이블린은 거실에서 베갯잇을 다렸다. 닉은 레몬을 사 왔다가 나중에 각설탕을 사러 다시 나갔다. 이른 저녁이 되어서 멀리사가 요리를 하고 데릭이 은식기를 닦는 동안 닉과 이블린과 보비와 나는 닉의 방에 멍하니 앉아서 별말 없이 주변을 둘러보았다. 이블린이 말했다. 버릇없는 아이들 같네.

포도주 한 병 따서 마시자. 닉이 말했다.

죽고 싶어요? 보비가 말했다.

아냐, 따자. 이블린이 말했다.

닉이 차고로 내려가서 플라스틱 컵과 상세르 한 병을 가지고 왔다. 보비는 닉의 침대에 똑바로 누워 있었는데, 평소 내가 절정을 느낀 다음 누워 있을 때와 같은 자세였다. 이블린과 나는 바닥에 나란히 앉았다. 닉이 컵에 포도주를 따랐고 우리는 데릭과 멀리사가 부엌에서 나누는 대화에 귀를 기울였다.

발레리는 어떤 사람이에요? 보비가 말했다.

이블린은 기침만 할 뿐 아무 말도 하지 않았다.

아. 보비가 말했다.

넷이서 포도주를 한 잔씩 비웠을 때 부엌에서 멀리사가 닉을 불렀다. 닉이 자리에서 일어나며 포도주 병을 나에게 건넸다. 이블린이 말했다. 나도 같이 가. 두 사람이 밖으로 나가 문을 닫았다. 보비와 나는 말없이 앉아 있었다. 발레리는 7시쯤 시내에 도착할 거라고 했다. 이제 6시 반이었다. 나는 보비의 잔과 내 잔을 다시 채운 다음 침대에 등을 기대고 앉았다.

닉이 너 좋아하는 거 알고 있지? 보비가 말했다. 다른 사람들은 전부 눈치챘어. 농담할 때마다 네가 웃는지 꼭 확인하더라.

내가 플라스틱 컵 모서리를 계속 씹자 결국 부서지는 소리가 들렸다. 잔을 내려다보니 테두리에 세로로 흰색 금이 가 있었다. 나는 어젯밤 게임에서 보비가 했던 연기를 생각했다.

우린 그냥 잘 지내는 거야. 결국 내가 말했다.

불가능한 일은 아니야. 닉은 실패한 배우고 결혼 생활은 죽었어, 완벽한 요소야.

적당히 성공한 배우에 가깝지 않아?

글쎄, 분명히 더 유명해질 거라고 생각했을 텐데 그렇게 안 됐고, 이제 나이도 너무 많고 그렇잖아. 아마어린 여자랑 바람을 피우는 게 그의 자존심에는 좋을거야.

겨우 서른두 살이야. 내가 말했다.

하지만 에이전트가 닉을 포기한 것 같던데. 아무튼 닉은 살아 있는 게 당황스러운 사람 같아.

공포심이 부풀어 오르는 것이 느껴졌다. 보비의 말을 듣고 있으니 공포심이 어깨에서부터 서서히, 육체적으로 느껴졌다. 처음에는 그게 뭔지 파악할 수 없었다. 현기증 같기도 했고, 심하게 앓기 전에 찾아오는 기묘하고 흐릿한 감각 같기도 했다. 왜 이럴까, 뭘 잘못 먹은 걸까, 아까 차를 타고 다녀와서 그런 걸까 생각하려 애썼다. 그러다가 어젯밤 일이 떠올랐고, 그게 원인임을 깨달았다. 죄책감이 들었다.

닉은 분명히 멀리사를 아직 사랑해. 내가 말했다.

사랑해도 바람은 피울 수 있어.

딴 사람을 사랑하는 사람이랑 자면 우울할 거야.

그러자 보비가 일어나 앉았다, 소리가 들렸다. 보비가 침대 밑으로 다리를 내렸고, 나는 보비가 나를, 내 정수리를 내려다보고 있음을 알았다.

생각은 해본 것 같은데? 보비가 말했다. 너한테 수작이라도 걸었어?

그런 거 아니야. 그냥 누군가의 두 번째가 되면 즐겁지 않을 것 같아.

그런 거 아니라고?

닉은 멀리사가 질투하게 만들려는 것뿐인지도 몰라. 내가 말했다.

보비가 침대에서 미끄러져 내려오더니 포도주 병을 들어서 나에게 건넸다. 이제 우리는 바닥에 같이 앉았고, 위팔이 서로 닿았다. 내가 깨진 플라스틱 컵에 포도주를 약간 따랐다.

여러 사람을 사랑할 수도 있어. 보비가 말했다.

논쟁의 여지가 있지.

친구가 여러 명인 거랑 뭐가 그렇게 달라? 넌 나랑도 친구지만 다른 친구들도 있잖아, 그게 나를 정말 중요하게 여기지 않는다는 뜻이야?

다른 친구 없어. 내가 말했다.

보비가 어깨를 으쓱하더니 포도주 병을 다시 가져갔다. 나는 갈라진 틈으로 포도주가 새지 않도록 컵을 반대쪽으로 기울여서 따뜻한 포도주를 두 모금 마셨다.

닉이 널 유혹했어? 보비가 말했다.

아니. 그냥 만약 그렇다 해도 난 관심이 없을 거라는 뜻이야.

있잖아, 나 멀리사랑 키스한 적 있다? 내가 말 안 했지?

내가 고개를 돌려 목을 길게 빼고 보비의 얼굴을 보았다. 보비가 웃었다. 보비는 우스꽝스럽고 몽환적인 표정이었고, 그래서 평소보다 더 매력적으로 보였다.

뭐? 내가 말했다. 언제?

그래, 그래. 멀리사 생일 파티 때 정원에서. 둘 다 취했었고, 넌 자러 가고 없었지. 멍청한 짓이었어.

보비가 포도주 병을 빤히 보았다. 나는 보비의 옆얼

굴을, 낯선 반쪽 얼굴을 바라보았다. 귓가에 작게 벤 자국이 있었는데, 어쩌다 긁힌 건지도 몰랐다. 꽃처럼 밝은 빨간색이었다.

왜? 보비가 말했다. 지금 나한테 뭐라고 하는 거야?

아니, 아니야.

바깥에서 발레리의 차가 진입로에 들어서는 소리가 들려서 우리는 포도주 병을 침대 밑에 숨겼다. 보비가 내 팔에 팔짱을 끼더니 뺨에 살짝 입을 맞췄기 때문에 나는 깜짝 놀랐다. 보비의 피부는 아주 부드러웠고 머리카락에서는 바닐라 향이 났다. 보비가 말했다. 멀리사에 대해서는 내 생각이 틀렸어. 내가 침을 삼키고 말했다. 글쎄. 누구나 가끔은 틀리잖아.

17

우리는 저녁으로 오리고기, 알감자 구이, 샐러드를 먹었다. 오리고기는 사과주처럼 달콤했고 짙은 색 버터 같은 살코기가 뼈에서 부드럽게 떨어져 나왔다. 나는 예의에 어긋나지 않도록 천천히 먹으려 했지만 배도 고프고 피곤했다. 나무 패널을 댄 식당은 무척 넓었고 비 오는 거리를 향해 창이 나 있었다. 발레리는 돈 많은 영국인 억양으로 말했지만 너무 부자였기 때문에 전혀 우습지 않았다. 발레리와 데릭이 출판계에 대해 이야기를 나누었고 나머지는 조용했다. 발레리는 출판계에 돈을 쫓는 촌뜨기가 많다고 생각했지만 그래서 기분이 나쁘다기보다 재미있게 여기는 것 같았다. 발레리가 냅킨 끄트머리로 포도주 잔의 얼룩을 닦아 내자 우리 모두 멀리사를 보았다. 멀리사의 얼굴이 철제 스프링처럼 오므라들더니 푹 꺾였다.

식사를 시작할 때 멀리사가 이미 모두를 신중하게 소개했지만 디저트를 먹을 때 발레리가 우리 둘 중 누가 보비냐고 물었다. 보비가 자신이라고 말하자 발레리가 대답했다. 오, 그래요, 당연히 그렇겠죠. 하지만 예쁜 얼굴은 오래 안 가요, 유감스럽게도. 난 이제 나이가 많으니 이런 말도 해줄 수 있죠.

다행히도 보비는 예쁜 외모 말고도 가진 게 많답니다. 이블린이 말했다.

음, 내가 충고하죠, 결혼은 빨리 하세요. 발레리가 말했다. 남자들은 변덕이 심하거든요.

그렇군요. 보비가 말했다. 하지만 전 사실 동성애자예요.

멀리사가 얼굴을 붉히면서 자기 잔을 빤히 바라보았다. 나는 말없이 입을 꾹 다물었다. 발레리가 한쪽 눈썹을 추켜올리더니 포크로 나와 보비 사이를 가리켰다.

이제 알겠군요. 발레리가 말했다. 그럼 당신들 두 사람이……?

아, 아니에요. 보비가 말했다. 예전엔 그랬지만 지금은 아니에요.

그래요, 아니군요. 발레리가 말했다.

보비와 내가 마주 보았지만 웃음이나 비명이 터져 나올까 봐 얼른 고개를 돌렸다.

프랜시스는 작가예요. 이블린이 말했다.

음, 말하자면요. 내가 말했다.

말하자면이라고 하지 마. 멀리사가 말했다. 프랜시스는 시인이에요.

잘 쓰던가요? 발레리가 말했다.

발레리는 이런 대화를 하면서 내 쪽을 보지도 않았다.

잘 써요. 멀리사가 말했다.

아, 그렇군요. 발레리가 말했다. 난 항상 시에는 미래가 없다고 생각했지요.

나는 시의 미래에 대해 별생각이 없는 아마추어였기 때문에, 또 어차피 발레리가 내 존재를 알아차리는 것 같지 않았기 때문에 아무 말도 하지 않았다. 보비가 식탁 밑으로 내 발가락을 밟고 기침을 했다. 디저트를 먹은 다음 닉이 커피를 내리러 부엌으로 갔는데, 그가 나가자마자 발레리가 포크를 내려놓고 닫힌 문을 보았다.

아주 좋아 보이지는 않네요. 발레리가 말했다. 몸이 안 좋았어요?

내가 발레리를 빤히 보았다. 그녀는 나에게 말을 걸지도 않았고 질문 하나 하지 않았기 때문에 내가 빤히 봐도 모른 척할 것이 뻔했다.

좋았다 나빴다 해요. 멀리사가 말했다. 한동안은 아주 좋았는데 지난달에 좀 안 좋았던 것 같아요. 에든버러에서요.

음, 폐렴에 걸렸었어요. 이블린이 말했다.

폐렴만은 아니었어. 멀리사가 말했다.

안됐군요. 발레리가 말했다. 하지만 닉은 정말 연약해요. 그런 일들에 쉽게 굴복하죠. 작년에도 그랬잖아요.

보비랑 프랜시스도 있는데 이런 이야기 할 필요 없잖아요? 이블린이 말했다.

비밀로 할 필요도 없지요. 발레리가 말했다. 여기 있는 사람들은 다 친구잖아요? 불쌍하게도 닉은 우울증이에요.

네. 내가 말했다. 저도 알아요.

멀리사가 고개를 들고 나를 보았지만 나는 그녀를 무시했다. 발레리가 꽃을 보더니 딴청을 피우며 꽃 한 송이를 왼쪽으로 약간 옮겼다.

당신은 닉의 친구군요, 그렇죠 프랜시스? 발레리가 말했다.

여기 있는 사람들은 다 친구인 줄 알았는데요? 내가 말했다.

드디어 발레리가 나를 보았다. 그녀는 수지로 만든 예술적인 갈색 장신구로 치장하고 손가락에는 멋진 반지들을 끼고 있었다.

음, 닉은 내가 건강 상태를 물어봐도 신경 쓰지 않을 거예요. 발레리가 말했다.

그럼 닉이 있는 자리에서 물어보시면 되겠네요. 내가 말했다.

프랜시스. 멀리사가 말했다. 발레리는 우리의 아주 오랜 친구야.

발레리가 웃으며 말했다. 제발, 멀리사, 그 정도 늙은이는 아니에요. 나는 턱이 덜덜 떨렸다. 내가 의자를 뒤로 밀며 일어나서 실례한다고 말한 다음 식당을 나섰다. 이블린과 보비는 멀어지는 차창에서 고개를 끄덕거리는 작은 개들처럼 내가 나가는 모습을 지켜보았다. 복도에서 커피 두 잔을 들고 오는 닉과 마주쳤다. 안녕. 닉이 말했다. 아, 무슨 일 있었어? 나는 고개를 젓고 어깨를 으쓱했다. 아무 의미도 없는 멍청한 몸짓이었다. 나는 닉을 지나쳐서 뒤쪽 계단을 내려가 정원으로 나갔다. 닉이 따라오는 소리는 들리지 않았다. 커피를 들고 사람들이 있는 식당으로 간 것 같았다.

나는 정원 끝까지 걸어 내려가서 뒷길로 통하는 문을 열었다. 비가 오고 있었고 짧은 소매의 블라우스 차림이었지만 춥지 않았다. 나는 뒷문을 쾅 닫고 해변을 향해 걸어갔다. 발이 젖었다. 손등으로 얼굴을 세게 문질렀다. 자동차 전조등 불빛이 하얗게 번쩍이며 지나갔지만 걸어다니는 사람은 없었다. 해변으로 이어지는 길에는 가로등이 없었고, 이제 추위가 느껴지기 시작했다. 집으로 돌아갈 수는 없었다. 나는 팔짱을 끼고 덜덜 떨면서 가만히 선 채로 블라우스가 비에 완전히 젖어서 면이 피부에 달라붙는 것을 느꼈다.

닉이 발레리의 말에 가슴 아파할 것 같지는 않았다. 사실을 알아도 아마 어깨를 으쓱하고 그냥 넘어갈 것이다. 내가 닉을 대신해서 느끼는 괴로움은 그가 직접 느끼는 그 어떤 감정과도 상관없을 것 같았다. 전에도 이런 경험이 있었다. 고등학교 졸업반 때 보비가 학생회장 선거에 출마했는데, 상대 남자애가 34대 12로 보비를 이겼다. 보비가 실망했다는 것은 알 수 있었지만 화가 난 것 같지는 않았다. 보비는 미소를 지으며 이긴 아이에게 축하 인사를 건넸고, 종이 쳐서 우리는 책을 챙겼다. 하지만 나는 교실로 돌아가지 않고 위층 화장실 칸막이 안에 틀어박혀서 점심 종소리가 울릴 때까지, 폐가 아프고 얼굴이 쓸려서 따가울 때까지 울었다. 내가 무엇 때문에 그렇게 맹렬하고 소모적인 고통을 느꼈는지 설명할 수 없었지만, 아직도 가끔 그 선거를 생각하면 바보같이 눈물이 차올랐다.

결국 뒷문이 다시 열리고 탁탁거리는 샌들 소리와 보비의 목소리가 들렸다. 이 바보야. 왜 그렇게 화를 내? 들어가서 커피 마시자. 처음에는 어두워서 보비가 보이지 않았지만 곧 보비가 나에게 팔짱을 끼는 것이 느껴지고 비옷이 부스럭거렸다. 아주 멋졌어. 보비가 말했다. 너 이성 잃는 거 오랜만에 본다.

꺼져. 내가 말했다.

화내지 마.

보비가 작고 따뜻한 머리를 내 목에 가져다 댔다. 나는 호숫가에서 옷을 벗던 보비를 떠올렸다.

저 여자 싫어. 내가 말했다.

얼굴에 보비의 숨결이, 설탕을 넣지 않은 커피의 쓴 뒷맛이 느껴졌다. 그때 보비가 나에게 키스를 했다. 보비가 몸을 떼자 내가 보비의 손목을 잡고 바라보려 했지만 너무 어두웠다. 보비는 생각처럼 내 손아귀에서 미끄러져 나갔다.

이러면 안 되는 건데. 보비가 말했다. 정말로. 하지만 넌 독선적일 때 너무 사랑스러워.

나는 양팔을 힘없이 떨어뜨렸고 보비는 집을 향해 걸어가기 시작했다. 지나가는 자동차 전조등 불빛 속에서 나는 보비가 우비 주머니에 양손을 넣고 엉덩이를 철벅철벅 걸어가는 모습을 보았다. 나는 할 말이 없어서 그냥 보비를 따라갔다.

안으로 들어가니 사람들은 거실과 부엌으로 흩어졌고 음악이 들렸다. 나는 흠뻑 젖어서 물을 뚝뚝 흘렸고 거울에 비친 얼굴은 창백하고 부자연스러운 분홍색이었다. 보비와 함께 부엌으로 들어가니 이블린과 데릭과 닉이 서서 커피를 마시고 있었다. 이블린이 말했다. 아, 프랜시스. 다 젖었네. 싱크대 근처에 서 있던 닉이 잔에 커피를 따라서 나에게 건넸다. 우리의 눈이 자기들끼리 대화를 하는 것 같았다. 내가 말했다. 미안해요. 이블린이 내 팔을 쓸었다. 내가 커피를 삼키자 보비가 말했다.
프랜시스한테 수건 좀 갖다줄게요, 그래도 되죠? 다들
너무하네, 진짜. 보비가 밖으로 나가 문을 닫았다.

미안해요. 내가 다시 말했다. 이성을 잃었어요.

응, 못 본 게 아쉽다. 닉이 말했다. 잃을 이성이 있는
지 몰랐네.

우리는 서로 물끄러미 바라보았다. 보비가 돌아와서
수건을 주었다. 나는 보비의 입술을, 묘하게 익숙한 그
맛을 떠올리며 몸을 떨었다. 이제 나는 지금 일어나고
있는 일에, 또는 앞으로 일어날 일에 대해 아무런 힘도
없는 것 같았다. 긴 열병이 시작됐고 이제 가만히 누워
서 병이 지나가기를 기다릴 수밖에 없는 느낌이었다.

내가 머리를 다 닦은 후 우리는 거실에 있던 멀리사
와 발레리가 있는 거실로 갔다. 발레리는 나를 보고 반
갑다는 듯이 과장되게 행동했고 내 작품을 읽고 싶다며
관심을 보였다. 나는 흐릿한 미소를 지으며 할 말을, 또
는 할 일을 찾아서 주변을 둘러보았다. 내가 말했다. 물
론이죠. 제가 보내 드릴게요. 닉이 브랜디를 가지고 와
서 조금 따르자 발레리가 엄마처럼 닉의 손목을 잡고
말했다. 아, 닉, 우리 아들들이 당신만큼 잘생겼으면 얼
마나 좋을까요. 닉이 발레리에게 잔을 건네고 말했다.
또 드실 분?

발레리가 잠자리에 들자 남은 사람들은 팽팽하고 분

노에 찬 침묵에 빠졌다. 이블린과 보비가 둘 다 아는 영화에 대해 대화를 하려 했지만 알고 보니 다른 영화였고, 그래서 이야기가 뚝 그쳤다. 멀리사가 빈 잔을 부엌으로 가져가려고 자리에서 일어나며 말했다. 프랜시스, 좀 도와줄래? 내가 일어섰다. 닉이 교장실로 불려 가는 어머니를 보는 아이처럼 나를 보는 것이 느껴졌다.

우리는 남은 잔을 들고 어두운 부엌으로 갔다. 멀리사는 불을 켜지 않았다. 그녀는 싱크대에 잔을 내려놓더니 손으로 얼굴을 가렸다. 나는 가져온 잔을 조리대에 내려놓은 다음 멀리사에게 괜찮냐고 물었다. 멀리사가 한참 동안 말이 없었기 때문에 나는 그녀가 소리를 지르거나 뭔가를 던질 줄 알았다. 그러다가 멀리사가 재빠른 동작으로 수돗물을 틀어서 개수대를 채우기 시작했다.

나도 발레리 별로 안 좋아해. 멀리사가 말했다.

나는 멀리사를 가만히 보고 있었다. 흐릿한 어둠 속에서 멀리사의 피부가 은빛으로 유령처럼 빛났다.

내가 발레리를 좋아한다고 생각하지 않았으면 좋겠어. 멀리사가 말했다. 발레리가 닉에 대해서 말하는 방식을 인정한다거나 발레리의 행동이 적절하다 여긴다고도 생각하지 말아 줘. 그건 사실이 아니야. 저녁 먹을 때 기분이 상하게 한 건 미안해.

아니에요, 제가 미안하죠. 내가 말했다. 소란을 피워

서 미안해요. 왜 그랬는지 모르겠어요.

사과하지 마. 나도 근성이 있으면 그렇게 했을 거야.

나는 침을 삼켰다. 멀리사가 수돗물을 잠그고 개수대의 유리잔을 아무렇게나, 얼룩이 생기는지 마는지 신경도 쓰지 않고 씻기 시작했다.

발레리가 아니면 다음 책을 내지 못할 것 같아서 그래. 멀리사가 말했다. 너한테 이런 이야기를 하다니 좀 굴욕적이다.

아니, 그러지 마세요.

그리고 오늘 오후에 비이성적으로 굴어서 미안해. 네가 날 어떻게 생각할지 알아. 그냥 작년에 있었던 일 때문에 너무 걱정이 돼서. 하지만 평소에는 닉한테 그런 식으로 말하지 않는다는 걸 너한테 꼭 말하고 싶어. 물론 우리 사이가 완벽한 건 아니지만, 난 닉을 정말 사랑해. 진심으로 사랑해.

당연히 그렇겠죠. 내가 말했다.

멀리사는 잔을 계속 씻었다. 나는 무슨 말을 할지 몰라서 냉장고 옆에 서 있었다. 멀리사가 젖은 손을 들어서 눈 아래 뭔가를 닦더니 다시 설거지를 했다.

닉이랑 자는 건 아니지, 프랜시스? 멀리사가 말했다.

세상에. 내가 말했다. 아니에요.

알았어. 미안해. 이런 질문을 하는 게 아니었는데.

당신 남편이잖아요.

212

그래, 나도 알아.

나는 냉장고 옆에 계속 서 있었다. 땀이 나기 시작했다. 뒷목 아래쪽 어깨 사이가 땀 때문에 간질거렸다. 나는 아무 말 없이 혀를 깨물었다.

이제 가서 사람들이랑 앉아 있어. 멀리사가 말했다.

무슨 말을 해야 할지 모르겠어요, 멀리사.

가, 괜찮아.

나는 거실로 돌아갔다. 다들 고개를 들어 나를 보았다. 전 그만 자야겠어요. 내가 말했다. 다들 좋은 생각이라고 동의했다.

그날 밤 내가 닉의 방문을 두드렸을 때 불은 이미 꺼져 있었다. 닉의 목소리가 들어오라고 말하자 나는 안으로 들어가 등 뒤로 문을 닫으며 말했다. 프랜시스예요. 닉이 말했다. 음, 나도 그렇길 바랐어. 그가 일어나 앉아서 램프를 켰고, 나는 그의 침대 옆에 섰다. 멀리사가 나에게 어떤 질문을 했는지 이야기하자 닉은 그 전에, 내가 빗속에 나가 있을 때 자신도 같은 질문을 받았다고 말했다.

난 아니라고 말했어. 닉이 말했다. 당신도 아니라고 했어?

당연히 아니라고 했죠.

그의 침대 옆 캐비닛에 상세르 병이 있었다. 내가 병을 들고 코르크 마개를 뽑았다. 닉은 내가 마시는 모습을 지켜보다가 병을 건네자 받았다. 그가 남은 포도주를 다 마시고 병을 캐비닛에 다시 올려놓았다. 닉이 자기 손톱을 내려다본 다음 천장을 올려다보았다.

난 이럴 때 무슨 말을 해야 할지 잘 모르겠어. 닉이 말했다.

아무 말 안 해도 돼요. 내가 말했다.

알았어.

내가 침대에 들어가자 닉이 내 잠옷을 벗겼다. 나는 그의 목에 팔을 두르고 가까이 끌어당겼다. 닉이 단단하고 볼록한 내 배에 입을 맞추었고, 허벅지 안쪽에도 입을 맞췄다. 그가 내 아래쪽을 애무하자 나는 소리를 내지 않으려고 손을 깨물었다. 그의 입은 단단했다. 내가 엄지를 꽉 깨물어서 피가 나기 시작했고 얼굴이 젖었다. 닉이 고개를 들고 말했다. 괜찮겠어? 나는 고개를 끄덕였고 침대 머리판이 벽에 부딪히는 것을 느꼈다. 닉은 무릎을 꿇은 채 몸을 세웠고 내 입에서 낮고 불분명한 소리가, 짐승이 낼 듯한 소리가 흘러나왔다. 닉이 나를 만지자 나는 다리를 모으며 안 돼요, 이제 갈 것 같아, 하고 말했다. 아, 잘됐네. 닉이 말했다.

닉이 침대 옆 서랍에서 상자를 꺼내는 동안 나는 눈

을 감았다. 잠시 후 그의 몸이, 그의 열기와 복잡한 무게가 느껴졌다. 나는 닉의 손을 흡수할 수 있는 크기로 압축하려는 것처럼 꽉 잡았다. 좋아요. 내가 말했다. 나는 너무 빨리 끝내지 않으려고 노력했다. 닉이 너무 깊숙이 들어와서 나는 죽을 것만 같았다. 내가 닉의 등에 다리를 감자 그가 말했다. 세상에, 너무 좋아, 당신이 이렇게 할 때가 진짜 좋아. 우리는 서로의 이름을 속삭이고 또 속삭였다. 잠시 후 다 끝났다.

나는 닉의 가슴을 베고 누워서 그의 심장 소리를 들었다.

멀리사는 좋은 사람 같아요. 내가 말했다. 그러니까, 마음속 깊은 곳은 말이에요.

응, 나도 그렇게 생각해.

그럼 우리가 나쁜 사람이 되는 거예요?

아닐 거야. 닉이 말했다. 아무튼 넌 아냐. 난 그럴지도 모르고.

닉이 심장이 흥분한 시계처럼, 또는 불행한 시계처럼 꾸준히 뛰었다. 나는 일부일처제가 아닌 사랑에 대한 보비의 건조하고 관념적인 해석을 떠올렸고, 닉에게 그 이야기를 꺼내고 싶었다. 어쩌면 농담으로, 아주 진지하지는 않게 가능성만 살짝 비쳐서 그의 생각을 알아보려고 말이다.

멀리사한테 우리 관계를 이야기할까 생각해 본 적 있

어요? 내가 말했다.

닉이 한숨을, 말처럼 똑똑히 들리는 한숨을 내쉬었다. 내가 일어나 앉자 그는 이런 대화에 압박감을 느끼는 것처럼 슬픈 눈으로 나를 보았다.

말해야 한다는 거 알아. 닉이 말했다. 네가 나 때문에 모두에게 거짓말을 하게 만들어서 마음이 안 좋아. 게다가 난 거짓말도 서툴러. 저번에 멀리사가 당신한테 감정이 있냐고 물어서 그렇다고 대답했어.

내 손바닥이 닉의 가슴에 놓여 있었고, 그의 피부 아래에서 힘차게 흐르는 피가 아직도 느껴졌다. 아. 내가 말했다.

하지만 말하고 나면 어떻게 되는 거야? 닉이 말했다. 음, 넌 어떻게 되면 좋겠어? 나랑 같이 살고 싶은 것 같지는 않던데.

내가 웃자 닉도 웃었다. 닉과 나는 우리 관계의 불가능성 때문에 웃고 있었지만, 그래도 기분은 좋았다.

맞아요. 내가 말했다. 하지만 멀리사도 바람을 피웠지만 집을 나가진 않았잖아요.

그래, 하지만 상황이 전혀 달랐어. 음, 분명 가장 이상적인 건 내가 멀리사한테 사실을 얘기하고 멀리사가 당신 마음대로 살아, 내가 무슨 상관이야, 하고 말하는 거겠지. 그럴 리가 없다는 게 아니야, 다만 생각대로 되지 않을지도 모른다는 거지.

내가 손가락으로 그의 쇄골을 쓸며 말했다. 처음 시작할 때 내가 여기까지 생각했었는지 기억이 안 나요. 우리 관계가 불행으로 끝날 수밖에 없다고 말이에요.

닉이 나를 보며 고개를 끄덕였다. 난 생각했어. 다만 그럴 가치가 있다고 생각했을 뿐이야.

몇 초간 우리는 말이 없었다. 지금은 어떻게 생각해요? 내가 말했다. 내 생각에는 결국 얼마나 불행해지느냐의 문제인 것 같아요.

아니야. 닉이 말했다. 이상하지만 난 그렇게 생각하지 않아. 그래도 있잖아, 내가 멀리사한테 얘기할게, 알았지? 방법을 찾아보자.

내가 무슨 말을 하기도 전에 뒤쪽 계단을 올라오는 발소리가 들렸다. 우리 둘 다 조용해졌고, 발소리가 문을 향해 다가왔다. 노크 소리가 들리더니 보비의 목소리가 말했다. 닉? 닉이 불을 끄고 말했다. 응, 잠깐만. 그가 침대에서 일어나 운동복을 입었다. 나는 매트리스에 누워서 그를 보고 있었다. 잠시 후 닉이 문을 약간 열었다. 희미한 빛이 들어왔지만 보비는 보이지 않았고 닉의 뒷모습과 문틀에 기댄 팔의 실루엣만 보였다.

프랜시스가 방에 없어요. 보비가 말했다. 어디 갔는지 모르겠어요.

아.

화장실도 확인하고 정원에도 나가 봤어요. 프랜시스

217

를 찾으러 가야 할까요? 다른 사람을 깨워야 할까요?

아니, 그러지 마. 닉이 말했다. 프랜시스는, 음. 아, 제길. 여기 나랑 같이 있어.

긴 침묵이 흘렀다. 보비의 얼굴도 닉의 얼굴도 보이지 않았다. 아까 보비가 내 입술에 키스했던 것, 내가 독선적이라고 했던 것이 떠올랐다. 이런 식으로 닉이 보비에게 실토하다니, 끔찍했다. 얼마나 끔찍한지 나는 잘 알았다.

몰랐어요. 보비가 말했다. 미안해요.

아니야, 당연하지.

음, 미안해요. 잘 자요, 그럼.

닉 역시 잘 자라고 인사한 다음 문을 닫았다. 우리는 계단을 지나 지하 방으로 내려가는 보비의 발소리를 들었다. 닉이 말했다. 아, 제길. 제기랄. 내가 아무 표정 없이 말했다. 보비는 아무한테도 말 안 할 거예요. 닉이 화난 것처럼 한숨을 쉬고 이렇게 말했다. 뭐 그래, 그러길 바라야지. 닉은 내가 자기 방에 있다는 사실 자체를 잊은 것처럼 멍한 표정이었다. 나는 잠옷을 입은 다음 내 방에 내려가서 자겠다고 말했다. 그래, 그럼. 그가 말했다.

다음 날 아침 보비와 내가 떠날 때 닉은 아직 자고 있었다. 멀리사가 우리의 짐을 들고 역까지 바래다주었고, 버스에 타는 우리를 조용히 지켜보았다.

2부

18

8월 말이었다. 공항에서 보비가 물었다. 두 사람 얼
마나 된 거야? 내가 사실대로 말했다. 보비가 그렇군,
이라는 듯 어깨를 으쓱했다. 더블린 공항에서 시내로
돌아오는 버스 안에서 어떤 여자가 병원에서 사망했다
는 뉴스가 흘러나왔다. 내가 얼마 전부터 주의 깊게 지
켜보다 잊어버린 사건이었다. 어차피 우리는 너무 피곤
해서 대화할 수 없었다. 버스가 학교 앞에 섰을 때 비가
차창을 때리고 있었다. 나는 보비가 짐칸에서 여행 가
방 내리는 것을 도왔고 보비는 말아 올렸던 레인코트
소매를 내렸다. 보비가 말했다. 세차게 오네. 역시 더블
린이야. 엄마 집에서 며칠 지내기로 한 나는 밸리나행
기차를 타야 했기 때문에 보비에게 나중에 전화하겠다
고 말했다. 보비가 택시를 잡았고 나는 더블린 휴스턴
으로 가는 145번 버스를 타려고 정거장까지 걸어갔다.

그날 밤 밸리나에 도착한 다음 엄마가 볼로녜세를 만드는 동안 나는 식탁 앞에 앉아서 엉킨 머리카락을 만지작거렸다. 부엌 창밖에서 나뭇잎들이 물에 젖은 실크 스카프처럼 빗물을 뚝뚝 떨어뜨렸다. 엄마는 내가 많이 탔다고 말했다. 내가 손가락에 걸린 갈라진 머리카락 몇 가닥을 부엌 바닥에 떨어뜨리고 말했다. 그래요? 사실은 나도 알고 있었다.

그동안 아빠 연락 없었니? 엄마가 말했다.

전화 한 번 왔었어요. 내가 어디 있는지 모르시던데? 취한 것 같았어요.

엄마가 냉장고에서 비닐 포장지에 든 마늘빵을 꺼냈다. 나는 목이 아팠고 할 말이 생각나지 않았다.

아빠 상태가 항상 이렇게 나빴던 건 아니죠? 내가 말했다. 더 나빠지고 있어요.

네 아빠잖아, 프랜시스. 네가 알겠지.

내가 아빠랑 같이 사는 것도 아니잖아요.

주전자의 물이 끓기 시작하면서 레인지와 토스터 위로 구름 같은 수증기를 뿜어냈다. 내가 몸을 떨었다. 오늘 아침만 해도 프랑스에서 잠을 깼다니 믿을 수가 없었다.

그러니까 내 말은, 엄마랑 결혼했을 때도 이랬어요? 내가 말했다.

엄마는 대답하지 않았다. 나는 정원의 자작나무에

매달린 새 모이통을 내다보았다. 엄마는 새들 중에서도 더 예뻐하는 종이 따로 있었다. 모이통은 매력적일 만큼 작고 연약한 새들에게 맞는 크기였다. 엄마는 까마귀를 극도로 싫어해서 눈에 띄면 쫓아냈다. 내가 지적했다. 까마귀도 그냥 새잖아요. 엄마는 그래도 자기가 알아서 찾아 먹는 새들도 있다고 말했다.

나는 식탁을 차리면서 두통이 몰려오는 것을 느꼈지만 말하고 싶지 않았다. 내가 머리가 아프다고 말할 때마다 엄마는 항상 너무 조금 먹으니까 혈당이 낮아서 그렇다고 말했지만, 나는 과학적 근거를 한 번도 찾아보지 않았다. 식사 준비가 끝날 때쯤 되자 허리까지 아팠다. 똑바로 앉는 자세가 불편한 것이 신경통이나 근육통 같았다.

나는 식사를 마친 다음 엄마를 도와 세척기에 식기를 넣었고, 엄마는 텔레비전을 보겠다고 했다. 나는 여행가방을 내 방으로 가지고 올라갔지만 똑바로 서서 계단을 오르는 것이 너무 힘들었다. 시야가 평소보다 더 밝고 선명한 것 같았다. 통증을 뒤흔들어서 더 악화시킬까 봐 무섭기라도 한 것처럼 힘차게 움직이기가 무서웠다. 나는 천천히 화장실로 가서 문을 닫고 떨리는 손을 진정시키려 세면대를 잡았다.

또 피가 흐르고 있었다. 이번에는 옷이 다 젖을 정도였지만 옷을 전부 벗어 던질 힘이 없는 느낌이었다. 나는 몇 번이나 세면대를 잡고 몸을 지탱하면서 옷을 겨우겨우 벗었다. 젖은 옷이 상처 껍질처럼 벗겨져 나갔다. 나는 문에 걸려 있던 목욕 가운을 두르고 손으로 배를 꾹 누르면서 욕조 가장자리에 앉았다. 피에 젖은 옷은 바닥에 널브러져 있었다. 처음에는 좀 나아졌다가 다시 심해졌다. 샤워하고 싶었지만 힘이 없어서 넘어지거나 기절할까 봐 걱정됐다.

그때 피에 엉긴 피부 조직 같은 굵은 회색 덩어리가 눈에 들어왔다. 그런 건 한 번도 본 적이 없었기 때문에 너무 겁이 났고, 내가 떠올릴 수 있는 위안은 이게 현실이 아닐지도 모른다는 생각밖에 없었다. 나는 공포가 덮칠 때마다 이게 현실인 것보다 내가 차라리 정신이 나가서 환각을 보는 것이 덜 무섭다는 듯이 그런 생각을 했다. 진짜로 일어나고 있는 일이 아닐지도 몰라. 나는 손을 덜덜 떨면서 괜찮아지기를 기다렸고, 그러다가 단순한 느낌도 아니고 혼자 알아서 할 수 있는 일도 아님을 깨달았다. 이것은 내가 어떻게 바꿀 수 없는 외부의 현실이었다. 한 번도 느껴 본 적 없는 통증이었다.

나는 몸을 굽히고 전화기를 집어서 집 전화번호를 눌렀다. 엄마가 받자 내가 말했다. 잠깐 올라와 줘요. 몸이 좀 안 좋아. 엄마가 나를 부르며 계단을 올라오는 소리가 들렸다. 프랜시스? 얘야? 엄마가 욕실로 들어오자 내가 어떻게 된 일인지 설명했다. 너무 아팠기 때문에 당황하거나 점잔을 떨지도 않았다.

생리가 늦었니? 엄마가 물었다.

나는 생각해 보려고 애썼다. 생리 주기가 전혀 규칙적이지 않았지만 마지막으로 생리한 지 5주는 된 것 같았다, 사실 6주에 더 가까웠다.

모르겠어요, 그럴지도 몰라. 내가 말했다. 왜요?

임신했을 가능성은 없는 거지?

내가 침을 삼켰다. 아무 말도 하지 않았다.

프랜시스? 엄마가 말했다.

그럴 가능성은 아주 낮아요.

불가능한 건 아니고?

그러니까 내 말은, 사실 불가능한 건 아무것도 없잖아요.

음, 뭐라 말해야 할지 모르겠구나. 그런 통증이라면 병원에 가야겠다.

나는 왼손으로 관절이 하얘질 만큼 욕조 모서리를 꽉 잡았다. 그러다가 고개를 돌리고 욕조에 토했다. 몇 초 후 토기가 가신 것이 분명해지자 내가 손등으로 입을 닦고 말했다. 병원에 가야 할 것 같아요, 응.

　　　　　　　　　✎

한참을 기다린 끝에 병원에서 응급실 침대를 배정해

주었다. 엄마는 집에 가서 몇 시간 자고 오겠다고, 무슨 일이 있으면 전화하라고 말했다. 통증이 약간 누그러졌지만 완전히 가시지는 않았다. 엄마가 그만 가보겠다고 인사할 때 내가 엄마의 손을 잡았다. 크고 따뜻한 손바닥이 왠지 땅에서 자라날 수 있는 무언가 같았다.

내가 침대에 눕자 간호사가 링거를 꽂았지만 무슨 약인지 말해 주지 않았다. 나는 차분하게 천장을 보면서 머릿속으로 10부터 거꾸로 세어 보았다. 내 자리에서 보이는 환자들은 대부분 노인이었지만 술인지 약에 취한 듯한 젊은 남자도 하나 있었다. 남자가 보이지는 않았지만 간호사들이 지나갈 때마다 울면서 사과하는 목소리가 들렸다. 간호사들은 괜찮아요 케빈, 괜찮아요, 착하죠, 같은 말을 했다.

혈액을 채취하러 온 의사는 나이가 나보다 썩 많아 보이지 않았다. 그는 피가 많이 필요한 것 같았고, 소변 샘플도 필요한 것 같았고, 내 성생활에 대해서 물었다. 내가 피임 수단을 쓰지 않은 적은 없다고 말하자 의사가 믿을 수 없다는 듯 아랫입술을 움직이며 말했다. 절대 없다는 말이죠, 알겠습니다. 내가 기침하고 이렇게 말했다. 음, 완전히 그러진 않았어요. 그랬다는 건 아니고요. 그러자 그가 클립보드 너머로 나를 보았다. 표정을 보니 나를 바보로 여기는 것이 분명했다.

완전히 무방비인 상태로 한 적은 없었다고요? 의사

가 말했다. 무슨 말인지 모르겠군요.

나는 얼굴이 화끈거리는 것이 느껴졌지만 최대한 건조하고 무감각한 목소리로 대답했다.

아뇨, 무방비한 상태로 완전한 섹스를 한 적은 없다는 뜻이에요.

그렇군요.

내가 의사를 보며 말했다. 안에다 사정하지 않았다는 뜻이에요, 제 말이 모호한가요? 그러자 의사가 클립보드를 내려다보았다. 우리가 서로 열렬히 싫어한다는 것을 알 수 있었다. 의사가 소변으로 임신 검사를 할 거라고 말한 다음 사라졌다. 그가 마지막으로 한 말은 보통 열흘 동안은 hCG 수치가 높게 유지될 겁니다, 였다.

나는 알았다, 병원 측은 내가 유산했다고 생각하기 때문에 임신 검사를 하는 것이다. 회색 덩어리 때문에 그렇게 생각하는 걸까 싶었다. 이렇게 생각하자 마음속에서 극심한 불안이 피어올랐는데, 외부 자극과 상관없이 항상 똑같은 형태였다. 처음에는 내가 죽으리라는 자각, 그다음에는 누구나 죽는다는 깨달음, 그다음에는 우주 자체도 결국에는 열사할 거라는 생각이 찾아왔는데, 이 연쇄적인 생각은 끊임없이 바깥으로 확장하면서 내 몸속에 담아 놓을 수 없을 만큼 커졌다. 몸이 덜덜 떨리고 손이 축축해졌고, 다시 토할 것 같았다. 나는 그렇게 하면 우주의 죽음을 막을 수 있다는 듯 아무 의미도 없이 내 다리를 때렸다. 그러다가 베개 밑에서 전화기를 발견하고 닉에게 전화를 걸었다.

신호가 여러 번 울리고 나서 닉이 전화를 받았다. 나는 내 목소리가 들리지 않았지만 잠깐 이야기를 좀 하고 싶다, 비슷한 말을 했던 것 같다. 이가 덜덜 떨렸고 횡설수설했을지도 모른다. 닉은 낮은 목소리로 속삭였다.

취했어? 닉이 말했다. 이런 식으로 전화하다니 무슨 짓이야?

나는 모르겠다고 말했다. 폐가 타는 듯이 뜨겁고 이마가 축축했다.

여긴 이제 겨우 새벽 2시야, 알지? 닉이 말했다. 다들 안 자, 옆방에 있다고. 날 곤란하게 만들고 싶어?

나는 다시 모르겠다고 말했고, 닉은 다시 한번 내가 취한 것 같다고 말했다. 그의 목소리에는 비밀과 분노가 독특하게 얽혀 있었다. 비밀이 분노를 더욱 부풀렸고, 분노는 비밀과 관련이 있었다.

당신 전화라는 걸 누가 볼 수도 있었어. 닉이 말했다. 세상에, 프랜시스. 누가 물어보면 내가 뭐라고 설명해야 돼?

그러자 나는 화가 나기 시작했다. 화를 내는 것이 허둥대는 것보다는 훨씬 나았다. 내가 말했다. 알았어요. 끊어요. 나는 전화를 끊었다. 닉은 전화를 다시 걸지 않았지만 물음표가 잔뜩 찍힌 문자 메시지를 보냈다. 내가 답장을 입력했다. 병원이에요. 그런 다음 글자가 하나씩 하나씩 꾸준히 지워지고 메시지 전체가 사라질 때까지 삭제 버튼을 꾹 눌렀다. 나는 전화기를 베개 밑에 도로 집어넣었다.

나는 논리적으로 생각하려고 애썼다. 불안은 나쁜 감정을 만들어 내는 화학적 현상일 뿐이었다. 감정은 감정일 뿐, 물질적인 실체는 없다. 내가 정말 임신했었어도 아마 유산이 됐을 것이다. 그게 뭐 어때서? 임신은 이미 끝났기 때문에 나는 아일랜드 헌법, 여행할 권리, 현재 은행 잔고 등등을 생각할 필요가 없었다. 하지만 유산했다는 것은 내가 미처 알지도 못한 채 닉의 아이를, 또는 나와 닉이 반씩 섞인 수수께끼 같은 아이를 몸속에 품고 있었다는 뜻이다. 나는 이 사실에 적응해야만 할 것 같았지만 무엇을 또는 어떻게 〈적응〉해야 하는지 몰랐고, 이제 내가 논리적으로 행동하고 있는지조차 알 수 없었다. 너무 지쳐서 눈이 저절로 감겼다. 나는 어느새 아들이었을까, 딸이었을까를 생각하고 있었다.

몇 시간 뒤 의사가 와서 임신이 아니었다고, 유산이 아니었다고, 혈액 검사에서 감염이나 어떤 이상도 발견되지 않았다고 알려 주었다. 의사는 검사 결과를 이야기하는 동안 내 얼굴이 축축하고 몸이 덜덜 떨리는 것을 봤을 테고 내 몰골이 겁먹은 개 같았을 테지만 괜찮냐고 묻지 않았다. 나는 생각했다. 그게 뭐 어때, 난 괜찮아. 그는 8시에 산부인과 의사가 회진을 돌 때 나를 보러 올 거라고 말했다. 그런 다음 커튼을 닫지도 않고 가 버렸다. 바깥이 밝아 오기 시작했고 나는 잠을 이룰 수 없었다. 사라진 아기는 비존재의 새로운 범주에 들어갔다. 즉, 존재했다가 사라진 것이 아니라 사실 한 번도 존재한 적이 없었다. 나는 바보가 된 기분이었고, 내가 임신했었으리라는 생각이 이제 순진한 바람처럼 느껴졌다.

8시에 산부인과 의사가 왔다. 그녀는 생리 주기에 대해서 몇 가지 질문을 하더니 커튼을 닫고 골반을 내진했다. 나는 의사가 손으로 뭘 하고 있는지 몰랐지만 엄청나게 아팠다. 몸 안의 아주 민감한 상처를 꼬집히는 기분이었다. 검사가 끝나자 나는 양팔로 나 자신을 끌어안고 의사의 말에 고개를 끄덕였지만 제대로 들은 건지 알 수 없었다. 이 의사가 방금 내 안으로 들어와서 내 평생 최악의 고통을 줘놓고서 곧장 무슨 말을 하면서 내가 기억하기를 바라는 것은 정말 말도 안 되는 일 같았다.

초음파 검사를 해야 한다고, 가능한 원인이 여러 가지라는 말을 들은 기억은 난다. 그런 다음 의사는 피임약을 처방해 주며 원한다면 두 종류를 같이 먹어도 되고, 그러면 생리를 6주에 한 번 한다고 말했다. 나는 그렇게 하겠다고 대답했다. 의사는 초음파 검사 통지서가 며칠 내에 도착할 거라고 말했다.

다 됐어요. 의사가 말했다. 이제 가셔도 됩니다.

엄마가 병원 정문까지 나를 태우러 왔다. 내가 조수석 문을 닫자 엄마가 말했다. 전쟁이라도 겪은 표정이네. 나는 엄마에게 아이를 낳는 것이 골반 내진과 비슷하다면 인간이 이렇게 오래 살아남았다는 사실이 놀랍다고 말했다. 엄마가 웃는 얼굴로 내 머리를 쓰다듬으며 말했다. 불쌍한 프랜시스. 널 어쩌면 좋니?

집으로 돌아온 나는 소파에 누워서 오후까지 쭉 잤다. 엄마는 출근하면서 이제 일하러 가니까 필요한 게 있으면 알려 달라는 쪽지를 남겨 놓았다. 이제 나는 몸을 구부리지 않고도 걸어다닐 수 있었고 인스턴트커피를 타고 토스트를 만들 만큼 몸이 괜찮아졌다. 나는 토스트에 버터를 잔뜩 바른 다음 작게 베어 물고 천천히 씹었다. 그런 다음 진짜 말끔한 기분이 들 때까지 샤워하고 수건으로 몸을 감싼 채 철벅거리며 내 방으로 돌아갔다. 젖은 머리에서 등으로 물이 뚝뚝 떨어졌지만 나는 침대에 앉아서 울었다. 나를 볼 사람도 없고 나 역시 누구에게도 말하지 않을 테니 울어도 괜찮았다.

마침내 울음이 잦아들었을 때는 몸이 아주 차가웠다. 손가락 끝이 섬뜩한 회백색으로 변하기 시작했다. 나는 수건으로 몸을 잘 닦고 드라이어로 머리카락이 갈라질 때까지 말렸다. 그런 다음 엄지와 검지로 왼쪽 팔꿈치

안쪽의 부드러운 살을 찢어질 정도로 세게 꼬집었다.
이제 됐다. 전부 끝났다. 이제 다 괜찮아질 것이다.

19

그날 오후, 일찍 퇴근한 엄마가 차가운 닭 요리를 만드는 동안 나는 식탁 앞에 앉아서 차를 마셨다. 엄마는 요리하는 내내 나에게 왠지 좀 차가웠고, 자리에 앉아서 식사를 시작할 때까지 우리 둘 다 아무 말도 하지 않았다.

임신이 아니었네. 엄마가 말했다.

네.

어젯밤에는 그렇게 확신하는 것 같지 않던데.

음, 검사는 확실하니까. 내가 말했다.

엄마가 얼핏 묘한 미소를 짓더니 소금 통을 집어서 조심스럽게 살짝 친 다음 후추 통 옆에 내려놓았다.

너, 만나는 사람이 있다는 말은 안 했잖아. 엄마가 말했다.

만나는 사람이 있다고 누가 그래요?

휴가 같이 갔던 그 사람은 아니지? 그 잘생긴 남자, 배우라는 사람 말이야.

나는 차분하게 차를 마셨지만 식욕은 사라졌다.

우리를 초대한 사람이 그 남자 아내라는 거 알잖아요. 내가 말했다.

요새는 그 사람 얘기를 별로 못 들었네. 예전에는 그 사람 이름이 많이 나왔었는데.

그런데도 무슨 이유에서인지 이름이 기억 안 나나 봐요?

그러자 엄마가 큰 소리로 웃더니 이렇게 말했다. 기억나, 닉 뭐였잖아. 닉 콘웨이. 미남. 사실 언젠가 텔레비전에서도 봤어. 너 보라고 스카이 플러스로 틀어 줬던 것 같은데.

정말 사려 깊으시네요, 엄마.

음, 이 일이 그 사람과 관련이 있다고 생각하고 싶지는 않구나.

나는 음식이 맛있다고, 고맙다고 말했다.

내 말 안 들리니, 프랜시스? 엄마가 말했다.

이런 얘기할 기분이 아니에요, 정말로.

우리는 침묵 속에서 식사를 마쳤다. 나는 위층으로 올라가서 팔을, 아까 꼬집었던 부분을 거울에 비춰 보았다. 빨갛고 약간 부어 있었고 건드리면 따가웠다.

나는 그 후 며칠 동안 침대에 누워서 책을 읽으며 집에만 있었다. 다음 학기 준비로 읽어야 할 책이 많았지만 나는 복음서를 읽기 시작했다. 왠지 모르겠지만 엄마가 내 방 책꽂이에 꽂힌 『엠마』와 초기 미국 문학 선집 사이에 작은 가죽 장정의 『신약 성서』를 끼워 놓았다. 나는 인터넷에서 「마르코 복음」을 먼저 읽고 마태오, 요한, 루가 순서로 읽어야 한다는 말을 본 적이 있었다. 「마르코 복음」은 꽤 빨리 읽었다. 짧은 장으로 나뉘어서 읽기 쉬웠다. 나는 흥미로운 구절을 빨간 공책에 적었다. 「마르코 복음」에서는 예수님이 말을 많이 하지 않았기 때문에 나는 다른 복음서에 흥미가 생겼다.

어렸을 때 나는 종교를 싫어했다. 엄마는 내가 열네 살이 될 때까지 주일마다 미사에 데려갔지만 신을 믿지 않았고, 미사를 일종의 사회적 의식으로 여겼기 때문에 가기 전에 나에게 꼭 머리를 감으라고 했다. 나는 예수님이 철학적으로 분별 있는 사람일지도 모른다는 관점에서 성서에 접근했다. 하지만 알고 보니 예수님 말씀의 상당 부분이 수수께끼 같고 심지어는 불쾌하게 여겨졌다. 가진 것 없는 자는 가진 것마저 빼앗길 것이라는 말이 마음에 들지 않았지만, 내가 제대로 이해했는지조차 알 수 없었다. 「마르코 복음」에 바리새파가 예수님에게 결혼에 대해서 묻는 장면이 있었다. 저녁 8시인가 9시쯤 나는 이 부분을 읽고 있었고 엄마는 신문을 보고 있었다. 예수님은 결혼하면 남자와 여자는 이제 둘이 아니라 한 몸이므로 하느님께서 맺어 주신 것을 사람이 갈라놓아서는 안 된다고 말했다. 이 부분을 읽자 우울해졌다. 성경을 치웠지만 그래도 소용없었다.

병원에 다녀온 다음 날 닉이 이메일을 보냈다.

프랜시스. 어젯밤 통화는 미안해. 누가 휴대 전화 화면에 뜬 네 이름을 보고 소란해질까 봐 걱정돼서 그랬어. 어쨌든 아무도 못 봤고, 어머니 전화라고 말했어(이 부분을 심리학적으로 분석하지는 말자). 그래도 네 목소리가 이상한 건 알겠더라. 별일 없어?

추신 다들 네가 떠난 뒤부터 내가 저기압이래. 이블린은 내가 너한테 〈집착〉한다고 생각하는데, 그래서 참 어색하다.

나는 메일을 여러 번 읽었지만 답장을 보내지 않았다. 다음 날 아침에 병원에서 통지서가 왔다. 초음파 검사가 11월 어느 날로 잡혔다. 나는 너무 오래 기다리는 것 같다고 생각했지만 엄마는 네가 받는 공중 보건 서비스는 그런 거야, 하고 말했다. 나는 하지만 병원에서도 내가 어디가 아픈지 모르잖아요, 하고 말했다. 엄마는 심각한 문제였으면 나를 퇴원시키지 않았을 거라고 했다. 그건 몰랐다. 어쨌든 나는 처방전을 작성해서 제출했고, 약을 먹기 시작했다.

아빠에게 몇 번 전화했지만 아빠는 받지도, 다시 걸지도 않았다. 엄마가 시내 반대편인 아빠 집에 한번 〈들러〉 보라고 했다. 나는 아직 아프다고, 아빠가 전화도 안 받는데 아무 소득도 없이 걸어가고 싶지 않다고 말했다. 그러자 엄마는 네 아빠잖아, 하고 말할 뿐이었다. 엄마는 무슨 만트라를 외는 것처럼 이 말을 자주 했다. 나는 그 이야기는 더 이상 하지 않았다. 연락을 안 하는 사람은 아빠였다.

엄마는 내가 아빠에 대해서 말할 때 존경스러운 후원자나 약간 유명한 사람이 아니라 그냥 평범한 사람 대하듯 말하는 것을 싫어했다. 엄마의 짜증은 나를 향했지만 자신의 바람과 달리 나의 존경을 얻지 못한 아빠에 대한 실망의 표시이기도 했다. 나는 부모님이 이혼하기 전에 엄마가 지갑을 베갯잇에 숨기고 잤다는 사실을 알았다. 아빠가 속옷 바람으로 계단에서 잠들었을 때 엄마가 우는 모습도 보았다. 나는 계단에서 한 팔을 베고 누워 있는 거대한 분홍색의 아빠를 보았다. 아빠는 일평생 가장 달콤한 잠을 자는 것처럼 코를 골았다. 엄마는 내가 아빠를 사랑하지 않는다는 사실을 이해하지 못했다. 내가 열여섯 살 때 엄마가 말했다. 넌 아빠를 사랑해야 돼. 네 아버지잖니.

내가 아빠를 사랑해야 된다고 누가 그래요? 내가 말했다.

난 우리 딸이 자기 부모를 사랑하는 그런 사람이라고 믿고 싶구나.

믿고 싶은 대로 믿어요.

난 널 다정한 사람으로 키웠다고 믿어. 엄마가 말했다. 내가 믿는 건 그거야.

내가 타인에게 다정했을까? 확실히 답하기는 힘들었다. 나에게 어떤 성격이 있다고 판명되었을 때 알고 보니 다정하지 않은 성격일까 봐 걱정이었다. 내가 이런 걱정을 하는 것은 여자로서 다른 사람들의 필요를 먼저 고려해야 한다고 생각해서일까? 〈다정함〉은 갈등에 대한 굴종의 또 다른 표현일까? 나는 10대 때 일기장에 이런 생각들을 적었다. 페미니스트로서 나는 누구도 사랑하지 않을 권리가 있다고 썼다.

나는 프랑스에서 보비가 말했던 다큐멘터리 영상을 발견했다. 1992년에 제작된 「꼬마 천재!」라는 프로그램이었다. 닉이 주인공은 아니었고, 각자 관심 분야가 다른 아이들 여섯 명이 등장했다. 나는 닉이 책을 읽는 영상으로 뛰어넘었다. 해설자는 〈니컬러스〉가 겨우 열 살이지만 고대 철학의 주요 저작들을 읽고 형이상학에 대한 에세이를 여러 편 썼다고 설명했다. 어린 닉은 대

벌레처럼 빼빼 마른 모습이었다. 첫 장면에 덜키의 거대한 저택이 등장했고 압도적인 자동차 두 대가 저택 앞에 서 있었다. 영상 뒷부분으로 가자 파란색 배경 앞에 닉이 등장했고, 인터뷰하는 여자가 플라톤의 관념론에 대해서 묻자 닉은 능숙하게 대답했지만 거만해 보이지는 않았다. 여자가 물었다. 고대를 왜 그렇게 좋아해요? 그러자 닉은 부모님을 찾는지 초조하게 주변을 둘러보다가 이렇게 말했다. 음, 안 좋아해요. 그냥 공부하는 거예요. 그러자 인터뷰하던 여자가 유머러스하게 물었다. 나중에 철학자의 왕이 될 거라고 생각하는 거 아니에요? 닉이 아주 진지하게 대답했다. 아니에요. 닉이 블레이저 소매를 잡아당겼고, 누가 나타나서 도와주기를 기대하는 것처럼 계속 주변을 둘러보았다. 닉이 말을 이었다. 그렇게 된다면 최악의 악몽일 거예요. 여자가 웃자 닉은 눈에 띄게 편안해 보였다. 나는 웃는 여자는 항상 그를 편안하게 만드는 것 같다고 생각했다.

병원에 다녀오고 며칠 후, 내가 보비에게 전화를 걸어서 우리가 아직도 친구냐고 물었다. 이 질문을 하는 내 목소리가 멍청하게 들리는 게 느껴졌지만 나는 장난처럼 말하려고 애썼다. 보비가 말했다. 며칠 전에 전화할 줄 알았는데. 내가 말했다. 병원에 갔었어. 입 속의 혀가 거대하고 반역적으로 느껴졌다.

무슨 소리야? 보비가 말했다.

나는 무슨 일이 있었는지 설명했다.

병원에서는 네가 유산한 줄 알았겠구나. 보비가 말했다. 진짜 굉장하다, 응?

그런가? 모르겠어. 어떤 감정을 느껴야 하는지 모르겠더라.

보비가 수화기에 대고 한숨을 쉬는 소리가 들렸다. 내가 어느 정도의 감정을 느껴도 되는지, 또 그 일이 지나간 지금 당시 내 감정의 어디까지를 느껴도 괜찮은 건지 모르겠다고 설명하고 싶었다. 겁에 질렸었다고 보비에게 말하고 싶었다. 우주의 열사에 대해서 또 생각했어. 닉에게 전화를 걸었다가 끊었어. 하지만 전부 알고 보니 일어나지도 않은 일이 나에게 일어나고 있다고 생각했기 때문에 한 일들이었다. 아기라는 생각이, 그 어마어마한 감정적 무게와 영원한 슬픔의 가능성이 사라져 무(無)가 되었다. 나는 임신하지 않았다. 하지도 않은 임신을 슬퍼하기란 불가능한 일이었고, 어쩌면 불쾌하게 느껴질지도 몰랐다. 내가 느낀 감정이 그 당시에는 진심이었다 해도 말이다. 예전에 보비는 내 불행에 대한 스스로의 분석을 잘 들어 주었지만 이번에는 내가 이야기하다가 전화기에 대고 울지 않을지 스스로를 믿을 수 없었다.

닉에 대해서 너한테 거짓말한 것처럼 느끼게 만들어서 미안해. 내가 말했다.

내가 그렇게 느낀 게 유감이라는 거지, 알겠어.

그냥 복잡했어.

그래. 보비가 말했다. 불륜은 그런 거겠지.

너 아직도 내 친구지?

응. 초음파 검사는 언제 해?

나는 11월이라고 말해 주었다. 그리고 의사가 무방비한 섹스에 대해서 물었다고 말하자 보비가 코웃음을 쳤다. 나는 침대에 앉아서 침대보 아래에 발을 넣고 있었다. 맞은편 벽에 걸린 거울 속에서 내 왼손이, 아무것도 들지 않은 손이 베갯잇 솔기를 따라 아래위로 초조하게 움직였다. 나는 손을 내리고 퀼트 이불 위에 죽은 것처럼 놓인 손을 바라보았다.

그래도, 닉이 콘돔도 쓰지 않으면서 아무 일 없기 바랐다니 믿을 수가 없어. 보비가 말했다. 말도 안 되는 짓이야.

내가 뭔가 방어적인 말을 했다. 아, 우리는…… 있잖아, 사실 정말 그런 건…….

너한테 뭐라고 하는 게 아니야. 보비가 말했다. 닉한테 놀란 것뿐이야.

나는 다른 말을 생각해 내려 애썼다. 닉은 항상 내 제안을 따랐기 때문에 우리가 했던 바보 같은 행동 중 어느 것도 닉의 잘못이 아닌 것 같았다.

아마 내 생각이었을 거야. 내가 말했다.

네가 그런 식으로 말할 때는 꼭 세뇌당한 것처럼 들

리더라.

아니야, 하지만 닉은 정말 수동적이야.

그래, 하지만 닉이 거부할 수도 있었잖아. 보비가 말했다. 비난받는 게 싫어서 수동적으로 행동하고 싶은 건지도 모르잖아.

거울 속 내 손이 다시 솔기를 쓰다듬고 있었다. 나는 보비와 이런 대화를 하려던 것이 아니었다.

닉이 아주 계산적인 것처럼 말하네. 내가 말했다.

의식적으로 그런다는 건 아니야. 병원 갔던 얘기 닉한테도 했어?

나는 아니라고 말했다. 닉이 취했냐고 다그쳤던 이야기를 하려고 입이 열리는 것이 느껴졌지만 나는 말하지 않기로 마음먹고 어, 아니, 하고만 대답했다.

하지만 너 닉이랑 친하잖아. 보비가 말했다. 여러 가지 얘기도 하고.

모르겠어. 우리가 얼마나 친한지 진짜 모르겠어.

음, 나보다 닉한테 더 많은 얘기를 하잖아.

아니야. 내가 말했다. 너한테 더 많이 해. 닉은 내가 자기한테 아무 얘기도 안 한다고 생각할걸.

그날 밤 나는 예전에 보비와 주고받았던 메시지를 다시 읽어 보기로 했다. 우리가 헤어진 직후에도 비슷한 계획에 착수한 적이 있었는데, 이제 그때보다 몇 년 치가 늘었다. 보비와의 우정이 추억에 한정되지 않는다고 생각하자 마음이 놓였고, 보비가 나를 사랑했다는 증거인 문자 메시지가 필요하다면 실제 애정이 사라진 후에도 남아 있으리라 생각하자 마음이 놓였다. 물론 헤어질 당시에도 그런 생각이 제일 먼저 들었다. 나에게는 보비가 나를 아주 좋아했다는 사실을 절대 부정할 수 없는 것이 중요했다.

이번에는 우리가 주고받은 문자를 시간이 찍힌 대용량 텍스트 파일로 내려받았다. 처음부터 끝까지 읽기에는 너무 많았고 일관된 이야기 형식도 아니었기 때문에 특정한 단어나 구절을 검색해서 앞뒤 내용을 읽기로 했다. 제일 먼저 〈사랑〉이라는 단어를 검색하자 여섯 달 전에 나눈 대화가 나왔다.

보비: 사랑을 사람과 사람 사이의 현상으로 보지 않고

보비: 사회적 가치 체계로 이해하면

보비: 자본주의와 모순돼, 이기심의 원칙에 반하니까

보비: 사랑은 불평등의 논리를 강요하지만

보비: 전복적이고 촉진적이기도 해

보비: 즉, 어머니는 이윤이라는 동기 없이 이타적으로 아이를 키우는데

보비: 어떤 차원에서는 시장의 요구와 모순되는 것 같지만

보비: 사실은 아무 대가 없이 노동자를 공급하는 기능을 할 뿐이거든

나: 맞아

나: 자본주의는 이윤을 위해서 〈사랑〉을 이용해

나: 사랑은 지리멸렬한 행위이고 사실상 무급 노동이지

나: 하지만 내 말은, 알았어, 그렇다면 난 사랑에 반대해

보비: 시시해 프랜시스

보비: 뭔가에 반대한다는 말 이상을 실천해야지

　나는 대화를 읽은 다음 침대에서 내려와 옷을 벗고 거울을 보았다. 나는 어떤 충동 때문에 종종 내 몸을 이렇게 살펴봤지만 항상 전혀 변하지 않는 것 같았다. 골반 양쪽으로 튀어나온 엉덩이뼈는 여전히 매력적이지 않았고, 배를 만져 보면 여전히 딱딱하고 볼록했다. 나는 형태가 갖춰질 시간도 없이 숟가락에서 너무 빨리 떨어진 무언가처럼 보였다. 어깨에 보라색 모세 혈관이 드문드문 비쳤다. 나는 잠깐 동안 가만히 서서 내 모습을 바라보면서 점점 더 커지는 혐오감을 느꼈다. 마치 혐오감을 어디까지 느낄 수 있는지 실험하는 것 같았다. 그러다 가방 속에서 벨 소리가 들려서 받으러 갔다.

　전화기를 꺼내 보니 아빠의 부재중 전화가 와 있었다. 다시 전화를 걸었지만 받지 않았다. 이제 으슬으슬해졌기 때문에 나는 옷을 도로 입고 아래층으로 내려가서 엄마에게 아빠 집에 들러 보겠다고 말했다. 식탁 앞에 앉아서 신문을 읽고 있던 엄마가 고개도 들지 않고

말했다. 착하기도 하지. 안부 전해 줘.

나는 늘 다니던 길로 시내를 가로질렀다. 재킷을 가져오지 않았기 때문에 몸을 덥히려고 아빠의 집 앞에서 제자리 뛰기를 하면서 초인종을 울렸다. 내가 내쉬는 숨 때문에 유리에 김이 서렸다. 초인종을 한 번 더 울렸지만 아무 반응도 없었다. 문을 열어도 아무 소리도 들리지 않았다. 복도에서 습한 냄새와 그보다 더 심한 냄새, 약간 시큼한 냄새가 났다. 쓰레기봉투가 묶인 채 복도 탁자 밑에 버려져 있었다. 내가 아빠의 이름을 불렀다. 데니스?

부엌 불이 켜져 있어서 문을 열었다가 반사적으로 한 손을 얼굴로 가져갔다. 시큼한 냄새가 너무 심해서 열기나 감촉처럼 직접적으로 느껴졌다. 먹다 만 음식이 식탁과 조리대 주변에 쌓여 있었는데, 각각 썩은 정도가 달랐다. 더러운 휴지와 빈 병이 그 주변을 둘러싸고 있었다. 냉장고 문이 살짝 열려서 노란 불빛이 삼각형으로 바닥을 비췄다. 금파리 한 마리가 커다란 마요네즈 병에 꽂힌 칼을 따라 기어갔고, 네 마리는 부엌 창에 몸을 부딪치고 있었다. 쓰레기통에서 흰 구더기 한 움큼이 펄펄 끓는 쌀처럼 미친 듯이 꿈틀거리는 것이 보였다. 나는 뒷걸음질로 부엌을 나와 문을 닫았다.

복도에서 아빠에게 다시 전화했다. 받지 않았다. 아빠의 집에 서 있으려니 마치 누군가 익숙한 사람이 내게 미소를 지었는데 이 빠진 자리가 드러난 걸 보는 것 같았다. 나는 다시 자해를 해서 내 몸 속으로 안전하게 돌아온 기분을 느끼고 싶었다. 하지만 자해하는 대신 돌아서서 밖으로 나갔다. 나는 소매를 잡아당겨 손을 덮고 문을 닫았다.

20

에이전시의 인턴 기간이 9월 초에 공식적으로 끝났
다. 필립과 나는 각각 서니와 상담하면서 앞으로의 계
획에 대해서, 또 인턴 경험에서 무엇을 배웠는지 이야
기하기로 되어 있었지만 내가 그런 주제에 대해서 할
말이 있을지 알 수 없었다. 마지막 날 서니의 사무실로
가자 그녀가 문을 닫고 자리에 앉으라고 했다.

음, 넌 저작권 에이전시에서 일하고 싶은 생각 없잖
아. 그녀가 말했다.

나는 서니가 농담이라도 하는 것처럼 미소를 지었고,
그녀는 무슨 서류를 보고는 옆으로 치웠다. 서니가 생
각에 잠긴 사람처럼 책상에 양쪽 팔꿈치를 괴고 턱을
받쳤다.

네가 궁금했어. 서니가 말했다. 넌 계획이 없는 것 같
아 보여.

네, 저에게 확실히 없는 게 있다면 바로 그거죠.

넌 요행만 바라고 있어.

나는 서니가 등지고 있는 창밖의 아름다운 조지 양식 건물과 지나가는 버스를 보았다. 다시 비가 내리고 있었다.

휴가 얘기 좀 해봐. 서니가 말했다. 멀리사의 새 책은 어떻게 되고 있대?

나는 에타블에 대해서, 서니도 아는 사이인 데릭에 대해서, 서니가 들어 본 적 있는 발레리에 대해서 이야기했다. 서니는 발레리가 〈대단한 여자〉라고 말했다. 내가 얼굴을 약간 찌푸렸고, 우리는 같이 웃었다. 나는 서니의 사무실에서 나가고 싶지 않다는 사실을, 아직 끝내지 못한 무언가를 떠나보내는 느낌임을 깨달았다.

뭘 할지 모르겠어요. 내가 말했다.

서니가 고개를 끄덕이더니 의미심장하고 솔직하게 어깨를 으쓱했다.

음, 네가 쓴 보고서는 항상 아주 좋았어. 서니가 말했다. 언제든지 추천서가 필요하면, 내 연락처 알지? 분명히 곧 다시 만나게 될 거야.

감사합니다. 내가 말했다. 전부 다 고마워요.

서니가 마지막으로 안됐다는 건지 실망했다는 건지 모를 표정을 짓더니 책상 위의 서류로 시선을 돌렸다. 나는 나가는 길에 필립을 불러 달라는 부탁을 받고 그렇게 했다.

나는 그날 밤 집에서 작업 중이던 긴 시에 쉼표를 넣었다 뺐다 하며 늦게까지 깨어 있었다. 그러다가 닉이 인터넷에 접속한 것을 보고 메시지를 보냈다. 안녕. 냉장고에 넣어 두었던 우유가 시큼해졌기 때문에 나는 식탁 앞에 앉아서 박하차를 마시고 있었다. 닉이 닷새 전에 이메일을 보냈는데 받았느냐고 물었고, 나는 받았다고, 그 어색했던 통화는 걱정하지 말라고 말했다. 나는 닉에게 병원에 갔었다는 사실도, 그 이유도 말하고 싶지 않았다. 결론도 없고 어쨌든 난처한 얘기였다. 닉은 프랑스에서 다들 보비와 나를 보고 싶어 한다고 말했다.

나: 똑같이요?

닉: 하하

닉: 음, 난 네가 약간 더 보고 싶은 것 같아

나: 고마워요

닉: 응, 밤에 계단에서 인기척이 들릴 때마다 깨

닉: 네가 가고 없다는 사실을 뒤늦게 기억해 내지

닉: 그러면 정말 실망스러워

나는 혼자 소리 없이 웃었지만, 사실 나를 볼 사람은 아무도 없었다. 나는 닉이 이런 식으로 나에게 응해 줄 때, 우리 관계가 두 사람이 같이 쓰고 편집하는 워드 문서나 다른 누구도 이해할 수 없는 둘만의 긴 농담처럼 느껴질 때가 정말 좋았다. 닉이 협력자라는 느낌이 들 때가 좋았다. 그가 밤에 잠에서 깨어 나를 생각한다는 것이 좋았다.

나: 사실 귀여워요

나: 당신의 다정하고 잘생긴 얼굴이 그리워요

닉: 아까 널 떠올리게 하는 노래를 보내고 싶었는데

닉: 빈정거리는 반응을 생각하니까 겁이 나서 관뒀어

나: 하하하

나: 보내 줘요!

나: 빈정대지 않겠다고 약속할게요

닉: 전화 걸어도 될까?

닉: 술을 마셨더니 타자 치느라 죽겠어

나: 아, 취했군요, 그래서 이렇게 다정하구나

닉: 존 키츠라면 당신 같은 여자를 부르는 이름이 있었을 거야

닉: 프랑스 이름

닉: 내가 지금 어떤 상탠지 알겠지

나: 전화해요

닉이 전화했다. 전화기를 통해 들으니 취한 목소리가 아니라 좋은 의미에서 졸린 듯한 목소리였다. 우리는 서로 보고 싶다고 한 번 더 말했다. 손에 든 찻잔이 점점 식는 것이 느껴졌다. 닉은 지난번 통화에 대해서 다시 사과했다. 그가 말했다. 난 나쁜 놈이야. 내가 그런 말 하지 말라고 하자 닉이 말했다. 아냐, 난 나쁜 놈이야. 난 나쁜 남자야. 닉은 에타블에서 다들 어떻게 지냈는지, 날씨가 어떤지 말해 주었고 무슨 성에 갔던 이야기도 했다. 내가 인턴 기간이 끝났다고 하자 닉은 어차피 별로 열심히 다니는 것 같지 않았다고 했다. 내가 말했다. 내 사생활에서 벌어진 드라마에 정신이 팔려서 그랬을지도 모르죠.

아, 맞다. 물어보고 싶었는데. 닉이 말했다. 보비랑은 어때? 보비한테 우리 관계를 알리기 제일 좋은 방법은 아니었던 것 같은데.

응, 어색했어요. 좀 신경 쓰여요.

보비랑 헤어지고 나서 누굴 사귀는 건 처음이지?

그럴 거예요. 내가 말했다. 그래서 어색했다고 생각해요?

음, 두 사람은 헤어진 뒤에도 별로 멀어지지 않은 것 같았으니까. 항상 붙어 지낸다는 의미에서 말이야.

헤어지자고 한 사람은 보비였어요.

닉이 잠시 말을 멈추더니 기묘한 미소를 짓는 듯한

목소리로 다시 말했다. 그래, 알아. 그가 말했다. 그게 상관이 있어?

나는 눈을 굴렸지만 닉과의 대화를 즐기고 있었다. 내가 찻잔을 식탁에 내려놓았다. 아, 알았다. 내가 말했다. 당신이 왜 전화했는지 알겠어요. 좋아요.

뭐가?

폰 섹스 하고 싶은 거잖아요.

닉이 웃음을 터뜨렸다. 내가 의도한 반응이었기 때문에 기분이 좋았다. 닉은 무척 많이 웃었다. 마침내 그가 말했다. 그래. 내가 그렇지 뭐. 그 순간 나는 병원에 다녀온 이야기를 닉에게 하고 싶어졌다. 분위기가 화기애애했고, 닉이 뭔가 위로가 되는 말을 해줄지도 몰랐기 때문이었다. 하지만 그러면 대화가 심각해질 것이다. 나는 닉을 심각한 대화로 몰고 가고 싶지 않았다. 닉이 말했다. 그런데 말이야. 오늘 해변에서 당신이랑 비슷한 사람을 봤어.

나랑 비슷한 사람 봤다는 얘기는 항상 들어요. 내가 말했다. 하지만 늘 막상 보면 평범하게 생긴 사람일 뿐이고, 그럼 난 아무렇지 않은 척해야 되죠.

아, 이 여자는 아니야. 아주 매력적이었어.

지금 낯선 사람을 봤는데 매력적이었다는 이야기를 하는 거군요. 어머, 다정도 하셔라.

당신이랑 닮았다니까! 닉이 말했다. 하지만 덜 적대

적일지도 모르지. 당신 대신 그 여자랑 바람을 피워야 할까 봐.

내가 차를 한 모금 입에 넣고 삼켰다. 이렇게 오랫동안 닉에게 답장을 보내지 않은 것이 멍청하게 느껴졌고 닉이 그 이야기를 계속 꺼내거나 상처받은 것처럼 굴지 않아서 고마웠다. 내가 그날 뭐 하고 있었냐고 묻자 닉은 부모님의 전화를 피하면서 죄책감을 느끼고 있었다고 대답했다.

당신 아버지도 당신만큼 잘생겼어요? 내가 말했다.

왜, 그렇게까지 나가시려고? 우리 아버지는 완전 우익이야. 아직 유부남이라고 말하고 싶지만, 그게 당신한테 장애물이 된 적은 없었지.

아, 정말 상냥하기도 해라. 누가 적대적이라고요?

미안. 닉이 말했다. 당신 말이 다 맞아, 우리 아버지를 꼭 유혹하도록 해.

내가 당신 아버지 타입일까요?

아, 물론이지. 어쨌든 우리 엄마를 많이 닮았으니까 말이야.

내가 웃음을 터뜨렸다. 정말 웃겨서 그런 거였지만, 닉이 확실히 듣도록 일부러 큰 소리로 웃었다.

농담이었어. 닉이 말했다. 웃는 거야, 우는 거야? 당신 우리 엄마랑 안 닮았어.

우익이라는 건 진짜예요? 아니면 그것도 농담?

아, 아니야, 아버지는 진짜로 자수성가한 사람이야. 여자를 싫어하지. 가난한 사람은 극도로 싫어하고. 그러니 아버지가 날 얼마나 사랑하실지 상상이 가지? 호모 배우 아들을 말이야.

이제 나는 진짜 큰 소리로 웃고 있었다. 호모는 아니죠. 내가 말했다. 과도한 이성애자죠. 스물한 살짜리 애인도 있잖아요.

아버지도 그 점만큼은 인정하실 거야. 다행히도 절대로 모르시겠지만.

내가 텅 빈 부엌을 둘러보며 말했다. 당신이 프랑스에서 돌아올 때를 대비해서 오늘 방을 치웠어요.

정말 그랬어? 마음에 든다. 이제 진짜 폰 섹스 같네.

우리 집에 올 거예요?

잠시 침묵이 흐른 다음 닉이 말했다. 당연히 가야지. 정확히 말해서 대화가 어긋난 느낌은 아니었지만 그가 딴생각하고 있다는 사실은 알았다. 닉이 말했다. 지난번에 통화할 때 정말 정신이 없는 것 같던데. 취했던 거야?

그 일은 잊기로 해요.

평소에는 전화 잘 안 걸잖아. 화가 나거나 그랬던 건 아니지?

닉의 뒤에서 무슨 소리가 들리더니 작게 탁탁거리는 소리가 들렸다. 닉이 외쳤다. 응? 문이 열리고 멀리사의 목소리가 들렸다. 아, 통화 중이었구나. 닉이 대답했

다. 응, 잠깐만 기다려. 문이 다시 닫혔다. 나는 아무 말
도 하지 않았다.

너희 집에 갈게. 닉이 조용히 말했다. 이제 그만 끊어
야겠다, 괜찮지?

물론이죠.

미안해.

어서 가요. 내가 말했다. 당신은 당신 삶을 살아요.

닉이 전화를 끊었다.

다음 날 브루클린에서 우리의 친구인 매리앤이 돌아
와서 유명인들을 만난 이야기를 해주었다. 매리앤은 커
피를 마시면서 전화기로 사진을 보여 주었다. 브루클린
다리, 코니아일랜드, 흐릿하게 찍힌 남자와 미소를 짓
고 있는 매리앤. 나는 그 남자가 진짜 브래들리 쿠퍼는
아닐 거라고 혼자 생각했다. 필립이 말했다. 우와, 멋지
다. 나도 맞장구를 쳤다. 보비는 찻숟가락 뒷면을 훑더
니 아무 말도 하지 않았다.

나는 매리앤을 다시 만나서 기뻤고, 매리앤의 고민
에 기꺼이 귀를 기울였다. 내 삶이 평소와 똑같이 흘러
가는 것 같았다. 나는 매리앤의 남자 친구 앤드루가 어
떻게 지내는지, 그가 새로 얻은 일자리는 어떤지, 페이

스북에서 전 여자 친구가 메시지를 보낸 건 어떻게 되었는지 물었다. 나는 필립이 에이전시에서 인턴으로 일하고 있다고 자랑하면서 언젠가 공격적인 문학 에이전트가 되어서 수백만 파운드를 벌 거라고 말했고, 내 말에 필립이 흐뭇해하는 것이 느껴졌다. 필립이 말했다. 무기 거래보다는 낫겠지. 보비가 코웃음을 치며 말했다. 세상에, 필립, 고작 그게 네 황금률이야? 적어도 무기를 팔진 않는다?

이제 대화 주제가 나와 멀어졌다. 하지만 내가 매리앤에게 다른 질문을 하기 전에 필립이 우리에게 에타블은 어땠냐고 물었다. 닉과 멀리사는 아직 오지 않았고 2주는 더 그곳에 머물 예정이었다. 보비가 필립에게 〈재미있었다〉고 말했다.

닉이랑은 아직 진전 없어? 필립이 나에게 물었다.

내가 필립을 빤히 보았다. 필립이 매리앤에게 설명했다. 프랜시스가 유부남이랑 바람을 피우는 중이거든.

아니야. 내가 말했다.

필립이 농담하는 거야. 보비가 말했다.

그 유명인 닉 말이야? 매리앤이 말했다. 그 사람 이야기 듣고 싶어.

우린 친구 사이야. 내가 말했다.

하지만 닉은 확실히 푹 빠졌지. 필립이 말했다.

프랜시스, 이 마녀 같으니. 매리앤이 말했다. 그 사

람 유부남 아니야?

행복한 결혼 생활을 하고 있지. 내가 말했다.

보비가 화제를 바꾸려고 시내 가까운 곳에 아파트를 구해서 집을 나오고 싶다고 말했다. 매리앤이 셋방 대란이라고, 뉴스에서 들었다고 했다.

게다가 학생은 받아 주지도 않는데. 매리앤이 말했다. 진짜야, 한번 찾아 봐.

이사 가려고? 필립이 말했다.

학생은 안 받는다고 말하는 게 불법이 아니라니, 안 될 말이야. 매리앤이 말했다. 차별이잖아.

어디 알아보고 있어? 내가 물었다. 우리 집도 방 하나 세놓는 거 알지?

보비가 나를 보고 얼핏 웃었다.

같이 지내면 되겠다. 보비가 말했다. 방세는 얼마야?

아빠한테 얘기해 볼게. 내가 말했다.

나는 아빠 집에 다녀온 뒤 한 번도 연락하지 않았다. 그날 저녁, 친구들과 커피를 마신 후 전화를 걸었더니 아빠가 받았는데, 별로 안 취한 것 같았다. 나는 마요네즈 병의 모습과 금파리가 유리창에 부딪치던 소리를 떨치려고 애썼다. 나는 깨끗한 집에 사는 사람과, 또는 목소리만 알 뿐 그 삶에 대해서는 모르는 사람과 이야기하고 있는 거라면 좋겠다고 생각했다. 우리는 세놓은 방에 대해서 이야기했다. 아빠는 삼촌이 몇 사람에게 방을 보여 주기로 했다고 말했고 나는 보비가 방을 구하고 있다고 설명했다.

그게 누구냐? 아빠가 말했다. 보비가 누구야?

보비 아시잖아요. 고등학교 같이 다녔던.

네 친구? 어느 친구라고?

음, 전 친구 하나밖에 없어요. 내가 말했다.

여자 룸메이트를 구하는 줄 알았는데.

보비가 여자예요.

아, 그 린치라는 애 말이구나? 아빠가 말했다.

사실 보비의 성은 코널리였지만 보비 엄마의 성이 린치였기 때문에 나는 아무 말도 하지 않았다. 아빠는 삼촌이 보비에게 방을 빌려줄 수 있을 거라고, 방세는 한 달에 650파운드라고 했다. 보비의 아버지가 기꺼이 지불할 만한 액수였다. 보비는 이렇게 말했다. 아빠는 내가 공부할 수 있는 조용한 곳이 있었으면 해. 아무것도 모르시는 거지.

다음 날 보비의 아버지가 지프차에 짐을 싣고 보비를 태워다 주었다. 보비는 침대보와 노란 접이식 램프, 책 세 상자를 가지고 왔다. 우리가 차에서 짐을 내리자 보비의 아버지는 바로 떠났고, 나는 보비가 침대보 씌우는 것을 도왔다. 보비는 벽에 엽서와 사진을 붙였고 그동안 나는 베갯잇에 베개를 넣었다. 보비는 우리 둘이서 고등학교 교복 차림으로 농구 코트에 앉아서 찍은 사진을 세워 놓았다. 우리는 긴 타탄체크 치마에 보기 흉하고 구겨진 신발을 신고 있었지만 활짝 웃고 있었다. 보비와 내가 그 사진을 보았다. 두 개의 작은 얼굴이 우리 조상 처럼, 또는 우리 아이들처럼 우리를 보고 있었다.

✎

   학기가 시작할 때까지 아직 일주일이 남아 있었다. 그사이 보비는 빨간 우쿨렐레를 사서 내가 저녁을 준비 하는 동안 소파에 누워 「부츠 오브 스패니시 레더」[10]를 연주하는 습관이 생겼다. 내가 하루 외출한 사이에 보 비가 가구를 옮기고 오려 낸 잡지를 거울에 붙여서 자 기 집처럼 편안하게 만들었다. 보비는 이웃과 알고 지 내는 것에 큰 관심을 보였다. 하루는 다진 고기를 사려 고 둘이서 정육점에 들렀는데, 보비가 카운터 뒤의 남 자에게 손은 좀 어떠냐고 물었다. 나는 보비가 무슨 말 을 하는지 몰랐고 보비가 정육점에 온 적이 있는지도 몰랐지만 남자의 손목을 감싼 파란색 깁스는 보였다. 그가 말했다. 끝났어요. 수술도 하고 뭐 그래야 한대요. 남자가 붉은 고기를 비닐봉지에 담기 시작했다. 보비가 말했다. 아, 안 돼요. 수술은 언제예요? 남자가 크리스 마스라고 대답하더니 이렇게 말했다. 하루라도 쉬면 그

10 밥 딜런의 세 번째 스튜디오 앨범 수록곡.

259

것도 끝장이에요. 여기서 하루 휴가를 내기 전에 메시 장례식장에 가게 될걸요. 남자가 보비에게 고기를 건네며 덧붙였다. 관 속에 누워서 말이죠.

보비와 나의 기사는 학기가 시작하기 직전에 나왔다. 나는 기사가 나온 날 아침에 이선스 서점에 가서 잡지를 넘기며 내 이름을 찾다가 에타블의 정원에서 찍힌 보비와 내 사진이 크게 실린 페이지를 발견하고 손을 멈췄다. 멀리사가 그런 사진을 찍은 기억이 없었다. 보비와 내가 아침 식탁에 같이 앉아 있는 모습이었는데, 나는 보비의 귀에 뭔가를 속삭이듯 몸을 기울이고 있고 보비는 웃고 있었다. 시선을 끄는 이미지였고 빛이 아름다웠다. 예전에 포즈를 취하며 찍은 사진과는 달리 즉흥성과 따뜻한 분위기가 전해졌다. 나는 보비가 사진을 보고 뭐라고 할지 궁금했다. 짧게 이어진 기사는 감탄하는 어조로 우리의 낭독 공연과 더블린의 전반적인 낭독 공연에 대해서 설명했다. 기사를 본 친구들은 사진이 정말 잘 나왔다고 말했고, 서니는 기사에 대해서 아주 친절한 이메일을 보냈다. 필립은 한동안 잡지를 가지고 다니면서 가짜 악센트로 읽어 주며 즐거워했지만, 결국에는 그 장난도 끝났다. 작은 잡지에 숱하게 실리는 류의 기사였고, 어차피 보비와 내가 공연을 안 한 지 벌써 몇 달이나 지났다.

학기가 시작하자 나는 다시 바쁘게 공부하며 지냈다. 필립과 나는 같이 세미나에 가는 길에 19세기 작가들에 대해 사소한 이견을 주고받았는데, 논쟁은 항상 필립이야, 네 말이 맞을지도 몰라, 하고 말하면서 끝났다. 어느날 저녁, 보비와 나는 기사를 써줘서 고맙다는 인사를 하려고 멀리사에게 전화를 걸었다. 우리는 스피커폰으로 설정한 다음 식탁 앞에 앉아서 대화를 나눴다. 멀리사는 우리가 없는 동안 에타블에서 무슨 일이 있었는지 이야기해 주었다. 폭풍이 쳤고, 성에 갔었고, 전부 나는 이미 들은 이야기들이었다. 우리가 같이 살게 되었다고 말하자 멀리사는 기쁜 것 같았다. 보비가 말했다. 언제 한번 초대할게요. 멀리사가 그러면 참 좋겠다고 말했다. 멀리사는 다음 날 돌아온다고 했다. 나는 소매를 잡아당겨 손을 덮은 다음 식탁 위의 작은 얼룩을 멍하니 문질렀다.

나는 보비와 주고받은 메시지를 계속 읽으면서 일부러 나를 괴롭힐 만한 검색어를 입력했다. 〈감정〉이라는 단어로 검색하자 대학교 2학년 때 나눈 대화가 나왔다.

보비: 넌 정말 네 감정에 대해서는 이야기를 안 해

나: 나를 그런 식으로 보겠다고 작정했구나

나: 드러내지 않은 감정을 가지고 있다고 말이야

나: 난 별로 감정적이지 않은 것뿐이야

나: 얘기할 게 없으니까 안 하는 거지

보비: 내 생각에 〈감정적이지 않다〉는 건 사람이 가질 수 있는 특성이 아니야

보비: 그건 생각이 없다는 말이나 마찬가지야

나: 넌 감정이 강렬하니까 다른 사람들도 다 그럴 거라고
　　생각하는 거야

나: 감정에 대해서 이야기하지 않으면 숨긴다고 생각하지

보비: 음, 좋아

보비: 그 점은 우리가 서로 다르구나

　　모든 대화가 이렇지는 않았다. 〈감정〉을 검색하자
1월에 나눈 대화도 나왔다.

나: 난 항상 권위적인 인물에게 부정적인 감정을 느꼈다
　　는 뜻이야

나: 사실 난 널 만난 후에야 나는 이 감정에서 신념을 끌어
　　낼 수 있었어

나: 무슨 말인지 알지

보비: 너 혼자서도 결국엔 그렇게 됐을 거야

보비: 너한테는 공산주의자 본능이 있어

나: 음, 아니야, 난 그냥 누가 이래라저래라 하는 게 싫어
　　서 권위가 싫은 건지도 몰라

나: 널 안 만났으면 사이비 종교 지도자가 됐을지도 몰라

나: 아니면 에인 랜드의 팬이 됐거나

보비: 야, 나도 누가 이래라저래라 하면 화나!

나: 그래, 하지만 순수한 영혼 때문이지

나: 권력 의지 때문이 아니라

보비: 넌 여러 가지 면에서 정말 최악의 상담자야

이 대화를 나눴을 때가 떠올랐다. 보비가 나를 오해하고 있다는 느낌, 심지어는 내가 말하려는 뜻을 일부러 못 알아듣는 척한다는 느낌 때문에 얼마나 힘들었는지 기억이 났다. 나는 엄마 집 위층 내 방에서 퀼트 이불을 덮고 앉아 있었는데 손이 시렸다. 밸리나에 갔기 때문에 크리스마스를 보비와 함께 보내지 못했던 나는 보고 싶다 말하고 싶었다. 처음에 내가 하려던 말은, 또는 할까 생각했던 말은 그것이었다.

닉은 프랑스에서 돌아오고 나서 며칠이 지나서, 보비가 수업을 듣느라 바쁜 날에 아파트로 찾아왔다. 내가 문을 열었고, 우리는 몇 초 동안 마주 보았다. 차가운 물을 마시는 기분이었다. 닉은 피부가 많이 탔고 머리카락 색이 더 옅어졌다. 내가 말했다. 아, 제길, 당신 너무 멋지잖아요. 그러자 닉이 웃었다. 치아가 찬란할 만큼 새하얬다. 닉이 복도를 흘끔 보더니 말했다. 음, 아파트 좋네. 중심지랑 가까운데? 월세가 얼마야? 내가 삼촌 소유의 집이라고 말하자 닉이 나를 보며 말했다.

아, 부잣집 아가씨였군. 리버티스에 집안의 부동산이
있다는 말은 안 했잖아. 건물 전체야, 이 아파트만이
야? 내가 닉의 팔을 가볍게 때리며 말했다. 아파트만이
에요. 닉이 내 손을 잡자 우리는 어느새 다시 입을 맞추
었고, 나는 그래, 좋아요, 하고 숨죽여 말했다.

21

다음 주에 보비와 나는 멀리사의 에세이가 한 편 실린 책 출간 기념회에 갔다. 행사는 템플 바에서 열렸고, 나는 멀리사와 닉이 같이 참석한다는 사실을 알고 있었다. 나는 닉이 특히 좋아하는 블라우스를 골라 입고 단추를 몇 개 풀어서 쇄골을 드러냈다. 그런 다음 몇 분이나 투자해서 화장품과 파우더로 작은 홍조를 신중하게 만들었다. 외출 준비를 마친 보비가 화장실 문을 두드리며 말했다. 가자. 보비는 내 외모에 대해서 아무 말도 하지 않았다. 보비는 회색 터틀넥 차림이었고 어차피 나보다 훨씬 더 예뻐 보였다.

닉과 나는 주중에 두어 번 만났는데, 항상 보비가 강의를 들으러 간 사이였다. 닉은 올 때마다 작은 선물을 사 왔다. 하루는 아이스크림을 사 왔고, 수요일에는 오코널 스트리트의 노점에서 도넛을 한 상자 사 왔다. 닉

265

이 도착했을 때 도넛은 아직 따뜻했고 우리는 커피와 도넛을 먹으며 이야기를 나눴다. 닉은 최근에 아버지랑 연락했는지 물었고 나는 입술에 묻은 설탕 부스러기를 닦으며 이렇게 말했다. 괜찮으신 것 같지 않아요. 내가 아빠 집에 갔던 이야기를 하자 닉이 이렇게 말했다. 세상에. 트라우마 되겠다. 나는 커피를 한 모금 삼키고 말했다. 응. 엉망이었어요.

이런 대화를 나눈 후 나는 왜 보비에게는 아빠 이야기를 꺼낼 수 없었는데 닉에게는 할 수 있었는지 자문했다. 닉이 똑똑하고 말을 잘 들어 주는 것은 사실이었고 이야기를 나누고 나면 기분이 나아질 때가 많았지만, 그건 보비에게 이야기할 때도 마찬가지였다. 아마 닉의 공감은 무조건적이어서 내가 어떤 행동을 하든 응원하지만 보비는 나를 포함한 모든 사람에게 적용되는 엄격한 원칙을 가지고 있기 때문인 것 같았다. 닉이 나를 나쁘게 판단하는 것보다 보비가 나를 나쁘게 판단하는 것이 더 두려웠다. 닉은 내 생각에 설득력이 없을 때에도, 내 진짜 모습을 노골적으로 보여 주는 행동에 대해 이야기할 때에도 기꺼이 들어 주었다.

닉은 늘 그렇듯이 좋은 옷을, 아마도 비싼 옷을 입고 왔다. 그는 옷을 벗어서 바닥에 두는 대신 내 방 의자 등받이에 걸쳐 놓았다. 닉은 약간 구겨진 듯한 리넨 셔츠나 단추 달린 옥스퍼드 셔츠 등 연한 색 셔츠를 즐겨 입었고 항상 소매를 팔꿈치 부근까지 말아 올렸다. 닉은 캔버스 골프 재킷을 무척 좋아하는 것 같았지만 날이 추우면 파란색 실크 안감이 들어간 회색 캐시미어 외투를 입었다. 나는 이 외투를 정말 좋아했고, 그 냄새도 정말 좋았다. 목깃이 짧고 단추가 한 줄 달린 외투였다.

나는 수요일에 닉이 화장실에 간 틈에 내가 그 외투를 입어 보았다. 내가 침대에서 빠져나와 맨 팔을 외투 소매에 꿰자 시원한 실크가 피부 위로 미끄러졌다. 주머니에는 전화기, 지갑, 열쇠 등 소지품이 가득했다. 나는 내 소지품인 양 손으로 무게를 가늠해 보았다. 그런 다음 거울을 보았다. 닉의 외투를 입은 나는 흰 양초처럼 아주 날씬하고 창백해 보였다. 방으로 돌아온 닉이 나를 보고 상냥하게 웃었다. 그는 보비가 불쑥 돌아올 때를 대비해서 화장실에 갈 때도 항상 옷을 챙겨 입었다. 거울 속에서 우리의 눈이 마주쳤다.

가지려는 건 아니지? 닉이 말했다.

말했다.

이거 좋아요.

안됐지만 나도 좋아해.

비싸게 줬어요? 내가 말했다.

우리는 여전히 거울을 통해 서로를 보고 있었다. 닉이 내 뒤에 서서 손가락으로 외투를 젖혔다. 내가 나를 보는 그를 바라보았다.

이건, 어……. 닉이 말했다. 얼마였는지 기억이 안 나. 천 유로?

뭐? 아니야. 한 2~3백 유로였을 거야.

나도 돈이 있으면 좋겠어요. 내가 말했다.

닉이 외투 안으로 손을 미끄러뜨려 내 가슴을 만졌다. 당신이 관능적으로 돈 이야기를 하니까 좀 재미있네. 그가 말했다. 물론 신경 쓰이기도 하지만. 내가 돈을 주기를 바라는 건 아니지?

그럴 때도 있어요. 내가 말했다. 하지만 그런 충동이 꼭 진심이라고 믿진 않아요.

그래, 참 이상해. 나는 당장 필요하지 않은 돈이 있으니까 네가 그걸 가지면 좋겠어. 하지만 너한테 돈을 주는 행위가 괴로울 거야.

당신은 지나치게 큰 힘을 가진 느낌이 싫은 거예요. 아니면, 힘을 실감하고 싶다는 사실을 떠올리기 싫거나.

닉이 어깨를 으쓱했다. 그는 외투 안으로 아직도 나를 만지고 있었다. 기분 좋았다.

난 우리 관계의 도덕적 측면에 대해서 충분히 노력하는 것 같은데. 닉이 말했다. 너에게 돈을 주면 아마 내가 지나치게 밀어붙이는 느낌이 들 거야. 하지만, 모르겠다. 돈이 있으면 넌 아마 더 행복하겠지.

내가 닉을 보면서 시야 가장자리로 턱을 약간 쳐든 내 얼굴을 보았다. 주변이 흐릿해서 무척 강렬해 보인다고 생각했다. 내가 외투에서 쏙 빠져나오자 닉은 혼자 외투를 든 자세가 되었다. 나는 침대로 돌아가서 혀로 입술을 쓸었다.

우리 관계 때문에 갈등돼요? 내가 말했다.

닉은 외투를 축 늘어뜨려 든 채 서 있었다. 나는 닉이 너무 즐겁고 정신이 팔려서 외투를 걸 생각도 못 하고 있음을 알 수 있었다.

아니. 닉이 말했다. 음, 맞아. 하지만 일반적인 뜻에서 그런 거야.

날 떠나지 않을 거죠?

닉이 미소를, 수줍은 미소를 지으며 말했다. 떠나면 당신은 내가 그리울까?

나는 침대에 누워서 아무 이유도 없이 웃었다. 닉이 외투를 걸었다. 나는 한쪽 다리를 공중으로 들었다가 다른 다리 위에 천천히 포갰다.

대화를 통해서 당신을 지배했던 게 그리울 거예요. 내가 말했다.

닉이 옆에 누워서 내 배에 손바닥을 얹었다. 계속해. 그가 말했다.

당신도 그게 그리울 거예요.

지배당하는 게? 물론 그렇겠지. 그게 우리한테는 일종의 전희잖아. 당신은 내가 이해 못 하는 수수께끼 같은 말을 하고, 나는 부적절한 대답을 하고. 당신은 나를 비웃고, 그런 다음 우리는 섹스를 하지.

내가 웃었다. 웃는 나를 보려고 닉이 몸을 약간 일으켰다.

좋아. 닉이 말했다. 아주 부적절하게 굴면서 즐길 기회가 생기거든.

내가 한쪽 팔꿈치를 괴어 머리를 받치고 그의 입술에 키스했다. 닉이 정말 키스를 받고 싶은 것처럼 몸을 기울이자 내가 그에게 얼마나 큰 힘을 가지고 있는지 실감이 몰려들었다.

나 때문에 못난 사람이 된 것 같아요? 내가 말했다.

가끔 당신이 나한테 좀 심하게 굴긴 하지. 진심으로 원망하는 건 아니야. 아니, 우리는 지금 잘 지내고 있는 것 같아.

내가 손을 내려다보았다. 나는 조심스럽게, 나 자신을 시험하듯 말했다. 내가 당신을 몰아세운다면 그건 당신이 그래도 상처를 받지 않기 때문이에요.

그러자 닉이 나를 보았다. 그는 웃지 않았고, 내가 놀리고 있다고 생각하는지 찌푸린 표정이었다. 그래. 닉이 말했다. 음. 내 생각에 몰아세워지는 걸 좋아하는 사람은 아무도 없는 것 같아.

하지만 내 말 뜻은 당신 성격이 유약하지 않다는 거예요. 예를 들어서 난 당신이 옷을 한번 입어 본다거나 하는 모습을 상상하기 힘들어요. 당신과 당신 자신의 관계는 그렇지 않은 것 같아요. 거울에 비친 자신을 보면서 어떤 옷을 입었을 때 어떻게 보일까 신경 쓰는 그런 관계 말이에요. 오히려 그걸 당황스럽게 여길 것 같아요.

그래. 닉이 말했다. 그러니까 내 말은, 나도 사람이니까 옷을 사기 전에 당연히 입어 보지. 하지만 네 말이 무슨 뜻인지 알 것 같아. 사람들은 내가 좀 차갑고, 썩 재미있지 않다고 생각하는 경향이 있어.

나는 나만의 문제라고 생각했던 경험을 닉도 겪은 적이 있다는 생각에 흥분해서 얼른 말했다. 사람들은 내가 차갑고 재미가 없다고 생각해요.

정말? 닉이 말했다. 내가 보기에 넌 항상 매력적인 것 같은데.

난 갑자기 이렇게 말하고 싶은 압도적인 충동을 느꼈다. 사랑해요, 닉. 딱히 나쁜 감정은 아니었다. 의자에서 일어나다가 얼마나 취했는지 깨달을 때처럼 약간 재미있고 말도 안 된다는 기분에 가까웠다. 하지만 진실이었다. 나는 그를 사랑했다.

저 외투 갖고 싶어요. 내가 말했다.

아 그렇구나. 하지만 못 줘.

다음 날 밤 우리가 출간 행사에 도착했을 때 닉과 멀리사는 벌써 와 있었다. 두 사람은 우리도 아는 사람들, 데릭과 다른 몇 명과 함께 서서 이야기를 나누고 있었다. 닉은 우리가 들어오는 것을 보았지만 내가 그를 보려고 해도 나와 눈을 마주치지 않았다. 나를 알아보고 시선을 돌릴 뿐이었다. 보비와 나는 책장을 넘겨보았지만 책을 사지는 않았다. 우리는 아는 사람들에게 인사했고, 보비가 필립에게 문자를 보내서 어디냐고 물었고, 나는 저자 약력을 읽는 척했다. 그런 다음 낭독이 시작되었다.

멀리사가 낭독하는 동안 닉은 그녀의 얼굴을 무척 주의 깊게 보았고 적당한 때에 웃었다. 내가 닉을 사랑한다는 사실을, 단순히 열중한 것이 아니라 나의 행복에 지속적인 영향을 끼칠 만큼 그에게 개인적으로 깊은 애착을 가지고 있음을 깨닫자 나는 멀리사에게 새로운 유형의 질투를 느꼈다. 나는 닉이 매일 밤 멀리사가 있는 집으로 돌아간다는 사실을, 또는 두 사람이 같이 저녁을 먹고 가끔 텔레비전으로 영화를 본다는 것을 믿을 수가 없었다. 무슨 이야기를 할까? 즐거운 시간을 보낼까? 감정에 대해서 이야기하고 서로 비밀을 털어놓을까? 닉은 나보다 멀리사를 더 존중할까? 그녀를 더 좋아할까? 멀리사와 내가 불타는 건물에 갇히면 닉은 분명 내가 아니라 멀리사를 구하지 않을까? 나중에 불에 타서 죽게 둘 사람이랑 이렇게 섹스를 많이 한다는 것은 정말 나쁜 짓 같았다.

낭독이 끝난 후 우리가 박수를 치자 멀리사가 얼굴을

빛냈다. 그녀가 자리로 돌아가 앉자 닉이 귓속말했고, 그러자 멀리사의 미소는 이가 드러나고 눈가에 주름이 잡히는 진짜 미소로 바뀌었다. 닉은 내 앞에서 멀리사를 항상 〈내 아내〉라고 불렀다. 처음에 나는 장난이라고, 멀리사가 전혀 진짜 아내 같지 않다는 뜻으로 빈정거리는 뜻일지도 모른다고 생각했다. 하지만 이제는 다르게 보였다. 닉은 다른 사람을 사랑한다는 사실을 내가 알든 말든 신경 쓰지 않았고 오히려 내가 알기를 바랐지만, 멀리사가 우리 관계를 알게 된다고 생각하면 겁에 질렸다. 닉이 보기에 우리 관계는 수치였고 멀리사를 그런 수치로부터 지키고 싶은 것이었다. 나는 그의 삶 어느 한 부분에 봉인되어 있었고 닉은 다른 사람과 함께 있을 때면 그 부분을 보고 싶지도, 생각하고 싶지도 않아 했다.

낭독이 다 끝나자 나는 포도주를 가지러 갔다. 이블린과 멀리사가 탄산수 잔을 들고 근처에 서 있다가 이블린이 손짓으로 나를 불렀다. 나는 멀리사에게 낭독이 멋있었다고 인사했다. 멀리사의 어깨 너머로 우리를 향해 다가오는 닉이 보였는데, 나를 알아보고 망설였다. 이블린은 이 책의 편집자에 대해서 이야기하고 있었다. 닉이 이블린의 어깨 뒤로 다가오자 두 사람은 포옹으로 인사했는데, 어찌나 다정했는지 닉이 안경을 치는 바람에 이블린이 고쳐 써야 했다. 닉과 나는 예의 바르게 고개를 끄덕여 인사했다. 이제 닉이 약간 지나치리만치 오래 내 눈을 보았고, 우리가 이런 식으로 만난 것을 미 안하게 여기는 것 같았다.

당신 정말 멋있다. 이블린이 닉에게 말했다. 정말이 지 멋져.

실은 그동안 체육관에서 살다시피 했거든. 멀리사가 말했다.

나는 백포도주를 한입 가득 머금고 입 안에서 굴리며 생각했다. 당신에게는 그렇게 말했겠죠.

음, 효과가 있네. 이블린이 말했다. 진짜 건강해서 빛이 나는 것 같아.

고마워. 닉이 말했다. 요즘은 몸이 좋아.

이블린은 좀 자랑스럽다는 듯이, 닉이 오랜 병을 앓 았지만 자기가 잘 돌봐서 건강을 회복시킨 것처럼 그를 바라보았다. 나는 〈요즘은 몸이 좋다〉는 닉의 말이 무 슨 뜻인지, 또는 그가 나에게 무슨 뜻을 전하려는 것인 지 생각했다.

당신은 어때, 프랜시스? 이블린이 말했다. 어떻게 지 냈어?

잘 지냈어요, 고마워요. 내가 말했다.

오늘은 좀 침울해 보이네. 멀리사가 말했다.

이블린이 경쾌하게 말했다. 나라도 침울하겠다, 항 상 우리처럼 나이 많은 사람들이랑 어울리니까. 보비는 어디 있어?

아, 보비도 왔어요. 내가 이렇게 말하며 계산대 쪽을 가리켰지만 사실 보비가 어디 있는지 나도 몰랐다.

나이 많은 사람들 지겨워? 멀리사가 말했다.

아니, 전혀요. 내가 말했다. 오히려 나이가 더 많은 사람도 좋아요.

닉이 자기 잔을 빤히 보았다.

나이 많고 괜찮은 여자 친구 하나 찾아 줘야겠다. 멀리사가 말했다. 돈 많은 사람으로.

나는 닉을 볼 용기가 없었다. 나는 포도주 잔 기둥을 잡은 채 엄지손톱을 손가락 옆면 깊숙이, 찌릿한 느낌이 날 때까지 찔렀다.

그 관계에서 내가 무슨 역할을 해야 할지 모르겠군요. 내가 말했다.

사랑에 대한 소네트를 써주면 되잖아. 이블린이 말했다.

멀리사가 씩 웃으며 말했다. 아름다움과 젊음의 힘을 과소평가하지 마.

끔찍한 불행의 비결처럼 들리네요. 내가 말했다.

스물한 살이잖아. 멀리사가 말했다. 끔찍하게 불행한 게 당연하지.

노력 중이에요. 내가 말했다.

다른 사람이 끼어들어 멀리사에게 무슨 말을 하자 나

는 이 기회에 얼른 보비를 찾으러 갔다. 보비는 정문 근처에서 계산원과 이야기하고 있었다. 보비는 일해 본 적이 없기 때문에 사람들에게 직장에서 어떤 일을 하는지 물어보는 것을 아주 좋아했다. 보비는 평범한 내용에도 흥미를 느꼈지만 금방 잊을 때가 많았다. 계산원은 빼빼 마르고 여드름이 난 젊은 남자로, 보비에게 자기 밴드 이야기를 열심히 하고 있었다. 서점 매니저가 와서 이번 책에 대해 이야기했지만 보비와 나는 아직 책을 사지도, 읽지도 않았다. 나는 세 사람 옆에 선 채 반대편 끝에서 별생각 없이 닉의 등에 손을 올리고 있는 멀리사를 바라보았다.

닉이 우리 쪽을 보자 나는 얼른 보비를 향해 고개를 돌리고 미소를 지으면서 보비의 머리카락을 귀 뒤로 넘긴 다음 뭐라고 속삭였다. 보비가 닉을 보더니 갑자기 그 어느 때보다도 센 힘으로 내 손목을 꽉 잡았다. 나는 손목이 아파서 작게 헉 소리를 내며 숨을 멈췄고, 그러자 보비가 팔을 놓았다. 내가 손목을 갈비뼈 쪽으로 가져갔다. 보비가 끔찍하게 차분한 목소리로 내 얼굴을 똑바로 보면서 말했다. 날 이용하지 마. 보비가 아주 진지한 눈빛으로 내 눈을 잠시 보더니 다시 계산원을 향해 고개를 돌렸다.

나는 재킷을 가지러 갔다. 아무도 나를 보지 않았고, 내가 무슨 생각을 하는지 무슨 행동을 하는지 신경 쓰지 않았다. 이 비뚤어진 새로운 자유의 힘에 나는 거의 전율이 느꼈다. 하고 싶으면 비명을 지르거나 옷을 벗어도 되고, 집에 가는 길에 버스에 뛰어들 수도 있었다, 그래 봤자 누가 알까? 보비는 따라 나오지 않을 것이다. 닉은 공공장소에서 나와 이야기하는 모습을 보이는 것조차 피했다.

나는 먼저 가보겠다고 아무에게도 말하지 않고 혼자 집으로 걸어갔다. 현관문을 열 때쯤에는 발이 욱신거렸다. 그날 밤 나는 침대에 앉아서 휴대 전화로 데이트 앱을 다운받았다. 심지어는 내 사진까지, 멀리사가 찍어준 사진까지 올렸는데, 입술을 약간 벌리고 눈을 무서울 만큼 크게 뜬 사진이었다. 보비가 들어오는 소리가 들렸다. 가방을 걸지 않고 복도에 떨어뜨리는 소리도 들렸다. 보비는 혼자 「그린 로키 로드」[11]를 흥얼거렸는데, 목소리가 워낙 커서 취했음을 알 수 있었다. 나는 어둠 속에 앉아서 휴대 전화 화면을 계속 스크롤하며 우리 동네에 사는 낯선 사람들을 보았다. 나는 그 사람들에 대해서, 그들이 나에게 키스하도록 허락하는 것에 대해서 생각하려 애썼지만 오로지 닉만이, 내 베개를 베고 누워서 나에게 다가오는 그의 얼굴만이, 내 가슴을 자기 것인 양 만지려고 뻗는 그의 손만이 떠올랐다.

11 미국의 포크 블루스 뮤지션 캐런 돌턴(1937~1993)의 노래로 이후 데이비드 밴 롱크 등 많은 뮤지션들에 의해 리메이크되었다.

나는 엄마에게 말도 없이 작은 가죽 장정 신약 성서를 더블린으로 가지고 왔다. 엄마는 성서가 사라진 것도 모를 게 뻔했고, 내가 갑자기 성서에 흥미가 생긴 이유를 설명하려고 했어도 이해하지 못했을 것이다. 복음서에서 내가 제일 좋아하는 부분은 「마태오 복음」에서 예수님이 이렇게 말하는 부분이었다. 너희는 원수를 사랑하여라. 너희를 저주하는 자를 축복하며, 너희를 미워하는 자들에게 잘해 주고, 너희를 학대하는 자들을 위하여 기도하여라. 나도 내 원수보다 도덕적으로 우월해지고 싶다는 갈망이 있었다. 예수님은 항상 더 나은 사람이 되고 싶어 했고, 나도 마찬가지였다. 나는 신자다운 삶의 방식을 이해했음을 표시하려고 빨간 색연필로 이 부분에 여러 번 밑줄을 그었다.

예수님을 보비가 연기하는 인물이라고 상상하면 성서가 훨씬 더 이해하기 쉽고 거의 완벽하게 말이 됐다. 보비가 예수님의 말씀을 전부 곧이곧대로 읊지는 않는다. 보비는 예수님의 대사를 종종 비꼬듯이 읊거나 이상하고 동떨어지게 표현한다. 남편과 아내에 대한 부분은 풍자적으로 말하지만 원수를 사랑하라는 부분은 진지하게 읊는다. 내가 보기에 보비가 간통한 여자와 친구가 되거나 제자들을 멀리 보내 자신의 메시지를 전하는 부분은 완벽하게 말이 되었다.

출간 기념회 다음 날인 금요일에 나는 보비에게 긴 메일을 보내서 서점에서 우리 사이에 있었던 일에 대해 사과했다. 나는 〈약하다〉라는 단어나 그 동의어를 쓰지 않으면서 그때 내가 마음이 약해졌음을 설명하려고 노력했다. 나는 미안하다고 몇 번이고 말했다. 몇 분 만에 답장이 왔다.

괜찮아. 용서해 줄게. 하지만 요즘 난 가끔 네가 사라지는 모습을 지켜보는 기분이야.

나는 보비의 이메일을 읽고 벌떡 일어났다가 내가 학교 도서관에 있다는 사실을 기억해 냈지만, 주변이 눈에 들어오지는 않았다. 나는 화장실로 가서 칸막이에 틀어박혔다. 배 속에서 시큼한 액체가 올라와서 변기 위로 몸을 숙이고 토했다. 그러자 내 몸이 없어졌고, 누구도 두 번 다시 보지 못할 어딘가로 사라졌다. 그런다고 누가 아쉬워할까? 나는 휴지로 입을 닦고 물을 내린 다음 위층으로 다시 올라갔다. 까맣게 변한 내 맥북 화면이 천장 조명을 받아 완벽한 사각형 빛을 반사시켰다. 나는 자리에 다시 앉아서 이메일 계정을 로그아웃한 다음 제임스 볼드윈에 대한 에세이를 계속 읽었다.

나는 출간 기념회 이후로 기도까지는 아니지만 명상

하는 법을 인터넷으로 찾아보았다. 주로 눈을 감고 호흡하면서 스쳐 가는 생각을 차분히 놓아 주는 것이었다. 나는 호흡에 집중했는데, 그건 괜찮다고 했다. 호흡 횟수를 세는 것도 괜찮았다. 마지막에는 무엇이든, 원하는 무엇이든 생각할 수 있었지만 5분 동안 호흡을 세고 나니 생각하고 싶지 않았다. 마음이 유리병처럼 텅 비었다. 나는 완전한 사라짐에 대한 두려움을 영적 행위로 승화시키고 있었다. 나는 사라짐이 모든 것을 전체화하고 절멸하는 것이 아니라 뭔가를 드러내고 알려주는 것처럼 그 안에 머물고 있었다. 내 명상은 실패할 때가 많았다.

아빠가 월요일 밤 11시쯤 전화해서 용돈을 입금했다고 말했다. 전화기를 통해 불분명하게 굴러가는 아빠의 목소리를 듣자 나는 죄책감에 푹 빠졌다. 내가 말했다. 아, 고마워요.

돈을 조금 더 넣었다. 아빠가 말했다. 언제 필요할지 모르는 일이니까.

안 그러셔도 되는데. 충분해요.

음, 아무거나 하고 싶은 데 쓰렴.

전화를 끊자 마음이 불안하고 방금 계단을 뛰어 올라온 것처럼 더웠다. 가만히 누워 있으려고 했지만 아무 도움도 되지 않았다. 그날 닉이 이메일로 조애나 뉴섬 노래의 링크를 보냈다. 나는 빌리 홀리데이가 녹음한

「아임 어 풀 투 원트 유」의 링크를 보냈지만 답장은 없었다.

거실로 나가자 보비가 알제리에 대한 다큐멘터리를 보고 있었다. 보비가 소파 위 옆자리의 쿠션을 톡톡 쳐서 내가 가서 앉았다.

도대체 뭘 하고 있는지 모르겠다는 느낌 든 적 있어? 내가 말했다.

사실 난 이거 보고 있는데. 보비가 말했다.

화면을 보니 옛날 전쟁 영상과 프랑스 군대의 역할을 설명하는 해설이 나오고 있었다. 내가 말했다. 가끔 그냥 그런 느낌이 들어. 그러자 보비가 손가락을 입술에 대고 말했다. 프랜시스, 나 지금 뭐 보는 중이잖아.

수요일 밤, 데이트 앱에서 로사라는 사람과 연결되었고, 그가 나에게 메시지를 몇 개 보냈다. 그가 만나고 싶냐고 물어서 나는 좋다고 말했다. 우리는 웨스트모어랜드 스트리트의 술집에서 술을 마셨다. 로사 역시 대학생이었고 의예과를 다닌다고 했다. 나는 자궁 문제에 대해서 이야기하지 않았다. 오히려 진짜 건강하다고 뻐겼다. 로사는 학교에서 자신이 얼마나 열심히 공부하는지 말했고, 그것을 인생을 형성하는 경험으로 생각하는 것 같았다. 나는 잘됐다고 말했다.

난 어떤 일도 열심히 한 적이 없어. 내가 말했다.

그래서 영어를 전공하는 거겠지.

그런 다음 로사가 그냥 장난이었다고, 사실 자기는 작문으로 고등학교 때 학교 금메달을 땄다고 말했다. 난 시를 정말 좋아해. 그가 말했다. 예이츠가 좋아.

그래. 내가 말했다. 파시즘에 딱 하나 옹호할 수 있는 점이 있다면 좋은 시인들을 내놨다는 거야.

그 뒤로 로사는 시에 대해서 별다른 말이 없었다. 나중에 그가 나를 자기 아파트로 초대했고 나는 그가 내 블라우스 단추를 풀게 놔두었다. 내가 생각했다. 이게 정상이야. 이건 정상적인 행동이야. 그는 상체가 작고 부드러웠고, 닉과 전혀 달랐고, 보통 섹스를 할 때 닉이 하는 행동들, 예를 들어 나를 오랫동안 어루만지면서 낮은 목소리로 이야기하는 것 등을 하나도 하지 않았다. 도입부도 없이 바로 시작되었다. 육체적으로 나는 가벼운 불편함 외에 아무것도 느끼지 못했다. 나는 딱딱하게 굳은 채 아무 말도 하지 않았고, 내가 경직된 것을 로사가 알아차리고 그만두기를 기다렸다. 하지만 그는 내 생각대로 하지 않았다. 나는 그만하라고 말할까 생각했지만 로사가 내 말을 무시할지도 모른다고 생각하자 이 상황이 필요 이상으로 심각하게 느껴졌다. 나는 생각했다. 거창한 법적 문제로 발전시키지 말자. 나는 가만히 누워서 그가 계속하도록 내버려 두었다. 로사가 거친 게 좋은지 물었을 때 나는 그런 것 같지 않다고 대답했지만, 어쨌든 그는 내 머리카락을 잡아당겼다. 나는 웃고 싶었고, 그런 다음에는 우월감을 느끼는 나 자신이 미웠다.

집으로 돌아온 나는 방으로 들어가 서랍에서 개별 포장된 일회용 반창고를 꺼냈다. 내가 생각했다. 나는 정상이야. 난 다른 사람들과 똑같은 몸을 가지고 있어. 그런 다음 피가 날 때까지 팔을 할퀴었다. 피가 아주 흐릿한 점처럼 비치더니 점점 커져서 방울이 맺혔다. 나는 셋까지 센 다음 반창고를 뜯어서 팔에 조심스럽게 붙이고 비닐 포장을 버렸다.

22

　다음 날 나는 이야기를 쓰기 시작했다. 목요일이라
3시까지 수업이 없었기 때문에 나는 침대 옆 서랍장에
블랙커피를 한 잔 올려놓고 침대에 앉아 있었다. 이야
기를 쓸 계획은 아니었지만 시간이 좀 지나서 보니 엔
터 키를 한 번도 누르지 않고 행들이 온전한 문장을
이루어 산문처럼 서로 연결되어 있었다. 내가 멈췄을
때는 이미 3천 단어 넘게 쓴 후였다. 3시가 넘었고 나는
아직 아무것도 먹지 않았다. 내가 키보드에서 손을 뗐
다. 창문으로 들어오는 빛 때문에 손이 야위어 보였다.
침대에서 내려오자 현기증이 밀려와 주변 모든 것이 소
나기처럼 쏟아지는 시각적 소음으로 변했다. 나는 토스
트를 네 장 구워서 버터도 바르지 않고 먹었다. 그런 다
음 파일을 〈b〉라는 제목으로 저장했다. 내가 처음 쓴 단
편이었다.

보비와 필립과 나는 그날 밤 영화가 끝나고 밀크셰이크를 먹으러 갔다. 나는 영화를 보는 동안 닉이 메시지를 보냈을까 싶어서 휴대 전화를 여섯 번이나 확인했다. 메시지는 없었다. 보비는 청재킷 차림에 거의 검은색에 가까운 짙은 보라색 립스틱을 바르고 있었다. 나는 밀크셰이크 영수증을 접어서 복잡한 기하학적 패턴을 만들었고, 필립은 다시 공연하라고 우리를 설득했다. 우리는 공연을 회피하고 있었지만 나는 그 이유를 정확히 몰랐다.

난 학교에서 할 일이 있어. 보비가 말했다. 그리고 프랜시스는 비밀 남자 친구가 있고.

나는 완전히 공포에 질린 표정으로 보비를 올려다보았다. 신경 말초에서 세차게 쿵쿵거리는 충격이 치아에서 느껴졌다. 보비가 얼굴을 찌푸렸다.

왜? 보비가 말했다. 필립도 이미 알아, 저번에 얘기하던데?

무슨 얘기? 필립이 말했다.

프랜시스랑 닉 말이야. 보비가 말했다.

필립이 보비를 보고 나를 보았다. 보비가 손을, 수평으로 쫙 편 손을 천천히 입으로 가져가더니 머리를 한번 살짝 흔들었다. 장난이 아니라 보비가 진짜 깜짝 놀랐음을 나에게 알려 주기에 충분한 신호였다.

네가 아는 줄 알았어. 보비가 말했다. 저번에 얘기한 것 같았는데.

장난이지? 필립이 말했다. 정말 닉이랑 바람피우는 건 아니지, 응?

나는 입을 움직여 아무렇지 않은 표정을 지으려고 애썼다. 멀리사가 주말 동안 여동생을 만나러 간다고 해서 나는 닉에게 그동안 우리 집에 와서 지낼 거냐고 메시지를 보냈었다. 보비는 신경 쓰지 않을 거라고 썼다. 닉은 메시지를 읽었지만 답장하지 않았다.

제길, 그 사람 유부남이잖아. 필립이 말했다.

도덕주의자만은 되지 말아 줘. 보비가 말했다. 더 이상은 바라지 않을게.

나는 입을 점점 더 조그맣게 오므리면서 아무도 보지 않았다.

부인이랑 헤어진대? 필립이 말했다.

보비가 주먹으로 자기 눈을 문질렀다. 내가 작은 입으로 나지막이 말했다. 아니.

길고 연속적인 침묵이 흐른 뒤에 필립이 나를 보며 말했다. 다른 사람이 그런 식으로 너를 이용하게 놔둘 줄은 몰랐다. 필립은 숨이 막히고 당황한 표정이었고, 나는 우리 셋 모두가 안쓰러웠다, 어른인 척하는 꼬마들에 불과한 것 같았다. 잠시 후 필립이 돌아가자 보비가 반쯤 남은 필립의 밀크셰이크를 내 쪽으로 밀었다.

미안해. 보비가 말했다. 진짜로 아는 줄 알았어.

나는 숨을 쉬지 않고 밀크셰이크를 최대한 많이 마셔
보기로 했다. 입이 아파 왔지만 멈추지 않았다. 머리가
아파 와도 멈추지 않았다. 내가 계속 빨아들이자 보비
가 말했다. 프랜시스, 밀크셰이크에 빠져 죽으려고? 그
러자 모든 것이 정상인 것처럼 내가 고개를 들고 말했
다. 뭐가?

✦

닉이 주말 동안 자기 집에서 지내라며 나를 불렀다.
금요일 저녁, 내가 도착했을 때 닉은 요리를 하고 있었
는데, 그를 보니 너무 마음이 놓여서 품에 뛰어들거나
하는 뭔가 멍청하고 낭만적인 행동을 하고 싶은 기분이
들었다. 실제로 하지는 않았다. 나는 식탁 앞에 앉아 손
톱을 잘근잘근 씹었다. 닉이 나에게 조용하다고 말했
고, 나는 이빨로 엄지손톱을 한 조각 뜯어낸 후 내 손톱
을 비판적인 눈으로 바라보았다.

당신한테 말해야 할 것 같은데. 내가 말했다. 나 저번
에 틴더에서 만난 남자랑 잤어요.

아, 진짜?

닉은 항상 그렇듯이 깔끔하고 꼼꼼한 방법으로 야채

를 작게 썰고 있었다. 닉은 요리를 좋아했다, 긴장이 풀린다고 했다.

화나거나 그런 건 아니죠? 내가 말했다.

내가 왜 화를 내? 네가 원하면 다른 사람들이랑 자도 되는 거잖아.

알아요. 그냥 바보 같아서. 멍청한 짓이었다고 생각해요.

아, 진짜? 닉이 말했다. 어떤 사람이었는데?

닉은 도마에서 시선을 들지 않았다. 그는 양파를 주사위 모양으로 썬 다음 칼의 편평한 부분을 이용해서 도마 한쪽으로 밀어 놓더니 빨간 고추를 얇게 썰기 시작했다.

끔찍했어요. 내가 말했다. 예이츠를 좋아한대요, 믿어져요? 술집에서 「이니스프리의 호수 섬」을 읊으려는 걸 말려야 했다니까요.

와, 진짜 끔찍했겠다.

섹스도 별로였어요.

예이츠를 좋아하는 사람한테 친밀한 관계가 가능할 리 없지.

우리는 서로를 만지지 않고 저녁을 먹었다. 잠에서 깬 개가 밖으로 내보내 달라고 졸랐고, 나는 닉을 도와 식기 세척기에 접시를 넣었다. 닉이 담배를 피우러 밖으로 나가면서 대화할 수 있도록 문을 열어 두었다. 닉은 내가 그만 돌아가기를 바라지만 너무 예의가 발라서 말하지 못하는 것 같았다. 닉이 보비가 어떻게 지내는지 물어서 내가 대답했다. 잘 지내요. 멀리사는 어때요? 닉이 어깨를 으쓱했다. 마침내 닉이 담배를 꼬자 둘이서 위층으로 올라갔다. 나는 닉의 침대에 들어가 옷을 벗기 시작했다.

이게 정말 네가 원하는 거야? 닉이 말했다.

닉은 항상 이런 말을 했고, 그러면 나는 네, 하고만 대답하거나 고개를 끄덕이고 벨트를 풀었다. 갑자기 내 뒤에서 닉이 말했다. 그냥 그런 느낌이 들어서, 모르겠다. 내가 고개를 돌리자 그가 자기 왼쪽 어깨를 문지르며 서 있었다.

네가 좀 멀게 느껴져. 만약에 네가⋯⋯ 만약에 네가 다른 곳으로 가고 싶다면, 여기 갇혀 있다고 느끼지는 않았으면 좋겠어.

아니, 미안해요. 거리를 두려던 건 아니었어요.

아니, 그게 아니라⋯⋯ 이상하게 너한테 말을 잘 못하겠다. 내 잘못일지도 몰라, 모르겠다. 나는 좀⋯⋯.

보통 때 닉은 이런 식으로 말끝을 흐리지 않았다. 나는 초조해지기 시작했다. 나는 거리를 두려던 게 아니라고 다시 한번 말했다. 닉이 무슨 말을 하려는 건지 이해할 수 없었고, 무슨 말일까 두려웠다.

네가 정말 원해서가 아니라 다른 이유로 이러는 거라

면, 그러지 마. 닉이 말했다. 난 정말, 알지, 난 정말 그런 데 관심 없어.

나는 당연하죠, 비슷한 말을 중얼거렸지만 사실 닉이 무슨 말을 하고 있는지 몰랐다. 내가 그에 대한 감정을 키워서 걱정하는 것처럼 들렸고, 섹스 외에는 관심이 없다는 말을 하고 싶은 것 같았다. 어쨌든 나는 그의 말에 동의했다.

침대에서 닉이 내 위로 올라왔고 우리는 눈을 별로 마주치지 않았다. 나는 충동적으로 그의 손을 들어 내 목을 눌렀다. 닉이 몇 초 동안 가만히 있다가 말했다. 내가 뭘 어떻게 하면 좋겠어? 내가 어깨를 으쓱했다. 나는 생각했다. 당신이 날 죽여 주면 좋겠어요. 닉이 손가락으로 내 목의 단단한 근육을 쓰다듬다가 손을 치웠다.

끝나고 난 후 닉이 팔에 붙인 반창고는 뭐냐고 물었다. 그가 말했다. 네가 그런 거야? 나는 반창고를 보았을 뿐 아무 말도 하지 않았다. 닉이 피곤한 것처럼 힘들게 숨 쉬는 소리가 들렸다. 느끼고 싶지 않은 수많은 감정이 느껴졌다. 나 자신이 아무것도 누릴 자격이 없고 고장 난 사람 같았다.

날 때려 줄 거예요? 내가 말했다. 내가 부탁하면 말이에요.

닉은 나를 보지 않았고, 그의 눈은 감겨 있었다. 그가 말했다. 어, 모르겠어. 왜? 내가 그랬으면 좋겠어? 나도 눈을 감고서 폐에 공기가 하나도 남지 않고 배가 작고 평평해질 때까지 아주 천천히 숨을 내쉬었다.

네. 내가 말했다. 지금 그래 주면 좋겠어요.

뭐?

때려 줘요.

난 그러고 싶지 않은 것 같은데. 닉이 말했다.

나는 눈을 감고 있었지만 이제 그가 일어나 앉아서 나를 내려다보는 것을 알 수 있었다.

어떤 사람들은 좋아해요. 내가 말했다.

섹스 도중에 말이야? 네가 그런 데 관심이 있는 줄은 몰랐네.

내가 눈을 떴다. 닉은 얼굴을 찌푸리고 있었다.

잠깐, 너 괜찮아? 닉이 말했다. 우는 거야?

안 울어요.

하지만 알고 보니 내가 울고 있었다. 그건 그냥 우리가 이야기를 나누는 동안 내 눈이 하고 있던 일이었다. 닉이 내 젖은 뺨을 만졌다.

안 울어요. 내가 말했다.

내가 널 아프게 만들고 싶은 것 같아?

눈에서 흐르는 눈물을 느낄 수 있었지만 진짜 눈물처럼 뜨겁지는 않았다. 호숫가의 작은 개울처럼 서늘하게 느껴졌다.

모르겠어요. 내가 말했다. 그냥 그래도 된다는 말이

에요.

하지만 넌 내가 그랬으면 좋겠어?

나한테 뭐든 하고 싶은 대로 해도 돼요.

알았어. 닉이 말했다. 미안. 그 말에는 정말 뭐라고 대답해야 할지 모르겠다.

내가 손목으로 얼굴을 닦으며 말했다. 신경 쓰지 마요. 잊어버려요. 이제 좀 자도록 해요. 처음에는 닉이 아무 말 없이 가만히 누워 있었다. 나는 그쪽을 보지 않았지만 매트리스를 통해서 그의 몸이 긴장하고 있음을 느낄 수 있었다, 금방이라도 일어나 앉으려는 것 같았다. 마침내 닉이 말했다. 우리 그런 이야기 했던 거 기억나지? 네가 기분 나쁠 때마다 나를 몰아세울 수는 없다고 말이야.

몰아세우는 거 아니에요. 내가 말했다.

내가 딴 여자들이랑 자고 다니면서 너희 집에 가서 자랑스럽게 떠벌리면 넌 기분이 어떨 것 같아?

나는 얼어붙었다. 사실 난 로사와의 데이트를 잊고 있었다. 내가 이야기했을 때 닉의 반응이 너무 무미건조했기 때문에 곧 그 일은 중요하지 않게 느껴졌고, 그래서 다시는 생각하지 않았다. 나는 그 일 때문에 닉의 분위기가 이상해졌다고는 생각도 못했다. 그가 나에게 똑같은 행동을 했다면 — 다른 여자를 찾아서 무의미한 섹스를 하고 내가 그의 저녁을 준비하는 동안 경솔하게 그 이야기를 했다면 — 닉을 두 번 다시 보고 싶지 않았을 거라고 남몰래 인정하지 않을 수 없었다. 하지만 달랐다.

당신은 결혼했잖아요. 내가 말했다.

그래, 고마워. 아주 도움이 되네. 내가 결혼했으니까 넌 나를 마음대로 취급해도 된다는 뜻이겠지.

당신이 피해자인 척하려 한다니 믿을 수가 없네요.

그런 거 아니야. 닉이 말했다. 하지만 네가 스스로에게 솔직하다면 내가 유부남이라서 다행으로 생각할 거야. 넌 마음대로 해도 되고 모든 비난은 내가 감수해야 한다는 뜻이니까.

나는 이런 식으로 공격을 받는 것이 익숙하지 않았고, 그래서 무서웠다. 나는 스스로 독립적인 사람이라고, 너무 독립적이어서 다른 사람들의 의견이 나에게는 아무 상관도 없다고 생각했다. 하지만 이제는 내가 옳다는 느낌을 잃지 않으면서 나쁜 행동을 할 수 있도록 스스로를 비판과 분리시켰다는 닉의 말이 옳을까 봐 무서웠다.

멀리사한테 우리 이야기 하겠다고 약속했잖아요. 항상 모두에게 거짓말하는 기분이 어떨 것 같아요?

네가 그것 때문에 그렇게 괴로운 것 같지는 않은데. 솔직히 멀리사에게 말하라는 것도 우리가 싸우는 모습을 보고 싶어서 그러는 것 같아.

날 그렇게 생각하면 도대체 왜 만나요?

모르겠어. 닉이 말했다.

나는 침대에서 내려와 옷을 입기 시작했다. 닉은 내가 잔인하고 비열한 사람이고 자기 결혼을 망치려 한다고 생각했다. 자신이 왜 아직까지 나를 만나는지도 몰랐다, 전혀 몰랐다. 모욕감이 너무 커서 블라우스 단추를 채우면서 편하게 숨을 쉬는 것조차 힘들었다.

뭐 하는 거야? 닉이 말했다.

가야겠어요.

닉은 알았다고 했다. 나는 카디건을 입고 침대에서 일어섰다. 지금 내가 닉에게 무슨 말을 할지, 내가 그에게 할 수 있는 가장 절망적인 말이 무엇인지 나는 알고 있었다. 나는 이토록 깊은 모욕감 속에서도 더 심한 것을 간절히 원하는 것 같았다.

문제는 당신이 결혼했다는 게 아니에요. 내가 말했다. 문제는, 난 당신을 사랑하지만 당신은 확실히 나를 사랑하지 않는다는 거예요.

닉이 숨을 깊이 들이마시고 말했다. 너 정말 믿을 수 없을 만큼 드라마틱하게 굴고 있어, 프랜시스.

꺼져요. 내가 말했다.

나는 방에서 나와 문을 세게 닫았다. 계단을 내려갈 때 닉이 뭐라고 소리를 쳤지만 들리지 않았다. 나는 버스 정류장으로 걸어가면서 이제 나의 굴욕이 완성되었음을 깨달았다. 나는 닉이 나를 사랑하지 않는다는 사실을 알면서도 간절해서, 그가 나에게 어떤 고통을 주고 있는지 이해하지 못하리라는 안이한 희망을 안고 닉이 원할 때마다 섹스를 허락했는데, 이제 그런 희망마저 사라졌다. 닉은 내가 그를 사랑한다는 사실을, 그를 향한 내 애정을 자기가 이용하고 있음을 깨달았고, 신경 쓰지 않았다. 이제 내가 할 수 있는 일은 아무것도 없었다. 나는 집으로 가는 버스에서 피 맛이 날 때까지 뺨 안쪽을 깨물며 검은 창밖을 바라보았다.

23

월요일 아침에 장을 보려고 돈을 찾으러 ATM에 갔더니 잔액이 부족하다는 안내가 나왔다. 나는 비 오는 토머스 스트리트에 서서 겨드랑이에 캔버스 가방을 끼운 채 안구 뒤쪽에서 통증을 느꼈다. 내 뒤로 사람들이 줄을 서서 기다렸고 누가 〈빌어먹을 관광객〉이라고 나지막이 말하는 소리가 들렸지만 나는 카드를 다시 넣었다. 기계가 딸깍 소리를 내며 카드를 다시 뱉었다.

나는 캔버스 가방으로 머리를 가리고 은행으로 걸어갔다. 은행 안에서 정장 차림의 사람들과 함께 줄을 서 있으니 차분한 여자 목소리로 4번 창구로 와주세요, 같은 안내가 나왔다. 창구로 가자 유리벽 뒤의 남자가 카드를 넣으라고 말했다. 남자의 이름표에 〈대런〉이라고 적혀 있었고, 아직 사춘기도 안 되어 보였다. 대런이 컴퓨터 화면을 흘깃 보더니 36유로 마이너스라고 말했다.

네? 내가 말했다. 잠깐만요, 죄송해요, 뭐라고요?

대런이 화면을 돌려서 내 계좌의 가장 최근 숫자들을 보여 주었다. ATM에서 인출한 20유로로, 카드로 지불한 커피값. 한 달 넘도록 돈이 들어오지 않았다. 얼굴에 핏기가 가시는 것이 느껴졌고, 이렇게 생각했던 것이 확실히 기억난다. 은행에서 일하는 이 꼬맹이가 이제 나를 바보라고 생각하겠구나.

죄송해요. 내가 말했다.

이 계좌에 돈이 들어오기로 되어 있었나요?

네. 미안해요.

입금이 처리될 때까지 영업일로 3~5일 정도 걸릴 수 있어요. 대런이 친절하게 말했다. 어떻게 맡겼느냐에 따라서요.

유리 창구에 흐릿하게 비친 내 모습을 보니 창백하고 불쾌해 보였다.

고마워요. 내가 말했다. 어떻게 된 일인지 알아볼게요. 고맙습니다.

나는 은행에서 걸어 나와 문 앞에 선 채 아빠의 번호로 전화를 걸었다. 받지 않았다. 길거리에 그대로 서서 엄마에게 전화를 걸자 이번에는 받았다. 무슨 일이 있었는지 내가 설명했다.

아빠가 용돈 보냈다고 했어요. 내가 말했다.

깜빡하셨나 봐, 프랜시스.

하지만 나한테 직접 전화까지 걸어서 돈 보냈다고 했는데.

전화해 봤니? 엄마가 말했다.

안 받아요.

으음, 내가 도와줄게. 엄마가 말했다. 오늘 오후에 네 계좌로 50유로 보낼 테니까 아빠랑 연락 닿을 때까지 써. 알았지?

나는 마이너스된 금액을 빼면 14유로밖에 안 남는다고 말하려다가 관뒀다.

고마워요. 내가 말했다.

걱정하지 마.

우리는 전화를 끊었다.

집으로 돌아오니 발레리에게서 이메일이 와 있었다. 멀리사가 이메일 주소를 알려 줬다며 내 작품을 읽고 싶다고 했다. 어쨌든 내가 발레리에게 깊은 인상을 남겼다고 생각하니 심술궂은 승리감이 차올랐다. 그날 저녁 식사 때는 발레리가 나를 무시했지만 이제 나는 그녀가 알고 싶은 흥미로운 대상이었다. 나는 의기양양하게 받아치는 분위기에 취해서 오타가 있는지 살펴보지도 않고 새로 쓴 단편을 발레리에게 보냈다. 나에게 세상은 둥글게 구긴 신문지 뭉치, 발로 차고 다니는 신문지 공 같았다.

그날 저녁, 다시 구역질이 나기 시작했다. 이틀 전에

두 번째 알약 한 통을 다 먹었는데, 저녁을 먹으려고 음식을 입에 넣었더니 이상하고 풀 같은 맛이 났다. 나는 접시에 있던 음식을 쓸어 쓰레기통에 버렸지만 냄새 때문에 속이 뒤집어지고 땀이 나기 시작했다. 등이 아프고 입에 침이 고였다. 손등으로 이마를 짚어 보니 축축하고 델 듯이 뜨거웠다. 나는 알았다, 병이 다시 시작되고 있었다. 하지만 아무것도 할 수 없었다.

새벽 4시쯤 욕실에 가서 토했다. 속을 비운 나는 욕실 바닥에 누워서 덜덜 떨었고, 통증이 짐승처럼 척추를 타고 올라왔다. 나는 생각했다. 죽을지도 몰라, 그래 봤자 누가 신경이나 쓸까? 나는 엄청난 양의 피를 흘리고 있었다. 나는 기어갈 수 있을 만큼 기운을 차리자 침대로 기어갔다. 닉이 한밤중에 보낸 문자가 와 있었다. 전화하려고 했는데, 우리 이야기 좀 할 수 있을까? 나는 닉이 이제 나를 보고 싶어 하지 않는다는 사실을 알았다. 닉은 인내심이 많은 사람이지만 내가 그 인내심을 바닥냈다. 나는 닉에게 했던 끔찍한 말들이, 또 그런 말들이 드러낸 내 본모습들이 정말 싫었다. 이제 닉이 잔인해지면 좋겠다고 생각했다. 나는 그런 대접을 받아 마땅하기 때문이었다. 닉이 생각할 수 있는 가장 못된 말을 하거나 나를 붙잡고 숨도 못 쉴 정도로 세게 흔들면 좋겠다고 생각했다.

아침에도 여전히 아팠지만 나는 학교에 가기로 했다.

나는 파라세타몰을 정량보다 조금 많이 먹은 다음 외투로 몸을 감싸고 집을 나섰다. 학교 가는 내내 비가 왔다. 나는 교실 뒤쪽에 덜덜 떨며 앉아서 노트북으로 다음 약 먹을 시간에 알람을 설정했다. 같은 수업을 듣는 학생 몇몇이 괜찮은지 물었고, 수업이 끝나자 강사까지 괜찮냐고 물었다. 강사가 착해 보였기 때문에 나는 그동안 병결이 많아서 더 이상 빠질 수 없다고 말했다. 그가 나를 보며 아, 하고 말했다. 나는 몸이 덜덜 떨렸지만 붙임성 있는 미소를 지었고, 그때 알람이 울려 파라세타몰을 더 먹어야 한다고 알려 주었다.

수업이 끝난 후 나는 도서관에 가서 2주 뒤까지 내야 하는 에세이를 쓰기 시작했다. 옷은 비 때문에 아직 축축했고 오른쪽 귀가 미세하게 울렸지만 대충 무시했다. 진짜 걱정거리는 판단력의 예리함이었다. 나는 〈인식론적〉이라는 단어의 정확한 의미를 기억하고 있는지, 또는 아직 글을 읽을 수 있는지도 잘 생각이 안 났다. 몇 분 뒤 나는 도서관 책상에 엎드려서 점점 커지는 귀울림을 듣고 있었고, 결국에는 그 소리가 나에게 말을 거는 친구 목소리처럼 느껴졌다. 나는 생각했다. 죽을 수도 있어. 당시에는 그 생각이 아주 좋았고 마음이 편했다. 나는 죽음이 스위치와 같다고, 모든 통증과 소음을 꺼버리고 모든 것을 취소하는 스위치라고 생각했다.

도서관을 나섰을 때에도 여전히 비가 오고 있었고 민

을 수 없을 만큼 추웠다. 이가 덜덜 떨리고 영어 단어가 하나도 생각나지 않았다. 비는 특수 효과처럼 보도에 얕은 파도를 만들며 움직였다. 나는 우산이 없었고 얼굴과 머리카락이 젖어 있었다, 너무 축축해서 정상이 아닌 것 같았다. 건물 앞에서 비를 피하는 보비가 보여서 나는 사람들이 보통 쓰는 인사말을 기억해 내려 애쓰면서 보비를 향해 걸어가기 시작했다. 낯설 만큼 큰 노력이 필요했다. 나는 보비를 향해 손을 들어 흔들려 했고, 보비는 나를 향해서, 내 생각에는 아주 빠른 속도로 다가오면서 알아들을 수 없는 말을 했다.

그런 다음 나는 기절했다. 다시 깼을 때 나는 비를 피할 수 있는 곳에서 사람들에게 둘러싸여 누워 있었고, 이렇게 말했다. 뭐야? 다들 내가 말해서 안심하는 것 같았다. 보안 요원이 무전기에 대고 뭐라 말하고 있었지만 들리지 않았다. 복부의 통증이 주먹처럼 단단하게 느껴졌고, 나는 보비가 있는지 확인하려고 몸을 일으켰다. 보비는 통화 중이었는데, 상대방의 목소리를 들으려고 애쓰는지 다른 손으로 반대쪽 귀를 막고 있었다. 빗소리는 주파수가 맞지 않는 라디오처럼 시끄러웠다.

아, 깼어요. 보비가 전화기에 대고 말했다. 잠시만요.

보비가 나를 보며 말했다. 괜찮아? 보비는 카탈로그 모델처럼 깔끔하고 보송보송해 보였다. 내 머리카락에서 얼굴로 물이 뚝뚝 떨어졌다. 내가 말했다. 괜찮아.

보비가 다시 통화를 이어 갔지만 뭐라고 하는지 들리지 않았다. 내가 소매로 얼굴을 닦으려 했지만 소매가 내 얼굴보다 축축했다. 대피소 밖에서는 우유처럼 하얗게 비가 내리고 있었다. 보비가 전화기를 치우고 나를 부축해서 일어나 앉혔다.

미안해. 내가 말했다. 정말 미안해.

전에 아팠던 그거야? 보비가 말했다.

내가 고개를 끄덕였다. 보비가 소매를 당겨 내 얼굴을 닦아 주었다. 보비의 스웨터는 보송보송하고 아주 부드러웠다. 내가 말했다. 고마워. 사람들이 흩어지기 시작했고, 보안 요원은 모퉁이 쪽을 살피러 갔다.

병원 가야 돼? 보비가 말했다.

그냥 초음파 검사 할 때까지 기다리라고 할 것 같아.

그러면 집으로 가자. 괜찮지?

보비가 내 팔에 팔짱을 꼈다. 우리가 나소 스트리트에 이르렀을 때, 마침 택시 한 대가 지나갔다. 택시가 서자 뒤에서 차들이 빵빵거렸지만 기사는 우리를 뒷좌석에 태워 주었다. 보비가 주소를 댔고 두 사람이 이야기를 나누는 동안 나는 고개를 축 늘어뜨린 채 창밖을 보았다. 가로등이 두 사람에게 천사 같은 불빛을 듬뿍 비췄다. 가게와 버스 차창에 비친 얼굴들이 보였다. 그런 다음 나는 눈을 감았다.

우리가 사는 거리에 도착하자 보비가 택시비를 내겠

다고 고집했다. 나는 건물 앞에서 철제 난간을 붙잡고 보비가 문을 열기를 기다렸다. 안으로 들어갔을 때 보비가 목욕하고 싶은지 물어서 나는 그렇다고 고개를 끄덕였다. 그런 다음 복도 벽에 기대섰다. 보비는 물을 받으러 갔고 나는 외투를 천천히 벗었다. 끔찍한 통증이 몸 안에서 욱신거렸다. 보비가 내 앞에 다시 나타나서는 외투를 받아서 걸었다.

옷 벗는 거 도와줄까? 보비가 말했다.

나는 아침에 발레리에게 보낸 단편을 생각했다. 이제 와 생각하면 누가 봐도 보비임이 분명한 인물의 이야기를, 보비를 내가 견딜 수 없을 만큼 완전한 수수께끼, 내 의지로 조종할 수 없는 힘, 내 평생의 사랑으로 그린 이야기를 생각했다. 기억이 떠오르자 얼굴이 창백해졌다. 왠지 지금까지는 의식하지 못했지만, 혹은 억지로 의식을 막았지만, 이제 기억이 났다.

기분 나빠 하지 마. 보비가 말했다. 너 벗은 거 수백 번은 봤잖아.

나는 미소를 지으려 했지만 입으로 드나드는 숨 때문에 미소가 뒤틀리는 것 같았다.

생각나게 하지 마. 내가 말했다.

왜 그래. 나쁘지만은 않았잖아. 우리 재미있었어.

유혹하는 것처럼 들려.

보비가 웃었다. 나는 대입 시험이 끝난 후에 열린 파

티 이야기를 단편에 썼는데, 그때 나는 350밀리리터짜
리 보드카 한 병을 마시고 밤새 토했었다. 누가 나를 돌
봐 주려고 할 때마다 내가 그 사람을 밀어내면서 말했
다. 보비 데려와. 보비는 참석하지도 않은 파티였다.

진짜 안 섹시하게 벗겨 줄게. 보비가 말했다. 걱정하
지 마.

아직 목욕물을 받는 중이었다. 우리는 욕실로 들어
갔고 내가 뚜껑 덮은 변기에 앉아 있는 동안 보비가 소
매를 말아 올리고 물 온도를 살폈다. 뜨겁다고 했다. 그
날 나는 흰 블라우스를 입고 있었는데, 단추를 풀려고
했지만 손이 떨려서 마음대로 안 됐다. 보비가 물을 잠
그고 몸을 굽혀 단추를 마저 풀어 주었다. 보비의 젖은
손가락이 단춧구멍 근처에 작고 짙은 자국을 남겼다.
보비는 감자 껍질을 벗기듯이 내 팔을 소매에서 쉽게
빼냈다.

피를 엄청 많이 흘렸을 거야. 내가 말했다.

네 남자 친구가 아니라 내가 여기 있어서 다행이네.

아니, 그런 말 하지 마. 닉이랑 싸웠어. 그냥, 어. 별
로 안 좋아.

보비가 자리에서 일어나 욕조로 갔다. 갑자기 딴생
각에 몰두한 것 같았다. 흰 욕실 불빛 밑에서 보비의 머
리카락과 손톱이 번득였다.

너 아픈 거 닉도 알아? 보비가 말했다.

내가 고개를 저었다. 보비가 수건을 가져다주겠다나 뭐 그런 말을 하더니 욕실에서 나갔다. 나는 천천히 일어나서 옷을 다 벗은 다음 겨우겨우 욕조 안으로 들어갔다.

나는 단편에 내가 등장하지 않는 일화도 넣었다. 열여섯 살 때 보비가 6주 동안 베를린에 공부하러 가서 리제라는 또래 여자아이가 있는 집에 지냈을 때의 이야기였다. 어느 날 밤 보비와 리제는 아무 말도 없이 한 침대에 들었다. 두 사람은 리제의 부모님에게 들키지 않으려고 아주 조용히 일을 치렀고, 그 후에는 그 일에 대해 말하지 않았다. 보비는 그 일의 감각적인 부분에 대해서, 그 일이 생기기 전에 리제에게 욕망을 품었었는지, 리제의 감정을 알았는지 말하지 않았고, 심지어는 어떤 경험이었는지도 자세히 이야기하지 않았다. 다른 친구가 똑같은 이야기를 했다면 믿지 않았겠지만 보비였기 때문에 나는 그 이야기가 사실임을 바로 알아차렸다. 나는 보비를 원했고, 리제와 마찬가지로 보비와 함께할 수 있다면 무엇이든 했을 것이다. 보비는 자신이 처녀가 아니라고 설명하느라 이 이야기를 했을 뿐이었다. 보비가 리제의 이름을 말할 때 특별한 애정이나 증오는 느껴지지 않았고 그냥 아는 여자아이라는 느낌이었는데, 그 뒤 몇 달 동안, 혹은 계속, 나는 언젠가 보비가 내 이름도 그런 식으로 말하게 될까 봐 두려웠다.

목욕물은 약간 지나치게 뜨거웠고 거품이 잔뜩 껴 있
었다. 다리의 물이 닿은 부분에 분홍색 테두리가 생겼
다. 내가 억지로 욕조에 몸을 푹 담그자 물이 외설적으
로 나를 핥았다. 통증이 내 몸에서 빠져나가는 것을, 목
욕물로 빠져나가 녹는 장면이 정말 눈에 보이는 것처럼
상상하려고 애썼다. 보비가 문을 두드리더니 커다란 분
홍색 수건을, 집에서 나올 때 가져온 새 수건을 가지고
들어왔다. 보비가 수건을 수건걸이에 걸었고 나는 눈을
감았다. 보비가 욕실에서 나가는 소리, 다른 방에서 수
돗물이 흐르는 소리, 보비의 침실 문이 열렸다 닫히는
소리가 들렸다. 보비의 목소리가 들렸고, 누군가와 통
화하는 것이 분명했다.

몇 분 뒤에 보비가 욕실로 돌아와서 자기 휴대 전화
를 내게 내밀었다.

닉이야. 보비가 말했다.

뭐?

닉이 너랑 통화하고 싶대.

손이 젖어 있었다. 내가 물속에서 한쪽 손을 빼서 수
건으로 대충 닦은 다음 보비가 들고 있던 휴대 전화를
받아 들었다. 보비는 다시 나갔다.

어이, 괜찮아? 닉의 목소리가 말했다.

내가 눈을 감았다. 닉의 목소리가 너무나 상냥했다.
나는 그의 목소리가 안으로 들어갈 수 있는 텅 빈 공간

이라도 되는 것처럼 그의 목소리 안으로 기어 들어가고 싶었다.

이제 괜찮아요. 내가 말했다. 고마워요.

무슨 일이 있었는지 보비가 말해 줬어. 정말 무서웠겠다.

몇 초간 둘 다 아무 말도 하지 않았고, 그러다가 동시에 말을 시작했다.

먼저 말해요. 내가 말했다.

닉은 와서 나를 보고 싶다고 말했다. 나는 와도 좋다고 했다. 그는 필요한 게 있는지 물었고 나는 없다고 대답했다.

알았어. 닉이 말했다. 차 타고 갈게. 당신은 무슨 말을 하려고 했어?

만나면 얘기할게요.

나는 전화를 끊고 욕실 매트의 젖지 않은 부분에 전화기를 조심스럽게 내려놓았다. 그런 다음 다시 눈을 감고 물의 온기, 샴푸의 합성 과일 향, 욕조의 딱딱한 플라스틱, 내 얼굴을 적신 안개 같은 증기를 온몸으로 받아들였다. 나는 명상을 했다. 호흡수를 세고 있었다.

길게만 느껴지던 시간이, 15분인지 30분인지가 지나고 보비가 다시 들어왔다. 눈을 떠보니 욕실이 빛나는 것처럼 무척 환하고 이상하게 아름다웠다. 보비가 말했다. 괜찮아? 내가 닉이 오기로 했다고 말하자 보비가 말했다. 잘됐네. 보비는 욕조 모서리에 걸터앉았고 나는 보비가 카디건에서 담뱃갑과 라이터를 꺼내는 모습을 지켜보았다.

담배에 불을 붙이고 나서 보비가 말했다. 너 책 쓸 거야? 나는 보비가 뭔가가 변했음을, 내가 새로운 뭔가를 하고 있음을 어느 정도 알았기 때문에 필립이 우리 공연에 대해서 물었을 때 대답하지 않았다는 걸 깨달았다. 보비가 그런 변화를 느꼈다고 생각하니 자신감이 약간 생겼지만 이것은 보비가 내 모든 것을 꿰뚫어 본다는 증거이기도 했다. 보비는 평범하거나 지저분한 일에 대해서는 눈치가 느렸지만 내 안에서 일어나는 진짜 변화는 절대 보비에게 숨길 수 없었다.

모르겠어. 내가 말했다. 넌?

보비가 한쪽 눈이 아픈 듯이 꾹 눌러 감았다가 다시 떴다.

내가 무슨 책을 써? 보비가 말했다. 작가도 아닌데.

넌 뭐 할 거야? 우리 졸업하면?

모르겠어. 대학에서 일해야지, 가능하면.

〈가능하면〉이라는 표현은 보비가 진지한 이야기를, 말로는 전달할 수 없고 우리의 소통 방식을 바꾸어야만 전달할 수 있는 무언가를 말하려 한다는 분명한 표시였다. 보비는 집도 부유하고 책도 부지런히 읽고 성적도 좋았기 때문에 〈가능하면〉이라는 단서를 덧붙이는 것은 말이 되지 않았고, 우리의 관계를 생각해도 말이 되지 않았다. 보비는 나에게 〈가능하면〉이라고 말하지 않았다. 나는 보비가 주변 환경과 사람에게 끼치는 맹렬하고 무시무시한 영향력을 이해하는 사람, 어쩌면 그것을 이해하는 유일한 사람이었고, 보비는 나를 그렇게 대했다. 나는 알았다, 보비는 원하는 것을 가질 수 있었다.

〈가능하면〉이라니 무슨 뜻이야? 내가 말했다.

너무 뻔한 질문이었고, 보비는 말없이 카디건 소매에 붙은 머리카락을 떼어 냈다.

세계 자본주의를 무너뜨릴 계획인 줄 알았는데. 내가 말했다.

음, 혼자서는 아니지. 작은 일을 할 사람도 있어야 돼.

내 눈에는 네가 작은 일을 할 사람으로 안 보여서.

난 그런 사람이야. 보비가 말했다.

내가 〈작은 일을 할 사람〉이라는 말을 무슨 뜻으로 썼는지 나도 정말 몰랐다. 나는 아이를 키우거나 과일을 사거나 청소하는 등 작은 일의 중요성을 믿었다. 내가 가장 가치 있다고 여기는 일, 가장 존중받아 마땅하다고 생각하는 일들이었다. 그랬던 내가 갑자기 대학에서 일하는 것이 보비에게 충분하지 않다고 말하다니 나 자신도 혼란스러웠지만, 보비가 그렇게 차분하고 평범한 일을 한다고 상상하는 것도 혼란스러웠다. 이제 내 피부와 물의 온도가 같아졌다. 나는 한쪽 무릎을 바깥으로, 서늘한 공기 중으로 뺐다가 다시 물에 담갔다.

음, 넌 세계적으로 유명한 교수가 될 거야. 내가 말했다. 소르본 대학에서 강의하겠지.

아니야.

보비는 짜증이 난 것 같았고, 무슨 말을 하려는 듯하다가 눈빛이 차분하고 쌀쌀해졌다.

넌 네가 좋아하는 사람은 다 특별하다고 생각하지. 보비가 말했다.

내가 똑바로 앉으려 하자 뼈에 욕조가 딱딱하게 부딪쳤다.

난 그냥 보통 사람이야. 보비가 말했다. 넌 누굴 좋아하면 그 사람이 다른 모든 사람과 다르다고 느끼게 만들어. 닉한테도 그렇게 하고 있고, 전에는 나한테도 그랬어.

아니야.

보비가 잔인함도 분노도 없이 나를 보며 말했다. 널 화나게 하려는 게 아니야.

하지만 그러고 있잖아. 내가 말했다.

음, 미안해.

내가 얼굴을 약간 찌푸렸다. 욕실 매트에 놓인 보비의 전화가 웅웅 울렸다. 보비가 전화를 받았다. 여보세요? 네, 잠시만요. 그러더니 전화를 끊었다. 닉이었다. 보비가 문을 열어 주려고 복도로 나갔다.

나는 아무 생각도 없이 아무것도 하지 않고 욕조에 가만히 누워 있었다. 몇 초 후 보비가 현관문을 여는 소리가 들렸고, 보비의 말소리도 들렸다. 오늘 정말 힘들었을 거예요, 그러니까 잘해 줘요. 닉이 말했다. 알아, 그렇게 할게. 나는 이 순간 두 사람이 너무 좋아서 인정 많은 유령처럼 닉과 보비 앞에 나타나 두 사람의 인생에 축복을 뿌려 주고 싶었다. 고마워. 나는 이렇게 말하고 싶었다. 둘 다 고마워. 두 사람은 이제 내 가족이야.

닉이 욕실로 들어와서 문을 닫았다. 내가 말했다. 예쁜 외투가 왔네. 닉이 그 외투를 입고 있었다. 그가 미소를 지으며 한쪽 눈을 문지르고서 말했다. 걱정했는데. 평소처럼 물건을 숭배할 만큼 좋아진 것 같으니 다행이네. 아직도 아파? 내가 어깨를 으쓱하고 말했다. 이제 많이 안 아파요. 닉이 나를 빤히 보다가 자기 신발을 내려다보았다. 그가 침을 삼켰다. 내가 말했다. 괜찮아요? 닉이 고개를 끄덕이고 소매로 코를 닦았다. 그가 말했다. 널 보니까 좋아서. 그의 목소리가 탁하게 들렸다. 내가 말했다. 걱정 말아요. 난 괜찮아요. 닉이 혼자서 웃는 것처럼 고개를 들어 천장을 보았다. 그의 눈이 촉촉했다. 그렇다면 다행이네.

내가 욕조에서 나가고 싶다고 하자 닉이 걸려 있던 수건을 건네주었다. 내가 일어서자 닉은 전혀 저속하지 않게, 벗은 몸을 여러 번 본 특별한 관계의 누군가를 보듯이 나를 보았다. 나는 그의 시선을 피하거나 당황하지 않았다. 내가 어떻게 보일지 상상하려 애썼다. 완전히 푹 젖고, 뜨거운 증기 때문에 피부가 벌겋고, 머리카락에서 어깨로 물이 뚝뚝 떨어질 것이다. 나는 그곳에 서 있는 닉을 보았다. 그의 표정은 대양처럼 차분하고 헤아릴 수 없었다. 그때 우리는 말할 필요가 없었다. 닉이 나에게 수건을 둘러 주었고 나는 욕조에서 나왔다.

24

내 방으로 들어가자 닉은 침대에 앉았고 나는 깨끗한 파자마를 입고 수건으로 머리를 닦았다. 다른 방에서 보비가 우쿨렐레 치는 소리가 들렸다. 내 몸 안쪽에서 평화가 발산되는 기분이었다. 나는 피곤하고 힘이 하나도 없었지만 나름대로 평화로운 느낌도 들었다. 결국 내가 닉 옆에 가서 앉았고 그가 나에게 팔을 둘렀다. 셔츠 깃에서 담배 냄새가 났다. 닉이 내 건강 상태에 대해 묻자 나는 8월에 병원에 갔었고 초음파 검사를 기다리고 있다고 말했다. 닉이 내 머리카락을 만지며 내가 자기에게 이야기하지 않아서 아주 유감이라고 말했다. 나는 동정 받기는 싫다고 말했고, 잠시 동안 그는 말이 없었다.

지난번에는 정말 미안해. 닉이 말했다. 당신이 내 기분을 상하게 하려는 것 같아서 과민 반응했어, 미안해.

어떤 이유에선지 나는 이 말밖에 말할 수 없었다. 괜찮아요, 걱정 말아요. 입에서 나오는 말이 그것밖에 없었고, 그래서 나는 최대한 달래듯이 말했다.

알았어. 닉이 말했다. 음, 뭐 하나 얘기해도 돼?

내가 고개를 끄덕였다.

멀리사한테 이야기했어. 닉이 말했다. 우리가 만나고 있다고 말했어. 괜찮아?

나는 눈을 감은 채 조용히 말했다. 그래서 어떻게 됐어요?

긴 대화를 했지. 멀리사는 괜찮은 것 같아. 난 너를 계속 만나고 싶다고 말했고, 멀리사는 그것도 이해해.

그럴 필요 없었는데.

처음부터 이렇게 했어야 하는 건데. 닉이 말했다. 네가 이런 일을 겪게 만들 필요는 없었어, 내가 겁쟁이였던 거야.

우리는 몇 초 동안 아무 말도 하지 않았다. 나는 지극히 행복하면서 피곤했고, 내 몸의 세포 하나하나가 각자 깊고 내밀한 잠에 빠져들고 있었다.

내가 대단한 남자는 아니란 거 알아. 닉이 말했다. 하지만 널 사랑해, 알지? 당연히 사랑하지. 이제야 말해서 미안해. 하지만 네가 그 말을 듣고 싶은지 아닌지 몰랐어. 미안해.

나는 미소를 짓고 있었다. 눈이 가만히 감겼다. 내가

다 틀렸었다는 사실이 너무나 기분 좋았다. 내가 말했다. 언제부터 날 사랑했어요?

처음 만났을 때부터인 것 같아. 아주 철학적으로 말하자면, 그 전부터 널 사랑했어.

아, 당신은 날 정말 행복하게 하는군요.

내가? 닉이 말했다. 좋군. 난 널 정말 행복하게 해주고 싶어.

나도 사랑해요.

닉이 내 이마에 입을 맞췄다. 그의 말투는 가벼웠지만 그의 목소리에서 감춰진 감정을 읽을 수 있었고, 그래서 감동했다. 닉이 말했다. 됐어. 음, 당신은 충분히 힘들었잖아. 이제부터는 마냥 행복하기만 하자.

다음 날 나는 멀리사의 이메일을 받았다. 내가 도서관에 앉아서 주석을 입력하고 있는데 멀리사의 메일이 도착했다. 나는 도서관 책상을 한 바퀴 둘러보고 온 다음 메일을 읽기로 했다. 내가 자리에서 천천히 일어나 걷기 시작했다. 도서관 안은 온통 갈색이었다. 창밖으로 나무를 흔들며 지나가는 바람이 보였다. 크리켓 잔디 경기장에서 반바지를 입은 여자가 양 팔꿈치를 작은 피스톤처럼 흔들며 뛰고 있었다. 나는 노트북이 아직 그대로 있는지 확인하려고 내 자리를 흘깃 돌아보았다. 노트북은 공허하고 음산하게 번쩍이며 앉아 있었다. 나는 도서관 책상들을 둘러보는 것이 사실은 일종의 인내심 시험이었다는 듯이 도서관을 반쯤 돌다가 내 자리로 돌아왔다. 그런 다음 이메일을 열었다.

안녕 프랜시스, 나 너한테 화 안 났어, 그걸 알려 주고 싶어. 내가 너한테 연락하는 건 우리가 이 문제에 서로 동의하는 게 중요하다고 생각하기 때문이야. 닉은 나를 떠나고 싶은 생각이 없고 나도 그를 떠나고 싶지 않아. 우리는 같이 살면서 결혼 생활을 유지할 거야. 내가 이렇게 쓰는 것은 닉이 이 부분을 너에게 솔직히 말했다고 믿지 않기 때문이야. 닉은 성격이 유약하고 사람들이 듣고 싶은 말을 마지못해서 하는 사람이야. 간단히 말해서, 언젠가 닉이 네 남편이 될 거라고 남몰래 믿고 있기 때문에 내 남편이랑 자는 거라면 넌 심각한 실수를 저지르고 있는 거야. 닉은 나와 이혼하지 않을 거고, 만약 이혼해도 절대 너랑 결혼하지 않을 거야. 마찬가지로 닉의 애정이 네가 좋은 사람, 혹은 똑똑하거나 매력적인 사람이라는 증거라고 믿기 때문에 내 남편과 자는 거라면, 우선 닉은 예쁘거나 도덕적으로 훌륭한 사람에게 끌리지 않는다는 사실을 알아야 해. 닉은 자신의 모든 결정을 완전히 책임져 주는 상대를 좋아해, 그뿐이야. 넌 지금 이 관계에서 지속 가능한 자존감을 얻지 못할 거야. 지금은 그의 완전한 묵종이 분명 매력적으로 보이겠지만 사실 나는 결혼 생활을 하면서 그것 때문에 무척 지쳤어. 그는 병적일 만큼 순종적이기 때문에 싸움이 불가능하고, 그에게 소리를 지르면 자신을 미워할 수밖에 없어. 난 알아, 오늘도 그에게 한참이나 소리를 질렀으니까. 과거에 나도 〈실수를 저질렀〉으니 닉이 그동안 나 몰래 스물한 살짜리랑 섹스했다고 해서 억울한 일을 당했다고 괴로워하며 카타르시스를 느끼기는 힘들고, 난 그게 너무 싫어. 나는 이런 상황에서 누구나 느낄 만한 감정을 느끼고 있어. 나는 상당히 많이 울었어, 갑작스럽게 울음을 터뜨릴 때도 있었지만 한 시간 넘게 울 때도 있었지. 하지만 내가 도서전에서 다른 여자랑 한 번 잤다는 이유만으로, 또 몇 년 뒤 닉이 정신 병원에 입원했을 때 그의 가장 친한 친구와 바람을 피우면서 닉이 그 사실을 알았다는 걸 깨달은 뒤에도 관계를 지속했다는 이유만으로, 내 감정은 중요하지 않아. 내가 괴물이라는 건 나도 알아, 어쩌면 닉이 너에게 내 험담을 할지도 모르지. 가끔 난 나도 모르게 그런 생각을 해. 내가 그토록 끔찍하다면 닉은 왜 날 떠나지 않는 걸까? 자기 배우자에 대해서 그런 생각을 하는 사람이 어떤 사람인지 난 알아. 아마 나중에 자기 배우자를 살해하는 사람이겠지. 내가 닉을 죽이지는 않겠지만, 만약 내가 정말로 죽이려고 하면 닉은 순순히 따를 거라는 사실을 넌 꼭 알아야 해. 닉은 내가 살인 계획을 짜고 있음을 알아내도 내 기분을 상하게 할까 봐 그 이야기를 꺼내지 않을 거야. 나는 닉을 한심하고 심지어는 경멸받아 마땅한 사람으로 보는 것에 너무 익숙해져서 다른 사람이 그를 사랑할 수 있다는 사실을 잊고 있었어. 다른 여자들은 닉의 실상을 알면 항상 흥미를 잃었지. 하지만 넌 아니었어. 넌 닉을 사랑해, 그렇지? 닉에게 들은 바로는 너희 아버지가 알코올 중독자라던데, 우리 아버지도 그랬어. 우리가 닉에게 끌리는 건 어린 시절에 느끼지 못했던, 스스로 상황을 통제한다는 느낌 때문이 아닐까 하는 생각이 들어. 나는 닉이 너랑 아무 일도 없었다고, 그냥 잠깐 반한 것뿐이라고 했을 때 사실 그 말을 믿었어. 난 안심했었어, 참 끔찍하지 않니? 난 닉이 여름에 잠깐 널 만난 것뿐이라고, 그때는 아직 제정신이 아니었다고, 그 뒤로 훨씬 호전됐다고 생각했지. 사실은 호전됐기 때문에 널 만났다는 걸, 또는 널 만났기 때문에 호전됐다는 걸 이제야 알겠어. 네가 내 남편을 낮게 하고 있니, 프랜시스? 무엇이 너에게 그럴 권리를 주지? 난 이제 닉이 낮에 깨어 있다는 걸 깨달았어. 다시 이메일에 답장을 보내고 전화를 받기 시작했지. 닉은 내가 일하고 있을 때 가끔 그리스 좌파에 대한 흥미로운 기사를 보내 줘. 너에게도 같은 기사를 보내니? 아니면 상대한테 맞춰서 다른 기사를 보내는 걸까? 내가 너의 한없는 젊음에 위협을 느낀다는 건 인정할게. 자기 남편이 더 어린 여자한테 끌린다는 생각은 아주 충격적이야. 예전에는 닉이 그런 줄 몰랐어. 스물한 살은 젊은 나이야, 그렇지? 하지만 네가 열아홉 살이었어도 닉이 그러진 않았을까? 닉은 30대에 열다섯 살짜리 여자애들을 매력적이라고 남몰래 생각하는 그런 소름 끼치는 남자일까? 닉이 〈10대〉라는 단어를 검색한 적이 있을까? 전부 네가 우리 삶에 끼어들기 전까지는 생각할 필요가 없었던 문제들이야. 이제 난 닉이 나를 미워할까 궁금해. 나는 다른 사람을 만날 때 그를 미워하지 않았어. 사실 더 좋아했던 것 같아. 하지만 닉이 나에게 똑같은 말을 한다면 난 그에게 침을 뱉고 싶을 거야. 난 무엇보다도 닉이 너와 헤어진다는 아주 간단한 일을 하지 않으려고 해서 충격을 받은 것 같아. 그래서 난 내 자리를 빼앗겼음을 알게 됐어. 닉은 나를 아직 사랑한다고 말하지만, 더 이상 내 말을 따르지 않는데 어떻게 믿을 수 있겠니? 물론 내 일이 있었을 때 닉은 절대 이런 식으로 과민 반응하지 않았고, 나는 그래서 운이 좋다고 항상 생각했어. 이제는 닉이 날 사랑한 적이나 있을까 싶어. 사랑하지 않는 사람과 결혼한다는 건 상상하기 힘들지만, 사실은 닉이 할 만한 행동이야. 의리 때문에, 그리고 벌을 받고 싶어서. 너도 닉의 그런 모습을 알고 있니, 아니면 나만 아는 거니? 나의 일부는 너와 친구가 되고 싶어 해. 난 네가 아주 차갑고 불친절하다고 생각했었고, 처음에는 보비 때문에 그런 줄 알고 화가 났지. 이제 단순히 질투와 두려움 때문이었다는 사실을 알고 나니 너에 대한 감정이 달라졌어. 하지만 넌 질투할 필요가 없어, 프랜시스. 닉에게 너는 아마 행복과 구별할 수 없는 존재일 거야. 닉이 널 어른이

된 후에 만난 위대한 사랑이라고 생각한다는 것에 나는 한 치의 의심도 없어. 닉과 나는 다른 사람을 속이면서 만나는 폭풍 같은 관계였던 적은 없지. 닉에게 너와 헤어지라고 할 수 없다는 걸 알아, 그러고 싶지만 말이야. 너에게 닉과 헤어지라고 할 수도 있겠지만, 내가 왜 그래야 하지? 이제 상황이 훨씬 좋아졌어, 내 눈에도 그게 보여. 예전에는 저녁에 집에 돌아와 보면 닉은 이미 잠자리에 들고 없었어. 아니면 잠에서 깬 뒤부터 채널 한 번 바꾸지 않고 TV 앞에 앉아 있거나. 한번은 내가 집에 돌아왔을 때 닉이 치어리더 두 명이 키스하는 가벼운 포르노 영화 같은 걸 보고 있었는데, 나를 보더니 어깨를 으쓱하고 이렇게 말했어. 〈보고 있었던 거 아니야, 그냥 리모컨이 어디 있는지 몰라서.〉 그때 난 닉의 말을 안 믿는 척했어, 닉이 리모컨을 찾을 힘도 없을 만큼 우울증이 심해서 무슨 영화가 나오든 어쩔 수 없이 앉아 있는 것보다 차라리 치어리더가 나오는 포르노를 보는 게 화가 덜 날 테니까 말이야. 이번 달 내내 집에 돌아와 보면 닉이 라디오를 들으면서 요리를 하고 있었지, 이제 난 그런 저녁들을 계속 떠올려. 항상 깔끔하게 면도한 모습으로 나에게 하루가 어땠는지 묻고, 그가 체육관에서 입는 운동복이 항상 세탁기에 들어가 있지. 가끔 자기 외모를 평가하는 표정으로 거울을 볼 때도 있어. 이렇게 뻔한데 내가 왜 몰랐을까? 하지만 난 닉이 행복하기를 바란다고 항상 말했고, 그 말이 늘 진실이었다는 걸 이젠 알아. 난 정말로 닉의 행복을 바라고 있어. 이런 상황에서도 난 닉의 행복을 빌어. 그래서. 아무튼. 어쩌면 언제 다 같이 저녁 식사라도 할 수 있을지 모르겠다. (내가 보비도 초대할게.)

나는 메일을 여러 번 읽었다. 멀리사는 일부러 보란 듯이 문단을 나누지 않은 것 같았다. 자, 나를 휩쓴 감정의 파도를 봐, 하고 말하는 것 같았다. 나는 또 멀리사가 효과를 노리고 이메일을 신중하게 편집했다고 생각했다. 작가가 누구인지 잊지 마, 프랜시스, 네가 아니라 나야, 하는 듯이 말이다. 내가 문득 떠올린 것은 이런 심술궂은 생각들이었다. 멀리사는 내가 나쁘다고 말하지 않았고, 이런 상황이라면 그럴 법도 한데 나에 대해 끔찍한 말을 하나도 하지 않았다. 어쩌면 정말 감정의 파도에 휩쓸렸는지도 몰랐다. 이메일 중 내 젊음을 언급한 부분에서는 마음이 흔들렸다. 계산된 것이든 아니든 상관없었다. 나는 젊고 멀리사는 나이가 더 많았다. 그 사실만으로도 나만 자판기에 동전을 몇 개 더 넣은 것처럼 마음이 불편해지기 충분했다. 두 번째로 읽을 때는 그 부분을 뛰어넘었다.

메일에서 내가 정말 알고 싶은 부분은 닉과 관련된 정보밖에 없었다. 닉이 정신 병원에 입원했었다는 언급이 있었는데, 나는 처음 듣는 이야기였다. 크게 거부감이 들지는 않았다. 나는 책을 많이 읽었기 때문에 자본주의가 정말 미친 제도라는 생각에 익숙했다. 하지만 정신과적 문제로 병원에 입원하는 사람은 내가 아는 사람들과 다른 부류라고 생각했었다. 이제 나는 정신과 질병이 더 이상 시대에 뒤떨어진 의미를 갖지 않는 새로운 환경에 들어간 셈이었다. 나는 두 번째 성장을 겪고 있었다. 새로운 전제를 배우고 실제보다 더 많은 것을 이해하는 척했다. 이 논리에 따르면 닉과 멀리사는 나를 이 세상에 탄생시킨 부모와 같았고, 아마 앞으로 친부모보다 나를 더 사랑하고 더 미워할 것이다. 이는 또 내가 보비의 사악한 쌍둥이 자매라는 뜻이기도 했는데, 당시에는 은유를 지나치게 확대했다는 느낌이 들지 않았다.

나는 지나가는 자동차의 궤적을 눈으로 쫓듯이 이러한 사고방식을 피상적으로 쫓았다. 도서관 의자 위에서 내 몸이 코일 스프링처럼 배배 꼬였다. 나는 다리를 두 번 꼬아서 왼발의 오목한 부분으로 의자 아랫면을 꾹 누르고 있었다. 나는 닉이 그렇게나 아팠다는 사실에, 또 그가 내게 이야기하려고 마음먹은 것도 아닌데 내가 알게 되었다는 사실에 죄책감을 느꼈다. 나는 이 정보를 어떻게 다뤄야 할지 몰랐다. 이메일에서 멀리사는 닉의 병이 자기가 바람을 피운 사건의 어둡고 우스운 배경이라도 되는 것처럼 그 일을 태연하게 언급했고, 나는 멀리사가 정말 그런 기분이었을까, 아니면 자신의 진짜 감정을 숨기는 방법이었을까 궁금했다. 출간 기념회 때 서점에서 이블린이 닉에게 정말 잘생겼다는 말을 하고 또 했던 것도 떠올랐다.

한 시간 뒤, 나는 다음과 같은 답장을 보냈다.

생각할 게 많네요. 저녁 식사는 저도 좋아요.

25

10월 중순이 되었다. 나는 방을 뒤져서 찾은 현금과 생일이나 크리스마스 때 받았다가 깜빡 잊고 은행에 넣지 않은 용돈을 모았다. 총 43유로였는데, 그중 4.50유로로 독일 슈퍼마켓에서 빵, 파스타, 토마토 캔을 샀다. 아침이면 나는 보비에게 우유를 좀 써도 되는지 물었고 보비는 원하는 건 뭐든 쓰라는 듯 손을 흔들었다. 제리는 보비에게 매주 용돈을 주었고, 나는 보비가 거북이 등껍데기 단추가 달린 검은색 새 양모 외투를 입고 다니는 것을 알아차렸다. 나는 계좌가 어떻게 되었는지 보비에게 말하고 싶지 않았기 때문에 경박하게 꾸민 말투로 〈돈이 떨어졌다〉고 말했다. 내가 아침저녁으로 아빠에게 전화를 걸었지만 아빠는 아침저녁으로 전화를 받지 않았다.

우리는 정말로 멀리사와 닉의 집에 저녁 식사를 하러

갔다. 두 번 이상이었다. 보비가 닉과 어울리는 것을 점차 즐기게 되었고 심지어는 멀리사나 나와 어울릴 때보다 더 즐거워한다는 사실을 나는 깨달았다. 네 사람이 같이 시간을 보낼 때 보비와 닉은 종종 멀리사와 나를 빼고 언쟁을 벌이는 척하거나 다른 경쟁을 했다. 저녁 식사가 끝나면 닉과 보비는 비디오 게임을 하거나 여행용 자석 체스로 체스를 두었고, 그동안 멀리사와 나는 인상주의에 대해 이야기를 나누었다. 닉과 보비 모두 취했을 때 뒷마당에서 달리기 시합을 한 적도 있었다. 닉이 이겼지만 경주가 끝나자 완전히 지쳐 버렸고, 보비는 닉에게 낙엽을 던지며 〈노땅〉이라고 불렀다. 보비가 멀리사에게 물었다. 닉이랑 나 중에 누가 더 예뻐요? 멀리사가 나를 보더니 장난스럽게 대답했다. 난 우리 아이들을 다 똑같이 사랑한단다. 보비와 닉의 관계는 나에게 신기한 영향을 끼쳤다. 두 사람이 같이 있는 모습, 서로 온 관심을 쏟는 모습을 보면 나는 이상하게도 미학적 전율을 느꼈다. 육체적으로 봤을 때 두 사람은 쌍둥이처럼 완벽했다. 가끔 나는 내 마음속에 미완성으로 남아 있는 무언가를 완성하려는 것처럼 두 사람이 더 가까이 다가가기를, 심지어는 서로 만지기를 나도 모르게 바라고 있었다.

우리는 종종 정치 문제로 논쟁을 벌였는데, 모두 비슷한 입장이었지만 표현이 달랐다. 예를 들어 보비는 폭도였지만 멀리사는 냉엄한 회의주의 때문에 법치를 선호했다. 닉과 나의 입장은 두 사람 사이 어딘가로, 지지보다 비판이 더 편했다. 우리는 어느 날 밤 미국 사법정의 특유의 인종 차별에 대해서, 일부러 찾은 것은 아니지만 네 사람 모두 본 적 있는 경찰의 잔학 행위 동영상 대해서, 백인으로서 우리가 그것을 〈보기 힘들었다〉고 말하는 것이 무슨 의미인지에 대해서 이야기를 나누었다. 우리는 힘들었던 이유를 하나의 정확한 의미로 규정할 순 없었지만 다들 힘들었다는 것에는 동의했다. 수영복 차림으로 엄마를 부르며 우는 10대 여자아이의 등을 백인 경찰이 무릎으로 찍어 누르는 영상이 있었는데, 닉은 말 그대로 몸이 불편해서 영상을 끝까지 보지 못했다고 말했다.

일종의 응석이라는 건 알아. 닉이 말했다. 하지만 영상을 다 본다고 해서 뭐가 좋을까 싶더라. 그 자체로 우울한데 말이야.

우리는 이러한 영상들이 어떤 면에서는 유럽이 우월하다는 생각을 심어 주는 것은 아닌지 이야기했다. 유럽 경찰 특유의 인종 차별은 없다는 듯이 말이다.

사실은 유럽 경찰도 인종 차별을 해. 보비가 말했다.

그래, 〈미국 경찰이 나쁜 놈들이다〉라고 말하는 건 아닌 것 같아. 닉이 말했다.

멀리사는 우리 모두가 문제의 일부임이 분명하다고

생각하지만 정확히 어떻게 그런지는 잘 모르겠다고, 하지만 그것을 먼저 이해하지 않고서 무언가를 하기는 불가능한 것 같다고 말했다. 나는 가끔 내 민족성을 거부하고 싶다고, 나는 분명 백인이지만 다른 백인들처럼 〈진짜〉 백인은 아닌 것 같다고 말했다.

기분 나쁘라고 하는 말은 아닌데, 솔직히 그런 생각은 전혀 도움이 안 돼. 보비가 말했다.

기분 안 나빠. 내가 말했다. 나도 동의해.

닉이 멀리사에게 우리가 만난다는 이야기를 한 뒤로 그와 내 관계의 몇 가지 요소가 변했다. 나는 낮에도 닉에게 감상적인 문자 메시지를 보냈고 닉은 술에 취하면 나에게 전화를 걸어 내 성격에 대해 좋은 말을 해주었다. 섹스는 비슷했지만 끝난 후가 달라졌다. 나는 마음이 가라앉는 대신 동물이 죽은 척할 때처럼 묘하게 무방비한 느낌이 들었다. 닉이 부드러운 구름 같은 내 피부를 뚫고 들어와 폐나 다른 장기 등 내 안의 무엇이든 가지고 갈 수 있을 것 같았고, 나는 그를 막지 않을 것 같았다. 내가 이렇게 설명하자 닉도 같은 기분이라고 말했지만, 사실 졸려서 내 말을 제대로 듣지 못했을지도 몰랐다.

캠퍼스에 죽은 나뭇잎들이 쌓였고, 나는 강의에 출석하고 어서 도서관에서 책을 찾으며 시간을 보냈다. 비가 오지 않으면 보비와 나는 사람들이 별로 다니지 않는 길을 따라 나뭇잎을 발로 차고 다니면서 풍경화의 개념 같은 것들에 대해 이야기를 나누었다. 보비는 〈손대지 않은 자연〉에 대한 숭배가 본질적으로 가부장적이고 국가주의적이라고 생각했다. 내가 말했다. 나는 밭보다 집이 좋아. 그런 그림은 시적이야, 사람이 등장하잖아. 그런 다음 우리는 구내식당 버터리에 앉아서 창을 타고 흐르는 빗물을 바라보았다. 우리 사이의 무언가가 변했지만 나는 그게 무엇인지 몰랐다. 우리는 여전히 서로의 기분을 직감적으로 알았고, 둘만의 음모를 꾸미는 듯한 표정을 주고받았으며, 우리의 대화는 여전히 길고 지적이었다. 보비가 날 위해 욕조에 물을 받아 주었을 때부터 뭔가가 변했고, 우리 두 사람은 그대로였지만 보비와 나의 관계는 새로워졌다.

10월 말이 다가오는 어느 날 오후, 돈이 6유로 남아 있을 때 나는 루이스라는 더블린 문예지 편집자의 이메일을 받았다. 메일 내용에 따르면 발레리가 잡지에 싣는 게 좋겠다는 의견과 함께 내 단편을 보냈고, 내가 허락만 하면 다음 호에 싣고 싶다고 했다. 그는 단편을 실을 생각에 〈정말 신이 난〉다고, 내가 글을 발표할 생각이 있을 경우 어떤 부분을 수정하면 좋을지 조금 생각해 보았다고 말했다.

나는 발레리에게 보냈던 파일을 열고 잠시 멈춰서 내가 뭘 하고 있는지 생각해 보지도 않고 단숨에 읽었다.

이야기 속 인물이 보비라는 것을, 보비의 부모님은 보비의 부모님이고 나는 나 자신임을 알아볼 수 있었다. 우리를 아는 사람이라면 이야기 속 보비를 알아보지 못할 리가 없었다. 정확히 말해서 기분 나쁘게 그렸다고 할 수는 없었다. 단편은 보비의 성격과 내 성격의 폭군적인 측면을 강조했지만 이야기 자체가 개인의 지배력에 대한 것이기 때문이었다. 하지만 나는 항상 무엇이든 선택해서 강조할 수밖에 없다고, 글은 원래 그런 것이라고 생각했다. 보비라면 그 누구보다도 이해해 줄 것이다.

루이스는 원고료도 지불하겠다며 처음 발표하는 원고의 요율도 알려 주었다. 현재의 길이 그대로 실을 경우 내 단편의 가치는 8백 유로가 넘었다. 나는 루이스에게 답장을 보내 관심을 가져 줘서 감사하다고, 함께 일하게 돼서 기쁘고 그가 적절하다고 생각하는 대로 수정하겠다고 말했다.

그날 저녁 닉이 집으로 나를 데리러 왔고, 우리는 같이 몽크스타운으로 갔다. 멀리사는 킬데어에서 가족과 며칠 지내는 중이었다. 차를 타고 가면서 나는 단편에 대해서, 내가 욕조에서 보비와 나눈 대화에 대해서, 또 보비가 자기는 특별하지 않다 말했다고 설명했다. 닉이 말했다. 천천히 말해 봐. 단편을 얼마에 팔았다고? 당신이 산문을 쓰는 줄은 몰랐네. 내가 웃었다, 나는 닉이 나를 자랑스러워할 때가 좋았다. 내가 산문은 이번에 처음 써봤다고 하자 닉은 나를 위협적인 작가라고 불렀다. 우리는 단편에 보비가 등장하는 것에 대해 이야기를 나누었는데, 닉은 멀리사의 작품에 자기가 항상 등장한다고 말했다.

하지만 항상 지나치듯이 나오잖아요. 내가 말했다. 〈내 남편이 거기 있었다〉 정도죠. 이 단편에서는 보비가 주인공이에요.

그래, 너도 멀리사의 책을 읽었다는 걸 잊었네. 네 말이 맞아. 멀리사는 나에 대해서 그렇게 자세히 쓰지 않아. 어쨌든 보비는 신경 안 쓸 거야.

보비한테 아예 말하지 말까 생각 중이에요. 보비가 그 잡지를 읽을 것 같지도 않고.

음, 그건 안 좋은 생각 같은데. 닉이 말했다. 그러면 다른 사람들도 전부 보비한테 말을 못 하게 되잖아. 너희가 어울리는 필립이라는 애랑 그런 사람들 말이야. 내 아내도 그렇고. 하지만 결정권은 너한테 있으니까, 뭐.

나는 〈흐음〉 소리를 냈다. 닉의 말이 옳다고 생각했기 때문이었지만 그렇게 생각하고 싶지 않았다. 나는 닉이 결정권은 너한테 있어, 하고 말하는 게 좋았다. 닉이 운전대를 경쾌하게 톡톡 두드리며 말했다. 난 작가랑 뭐가 있나?

당신은 지적으로 당신을 압도할 수 있는 여자를 좋아

하는 것뿐이에요. 내가 말했다. 학교 다닐 때 선생님들 한테도 반했을걸요.

사실 그런 면으로 악명이 높긴 했어. 대학 때 선생님 이랑 잤는데, 그 이야기 내가 했던가?

내가 말해 달라고 하자 닉이 이야기해 주었다. 그냥 조교가 아니라 진짜 교수였다. 몇 살이었냐고 묻자 닉 이 수줍은 미소를 짓더니 이렇게 말했다. 마흔다섯 정 도? 쉰이었을지도. 아무튼 교수님은 직장을 잃을 수도 있었으니 미친 짓이었지.

난 그 교수님 입장을 알겠어요. 내가 말했다. 나도 당 신 아내의 생일 파티에서 당신한테 입을 맞췄잖아요?

닉은 자신이 왜 사람들에게 그런 감정을 불러일으키 는지, 평생 자주 있었던 일은 아니지만 왜 항상 폭력적 일 만큼 강렬하지만 자신이 주체가 된 느낌은 별로 없 었는지 이해하려고 노력 중이라고 말했다. 닉이 열다섯 살 때 형의 친구 한 명도 그에게 비슷한 감정을 품었다 고 했다. 그 사람은 거의 스무 살이었어. 닉이 말했다. 나 한테 집착했지. 그게 내 첫 경험이었어.

당신도 그 여자한테 집착했어요? 내가 말했다.

아니, 난 그냥 거절하는 게 두려웠어. 그 사람의 감정 을 다치게 하고 싶지 않았거든.

나는 닉에게 그 말이 쓸쓸하게 들려서 슬퍼진다고 말 했다. 그가 재빨리 말했다. 아, 동정표를 얻으려는 건 아니었어. 나도 물론 좋다고 했지, 그런 게 아니고⋯⋯. 음, 불법이었을지도 모르지만 나도 동의했어.

거절하는 게 너무 두려워서 말이죠. 내가 말했다. 그런 일이 나한테 일어나면 그때도 동의한 거라고 말할 거예요?

음, 아니. 하지만 내가 신체적인 위협을 느꼈다거나 그런 건 아니었어. 내 말은, 그 사람 행동은 이상했지만, 우리 둘 다 10대였어. 그 사람이 나빴다고는 생각하지 않아.

우리는 아직 시내였고, 북쪽 부두로 향하는 밀리는 도로 위의 자동차에 앉아 있었다. 초저녁이었지만 이미 어두웠다. 나는 차창 밖의 행인들을, 그리고 가로등 밑에서 펄럭이는 비의 베일을 보았다. 나는 닉에게 그가 아주 신기할 만큼 수동적이기 때문에 그토록 매력적인 사랑의 대상처럼 보이는 부분도 있는 것 같다고 했다. 내가 말했다. 내가 먼저 키스해야 한다는 걸 알았어요. 당신은 절대 나에게 키스하지 않으리란 것도 알았고, 그래서 상처받기 쉬운 기분이 들었죠. 하지만 엄청난 힘도 느꼈어요. 말하자면 내가 키스하면 당신이 받아들일 거라는 느낌, 그 밖에 또 뭘 받아들일까? 하는 느낌이 있었어요. 당신한테 취하는 기분이었죠. 내가 당신을 완전히 통제하고 있는 건지, 전혀 통제하지 못하는지 결론을 내릴 수가 없었어요.

지금은 어떤데? 닉이 말했다.

완전히 통제하는 쪽에 가까워요. 나쁜가요?

닉은 상관없다고 말했다. 우리의 관계를 위해서는 힘의 불균형을 바로잡으려고 노력하는 것이 좋겠지만 완전히 바로잡을 수 있을 것 같지 않다고 덧붙였다. 나는 멀리사가 닉을 〈병적일 만큼 순종적〉이라 생각한다고 말했고, 닉은 그것이 여자와의 관계에서 무력하다는 뜻이라고 생각한다면 실수라고 말했다. 그는 무력함이란 힘을 행사하는 한 가지 방법인 경우가 많다고 했다. 내가 보비처럼 말한다고 했더니 닉이 웃었다. 그가 말했다. 남자가 당신한테서 들을 수 있는 최고의 칭찬이야, 프랜시스.

그날 밤 침대에서 우리는 닉의 여동생의 아기에 대해서, 닉이 조카를 얼마나 사랑하는지 이야기했고, 닉은 가끔 우울할 때 단지 아기 곁에 가서 아기의 얼굴을 보기 위해 로라의 집에 간다고 말했다. 나는 닉과 멀리사가 아이를 가질 계획인지, 닉이 아이를 그토록 사랑하는데 왜 아직 아이를 낳지 않았는지 몰랐다. 알고 싶지 않았다. 둘이서 아이를 가질 계획이라는 말을 들을까 봐 두려웠다. 그래서 나는 비꼬는 척하면서 이렇게 말했다. 우리 둘이서 아이를 가져야겠어요. 다자 연애 관계 공동체에서 아이들을 키우면서 성도 아이들이 선택하게 하면 되잖아요. 닉은 이미 그와 비슷한 사악한 야망이 있다고 말했다.

내가 임신해도 매력적이라 생각할 거예요? 내가 말했다.

물론이지, 응.

페티시처럼?

음, 모르겠는데. 닉이 말했어. 임신한 여자를 10년 전보다는 더 의식한다는 느낌이 들긴 해. 내가 임신부한테 친절을 베푸는 모습을 상상하지.

페티시처럼 들리네요.

너한테는 뭐든지 페티시겠지. 내 말은 요리를 해주거나 뭐 그런 쪽에 가까운 뜻이었어. 하지만 네가 임신해도 여전히 너랑 하고 싶을지 묻는다면 물론이야. 믿어도 돼.

그러자 내가 고개를 돌려 그의 귓가에 입을 가져다 댔다. 나는 눈을 감고 있었기 때문에 완전히 진심이라기보다는 게임을 하는 기분이었다. 내가 말했다. 있잖아요, 나 정말로 당신을 원해요. 그러자 닉이 고개를 끄덕이는 것이, 사랑스럽게 열심히 끄덕이는 것이 느껴졌다. 그가 말했다. 고마워. 닉은 그렇게 말했다. 우리는 입을 맞추었다. 매트리스가 내 등을 눌렀고 그가 얼굴로 물건을 건드려 보는 사슴처럼 나를 조심스럽게 만졌다. 내가 말했다. 닉, 당신은 정말 선물 같아요. 그가 대답했다. 외투에 지갑 놓고 왔어. 잠깐만. 내가 말했다.

그냥 이렇게 해요, 어차피 약 먹고 있어요. 닉이 내 머리 옆 베개에 손을 짚은 채 잠시 아무 말도 하지 않았고, 그의 숨이 무척 뜨겁게 느껴졌다. 닉이 말했다. 그래, 그냥 이대로 하고 싶어? 나는 그렇다고 대답했고, 닉은 계속 숨을 몰아쉬면서 이렇게 말했다. 당신이랑 있으면 내가 대단한 사람이 된 것 같아.

내가 그의 목에 팔을 둘렀고 닉이 내 안으로 들어오려고 다리 사이에 손을 넣었다. 우리는 지금까지 항상 콘돔을 썼기 때문에 이번에는 다른 느낌이었다. 또는, 닉이 다르게 굴었다. 그는 살갗이 축축하고 숨을 심하게 몰아쉬었다. 꽃잎이 열렸다 닫히는 스톱모션 영상처럼 내 몸이 열리고 닫히는 것이 느껴졌고, 너무나 생생해서 꼭 환각 같았다. 닉이 제기랄, 하고 내뱉더니 말했다. 프랜시스, 이렇게 기분 좋을지 몰랐어, 미안해. 그의 입은 아주 부드럽고 가까웠다. 내가 벌써 갈 것 같냐고 묻자 닉이 잠시 숨을 들이마시고 말했다. 미안, 미안해. 나는 나를 임신시키고 싶어 하는 닉의 사악한 욕망을, 그렇게 된다면 내가 얼마나 거대하고 커진 기분일지, 닉이 얼마나 사랑스럽고 자랑스러워하며 나를 만질지 생각했고, 그래서 어느새 이렇게 말하고 있었다. 아니 좋아요, 나도 그러고 싶어요. 그러자 정말 이상하고 좋은 기분이 들었고, 닉은 나를 사랑한다고 말했다, 그 부분은 기억이 난다. 그가 내 귀에 속삭였다. 사랑해.

에세이 마감이 여러 개 다가오고 있었기 때문에 나는 대략적인 시간표를 짰다. 아침에 도서관이 문을 열기 전까지는 침대에 앉아서 루이스가 보낸 원고 수정 작업을 했다. 내가 쓴 이야기가 모양을 갖추고 스스로 펼쳐지면서 더 길고 단단해지는 것이 눈에 보였다. 그런 다음 나는 샤워를 하고 넉넉한 스웨터를 입고 학교에 가서 하루 종일 에세이를 썼다. 저녁 늦게까지 아무것도 안 먹고 버티다가 집으로 돌아와 파스타를 두 줌 삶아서 올리브 오일과 식초를 뿌려서 먹을 때가 많았고, 가끔은 옷을 입은 채 그대로 잠들었다.

「햄릿」 리허설을 시작한 닉은 화요일과 금요일에는 일이 끝나고 우리 집에 와서 잤다. 그는 부엌에 늘 먹을 게 없다고 불평했지만 내가 신랄한 목소리로 돈이 떨어졌다고 하자 이렇게 말했다. 아, 진짜? 미안해, 몰랐어. 그다음부터 닉은 우리 집에 올 때마다 템플 바 빵집의 갓 구운 빵, 라즈베리 잼, 후무스, 전지 크림치즈 같은 음식을 가져왔다. 닉은 내가 먹는 모습을 가만히 지켜보더니 어쩌다 돈이 떨어졌냐고 물었다. 나는 어깨를 으쓱했다. 그다음부터 닉은 닭 가슴살과 다진 쇠고기 같은 식재료를 가져와서 우리 집 냉장고를 채우기 시작했다. 내가 말했다. 이러니까 정부가 된 기분이에요. 닉이 말했다. 음, 자, 내일 안 먹을 거면 냉동해도 돼. 나는 먹을 게 생겨서 신이 난 사람처럼 재잘대야 할 것만 같았다. 내가 정말로 돈이 하나도 없어서 닉이 가져오는 빵과 잼으로 연명하고 있다는 사실을 알면 닉이 불편할 것 같아서였다.

보비는 닉이 우리 집에 오는 것을 좋아하는 듯했는데, 닉이 싹싹하게 이 일 저 일 찾아서 한다는 것도 한가지 이유였다. 닉은 물이 새는 부엌 수도꼭지 고치는 법을 우리에게 보여 주었다. 보비가 비꼬듯이 말했다. 집안의 남자군요. 한번은 닉이 우리를 위해서 저녁 식사를 만들다가 멀리사와 통화하면서 편집자와의 설전을 벌였다는 이야기를 듣고 상대방이 〈완전 비합리적〉이라며 위로하는 말을 들었다. 닉은 통화하는 내내 고개를 끄덕였고, 가스레인지 위에서 소스 팬을 이리 저리 옮기면서 으음, 맞아, 하고 말했다. 그에게는 이것이, 이야기를 들어 주고 자신이 듣고 있었음을 보여 주는 날카로운 질문을 하는 역할이 무엇보다도 매력적인 것 같았다. 그러면 자신이 필요한 사람이라는 느낌이 들 테니까. 그 당시 닉은 전화를 정말 잘 받았다. 나는 멀리사가 전화를 먼저 걸었음을 믿어 의심치 않았다.

그런 밤이면 우리는 늦게까지 이야기를 나누었고, 가끔 블라인드 뒤로 날이 밝는 것이 볼 때도 있었다. 어느 날 밤, 내가 대학 등록금을 충당하기 위해 학자금 지원을 받고 있다는 말을 했다. 닉이 깜짝 놀라는 듯하더니 바로 이렇게 말했다. 놀란 것처럼 말해서 미안해, 내가 너무 몰랐어. 모든 부모님이 등록금을 낼 수 있다고 생각하면 안 되는 건데.

음, 그렇다고 우리 집이 가난한 건 아니에요. 내가 말했다. 방어적으로 하는 말도 아니고. 내가 아주 가난하게 자랐다거나 그런 인상을 주고 싶진 않아요.

당연하지.

있잖아요, 그런데 난 당신이나 보비와는 다른 느낌이에요. 작은 차이일지도 몰라요. 난 좋은 물건을 가지고 있으면 다른 사람의 눈을 무척 의식해요. 예를 들어서 내 노트북은 사촌이 쓰던 걸 물려받은 것인데도 왠지 남의 눈이 의식돼요.

당신은 좋은 물건을 가질 자격이 있어. 닉이 말했다.

내가 엄지와 검지로 이불 커버를 꼬집었다. 뻣뻣하고 따끔거리는 천이었고, 닉의 집에 있는 이집트 면과는 달랐다.

아빠가 용돈을 제대로 안 줘요. 내가 말했다.

아, 진짜?

네. 그래서 지금 사실상 돈이 하나도 없어요.

진짜야? 닉이 말했다. 무슨 돈으로 지내?

나는 손가락 사이로 이불 커버를 만지면서 결을 느꼈다. 음, 보비 물건을 같이 쓰죠. 내가 말했다. 당신이 늘 먹을 걸 가져오기도 하고.

프랜시스, 말도 안 돼. 닉이 말했다. 왜 나한테 말 안
했어? 내가 돈을 주면 되잖아.

아니, 아니에요. 그러면 이상할 것 같다고 당신 입으
로 말했잖아요. 도덕적인 문제가 있다고.

당신이 굶어 죽는 게 더 걱정이지. 있잖아, 원하면 갚
아도 좋아, 빌려주는 셈 치자.

나는 이불을 내려다보았다, 못생긴 꽃무늬였다. 내
가 말했다. 단편을 팔았으니 돈이 들어올 거예요. 그때
갚을게요. 다음 날 아침, 보비와 내가 아침을 먹는 동안
닉이 ATM에 다녀왔다. 집으로 돌아온 그는 너무 부끄
러워서 보비 앞에서 내게 돈을 건네지 못했고, 그래서
나는 기뻤다. 내가 돈이 없다는 사실을 보비에게 알리
고 싶지 않았다. 닉이 아파트에서 나갈 때 내가 복도로
같이 나가자 그가 지갑을 꺼내 50유로 지폐 네 장을 세
어서 주었다. 그렇게 돈을 세는 닉의 모습을 보니 불안
했다. 내가 말했다. 너무 많아요. 닉이 고통스러운 표정
을 짓더니 이렇게 말했다. 그럼 다음에 돌려줘, 걱정하
지 마. 내가 입을 열자 닉이 끼어들었다. 프랜시스, 아
무것도 아니야. 그에게는 아마 아무것도 아니었을 것이
다. 닉은 내 이마에 입을 맞춘 다음 떠났다.

10월의 마지막 날, 나는 에세이 한 편을 제출한 다음 보비와 다른 친구들과 함께 커피를 마시러 갔다. 당시 나는 내 삶에 만족했고, 기억하는 한 그 어느 때보다 행복했다. 루이스는 수정 원고에 만족했고 잡지 1월호에 단편을 실을 계획이었다. 닉에게 빌린 돈도 있고 잡지에서 원고료를 받으면 빌린 돈을 갚은 뒤에도 남을 테니 나는 무적의 부자가 된 기분이었다. 드디어 어린 시절에서, 타인에 대한 의존에서 벗어난 것 같았다. 이제 아빠는 나를 해칠 수 없었고, 유리한 입장이 되자 아빠에 대해 새롭고 진실한 연민이, 마음씨 착한 관찰자로서의 연민이 생겨났다.

우리는 그날 오후에 매리앤과 아무도 좋아하지 않는 그녀의 남자 친구 앤드루를 만났다. 필립도 당시 만나기 시작한 카미유와 같이 왔다. 필립은 나와 한자리에 있는 것이 어색해 보였고, 최대한 나와 눈을 마주치고 내 농담에 미소를 지으려 했지만 진정한 우정이 아니라 연민 또는 동정이 비쳤다. 나는 필립의 태도가 너무 바보 같아서 기분 나쁘지도 않았지만, 나중에 둘이서 얘기할 수 있게 보비도 눈치채면 좋겠다고 생각했다.

우리는 칼리지 그린 근처 작은 카페 2층에 앉아 있었는데, 어느 순간 대화가 일부일처제로 흘러갔다. 나로서는 할 말이 없는 주제였다. 처음에는 매리앤이 비일부일처제가 동성애자와 마찬가지로 하나의 성향이라며 어떤 사람들은 비일부일처제 성향을 〈타고난다〉고 말했고, 그러자 보비는 성적 지향을 〈타고난다〉고 할 수는 없다고 지적했다. 나는 보비가 사준 커피를 홀짝거리며 아무 말도 하지 않았다. 보비의 말을 듣고만 싶었다. 보비는 일부일처제가 구속 모델을 바탕으로 한다고, 이를 통해 남자가 유전적 자손에게 자기 재산을 물려줌으로써 부계 사회에서 남성의 욕구를 충족시키며 전통적으로 아내에 대한 성적 권한이 이를 촉진한다고 말했다. 보비가 말했다. 비일부일처제는 아주 대안적인 모델을 바탕으로 할 수 있어. 자발적 동의 같은 거 말이야.

보비가 이런 식으로 이론화하는 말을 듣고 있으니 무척 신이 났다. 보비는 유리나 물로 허공에 형태를 그리듯이 명확하고 똑똑한 문장으로 말했다. 절대 주저하거나 자기 말을 되풀이하지 않았다. 보비는 종종 나와 눈을 마주쳤고, 그러면 내가 고개를 끄덕였다. 그래, 바로 그거야. 내가 이런 식으로 동의하면 보비는 더욱 기운이 나는 것 같았고, 내 눈빛에서 찬성의 기색을 찾는 것 같았다. 그런 다음 보비가 다시 시선을 돌리고 말했다. 내 말이 무슨 뜻이냐면……

보비는 말할 때 다른 친구들을 신경 쓰지 않는 것 같았지만 나는 필립과 카미유가 눈짓을 주고받는 것을 눈치챘다. 한번은 필립이 자신을 제외한 유일한 남자인 앤드루를 보자 그는 보비가 아무 말이나 지껄인다는 듯이, 반유대주의라도 설파하고 있다는 듯이 양 눈썹을 추켜올렸다. 나는 필립이 앤드루를 본 것은 비겁하다고 생각했다. 나는 필립이 앤드루를 좋아하지도 않는다는 사실을 알았고, 그래서 불편해졌다. 나는 한동안 보비 혼자 말하고 있었음을 점차 깨달았다. 매리앤은 자기 무릎을 어색하게 바라보고 있었다. 나는 보비가 이렇게 열변을 토할 때 귀 기울이는 것을 아주 좋아했지만 이제 그만했으면 좋겠다는 생각이 슬슬 들었다.

난 그냥 한 사람 이상을 사랑하는 게 불가능한 것 같아. 카미유가 말했다. 그러니까, 온 마음을 다해서 진짜 사랑하는 것 말이야.

부모님이 편애하셨어? 보비가 말했다. 진짜 힘들었겠다.

카미유는 보비의 말이 농담인지 아닌지 분간할 수 없었고 보비를 잘 몰라서 원래 이런 사람이라는 것을 알지 못했기 때문에 초조하게 웃었다.

자식에 대한 사랑이랑은 달라. 카미유가 말했다. 안 그래?

글쎄, 다양한 문화에 낭만적 사랑이 일관적으로 존재한다는 초역사적 생각을 믿느냐 안 믿느냐에 달려 있지. 보비가 말했다. 하지만 누구나 멍청한 믿음은 있잖아, 안 그래?

매리앤이 나를 흘깃 스치듯 보았을 뿐이지만 나와 같은 느낌임을 알 수 있었다. 즉, 보비가 평소보다 공격적이고, 카미유의 감정이 상할 것이며, 필립이 화를 내리라는 느낌이었다. 필립을 흘깃 본 나는 너무 늦었음을 깨달았다. 필립은 콧구멍이 살짝 벌름거렸고 화가 나 있었다. 필립은 보비와 말다툼할 것이고, 결국 질 것이다.

인간은 본성적으로 일부일처제를 실행하는 종이라는 사실에 많은 인류학자들이 동의해. 필립이 말했다.

그게 정말 너의 이론적인 입장이야? 보비가 말했다.

모든 것이 문화 이론으로 귀결되지는 않아. 필립이 말했다.

보비가 웃었다. 미학적으로는 멋진 웃음이었고, 매리앤이 움찔할 만큼 완전한 자기 확신의 표현이었다.

아, 세상에, 그러고도 졸업했냐? 보비가 말했다.

예수님은? 내가 말했다. 예수님은 모두를 사랑했어.

게다가 독신이었지. 필립이 말했다.

역사적으로 논란이 있는 주장이야. 보비가 말했다.

필립, 바틀비 에세이 어떻게 썼는지 얘기 좀 해봐. 내가 말했다. 오늘 제출했지?

내가 어색하게 끼어들자 보비가 씩 웃더니 의자에 기대앉았다. 필립은 내가 아니라 카미유를 보고 있었고, 두 사람만 아는 장난을 치는 것처럼 미소를 지었다. 화가 치밀어 올랐다. 나는 필립이 굴욕을 당하지 않게 구해 주려고 끼어들었는데, 그런 노력에 고마워하지 않다니 파렴치했다. 그런 다음 필립이 고개를 돌리고 내 비위를 맞추려는 듯 에세이 이야기를 했지만 나는 안 듣는 척했다. 보비가 담배를 찾아서 가방을 뒤적이다가 고개를 들고 말했다. 너 질 들뢰즈 읽었지? 필립이 다시 카미유를 보았다.

읽었어. 필립이 말했다.

그렇다면 넌 들뢰즈의 논점을 놓친 거야. 보비가 말했다. 프랜시스? 담배 피우러 갈래?

나는 보비를 따라 나갔다. 아직 초저녁이었지만 공기가 서늘하고 하늘이 짙은 남색이었다. 보비가 웃기 시작했고, 나 역시 보비와 단둘이 있게 되었다는 생각에 기뻐서 웃었다. 보비가 자기 담배와 내 담배에 불을 붙인 다음 하얀 연기를 내뿜다가 웃음이 터지는 바람에 기침했다.

인간 본성이라니, 그게 무슨 소리야. 보비가 말했다. 넌 너무 약하다니까.

난 최대한 조용히 있어야 똑똑해 보이는 것 같아서.

이 말에 보비가 즐거워했다. 보비가 다정하게 내 머리카락을 귀 뒤로 넘겨 주었다.

그거 나 들으라고 하는 말이야? 보비가 말했다.

아니야. 나도 너처럼 말을 잘하면 계속 말하겠지.

우리는 마주 보고 미소를 지었다. 추웠다. 보비의 담

배 끝이 무지개의 주황색으로 빛났고 허공에 작은 불꽃을 날렸다. 보비가 완벽한 얼굴 옆선을 뽐내듯이 거리를 향해 고개를 돌렸다.

요즘 기분이 엉망이야. 보비가 말했다. 우리 집 일도 그렇고, 모르겠어. 스스로 어떤 일을 감당할 수 있는 사람이라고 생각했는데, 막상 그 일이 일어나니 그렇지 않다는 사실을 깨달을 때 있잖아.

보비가 아랫입술 끝 쪽에 담배를 물고 균형을 잡으면서 양손으로 머리카락을 뒤로 넘겨 하나로 묶었다. 핼러윈이라 거리가 부산했고 사람들이 몇 명씩 떼를 지어 망토를 두르거나 가짜 안경을 쓰거나 호랑이 옷을 입고 지나갔다.

무슨 뜻이야? 내가 말했다. 무슨 일 있어?

제리가 좀 변덕스러운 거 알지? 진짜 별일 아니야. 극적인 가정사지, 신경 쓸 거 없어.

난 너한테 일어나는 모든 일에 신경이 쓰여.

보비가 담배를 손가락 사이에 다시 끼우고 소매로 코를 닦았다. 그녀의 눈에 주황색 불빛이 불꽃처럼 비쳤다.

제리는 사실 이혼에 찬성하지 않아. 보비가 말했다.

난 몰랐어.

그래, 이혼 문제로 정말 얼간이처럼 굴고 있어. 엘리너가 자기 돈을 노린다는 둥 어쩐다는 둥 온갖 음모 이론을 펼치고 있지. 최악은 내가 자기편을 들기 바란다

345

는 거야.

나는 보비가 카미유에게 한 말을 생각했다. 부모님이 편애하셨니? 내가 알기로 보비는 늘 제리가 편애하는 딸이었고, 제리는 보비의 여동생은 버릇이 없고 아내는 신경질적이라고 생각했다. 제리는 보비의 신뢰를 얻으려고 그런 이야기를 보비에게 했다. 나는 제리의 편애를 받는 것이 보비의 특권이라고 항상 생각했지만, 편애가 거추장스럽고 위험한 면도 있음을 이제야 깨달았다.

네가 그런 일을 겪고 있는지 몰랐어. 내가 말했다.

누구나 무슨 일을 겪잖아, 안 그래? 기본적으로는 그게 바로 삶이니까. 점점 더 많은 일을 겪는 거지. 너도 아빠랑 문제가 있지만 절대 얘기 안 하잖아. 너도 모든 상황이 완벽하진 않은 것 같은데.

나는 아무 말도 하지 않았다. 보비가 입술 사이로 연기를 가느다랗게 내뿜은 다음 고개를 저었다.

미안. 보비가 말했다. 그런 뜻은 아니었어.

아냐, 네 말이 맞아.

우리는 잠시 동안 흡연 구역 울타리 뒤에 붙어 서 있었다. 나는 우리 팔이 닿은 것을 의식했고, 그때 보비가 나에게 키스했다. 나는 키스를 받아들였고, 보비의 손을 향해 손을 뻗기까지 했다. 나는 보비의 입술이 누르는 가벼운 압력, 벌어지는 보비의 입술, 보비가 쓰는 보습 크림의 달콤한 화학적 향기를 느낄 수 있었다. 보비가 내 허리에 팔을 두를 줄 알았지만 보비는 그러는 대신 뒤로 물러났다. 보비의 얼굴이 빨갛고 정말 예뻐 보였다. 보비가 담배를 껐다.

2층으로 다시 올라가야 되나? 보비가 말했다.

내 몸 안쪽이 기계처럼 웅웅거렸다. 나는 보비의 얼굴에서 방금 일어난 일을 인정하는 기색을 찾았지만 그런 건 없었다. 나에게 더 이상 아무 느낌이 없다고, 나와 입을 맞추는 건 벽에 입을 맞추는 것과 같다고 확인한 걸까? 실험 같은 것이었을까? 우리는 2층으로 올라가 외투를 챙겨 나와 집으로 걸어가면서 학교생활에 대해서, 멀리사의 새 책에 대해서, 사실은 둘 다 아무 관심도 없는 것들에 대해서 이야기했다.

26

다음 날 저녁 닉과 나는 이란 뱀파이어 영화를 보러 갔다. 영화관으로 가면서 보비가 나한테 키스했다고 말하자 닉이 잠시 생각하다가 말했다. 멀리사가 가끔 나한테 키스를 해. 나는 어떤 감정을 느껴야 할지 몰라서 장난을 치기 시작했다. 나 몰래 다른 여자들이랑 키스하고 다니다니! 어차피 우리는 영화관에 거의 도착했다. 닉이 말했다. 난 멀리사를 행복하게 해주고 싶어. 넌 이런 얘기를 별로 하고 싶지 않겠지만. 내가 외투 주머니에 손을 넣고 영화관 문 앞에 서서 말했다. 무슨 얘기요? 당신이 당신 아내한테 입 맞춘다는 얘기?

우리는 요즘 사이가 더 좋아졌어. 닉이 말했다. 이런 일이 생기기 전보다 말이야. 하지만 내 말은, 넌 그 사실을 별로 알고 싶지 않을지도 모른다고.

잘 지낸다니 다행이네요.

나를 같이 지내기 편한 사람으로 만들어 줘서 너한테 고마워해야 할 것 같아.

우리의 숨결이 둘 사이에 안개처럼 떠 있었다. 영화관 문이 벌컥 열리더니 온기와 팝콘 기름 냄새가 훅 끼쳤다.

영화에 늦겠어요. 내가 말했다.

이제 말 안 할게.

영화가 끝나고 닉과 나는 데임 스트리트에 팔라펠을 먹으러 갔다. 우리는 칸막이 좌석에 앉았고, 나는 엄마가 다음 날 더블린으로 와서 이모를 만난 다음 나를 태우고 밸리나로 가서 초음파 검사를 하기로 했다고 말했다. 닉은 검사가 언제인지 물었고 나는 11월 3일 오후라고 대답했다. 닉이 고개를 끄덕였다. 그는 이런 이야기를 할 때 적극적이지 않았다. 내가 화제를 바꾸었다. 있잖아요, 우리 엄마는 당신을 의심해요.

크게 의심하셔? 닉이 말했다.

그때 여자 종업원이 우리 음식을 가지고 왔기 때문에 나는 말을 멈추고 먹기 시작했다. 닉이 자기 부모님 이야기를, 〈작년 그 일 이후로〉 자주 보지 않는다는 말을 했다.

작년 얘기를 많이들 하는 것 같아요. 내가 말했다.

그래?

드문드문요. 별로 안 좋았다고 들은 것 같은데.

닉이 어깨를 으쓱하더니 식사를 계속했다. 나는 닉의
입원 경력을 알고 있었지만 닉은 내가 안다는 사실을
모를 것이다. 나는 유리잔에 담긴 콜라를 마시며 아무
말도 하지 않았다. 그런 다음 닉이 냅킨으로 입을 닦고
이야기를 시작했다. 나는 그가 이야기를 꺼내리라 예상
하지 않았지만, 어쨌든 그는 이야기했다. 우리 근처 자
리에 아무도 없었기 때문에 엿들을 사람도 없었고, 닉
은 진지하고 객관적으로, 나를 웃기려 하지도 않고 내
기분을 나쁘게 하려고 애쓰지도 않으며 이야기했다.

작년 여름에 닉은 캘리포니아에서 일하고 있었다.
일정은 빠듯했고, 그는 지쳤고 담배를 너무 많이 피웠
으며, 그러다가 한쪽 폐가 허탈 상태에 빠졌다. 닉은 영
화 촬영을 끝내지 못했고, 결국 아는 사람 하나 없는 미
국에서 어느 끔찍한 병원에 입원했다. 당시 멀리사는
이민자 공동체에 대한 에세이를 쓰느라 유럽 여행 중이
었고 두 사람은 연락을 자주 하지 않았다.

닉의 이야기에 따르면 두 사람 모두 더블린으로 돌아
왔을 때 닉은 지쳤다. 그는 멀리사와 외출도 하고 싶지
않았고, 멀리사가 친구들을 집으로 부르면 위층에서 자
려고 했다. 두 사람은 서로에게 심술궂게 굴었고 자주
싸웠다. 처음 결혼했을 때는 두 사람 다 아이를 원했지
만 점차 닉이 아이 이야기를 꺼내면 멀리사가 피했다.
그때 멀리사는 서른여섯 살이었다. 10월의 어느 날 밤,

멀리사는 아이를 낳지 않기로 결심했다고 말했다. 두 사람은 싸웠다. 닉은 비이성적인 말을 몇 마디 했다. 닉이 말했다. 우리 둘 다 그랬어. 하지만 난 멀리사한테 한 말을 후회해.

결국 닉이 다른 방을 쓰게 되었다. 그는 낮잠을 많이 잤고, 체중이 많이 줄었다. 닉의 말에 따르면 처음에는 멀리사가 화를 내면서 닉이 벌을 주려 한다고, 또는 멀리사가 원하지도 않는 일을 강요한다고 생각했다. 그러다가 멀리사는 닉이 정말 아프다는 사실을 깨달았다. 멀리사는 닉을 도우려 노력했고 의사나 상담 전문가와 약속을 잡았지만 닉은 한 번도 가지 않았다. 닉이 말했다. 진짜 설명을 못 하겠어. 지금 그때 행동을 떠올리면 나 자신도 이해가 안 돼.

결국 12월에 닉은 정신 병동에 입원했다. 그는 6주 동안 병원에서 지냈고, 그동안 멀리사는 다른 사람을, 두 사람 다 아는 친구를 만나기 시작했다. 멀리사가 그 남자에게 보내려던 문자 메시지를 닉에게 잘못 보내는 바람에 닉도 그 일을 알게 되었다. 닉이 말했다. 내 자존감에 썩 도움이 되진 않았지. 하지만 과장하고 싶지는 않아. 당시 나한테 자존감이라는 게 남아 있었는지 모르겠어. 닉이 퇴원하자 멀리사는 이혼하고 싶다고 말했고 닉은 좋다고 했다. 그가 멀리사에게 그동안 도우려고 노력해 줘서 정말 고맙다고 말하자 멀리사가 갑자기 울음을 터뜨렸다. 멀리사는 그동안 얼마나 무서웠는지, 아침에 집을 나서기만 해도 얼마나 죄책감이 들었는지 이야기했다. 멀리사가 말했다. 난 당신이 죽는 줄 알았어. 두 사람은 한참 동안 이야기를 나누었고 서로에게 사과했다. 결국 두 사람은 다른 방법을 찾을 때까지 계속 같이 살기로 했다.

닉은 봄부터 다시 일하기 시작했다. 그는 운동을 더 많이 했고 친구가 연출하는 아서 밀러 연극에서 작은 배역을 맡았다. 멀리사는 그동안 만나던 크리스와 멀어졌고, 두 사람은 그냥 그렇게 살았다. 멀리사와 닉은, 그의 표현에 따르면, 〈준-결혼 생활〉을 잘 유지하려고 애썼다. 두 사람은 서로의 친구를 만났고 저녁 식사를 같이 했다. 닉은 체육관 회원권을 갱신하고, 오후에는 개를 데리고 해변을 산책하고, 소설을 다시 읽기 시작했다. 그는 프로틴셰이크를 마셨고 몸무게도 되찾았다. 삶은 괜찮았다.

네가 이해해야 돼. 닉이 말했다. 난 우리 가족이나 멀리사처럼 모든 사람이 나를 짐으로 보는 데 익숙해졌어. 다들 내가 낫기를 바랐지만 나랑 시간을 보내는 게 즐거운 것 같지는 않았어. 나는 정상으로 돌아왔지만 여전히 쓸모없고 한심한 사람 같았어, 모두의 시간을 낭비시키는 기분이었지. 널 만났을 때 난 그런 상태였어.

나는 맞은편에 앉은 닉을 빤히 보았다.

네가 나한테 관심이 있다니, 믿기 힘들었지. 닉이 말했다. 넌 나한테 이메일을 보냈고, 가끔 난 어느새 이런 생각을 하고 있었어. 이거 뭔가 있나? 하지만 그런 생각이 들자마자 그런 상상을 했다는 것 자체로 나 자신에게 화가 났어. 그러니까, 형편없는 유부남이 젊고 아름다운 여자가 자기랑 자고 싶어 한다고 믿는 것보다 더 한심한 게 어디 있겠어? 너도 알겠지만.

나는 뭐라 말해야 할지 몰랐다. 나는 고개를 저었든지 혹은 어깨를 으쓱하며 말했다. 당신이 그런 기분이었는지 몰랐어요.

아니야, 음, 나야 네가 모르길 바랐지. 난 네 생각처럼 멋진 사람이 되고 싶었어. 가끔 내가 충분히 표현하지 않는다고 느끼는 건 알아. 하지만 나한테는 힘든 일이었어. 핑계처럼 들리겠지만.

나도 미소를 지으려 애쓰고 다시 고개를 저으며 말했다. 아니에요. 우리 사이에 잠깐 침묵이 흘렀다.

가끔 내가 너무 잔인하게 굴었어요. 내가 말했다. 지금 생각하니 정말 끔찍해요.

나는 식탁 위를 빤히 보았다. 우리 둘 다 말이 없었다. 내가 남은 콜라를 마저 마셨다. 닉이 냅킨을 접어서 자기 접시 위에 올렸다.

잠시 후 닉이 작년에 있었던 일을 직접 얘기하는 것은 처음이라고 말했다. 그는 멀리사의 이야기에 익숙했기 때문에 지금까지 사실 자기 입장의 이야기는 들은 적이 없다고, 두 사람의 버전은 물론 다르다고 말했다. 닉이 말했다. 나 스스로 주인공이 되어서 하는 이야기를 들으니까 기분이 이상해. 꼭 거짓말하는 기분이야. 내 말이 전부 사실이라고 생각하지만 말이야. 하지만 멀리사는 다르게 이야기하겠지.

난 당신이 말하는 방식이 좋아요. 내가 말했다. 아직도 아이를 갖고 싶어요?

물론이지. 하지만 이제 그 이야기는 끝난 것 같아.

모르는 일이에요. 당신 아직 젊잖아요.

닉이 기침했다. 그가 무슨 말을 하려는 것 같았지만 결국 하지 않았다. 닉이 콜라를 마시는 나를 보았고, 나도 그를 보았다.

당신은 좋은 부모가 될 것 같아요. 내가 말했다. 천성이 상냥해요. 사랑도 많고요.

닉이 깜짝 놀라 우스꽝스러운 표정을 짓더니 한숨을 내쉬었다.

강렬한데. 닉이 말했다. 그렇게 말해 줘서 고마워. 지금 웃지 않으면 울음을 터뜨릴 것 같아.

우리는 식사를 끝내고 식당을 나섰다. 데임 스트리트를 건너서 부두 쪽으로 접어들자 닉이 말했다. 둘이 어디 멀리 가자. 주말이나 그럴 때, 어때? 내가 어디로 갈 거냐고 묻자 그는 베네치아는 어때? 하고 말했다. 내가 웃었다. 닉이 주머니에 손을 넣었다. 그 역시 웃고 있었는데, 우리 둘이 어딘가로 떠난다는 생각이 좋아서, 혹은 나를 웃게 만든 것이 좋아서였을 것이다.

그때 엄마 목소리가 들렸다. 엄마가 말했다. 어머나, 안녕 아가씨. 엄마가 우리 앞에 서 있었다. 엄마는 발리의 검은색 겨울 외투를 입고 아디다스 로고가 찍힌 비니 모자를 쓰고 있었다. 닉이 그 아름다운 회색 외투를 입고 있었던 기억이 난다. 닉과 엄마는 전혀 다른 두 감독이 만든 다른 영화의 등장인물 같았다.

오늘 오는 줄 몰랐어요. 내가 말했다.

이제 막 주차하고 나왔어. 엄마가 말했다. 버니 이모 만나서 저녁 먹기로 했다.

아, 이쪽은 내 친구 닉이에요. 내가 말했다. 닉, 우리 엄마예요.

내가 흘끔 보니 닉이 미소를 지으며 손을 내밀고 있었다.

그 유명한 닉이로군요. 엄마가 말했다. 얘기 많이 들었어요.

음, 저도 마찬가지입니다. 닉이 말했다.

잘생겼다는 말도 들었는데 과연 그렇군요.

엄마, 제발요. 내가 말했다.

나이는 더 많을 줄 알았는데. 엄마가 말했다. 그냥 젊은 청년이군요.

닉이 웃으며 과찬이라고 말했다. 두 사람이 다시 악수했고, 엄마가 나에게 다음 날 아침에 보자고 말했고, 우리는 헤어졌다. 11월 1일이었다. 강에서 불빛이 반짝였고 여러 얼굴을 실은 반짝이는 상자 같은 버스가 지나갔다.

내가 고개를 돌려 닉을 보니 다시 주머니에 손을 넣고 있었다. 만나 뵈서 좋았어. 닉이 말했다. 내가 유부남인 것에 대해서 뾰족한 말씀도 없으시고, 그건 보너스네.

내가 미소를 지으며 말했다. 우리 엄마가 좀 대범하거든요.

그날 밤 집에 들어가니 보비가 거실에 있었다. 보비는 식탁 앞에 앉아서 스테이플로 한쪽 모서리를 고정시킨 인쇄물을 보고 있었다. 닉은 몽크스타운으로 돌아가면서 베네치아 여행에 대해서 나중에 메일을 보내겠다고 말했다. 보비는 이를 살짝 떨고 있었다. 내가 들어가도 보비가 나를 보지 않았기 때문에 나는 이미 죽은 사람처럼 이상하게 사라져 버린 기분이 들었다.

보비? 내가 말했다.

멀리사가 보내 줬어.

보비가 인쇄물을 들어 보였다. 줄 간격 200에 긴 문장들로 구성된 에세이처럼 보였다.

뭘 보내 줘? 내가 말했다.

보비가 잠깐 웃는지 꾹 참고 있던 숨을 내쉬는 것 같더니 인쇄물을 나에게 던졌다. 내가 가슴으로 어색하게 받았다. 고개를 숙이자 산세리프체로 인쇄된 단어들이 보였다. 내 단편. 내 이야기였다.

보비. 내가 말했다.

나한테 말은 할 생각이었니?

나는 가만히 서 있었다. 내 시선이 페이지 맨 위의 문장을, 10대 때 보비 없이 혼자서 어느 집에서 열린 파티에 갔다가 토했던 이야기를 훑었다.

미안해. 내가 말했다.

뭐가 미안해? 보비가 말했다. 진짜 궁금하다. 이 단편을 써서 미안해? 아닌 것 같은데.

아니야. 나도 모르겠어.

웃긴다. 난 지난 4년간보다 조금 전 20분 동안 네 감정에 대해서 더 잘 알게 된 것 같아.

나는 현기증을 느끼며 단어들이 벌레처럼 꿈틀거릴 때까지 원고를 빤히 보았다. 내가 발레리에게 보낸 초고였다. 발레리가 멀리사에게 보낸 것이 틀림없었다.

소설이야. 내가 말했다.

보비가 의자에서 일어나 내 몸을 위아래로 자세히 훑

어보았다. 우리가 곧 싸울 것처럼 이상한 에너지가 가슴에서 치밀어 올랐다.

이걸로 상당한 돈을 받게 됐다며. 보비가 말했다.

그래.

꺼져.

사실 돈이 필요해. 내가 말했다. 너한테는 그게 낯선 개념이겠지만 말이야, 보비.

보비가 내 손에 들려 있던 종이 뭉치를 움켜쥐자 스테이플의 뾰족한 부분이 내 검지에 걸려서 피부가 찢어졌다. 보비가 내 눈앞에 원고를 들이밀었다.

너도 알지. 보비가 말했다. 사실은 좋은 단편이야.

고마워.

그런 다음 보비가 소설을 반으로 찢어서 쓰레기통에 넣고 말했다. 이제 너랑 같이 살고 싶지 않아. 보비는 그날 짐을 쌌다. 나는 내 방에 앉아서 귀를 기울였다. 보비가 가방을 끌고 복도로 나가는 소리가 들렸다. 그리고 문이 닫혔다.

다음 날 아침 엄마가 나를 태우러 아파트 앞으로 왔다. 내가 차에 올라 안전벨트를 맸다. 엄마는 라디오 클래식 채널을 틀어 놓았지만 내가 문을 닫자 라디오를 껐다. 아침 8시였고, 나는 너무 일찍 일어나야 했다고 불평했다.

아, 미안하구나. 엄마가 말했다. 병원에 전화를 해서 늦잠을 자야 하니까 시간을 조정해 달라고 했어야 하는 건데. 그게 나았겠니?

초음파 검사 내일인 줄 알았는데요.

오늘 오후야.

젠장. 내가 나지막이 말했다.

엄마가 내 무릎에 1리터짜리 물통을 올리며 말했다. 언제든 네가 좋을 때부터 마셔. 내가 뚜껑을 돌려 열었다. 물을 많이 마시는 것 외에 검사를 위해 따로 준비할 것은 없었지만 왠지 이 모든 일이 예상치 못하게 닥친 기분이 들었다. 우리는 한동안 아무 말도 하지 않았고, 잠시 후 엄마가 나를 곁눈질했다.

어제 그렇게 만난 건 참 이상했어. 엄마가 말했다. 너 정말 아가씨 같더라.

아가씨의 반대는 뭔데요?

처음에는 아무 대답이 없었고, 우리는 로터리를 돌았다. 나는 차창 밖으로 지나가는 자동차들을 보았다.

둘이 같이 있으니까 아주 우아해 보이더라. 엄마가 말했다. 영화배우처럼.

아, 그건 닉 때문이죠. 워낙 매력적이라서.

엄마가 갑자기 손을 뻗어 내 손을 잡았다. 길이 막혀

서 차가 서 있었다. 엄마는 내 예상보다 손을 더 세게 잡았다. 내가 엄마, 하고 말하자 엄마가 손을 놓았다. 그러고 나서 손가락으로 머리를 빗어 넘긴 다음 양손을 운전대에 놓았다.

　넌 정말 별난 여자야. 엄마가 말했다.

　최고에게 배웠죠.

　엄마가 웃었다. 아, 난 적수가 안 될 것 같은데, 프랜시스. 전부 너 혼자 알아서 해야 될 거야.

27

병원에 가자 물을 더 마시라고 해서 나는 대기실에 앉아 있기가 아주 불편할 정도로 물을 마셨다. 병원은 분주했다. 엄마가 자판기에서 초콜릿 바를 사주었고 나는 자리에 앉아 영국 소설 수업 때문에 읽어야 하는 『미들마치』 표지를 펜으로 톡톡 두드렸다. 표지는 슬픈 눈을 한 빅토리아 시대 여인이 꽃으로 뭔가를 하고 있는 그림이었다. 나는 빅토리아 시대의 여자들이 당시 그림에 나오는 것처럼 꽃을 자주 만졌을까 생각했다.

내가 차례를 기다리고 있을 때 어떤 남자가 여자애 두 명을 데리고 들어왔는데, 한 명은 휠체어에 타고 있었다. 둘 중 더 큰 아이가 내 옆자리에 앉아서 아빠의 어깨에 기대어 뭐라고 말했지만 아빠는 듣고 있지 않았다. 여자애가 아빠의 주의를 끌려고 꿈틀거리는 바람에 아이의 옅은 색 스니커즈가 내 핸드백에, 또 내 팔에 닿았다. 마침내 아이 아빠가 고개를 돌리고 말했다. 레베카, 무슨 짓이야! 다른 사람 팔을 발로 차고 있잖아! 내가 남자와 눈을 마주치려 애쓰며 말했다. 괜찮아요, 별거 아니에요. 하지만 남자는 나를 보지 않았다. 그에게 내 팔은 중요하지 않았다. 그는 아이의 기분을 상하게 하는 것, 아이를 부끄럽게 만드는 것에만 관심이 있었다. 나는 닉이 너무나 사랑하는 개를 어떻게 대하는지 생각하다가 그만두었다.

접수 담당자가 내 이름을 부르자 나는 초음파 기계가 있고 진료용 침대에 아주 얇은 흰색 종이가 덮인 작은 방으로 들어갔다. 초음파 기사가 침대에 올라가라고 하더니 내가 천장을 보고 눕자 플라스틱 기구에 젤을 발랐다. 방은 어두침침했는데, 어딘가에 물웅덩이가 숨겨져 있는 것처럼 뭔가를 생각나게 하는 어둠이었다. 기사와 나는 잡담을 나누었지만 무슨 이야기를 했는지는 기억나지 않는다. 내 목소리가 다른 곳에서, 예를 들면 내 입 속의 작은 라디오에서 나오는 느낌이었다.

초음파 기사가 플라스틱 기구로 내 아랫배를 세게 누르자 나는 천장을 보면서 소리를 내지 않으려고 애썼다. 눈물이 차올랐다. 금방이라도 그녀가 화질이 나쁜 태아의 영상을 보여 주면서 심장 박동이 어떻다는 이야기를 하고 나는 숙연하게 고개를 끄덕일 것 같은 기분이 들었다. 안에 아무것도 없는 자궁의 영상을 찍는다는 것은 버려진 집 사진을 찍는 것처럼 슬프게 느껴졌다.

검사가 끝나자 나는 고맙다고 인사했다. 나는 화장실로 가서 뜨거운 병원 수돗물로 손을 여러 번 씻었다. 피부가 분홍색으로 변하고 손가락 끝이 약간 부은 것을 보니 약간 덴 것 같기도 했다. 나는 다시 밖으로 나가서 의사가 부르기를 기다렸다. 레베카 가족은 사라지고 없었다.

의사는 60대 남자였다. 그는 무슨 일인지 모르지만 나한테 실망이라도 한 것처럼 심술궂은 표정으로 나를 보더니 앉으라고 말했다. 의사는 뭔가가 적힌 폴더를 보고 있었다. 나는 딱딱한 플라스틱 의자에 앉아서 내 손톱을 보았다. 손을 덴 것이 분명했다. 의사가 8월에 병원에 왔을 때 증상이 어땠는지, 산부인과 의사가 뭐라고 했는지 몇 가지 질문을 한 다음 생리 주기와 성생활에 대해 더 일반적인 질문을 했다. 그는 질문하면서 애매한 태도로 폴더를 넘겼다. 마침내 의사가 나를 보았다.

음, 초음파는 깨끗합니다. 그가 말했다. 유섬유종도 없고, 낭종도 없고, 그런 건 없어요. 이건 좋은 소식이죠.

다른 소식은 뭐죠?

의사가 미소를 지었지만 용기가 참 대단하다고 말하는 것처럼 이상한 미소였다. 나는 침을 꿀꺽 삼켰고, 내가 실수했음을 깨달았다.

의사는 자궁 내벽에 문제가 있다고, 즉 자궁 내 세포가 몸의 다른 부위에서 자란다고 말했다. 그는 엉뚱한 부분에서 자라는 세포가 양성이라고, 암세포는 아니지만 증상 자체는 치료가 불가능하고 진행성인 경우도 있다고 말했다. 병명은 한 번도 들어 본 적 없는 이름, 자궁 내막증이었다. 의사는 〈어렵〉고 〈예측 불가능한〉 진단이라며 탐색 키홀 수술을 통해서만 확진할 수 있다고 말했다. 의사가 말했다. 하지만 당신의 모든 증상과 일치합니다. 여성 열 명 중 한 명은 자궁 내막증이지요. 나는 덴 엄지를 조금 씹으면서 흐음, 비슷한 소리를 냈다. 그는 몇 가지 중재적 수술이 가능하지만 특히 심한 사례일 경우에만 권장한다고 말했다. 내가 심한 사례는 아니라는 건지, 단순히 아직 모른다는 뜻인지 알 수 없었다.

그는 자궁 내막증 환자의 가장 큰 문제는 〈통증 관리〉라고 말했다. 환자들은 종종 배란통, 생리통, 성관계 중 불편을 겪는다고 했다. 나는 엄지손톱 옆 부분을 깨물어서 벗겨 내기 시작했다. 섹스가 나를 아프게 할 수 있다니 세상의 종말처럼 잔인하게 느껴졌다. 의사는 〈우리〉가 바라는 것은 통증이 나를 쇠약하게 만들거나 〈장애 수준에 이르〉지 않도록 방지하는 것이라고 말했다. 나는 턱이 아프기 시작했고 기계적으로 코를 닦았다.

의사가 말한 두 번째 문제는 〈불임 문제〉였다. 그 말이 아주 또렷하게 기억난다. 내가 말했다. 아, 정말요? 그러자 의사가 말했다. 불행히도 이 증상 때문에 불임이 되는 여성이 많은데, 그것이 우리가 가장 크게 우려하는 점입니다. 그런 다음 의사는 체외 수정에 대해서, 그리고 치료법이 얼마나 급속도로 발전하고 있는지 이야기했다. 나는 엄지를 입에 넣은 채 고개를 끄덕였다. 그런 다음 눈을 깜박이면 그 생각을 마음속에서 몰아낼 수 있다는 듯이, 또는 병원 자체를 몰아낼 수 있다는 듯이 눈을 재빨리 몇 번 깜빡였다.

진료가 끝났다. 대기실로 돌아가니 엄마가 내 『미들마치』를 읽고 있었는데, 겨우 열 장 정도밖에 못 읽은 것 같았다. 내가 옆에 가서 서자 엄마가 기대하는 표정으로 나를 보았다.

아. 엄마가 말했다. 왔구나. 의사가 뭐라던?

무언가가 내 몸을 막고 있는 것 같았다. 어떤 손이 내 입이나 눈을 세게 가리고 있는 기분이었다. 나는 의사의 말을 설명하는 구절을 입 밖에 낼 수가 없었다. 이야기가 너무 많아서 너무 길었고, 너무나 많은 단어와 문장이 필요했다. 내 병에 대해서 그렇게 많은 말을 한다는 생각만 해도 몸이 아팠다. 내가 이렇게 말하는 소리가 들렸다. 아, 초음파는 깨끗하대요.

그럼 뭐가 문제인지 모른다는 거니? 엄마가 말했다.

일단 차에 타요.

우리는 밖으로 나가서 차에 탔고 나는 안전벨트를 맸다. 내가 생각했다. 집에 가서 설명해야지. 집에 도착할 때까지 생각할 시간이 있을 거야. 엄마가 시동을 켰고 내가 손가락으로 엉킨 머리카락을 빗으면서 잡아당기자 끊어지는 것이 느껴졌다. 검은 머리카락이 짧게 끊어져 손가락 사이로 떨어졌다. 엄마가 다시 묻자 내 입이 대답하려고 움직이는 것이 느껴졌다.

그냥 생리통이 심한 거래. 내가 말했다. 이제 약을 먹고 있으니까 나아질 거래요.

엄마가 말했다. 아. 그럼. 다행이다, 그렇지? 너도 이제 마음이 놓이겠네. 나는 확실하고 매끄럽게 넘어가고 싶었다. 내가 반사적으로 어떤 표정을 짓자 엄마가 좌회전 방향 지시 등을 켜고 주차장을 빠져나갔다.

집으로 돌아온 나는 방으로 가서 기차 시간까지 기다렸고 엄마는 아래층에서 집 안을 정리했다. 엄마가 솥과 팬을 부엌 서랍에 넣는 소리가 들렸다. 나는 침대에 누워서 잠시 인터넷에 접속해 여성 웹사이트에서 나의 치료 불가능한 병에 대한 건강 특집 기사를 몇 개 찾았다. 보통 이 병 때문에 인생을 망친 사람들의 인터뷰 기사였다. 백인 여자가 걱정스러운 표정으로 창밖을 바라보는 상업용 사진이 많았는데, 통증을 나타내기 위해 손에 배를 얹은 사진도 있었다. 온라인 커뮤니티도 몇 개 발견했는데, 회원들은 우울한 수술 후 사진과 〈스텐트를 삽입한 뒤 수신증이 나아질 때까지 얼마나 걸리나요?〉 같은 질문을 올렸다. 나는 최대한 감정에 휘둘리지 않으려고 애쓰면서 이런 정보를 읽었다.

나는 정보를 최대한 찾아서 읽은 다음 노트북을 덮고 가방에서 작은 성서를 꺼냈다. 나는 「마르코 복음」 중 예수님이 이렇게 말하는 부분을 펼쳤다. 딸아, 네 믿음이 너를 구원하였다. 평안히 가거라. 그리고 병에서 벗어나 건강해져라. 아픈 사람이 성경에 나오는 건 단지 건강한 사람의 치유를 받기 위해서였다. 하지만 예수님은 정말 아무것도 몰랐고, 나도 마찬가지였다. 나에게 믿음이 있다고 해도 그것으로 인해 내가 다시 건강해지지는 않을 것이다. 그런 생각해 봐야 소용없다.

전화가 울려서 화면을 보니 닉이었다. 내가 전화를 받았고 우리는 인사를 나눴다. 그런 다음 닉이 말했다. 있잖아, 당신한테 해야 할 말이 있는 거 같아. 내가 뭐냐고 묻자 짧지만 인식할 수 있을 만큼의 침묵이 흐르더니 닉이 다시 말했다.

음, 멀리사랑 다시 같이 자기 시작했어. 닉이 말했다. 전화로 이런 얘기를 하니까 기분이 이상하지만, 너한테 숨기는 것도 이상한 것 같아서. 나도 모르겠다.

이 말에 나는 천천히 전화기를 얼굴에서 떼고 바라보았다. 전화기는 그냥 물건일 뿐, 아무런 의미도 없었다. 닉의 말이 들렸다. 프랜시스? 하지만 아주 희미했고 다른 소리와 똑같았다. 나는 전화기를 침대 옆 탁자에 조심스럽게 내려놓았지만 끊지는 않았다. 닉의 목소리는 웅웅 울리는 소음 비슷한 것이 되었고, 하나도 알아들을 수 없었다. 나는 침대에 앉아서 아주 천천히 숨을 들이마시고 내쉬었는데, 너무 느렸기 때문에 숨을 아예 쉬지 않는 것과 마찬가지였다.

그러고 난 후에 내가 전화기를 집어 들고 말했다. 여보세요?

어이. 닉이 말했다. 거기 있어? 방금 신호가 좀 이상했나 봐.

아니, 여기 있어요. 듣고 있어요.

아. 괜찮아? 기분이 별로인 것 같은데.

내가 눈을 감았다. 다시 입을 열자 목소리가 가늘고 얼음처럼 단단해진 것을 느낄 수 있었다.

당신이랑 멀리사 때문에요? 내가 말했다. 정신 차려요, 닉.

하지만 내가 얘기하는 게 더 나았던 거지, 응?

물론이죠.

그냥 우리 사이가 변하지 않았으면 좋겠어. 닉이 말했다.

걱정하지 마요.

닉이 걱정스럽게 숨 쉬는 소리가 들렸다. 그가 나를 안심시키고 싶어 하는 것을 알 수 있었지만 나는 그렇게 두지 않을 생각이었다. 사람들은 항상 내가 나약한 모습을 보여서 자기들이 나를 안심시킬 수 있기를 바랐다. 그러면 스스로 대단하게 느껴지는 것이다, 나는 다 알고 있었다.

넌 어때? 닉이 말했다. 검사가 내일이었지, 응?

그때서야 내가 날짜를 잘못 알려 준 것이 생각났다. 닉이 잊은 것이 아니라 내 실수였다. 어쩌면 닉은 프랜시스에게 검사가 어떻게 되었는지 물어볼 것, 하고 내일 알람을 설정해 놨을지도 몰랐다.

맞아요. 내가 말했다. 나중에 알려 줄게요. 지금 다른 전화가 와서 받아야 돼요. 검사 끝나고 전화할게요.

응, 그래. 결과가 괜찮았으면 좋겠다. 걱정하는 건 아니지, 응? 넌 별로 걱정하는 성격은 아닌 것 같아.

나는 말없이 손등을 얼굴에 가져다 댔다. 내 몸이 생명 없는 물체처럼 차갑게 느껴졌다.

응, 걱정하는 건 당신 일이죠. 내가 말했다. 곧 또 통화해요, 알았죠?

알았어. 또 연락하자.

나는 전화를 끊었다. 그런 다음 차가운 물로 세수하고 물기를 닦았다. 내가 늘 가지고 있던 얼굴, 죽을 때까지 가져야 할 얼굴이었다.

✒

그날 밤 기차역으로 가는 길에 엄마는 내 행동이 어딘가 불쾌하다는 듯 나를 계속 흘끔거렸고, 한마디 하고 싶지만 뭐가 마음에 안 드는지 모르는 것 같았다. 결국 엄마가 대시보드에서 발을 떼라고 말했고, 나는 그렇게 했다.

이제 마음이 놓이겠다. 엄마가 말했다.

응, 기뻐요.

돈이 없어서 어떻게 지내니?

아. 내가 말했다. 괜찮아요.

엄마가 백미러를 흘끔거렸다.

의사가 다른 말은 안 했지, 응?

응, 그게 다였어요.

나는 창밖으로 기차역을 보았다. 내 인생의 무언가가 끝난 느낌이 들었다. 온전한, 또는 평범한 사람이라는 나 자신의 이미지가 끝난 건지도 몰랐다. 이제 내 인생은 별 볼 일 없는 육체적 고통으로 가득할 것이고, 그 고통은 전혀 특별하지 않으리라는 사실을 나는 깨달았다. 병은 나를 특별하게 만들어 주지 않을 것이고, 아프지 않은 척하는 것도 나를 특별하게 만들어 주지 않을 것이다. 병에 대해 이야기하거나 병에 대해서 쓴다고 해도 고통을 뭔가 유용한 것으로 바꾸지 못할 것이다. 무엇도 병을 유용하게 바꿀 수 없었다. 나는 엄마에게 역까지 태워 줘서 고맙다고 말한 다음 차에서 내렸다.

28

  그 주 내내 나는 매일 수업을 듣고 매일 저녁 도서관
에서 이력서를 써서 프린터로 출력했다. 닉에게 돈을
갚으려면 일자리를 찾아야 했다. 나는 모든 것이 거기
에 달린 것처럼 돈을 갚는 것에 집착하게 되었다. 닉이
전화할 때마다 나는 통화 거절 버튼을 누르고 바쁘다는
문자를 보냈다. 나는 검사 결과가 깨끗했고 아무 이상
도 없다고 말했다. 닉이 답 메시지를 보냈다. 알았어. 좋
은 소식인 거지? 나는 대답하지 않았다. 닉이 다시 문자
를 보냈다. 널 만나면 정말 반가울 것 같아. 나중에 닉이
이메일을 보냈다. 멀리사한테 보비가 아파트에서 나갔
다는 말을 들었어, 별일 없는 거야? 나는 역시 답장을
보내지 않았다. 수요일에 닉이 다시 이메일을 보냈다.

  있잖아. 나한테 화난 거 알아, 그래서 마음이 정말 안 좋아.

네가 뭐 때문에 기분이 상했는지 이야기를 나눌 수 있으면 좋겠어. 멀리사와 상관이 있을 거라고 생각하고 있지만, 그게 아닐지도 모른다는 생각이 들어. 난 네가 우리 사이에 이런 일이 생기리라 짐작하고 있다는 인상을 받았고, 그렇게 되면 알려 주길 원한다고 생각했어. 하지만 내가 이 문제에 대해서 어마어마하게 안이했고 네가 정말 바란 건 그런 일이 생기지 않는 거였을지도 몰라. 난 네가 원하는 대로 하고 싶지만 뭔지 모르면 그렇게 할 수가 없어. 네가 그냥 몸이 안 좋거나 다른 일 때문에 화가 났을지도 모르고. 네가 괜찮은지 어떤지 알지 못해서 힘들어. 연락해 주면 정말 좋겠다.

나는 답장을 보내지 않았다.

어느 날 수업이 시작하기 전에 나는 값싼 회색 공책을 사서 내 모든 증상을 기록했다. 맨 위에 날짜를 쓴 다음 증상을 아주 깔끔하게 적었다. 그러자 시작도 끝도 없는 희미한 불편함 정도로만 느껴지던 피로와 골반 통증 같은 현상을 더욱 잘 알게 되었다. 이제 나는 그러한 현상들을 여러 가지 방식으로 나를 따라다니는 개인적인 천벌로 생각하게 되었다. 나 자신에게 큰 관심을 쏟았기 때문에 모든 경험이 증상처럼 느껴졌다. 침대에서 일어날 때 느끼는 현기증이 증상일까? 슬픈 기분은? 나는 완전주의적 접근법을 취하기로 했다. 나는 며칠 동안 회색 공책에 깔끔한 글씨로 감정 기복(슬픔)이라

적었다.

주말에 몽크스타운에서 닉의 서른세 번째 생일 파티가 열렸다. 나는 참석해야 할지 말아야 할지 알 수 없었다. 나는 닉의 이메일을 읽고 또 읽으며 결정을 내리려고 애썼다. 어떻게 읽으면 헌신과 복종이 느껴졌지만 또 어떻게 읽으면 우유부단함과 동요가 느껴졌다. 나는 내가 닉에게 무엇을 원하는지 몰랐다. 그렇게 생각하고 싶지는 않았지만 내가 원하는 것은 닉이 다른 모든 사람과 사물을 버리고 나에게만 자신을 바치겠다고 맹세하는 것 같았다. 그건 정말 말도 안 되는 일이었는데, 우리 관계가 지속 중일 때 내가 다른 사람과 잤기 때문만이 아니라 나는 지금도 종종 다른 사람들에게, 특히 보비에게 몰두했고 내가 보비를 얼마나 그리워하는지 종종 생각했기 때문이었다. 나는 보비를 생각하는 것이 닉과 상관없는 문제라고 생각했지만 그가 멀리사를 생각하는 것은 나에 대한 모욕 같았다.

나는 금요일에 닉에게 전화를 걸었다. 내가 정말 이상한 일주일을 보내고 있다고 말하자 닉은 내 목소리를 들어서 정말 좋다고 말했다. 나는 혀로 이를 훑었다.

지난주에 당신 전화를 받고 너무 놀랐어요. 내가 말했다. 과민 반응이었다면 미안해요.

아니야, 과민 반응이라고 생각 안 해. 내가 너무 아무렇지도 않게 생각했는지도 모르겠다. 화났어?

내가 망설이다가 대답했다. 아니요.

만약에 화났으면 그렇다고 말해도 돼. 닉이 말했다.

화 안 났어요.

닉이 몇 초 동안 이상할 정도로 말이 없었기 때문에
나는 안 좋은 소식이 또 있을까 봐 걱정했다. 마침내 닉
이 말했다. 네가 화난 모습을 다른 사람들에게 보이기
싫어한다는 건 알아. 하지만 감정이 있다는 게 나약하
다는 뜻은 아니야. 그러자 내 얼굴에 경직된 미소 같은
것이 떠올랐고, 온몸을 가득 채우는 찬란한 원한의 에
너지가 느껴졌다.

당연히 나도 감정은 있어요. 내가 말했다.

그래.

단지 당신이 아내랑 자느냐 마느냐에 대해서 아무 감
정이 없을 뿐이에요. 나한테 그건 감정적인 주제가 아
니에요.

알았어. 닉이 말했다.

당신은 내가 그 문제에 대해서 감정을 느끼기를 바라
죠. 당신은 내가 딴 사람이랑 잤을 때 질투가 났고, 내
가 질투하지 않아서 불안하니까요.

닉이 전화기에 대고 한숨을 쉬었다, 한숨 소리가 들
렸다. 그럴지도 몰라. 닉이 말했다. 그래, 그럴지도 몰
라, 그건 생각 좀 해봐야겠다. 나는 그냥, 어……. 그래.
화 안 났다니 다행이다.

나는 그때 정말로 미소를 짓고 있었다. 내가 미소 짓고 있음을 닉이 들을 수 있다는 것도 알았다. 다행인 것처럼 들리지는 않는데요. 닉이 다시 한숨을, 약한 한숨을 내쉬었다. 그가 바닥에 누워 있고 내가 미소를 지으며 이빨로 그의 몸을 갈가리 찢고 있는 기분이었다. 미안해. 닉이 말했다. 그냥 네가 적대적인 것 같아서.

당신은 나한테 상처 주지 못한 걸 내 적의로 해석하고 있어요. 내가 말했다. 흥미롭네요. 생일 파티가 내일 밤 맞죠?

닉이 한참 동안이나 아무 말도 하지 않았기 때문에 내가 지나쳤을까 봐, 닉이 나에게 좋은 사람이 아니라고 말할까 봐, 날 사랑하려고 노력했지만 불가능하다고 말할까 봐 두려웠다. 하지만 그 대신 닉은 이렇게 말했다. 그래, 우리 집에서 할 거야. 올 수 있겠어?

물론이죠, 못 갈 이유가 어디 있어요? 내가 말했다.

잘됐다. 널 다시 보면 정말 기쁠 것 같아. 내일 아무 때나 와.

서른세 살이라니, 정말 너무 많아요.

그래, 그런 것 같다. 닉이 말했다. 실감하고 있어.

내가 도착했을 때 멀리사의 집은 시끄럽고 내가 모르

는 사람들로 가득했다. TV 뒤에 숨어 있는 개가 보였다. 잔뜩 취한 멀리사가 내 뺨에 입을 맞추었다. 멀리사가 나에게 붉은 포도주를 따라 주고 예쁘다고 말해 주었다. 나는 닉이 멀리사의 안에서 사정하며 몸을 떠는 모습을 생각했다. 두 사람을 향해 열렬한 사랑만큼이나 강렬한 증오가 차올랐다. 나는 포도주를 크게 한 모금 삼키고 가슴 앞에 팔짱을 꼈다.

너랑 보비는 왜 그러니? 멀리사가 말했다.

내가 멀리사를 보았다. 입술이 포도주에 물들었고 치아도 마찬가지였다. 왼쪽 눈 밑에 마스카라가 번진 자국이 작지만 확실하게 보였다.

모르겠어요. 내가 말했다. 보비 왔어요?

아직 안 왔어. 네가 해결 좀 해. 보비가 너희 문제로 나한테 계속 이메일을 보냈어.

멀리사를 빤히 보자 혐오감이 피부를 타고 흘렀다. 나는 보비가 멀리사에게 이메일을 계속 보냈다는 게 싫었다. 멀리사의 발을 세게 밟고 그녀의 얼굴을 빤히 보며 내가 안 그랬다고 말하고 싶었다. 나는 이렇게 말할 것이다. 아니요, 무슨 말인지 모르겠어요. 그러면 멀리사는 나를 보면서 내가 사악하고 정신 나간 사람임을 깨달을 것이다. 내가 닉에게 축하 인사를 해야겠다고 말하자 멀리사가 온실로 통하는 문을 가리켰다.

닉한테 화났구나. 멀리사가 말했다. 그렇지?

나는 이를 꽉 물고 발에 체중을 다 실으면 얼마나 세게 밟을 수 있을까 생각했다.

나 때문에 그런 건 아니면 좋겠다. 멀리사가 말했다.

아니에요. 아무한테도 화 안 났어요. 이제 인사하러 가볼게요.

온실에는 샘 쿡의 노래가 흐르고 있었고 닉이 내가 모르는 사람들과 서서 대화를 나누며 고개를 끄덕이고 있었다. 불빛이 어둡고 모든 것이 파랗게 보였다. 나는 나가야 했다. 하지만 닉이 나를 보았고 우리의 눈이 마주쳤다. 늘 그렇듯이 내 몸 안에서 열쇠가 돌아가는 느낌이 들었지만 지금은 그 열쇠가 미웠고 그 무엇에도 열리기 싫었다. 닉이 나에게 다가왔고 나는 팔짱을 낀 채 어쩌면 찡그린 얼굴로, 또는 겁먹은 표정으로 거기 서 있었다.

닉도 잔뜩 취한 상태였다. 너무 취해서 말이 불분명하게 들렸고, 이제 그의 목소리가 마음에 들지 않았다. 닉이 괜찮냐고 물어서 내가 어깨를 으쓱했다. 뭐가 잘못됐는지 말해 봐, 그래야 내가 사과하지. 닉이 말했다.

멀리사는 우리가 싸웠다고 생각하는 것 같아요. 내가 말했다.

음, 아닌가?

그렇다 해도 멀리사가 무슨 상관이죠?

모르겠어. 닉이 말했다. 네 말이 무슨 뜻인지를 모르

겠어.

온몸이 뻣뻣해지고 턱이 아플 정도로 꽉 조여들었다. 닉이 내 팔을 만지자 나는 한 대 맞은 것처럼 몸을 뺐다. 그는 상처받은 표정이었다. 평범한 사람이라면 누구라도 그랬을 것이다. 나는 어딘가 잘못됐다, 나도 알았다.

한 번도 본 적 없는 두 사람이 다가와서 닉에게 생일 축하한다고 인사했다. 키 큰 남자와 자그마한 아이를 안은 검은 머리 여자였다. 닉은 두 사람이 무척 반가운 것 같았다. 여자가 말했다. 우리 자고 가는 거 아니야, 바로 갈 거야. 잠깐 들렀어. 닉이 나를 두 사람에게 소개했다. 닉의 여동생 로라와 그녀의 남편 짐, 두 사람의 아기, 닉이 사랑하는 아기였다. 나는 로라가 나를 아는지 모르는지 알지 못했다. 아기는 금발에 크고 별빛 같은 눈을 가지고 있었다. 로라가 만나서 반갑다고 인사하자 내가 말했다. 아기가 너무 예뻐요, 와. 닉이 웃으며 말했다. 그렇지? 모델 같다니까. 이유식 광고를 찍어도 되겠어. 로라가 아기를 안아 보겠냐고 묻자 내가 그녀를 보며 말했다. 네, 그래도 돼요?

로라가 나에게 아기를 건네며 자기는 탄산수를 가지러 가야겠다고 했다. 짐과 닉이 무언가에 대해 이야기했지만 뭐였는지 기억이 나지 않는다. 아기가 나를 보고 입을 뻐끔거렸다. 아기의 입은 무척 잘 움직였고, 한 손을 전부 머금기도 했다. 이토록 완벽한 생물이 파티에서 낯선 사람에게 아기를 맡기고 탄산수를 마시는 어른의 변덕에 의존하고 있다는 사실을 믿기 힘들었다. 아기가 축축한 손을 입에 넣은 채 나를 올려다보며 눈을 깜빡였다. 나는 아기의 작은 몸을 품에 안고서 정말 작다고 생각했다. 나는 아기에게 이야기하고 싶었지만 그러면 다른 사람이 들을 텐데, 그건 싫었다.

고개를 들자 닉이 나를 보고 있었다. 우리는 몇 초 동안 마주 보았고, 나는 분위기가 너무 진지한 것 같아서 그를 향해 미소를 지으려고 했다. 내가 말했다. 그래요. 나 얘가 너무 좋아요. 대단한 아기예요, 10점 만점에 10점이에요. 짐이 대답했다. 아, 레이철은 닉이 가장 사랑하는 가족이죠. 우리보다 레이철을 더 사랑한다니까요. 닉이 이 말에 미소를 지으면서 손을 뻗어 아기의 손을 만졌다. 아기는 균형을 잡으려는 것처럼 허공에서 한 손을 흔들었다. 아기가 닉의 엄지 관절을 잡았다. 내가 말했다. 아, 눈물 날 것 같아. 앤 정말 완벽해요.

로라가 돌아와서 아기를 받으며 말했다. 무겁죠? 내가 멍하니 고개를 끄덕이고 말했다. 너무 사랑스러워요. 아기가 없으니 팔이 가늘고 품이 텅 빈 느낌이었다. 로라가 말했다. 정말 사람을 홀린다니까요. 그렇지, 아가? 로라가 사랑스럽다는 듯 아기의 코를 건드리고 이렇게 말했다. 당신도 낳아 보면 알 거예요. 나는 그저 로라를 멍하니 보면서 눈을 깜빡이고 네, 였는지 혹은 흐음, 같은 말을 했다. 세 사람은 이제 가야 한다며 멀리사에게 작별 인사를 하러 갔다.

세 사람이 자리를 뜨자 닉이 내 등에 손을 올렸고 나는 그의 조카가 정말 좋다고 말했다. 아름다워요. 너무 멍청한 말이지만 무슨 뜻인지 당신은 알 거예요. 닉은 멍청하지 않다고 말했다. 그는 술에 취했지만 나에게 잘하려고 애쓰는 것을 느낄 수 있었다. 내가 사실 몸이 썩 좋지 않아요, 비슷한 말을 했다. 닉이 괜찮냐고 물었지만 나는 그를 보지도 않고 말했다. 난 이만 가봐도 괜찮겠죠? 어차피 사람도 많잖아요, 당신을 독점하고 싶지 않아요. 닉이 나를 보려 했지만 나는 닉을 마주 볼 수가 없었다. 그가 무슨 일이 있냐고 묻자 내가 대답했다. 내일 얘기해요.

닉은 나를 현관까지 배웅하지 않았다. 몸이 덜덜 떨리고 아랫입술까지 떨리기 시작했다. 나는 택시를 타고 시내로 돌아왔다.

그날 밤 늦게 아빠에게서 전화가 왔다. 나는 벨 소리에 잠을 깨서 전화를 받으려다가 침대 옆 서랍장에 손목을 부딪쳤다. 내가 말했다. 여보세요? 새벽 3시가 넘은 시각이었다. 나는 아픈 팔을 끌어안고 어둠을 노려

보면서 아빠가 말하기를 기다렸다. 전화기 너머로 바람 소리인지 빗소리가 들리는 듯했다.

너니, 프랜시스? 아빠가 말했다.

아빠한테 계속 전화했었어요.

알아, 알아. 들어 봐.

아빠가 전화기에 대고 한숨을 쉬었다. 나는 아무 말도 하지 않았지만 아빠도 마찬가지였다. 마침내 입을 열었을 때 아빠는 무척 지친 목소리였다.

미안하다, 얘야. 아빠가 말했다.

뭐가 미안해요?

알잖아, 알아. 너도 알잖아. 미안하다.

무슨 말인지 모르겠어요. 내가 말했다.

나는 몇 주 동안이나 용돈 때문에 아빠에게 전화했었지만 그 말을 하지 않을 생각이었고, 아빠가 그 이야기를 꺼내면 돈이 안 들어왔다는 사실 자체를 부인할 것 같았다.

그게 말이다, 올해 상황이 별로 안 좋았어. 아빠가 말했다. 걷잡을 수가 없구나.

뭐가요?

아빠가 다시 한숨을 쉬자 내가 말했다. 아빠?

그래, 넌 이제 내가 없는 편이 나을 거야. 아빠가 말했다. 안 그러니?

당연히 아니죠. 그런 말 하지 마세요. 무슨 말씀 하시는 거예요?

아. 아무것도 아니다. 그냥 헛소리야.

나는 떨고 있었다. 안전하고 정상적인 느낌을 주는 것들, 물질적인 소유물을 떠올리려고 애썼다. 욕실 옷걸이에 걸어 말리는 중인 흰 블라우스, 책장에 알파벳 순으로 꽂힌 소설들, 초록색 도자기 컵 세트.

아빠? 내가 말했다.

넌 대단한 여자야, 프랜시스. 말썽도 한번 안 피웠지.

아빠, 괜찮아요?

네 엄마한테 들었는데 남자 친구 생겼다며. 아빠가 말했다. 잘생긴 친구라고 들었는데.

아빠, 어디예요? 밖이에요?

아빠는 잠시 말이 없다가 다시 한숨을, 말하거나 설명할 수 없는 병 때문에 아픈 사람처럼 거의 신음에 가까운 한숨을 내쉬었다.

그게 말이다, 미안하다, 응? 아빠가 말했다. 미안하다.

아빠, 잠깐만요.

아빠가 전화를 끊었다. 나는 눈을 감고 내 방의 모든 가구가 점점 사라지는 것을, 테트리스 게임을 거꾸로 돌린 것처럼 화면 꼭대기로 올라가서 사라지는 것을 느꼈다. 이제 내가 사라질 차례였다. 나는 아빠에게 전화를 걸고 또 걸었지만 받지 않으리라는 것을 알고 있었다. 결국 더 이상 신호가 가지 않았다, 배터리가 떨어졌을지도 몰랐다. 나는 날이 밝을 때까지 어둠 속에 누워 있었다.

✦

　다음 날, 내가 아직 침대에 누워 있는데 닉의 전화가 왔다. 나는 아침 10시쯤 잠들었는데 이제 겨우 12시가 지난 시각이었다. 창문 블라인드가 천장에 보기 싫은 회색 그림자를 드리우고 있었다. 전화를 받자 닉이 자기 때문에 깼냐고 물었고, 내가 이렇게 대답했다. 괜찮아요. 잠을 좀 설쳤어요. 닉이 찾아가도 되냐고 물었다. 나는 손을 뻗어 블라인드를 걷으며 말했다. 괜찮아요, 물론이죠.

　닉이 차를 타고 오는 동안 나는 침대에 누워서 기다렸다. 일어나서 샤워하지도 않았다. 내가 검은색 티셔츠를 입고 출입문을 열자 닉은 깔끔하게 면도한 모습으로 담배 비슷한 냄새를 풍기며 들어왔다. 나는 닉을 보자 내 목을 잡고 아, 시내까지 나오는 데 별로 안 걸렸네요, 같은 말을 했다. 닉이 나와 함께 내 방으로 들어가면서 응, 도로에 차가 거의 없었어, 하고 말했다.

　몇 초 동안 우리는 가만히 서서 마주 보았고, 닉이 내 입술에 키스했다. 그가 말했다. 이렇게 해도 괜찮아? 내가 고개를 끄덕이고 뭔가 멍청한 말을 중얼거렸다. 닉이

383

말했다. 어젯밤 일은 다시 한번 미안해. 그동안 네 생각 많이 했어. 보고 싶었어. 내가 나중에 이런 말을 안 했다고 비난하지 못하도록 미리 준비한 말처럼 들렸다. 울음이 터질 것처럼 목이 아팠다. 그의 손이 셔츠 안으로 들어올 때 나는 정말로 울음을 터뜨렸고, 그래서 혼란스러웠다. 닉이 말했다. 아, 그러지 마. 왜 그래? 프랜시스. 나는 어깨를 으쓱한 다음 이상하고 의미 없는 손짓을 했다. 나는 엉엉 울고 있었다. 닉은 어색하게 서 있었다. 그날 닉은 연한 파란색 셔츠를, 흰 단추가 달린 셔츠를 입고 있었다.

우리 얘기 좀 할까? 닉이 말했다.

나는 할 이야기가 없다고 말했고, 그런 다음 우리는 섹스를 했다. 내가 무릎을 꿇었고 닉이 뒤쪽에 자리 잡았다. 그가 이번에는 콘돔을 썼는데, 우리는 그 문제를 따로 의논하지 않았다. 닉이 말할 때마다 나는 대부분 못 들은 척했다. 나는 여전히 엉엉 울고 있었다. 닉이 내 가슴을 만지거나 기분이 괜찮은지 묻는 행동들 때문에 나는 더 심하게 울었다. 그러다가 닉이 그만하자고 말해서 우리는 멈추었다. 나는 몸 위로 침대보를 끌어올렸고 닉을 보지 않으려고 손으로 눈을 꾹 눌렀다.

별로였어요? 내가 말했다.

얘기 좀 할까?

예전엔 좋아했잖아요, 아니에요?

뭐 물어봐도 돼? 닉이 말했다. 내가 멀리사랑 헤어지면 좋겠어?

내가 닉을 보았다. 그는 피곤해 보였고, 내가 그에게 하는 모든 말과 행동을 싫어한다는 것을 알 수 있었다. 내 몸은 더 중요한 무언가의 가주어(假主語)처럼 한 번 쓰고 버려도 되는 것처럼 느껴졌다. 나는 내 몸을 갈기갈기 찢은 다음 팔다리를 나란히 놓고 비교하는 상상을 했다.

아니에요. 내가 말했다. 그건 싫어요.

어떻게 해야 할지 모르겠어. 기분이 진짜 엉망이었어. 네가 나한테 화난 것 같은데, 난 널 행복하게 만드는 방법을 몰라.

음, 이제 우리 그만 만나야 할지도 몰라요.

그래. 닉이 말했다. 알았어. 네 말이 맞을지도 몰라.

그러자 나는 울음을 멈추었다. 나는 닉을 보지 않았다. 나는 얼굴을 가린 머리카락을 뒤로 넘겨서 손목에 끼우고 있던 고무줄로 묶었다. 손이 떨리고 있었고 실제로는 아무런 빛도 없었지만 시야에서 희미한 빛이 보이기 시작했다. 닉은 미안하다고, 나를 사랑한다고 말했다. 그는 또 다른 말을, 자신은 나를 만날 자격이 없다거나 뭐 그런 말을 했다. 나는 생각했다. 오늘 아침에 전화를 받지만 않았어도 닉은 아직 내 남자 친구일 테고 모든 것이 정상이겠지. 나는 목을 가다듬으려고 기침했다.

닉이 나간 다음 나는 작은 손톱 가위를 꺼내서 왼쪽 허벅지 안쪽에 작은 구멍을 냈다. 내 기분이 얼마나 끔찍한지 더 이상 생각하지 않으려면 뭔가 극적인 행동을 해야 할 것 같은 기분이 들었지만, 허벅지에 구멍을 내도 기분은 전혀 나아지지 않았다. 사실 피가 많이 나서 기분이 더 나빠졌다. 나는 방바닥에 앉아서 돌돌 만 휴지에 피를 흘리며 나의 죽음을 생각했다. 나는 텅 빈 컵과 같았다. 닉이 나를 비웠기 때문에 이제 나에게서 쏟아진 것을 봐야만 했다. 내 가치에 대한 기만적인 믿음들, 내 본모습이 아니라 다른 사람인 척하던 거짓들. 이런 것들이 내 안을 가득 채우고 있을 때는 보지 못했다. 이제 내가 아무것도 아닌 빈 유리잔에 불과해지자 나 자신의 모든 것을 볼 수 있었다.

나는 씻고 나서 반창고를 찾아서 상처에 붙였다. 그런 다음 블라인드를 내리고 『미들마치』를 펼쳤다. 결국 멀리사가 닉을 다시 원하자 그는 기회가 생기자마자 나를 떠났다는 사실, 또는 내 얼굴과 몸이 너무 추해서 그를 구역질 나게 만든다는 사실, 또는 나와의 섹스가 너무 싫어서 그가 중간에 그만하자고 말했다는 사실은 중요하지 않았다. 그런 것들은 나중에 내 전기 작가가 관심을 가질 문제가 아니었다. 나는 닉에게 나 자신에 대해서 했던 말들을 전부 떠올려 보았고, 그러자 아무에게도 보여 주지 않은 부분들이 방어막처럼 내 몸을 둘러싸는 느낌이 들어서 기분이 나아졌다. 나는 누구도 건드릴 수 없고 인식할 수도 없는 내적 삶을 가진 아주 자율적이고 독립적인 인간이었다.

피가 멈춘 다음에도 상처가 심하게 욱신거렸다. 내가 멍청한 짓을 한 걸까 싶어서 두려웠지만, 나는 아무에게도 이 일에 대해서 말하지 않을 것이고 이런 일은 두 번 다시 없을 것이었다. 보비에게 차였을 때는 살갗에 상처를 내지 않았지만 샤워기를 틀어 놓고 따뜻한 물이 다 떨어진 후에도 손가락이 파래질 때까지 물줄기를 맞으며 서 있었다. 나는 이러한 행동을 남몰래 〈행동화〉라고 불렀다. 팔을 할퀴어 상처를 내는 것도 〈행동화〉였고, 우연히 저체온증에 걸려서 전화로 구급 의료 대원에게 설명하는 것도 〈행동화〉였다.

그날 저녁 나는 지난밤에 걸려 온 아빠의 전화에 대해서, 닉에게 그 이야기를 얼마나 하고 싶었는지에 관해 생각하다가 잠깐이지만 진심으로 이런 생각이 들었다. 나는 닉에게 전화할 거고 닉은 돌아올 거야. 이런 일은 되돌릴 수 있어. 하지만 나는 닉이 두 번 다시 돌아오지 않으리라는 사실을 알고 있었다. 그는 더 이상 내 것이 아니었다, 그런 시절은 끝났다. 멀리사는 내가 모르는 것들을 알았다. 두 사람은 그 모든 일을 겪은 다음에도 서로를 여전히 원했다. 나는 멀리사의 이메일에 대해서, 내가 병에 걸렸고 어쩌면 불임일지도 모른다는 사실에 대해서, 나는 닉에게 의미가 있는 것을 아무것도 줄 수 없다는 사실에 대해서 생각했다.

그 후 며칠 동안 나는 휴대 전화만 계속 보면서 아무것도 하지 않았다. 반짝이는 바탕 화면 시계를 통해 시간이 흘러가는 것을 보면서도 시간의 흐름을 알아차리지 못하는 기분이었다. 닉은 그날 저녁에도 그날 밤에도 전화하지 않았다. 그는 다음 날도, 그다음 날도 전화하지 않았다. 아무도 나에게 전화하지 않았다. 기다림은 점차 기다림 같지 않아졌고 그 자체가 인생 같았다. 일어나기를 계속 기다리는 일은 결코 일어나지 않고, 기다리는 동안 정신을 딴 데 쏟으려고 다른 일만 하는 것이 인생 같았다. 나는 일자리에 지원하고 세미나에 출석했다. 세상은 계속 흘러갔다.

29

나는 샌드위치 가게에서 저녁과 주말에 커피를 서빙하는 일을 구했다. 첫날 린다라는 여자가 검정 앞치마를 주면서 커피 내리는 방법을 알려 주었다. 작은 레버를 눌러서 포타필터에 커피 가루를 채웠는데, 싱글 샷은 한 번, 더블 샷은 두 번이었다. 그런 다음 필터를 돌려서 기계에 단단히 끼우고 급수 스위치를 눌렀다. 작은 스팀 노즐과 우유 저그도 있었다. 린다가 커피에 대해서, 라테와 카푸치노의 차이에 대해서 이야기를 많이 했다. 모카도 파는 가게였지만 린다가 모카는 〈복잡〉하니까 다른 사람한테 시키면 된다고 했다. 그녀가 말했다. 모카는 절대 주문이 안 들어와.

나는 학교에서 보비를 한 번도 보지 못했지만 언젠가는 마주칠 것이라고 확신했다. 나는 예술관을, 보비가 평소 담배를 피우는 비탈길이나 『뉴요커』가 무료로 비

389

치되어 있고 주방에서 차를 마실 수 있는 토론 클럽 부실 근처를 오랫동안 서성였다. 보비는 절대 나타나지 않았다. 어차피 우리의 시간표가 달랐다. 나는 나에게 적당한 때에, 내가 캐멀 코트를 입고 어쩌면 책을 한아름 안고 있을 때 보비를 우연히 만나고 싶었다. 그러면 나는 말다툼을 잊고 싶은 사람답게 머뭇거리는 미소를 지을 수 있을 것이다. 가장 두려운 것은 내가 일하는 샌드위치 가게에 보비가 들어왔다가 내가 일하는 모습을 발견하는 것이었다. 그래서 검은 앞머리를 내린 날씬한 여자가 가게에 들어올 때마다 나는 강박적으로 커피 머신 쪽으로 돌아서서 우유를 데우는 척했다. 지난 몇 달 동안 나는 대안적인 삶의 가능성을, 여러 가지 글을 쓰고 이야기하고 관심을 갖는 것만으로 수입을 축적할 가능성을 얼핏 엿본 기분이었다. 내가 쓴 단편이 잡지에 실리게 되었을 때는 그 세계에 들어간 기분, 이전의 삶을 접어서 치워 버린 기분까지 들었다. 보비가 샌드위치 가게에 들어와서 그동안 내가 얼마나 큰 망상 속에서 살았는지 목격할지도 모른다고 생각하면 너무 수치스러웠다.

나는 엄마에게 아빠한테 전화가 왔다고 이야기했다. 사실 우리는 아빠 문제 때문에 전화로 말다툼했고, 나는 그 뒤 한 시간 동안 너무 피곤해서 말할 수도, 움직일 수도 없었다. 나는 엄마에게 〈알코올 중독을 모르는 척하면서 조장한다〉고 말했다. 그러자 엄마가 말했다. 아, 이젠 내 탓이니? 다 내 탓이지. 엄마는 그 전날 삼촌이 시내에서 아빠를 봤는데 괜찮아 보였다고 말했다. 나는 어렸을 때 아빠가 내 얼굴에 신발을 집어 던진 이야기를 또 꺼냈다. 그러자 엄마가 말했다. 그래 난 나쁜 엄마야. 그 말이 하고 싶은 거지? 내가 말했다. 여러 가지 사실을 바탕으로 엄마가 내린 결론이 그거라면 그건 엄마가 알아서 할 일이죠. 엄마는 어쨌든 내가 아빠를 한 번도 사랑한 적 없다고 말했다.

엄마 방식에 따르면 누군가를 사랑하는 유일한 방법은 그 사람이 나를 개똥같이 취급하도록 놔두는 거잖아요. 내가 말했다.

엄마가 전화를 끊어 버렸다. 그러자 나는 스위치가 내려가 불이 탁 꺼진 기분으로 침대에 누워 있었다.

11월 말의 어느 날, 이블린이 멀리사의 페이스북에 〈우연히 발견하고 쓰러짐〉이라는 메시지와 함께 링크를 올렸다. 섬네일을 보니 멀리사의 부엌에서 찍은 영상이었다. 나는 링크를 클릭한 다음 영상이 뜰 때까지 기다렸다. 영상 속 조명은 버터 같은 노란색이었고 뒤쪽에 자그마한 크리스마스 전구들이 장식되어 있었다. 닉과 멀리사가 부엌 조리대 앞에 나란히 서 있었다. 소리가 들렸다, 카메라 뒤에서 누가 말하고 있었다. 좋아, 좋아, 다들 집중해. 카메라가 흔들렸지만 멀리사가 닉을 향해 고개를 돌리는 것이, 두 사람 모두 웃고 있는 것이 보였다. 닉은 검은색 스웨터를 입고 있었다. 멜리사가 무슨 신호라도 보냈는지 닉이 고개를 끄덕이더니 노래를 시작했다. 나는 머물 수 없어요. 멜리사도 받아서 노래했다. 하지만 베이비, 바깥은 추워요. 두 사람은 듀엣 곡을 부르고 있었다, 재미있었다. 그 자리에 있던 모든 사람들이 웃으며 박수를 쳤고 쉬! 쉬! 하며 조용히 시키는 이블린의 목소리가 들렸다. 나는 닉의 노래를 들어 본 적이 없었는데, 달콤한 목소리였다. 멜리사도 마찬가지였다. 두 사람의 연기가 참 좋았다, 닉은 망설였고 멜리사는 그를 붙잡으려 애썼다. 두 사람에게 어울렸다. 친구들을 위해서 연습한 것이 분명했다. 영상을 보면 두 사람이 서로 얼마나 사랑하는지 누구나 알 수 있었다. 내가 두 사람의 이런 모습을 진작에 보았다면 아무 일도 일어나지 않았을지도 모른다고 생각했다. 결국 어떻게 끝날지 알았을 것이다.

나는 평일 5~8시까지만 일했지만 집에 오면 너무 지쳐서 아무것도 먹을 수 없었다. 공부도 뒤처졌다. 샌드위치 가게에서 일하는 시간 때문에 수업 준비로 읽어야 할 책 읽을 시간이 줄었지만, 진짜 문제는 집중력이었다. 나는 집중할 수가 없었다. 개념들이 일정한 패턴으로 정리되지 않으려 했고 내 어휘력은 점점 더 좁아지고 덜 정확해지는 느낌이었다. 두 번째 월급이 들어오자 나는 은행 계좌에서 2백 유로를 인출해 봉투에 넣고 종이쪽지에 이렇게 썼다. 빌려줘서 고마워요. 그런 다음 몽크스타운 닉의 주소로 부쳤다. 닉은 돈을 받았다고 연락하지 않았지만 이제 나는 연락을 기대하지도 않았다.

12월이 거의 다 되었다. 약이 세 알 남았다가 두 알, 한 알로 줄었다. 약이 떨어지자마자 예전과 같은 느낌이 돌아와서 며칠이나 지속되었다. 나는 이를 덜덜 떨면서 평소처럼 수업에 참석했다. 경련이 파도처럼 밀려왔다가 밀려가면 힘이 빠지고 땀이 났다. 강사가 나를 불러서 월 래디슬로라는 인물에 대해 말해 보라고 했고, 나는 사실 『미들마치』를 다 읽었지만 물고기처럼 입을 뻐끔거리다가 겨우 이렇게만 말했다. 아니요. 죄송합니다.

그날 저녁 나는 토머스 스트리트를 따라 집으로 걸어갔다. 다리가 덜덜 떨렸고 하루 종일 아무것도 먹지 못했다. 배가 부어오른 것 같았다. 나는 자전거 보관대에 몇 초 동안 몸을 기댔다. 시야가 무너지기 시작했다. 자전거 보관대를 잡은 손이 빛을 받은 음화처럼 반투명해 보였다. 토머스 스트리트 성당이 몇 걸음 앞에 있어서 나는 한 팔로 내 몸통을 끌어안고 몸을 구부린 채 발을 끌면서 성당 문을 향해 걸어갔다.

성당에서는 퀴퀴한 향내와 마른 공기의 냄새가 났다.

제대 뒤로 길쭉한 스테인드글라스들이 피아노를 치는 손가락들처럼 솟아 있었고 천장은 과자 같은 민트색과 흰색이었다. 나는 어렸을 때 이후 성당에 처음 와봤다. 나이 많은 여자 두 명이 묵주를 들고 한쪽 구석으로 비켜 앉아 있었다. 나는 뒤쪽 자리에 앉아서 스테인드글라스를 올려다보면서 그 영구불변함이 나의 사라짐을 막을 수 있다는 듯이 시야에 스테인드글라스를 고정시키려고 애썼다. 나는 생각했다. 이 바보 같은 병 때문에 죽은 사람은 아무도 없어. 땀이 흐르고 있었는지, 바깥에서 젖은 것을 몰랐는지, 얼굴이 축축했다. 나는 외투 단추를 풀고 보송보송한 스카프 안쪽으로 이마를 닦았다.

코로 숨을 들이마시자 내 입술이 폐에 공기를 가득 채우려고 벌어지는 것이 느껴졌다. 나는 무릎 위로 두 손을 꼭 잡았다. 통증이 내 척추를 강타하고 두개골로 퍼져서 눈에 눈물이 고였다. 내가 생각했다. 난 기도하고 있어. 진짜로 여기 앉아서 하느님께 도와 달라고 기도를 드리고 있어. 정말 그랬다. 나는 생각했다. 제발 도와주세요. 제발요. 여기에는 규칙이 있다는 것을, 신성한 명령의 원칙을 믿어야만 무엇을 해달라고 기도드릴 수 있다는 것을 알고 있었지만 나는 그런 것을 믿지 않았다. 내가 생각했다. 하지만 난 노력하고 있어. 나는 나와 같은 인간들을 사랑해. 아니, 사랑하는 걸까? 보비가 그런 식으로 내 단편을 찢고 나를 혼자 버려두었는데도 나는 보비를 사랑할까? 닉이 더 이상 나와 섹스하고 싶어 하지 않는데도 나는 닉을 사랑할까? 나는 멀리사를 사랑할까? 사랑한 적이 있었을까? 나는 엄마와 아빠를 사랑할까? 나쁜 사람들까지 포함해서 모두를 사랑할까? 나는 맞잡은 손 위로 이마를 숙였고, 기절할 것만 같았다.

나는 거창한 생각 대신 뭔가 작은 것, 내가 생각할 수 있는 가장 작은 것에 초점을 맞추려고 했다. 나는 생각했다. 누군가가 내가 앉아 있는 이 신도석을 만들었어. 누군가가 나무에 사포질하고 바니시를 발랐어. 그런 다음 누군가 성당으로 가져왔어. 누군가는 성당 바닥에 타일을 깔았고, 누군가는 창문을 끼웠어. 사람의 손이 벽돌을 하나하나 쌓고, 모든 문의 모든 경첩을 달고, 모든 도로의 노면을 닦고, 모든 가로등의 전구를 만들었어. 기계로 만든 것도 사실은 인간이, 그 기계를 처음 만든 인간이 만든 거야. 그리고 인간 자체도 다른 인간이 아이들을 키우면서 행복한 가정을 꾸리려고 노력해서 만든 거야. 나 자신도, 내가 입은 모든 옷도, 내가 아는 모든 언어도. 누가 나를 이 성당으로 인도하고 이런 생각들을 하게 만들었을까? 다른 사람들, 내가 아주 잘 아는 사람들과 한 번도 만나지 못한 사람들이야. 나는 나 자신일까, 그 사람들일까? 이게 나, 프랜시스일까? 아니, 내가 아니야. 다른 사람들이야. 나는 가끔 자해를 할까, 나는 노력 없이 얻은 백인으로서의 문화적 특권을 남용할까, 나는 다른 사람의 노동을 당연히 여길까, 나는 가끔 진지한 윤리적 약속을 회피하기 위해서 젠더 이론의 환원주의적 반복을 이용할까, 나는 내 몸과 문제적인 관계를 맺고 있을까, 그래. 나는 고통으로부터 자유로워지기를 원할까, 따라서 다른 사람들도 고통 없이 살기를 요구할까, 나의 것이면서 또 그들의 것인 고통을, 그래, 그래.

눈을 뜨자 무언가를 깨달은 느낌이 들었고, 내 몸의 세포들이 수백만 개의 반짝이는 접촉점처럼 빛나는 느낌이었다. 나는 심오한 무언가를 깨달았다. 그런 다음 나는 자리에서 일어나다가 쓰러졌다.

이제 나에게 기절은 평범한 일이었다. 나를 일으켜 준 여자에게 전에도 기절한 적이 있다고 안심시키자 그 여자는 그러면 해결을 좀 해요, 하는 듯이 약간 짜증이 나 보였다. 입맛이 썼지만 부축받지 않고 걸을 힘은 있었다. 영적 깨달음이 나를 떠났다. 나는 집으로 가는 길에 센트라 편의점에 들러서 즉석 국수 두 팩과 상자에 든 초콜릿케이크를 하나 산 다음 천천히, 조심스럽게, 한 발 또 한 발 내딛으며 끝까지 걸었다.

집에 도착한 나는 케이크 상자 뚜껑을 열고 숟가락을 꺼낸 다음 멀리사의 휴대 전화로 전화를 걸었다. 전화벨이 만족스러운 소리처럼 그르릉그르릉 울렸다. 곧 멀리사의 숨소리가 들렸다.

여보세요? 멀리사가 말했다.

잠깐 얘기 좀 할 수 있을까요? 아니면, 때가 좀 안 좋은가요?

멀리사가 웃었다, 적어도 나는 멀리사가 낸 소리가 웃음소리였다고 생각한다.

전반적으로 말하는 거야, 지금을 말하는 거야? 멀리사가 말했다. 전반적으로는 안 좋지만 지금은 괜찮아.

제 단편을 보비한테 왜 보냈어요?

모르겠어, 프랜시스. 넌 내 남편이랑 왜 잤어?

그 말에 제가 충격을 받아야 하나요? 내가 말했다. 좋아요, 당신은 못된 말을 하는 충격적인 사람이에요. 이제 그건 됐고, 왜 보비한테 내 단편을 보냈어요?

멀리사가 조용해졌다. 나는 숟가락 끝으로 케이크 아이싱을 긁어서 핥았다. 설탕 맛이 났고 향은 없었다.

너 가끔 되게 공격적이구나? 멀리사가 말했다. 발레리한테도 그랬었지. 다른 여자들한테서 위협을 느끼니?

물어볼 게 있어서 전화한 건데 대답하고 싶지 않으면 이만 끊을게요.

왜 너한테 내 행동에 대한 설명을 들을 권리가 있다

고 생각해?

당신은 날 싫어했어요. 맞죠? 내가 말했다.

멀리사가 한숨을 쉬며 말했다. 난 그 말이 무슨 뜻인지도 모르겠어. 나는 케이크의 빵 부분에 숟가락을 꽂아서 한 입 먹었다.

넌 나를 완전 경멸했잖아. 멀리사가 말했다. 닉 때문도 아니었어. 처음 우리 집에 왔을 때부터 주변을 둘러보면서 아, 딱한 부르주아의 집이네, 내가 파괴해 버려야겠어, 하는 태도였잖아. 그러니까, 넌 우리 집을 파괴하면서 아주 즐거워했지. 난 빌어먹을 내 집을 둘러보면서 불현듯 생각했어. 이 소파가 이상한가? 포도주를 마시는 게 저속한가? 그리고 그 전까지는 좋다고 생각했던 것들이 이제 한심하게 느껴졌어. 딴 여자의 남편이랑 자는 게 아니라 남편을 가진 것이, 아는 사람들에 대한 심술궂은 단편을 써서 유명한 잡지에 파는 대신 출판 계약을 하는 것이 말이야. 넌 코에 빌어먹을 피어싱을 하고 내 집에 들어와서 아, 이 집의 내장을 빼버리면 정말 재밌을 거야, 이 여자는 특권층이야, 그랬잖아.

나는 케이크에 숟가락을 찔러 넣어 똑바로 세웠다. 그런 다음 손으로 얼굴을 마사지했다.

난 코에 피어싱 없는데요. 내가 말했다. 그건 보비죠.

그래. 정말 미안하다.

당신이 날 그렇게 파괴적이라고 생각하는지 몰랐어

요. 사실은 당신 집을 경멸하지 않았어요. 내 집이면 좋겠다고 생각했죠. 난 당신의 삶을 원했어요. 당신의 삶을 갖고 싶어서 내가 재수 없게 굴었을지도 모르지만, 난 가난하고 당신은 부자잖아요. 난 당신 삶을 쓰레기 취급하려던 게 아니에요, 훔치려고 한 거지.

멀리사가 코웃음 비슷한 소리를 냈지만 나는 멀리사가 정말로 내 말을 믿지 않는다고 생각하지는 않았다. 반응이라기보다 연기에 더 가까웠다.

내가 너무 좋아서 내 남편이랑 바람을 피웠단 말이지. 멀리사가 말했다.

아니, 당신을 좋아했다는 말이 아니에요.

그래. 나도 너 안 좋아했어. 하지만 넌 썩 좋은 사람이 아니었지.

우리 둘 다 말을 멈췄다. 계단 꼭대기까지 누가 먼저 올라가나 경주하다가 숨이 차자 그게 얼마 멍청한 생각인지 깨달은 사람들 같았다.

후회해요. 내가 말했다. 당신한테 더 좋은 사람이 되지 못한 게 후회돼요. 당신과 친해지려고 노력했어야 하는 건데. 미안해요.

뭐?

미안해요, 멀리사. 전화로 공격적인 말을 해서 미안해요, 멍청한 짓이었어요. 지금 뭘 하고 있는 건지 나도 정말 모르겠어요. 내가 요즘 힘든가 봐요. 전화해서 미

399

안해요. 그리고, 전부 다 미안해요.

세상에. 멀리사가 말했다. 왜 그래, 너 괜찮니?

괜찮아요. 그냥 내가 이상한 사람이었다는 생각이 들어요. 지금 무슨 말을 하고 있는지도 모르겠어요. 당신을 더 잘 알고 당신한테 더 좋은 사람이 되었으면 좋았을 텐데, 그래서 사과하고 싶었어요. 끊을게요.

나는 멀리사가 대답할 틈도 주지 않고 전화를 끊었다. 나는 굶주린 사람처럼 허겁지겁 케이크를 먹고, 입을 닦고, 노트북을 열어서 이메일을 썼다.

보비에게

나 오늘 밤 성당에서 기절했는데, 네가 봤으면 재미있어했을 거야. 내가 쓴 단편이 네 기분을 상하게 해서 미안해. 내가 너에게 솔직하지 않을 때 다른 사람에게는 솔직해질 수 있다는 걸 그 단편이 보여 줬기 때문에 네가 상처받은 것 같아. 그런 이유였으면 좋겠다. 오늘 밤에 멀리사한테 전화해서 왜 내 단편을 너한테 보냈냐고 물었어. 시간이 좀 지나서야 내가 정말 묻고 있는 건 내가 그 단편을 쓴 이유라는 사실을 깨달았어. 그래서 정말 당황하는 바람에 전화에 대고 횡설수설했어. 어쩌면 내가 멀리사를 엄마처럼 생각하나 봐. 진실은 내가 널 사랑하고, 항상 사랑했다는 거야. 플라토닉한 의미냐고? 난 네가 키스했을 때 거부하지 않았어. 우리

가 다시 같이 잔다는 생각을 하면 늘 설렜어. 네가 헤어지자
고 했을 때 난 둘이서 하던 게임에서 네가 이겼다는 기분이
들었고, 다음에는 내가 널 이기고 싶었어. 지금의 나는 그냥
너랑 자고 싶은 것 같아, 비유가 아니야. 나한테 다른 욕망
이 없다는 뜻은 아니야. 예를 들어서 지금 이 순간 나는 찻숟
가락으로 초콜릿케이크를 상자째 먹고 있어. 자본주의에
서 누군가를 사랑하려면 모두를 사랑해야 해. 이건 이론일
까 신학일까? 나는 성경을 읽을 때 예수님이 너라고 상상
해, 그러니까 성당에서 기절한 건 어쩌면 결국 비유였을지
도 모르겠다. 하지만 난 지금 재치 있는 척하려는 게 아니
야. 그 단편을 써서, 혹은 돈을 받아서 미안하다는 말은 못
하겠다. 내가 미리 말했어야 하는 건데, 너한테 충격을 줘서
미안하다는 말은 할 수 있어. 나한테 너는 단순한 소재가 아
니야. 내가 널 그렇게 대한 적이 있다면 미안해. 네가 일부
일처제에 대해서 이야기했던 날, 난 너의 지성을 사랑했어.
네가 나한테 무슨 말을 하려는 건지는 이해하지 못했지만.
어쩌면 난 우리 두 사람이 생각하는 것보다 더 멍청한가 봐.
우리 넷이 같이 있을 때 나는 항상 커플이라는 관점에서 생
각했는데, 그래서 위협을 느꼈어. 내가 빠진 모든 커플이 내
가 들어간 커플보다 훨씬 더 흥미로워 보였으니까. 너랑 닉,
너랑 멀리사, 닉과 멀리사 모두 말이야. 하지만 이제 난 두
사람, 또는 세 사람으로 이루어지는 건 아무것도 없다는 사
실을 알아. 너와 나의 관계는 너와 멀리사의 관계, 너와 닉

의 관계, 너와 어린 시절의 너 자신과의 관계 등등에 의해 만들어지지. 난 내가 존재한다고 생각했기 때문에 나 자신을 위한 것들이 필요했어. 너는 답장에서 라캉의 이론이 사실 무슨 뜻인지 설명해 주겠지. 아니면 아예 답장을 쓰지 않을지도 몰라. 내 산문 스타일에 이의가 있다면, 내가 정말로 기절했었다는 걸 잊지 마. 거짓말이 아니었고 난 아직도 떨고 있어. 우리, 서로를 사랑하는 대안적인 모델을 만들어 갈 수 있지 않을까? 나 안 취했어. 제발 답장해 줘. 사랑해.

프랜시스.

어느새 초콜릿케이크가 사라졌다. 상자를 들여다보니 케이크 부스러기와 먹기 전에 미리 떼지 않은 종이 띠에 묻은 아이싱밖에 없었다. 나는 식탁에서 일어나 주전자에 물을 끓이고 커피 두 숟가락을 프렌치프레스에 넣었다. 그런 다음 진통제를 먹고, 커피를 마시고, 넷플릭스로 살인 미스터리 영화를 한 편 봤다. 일종의 평화가 찾아왔기 때문에 나는 이게 다 하느님이 하신 일일까 생각했다. 신은 물질적으로 존재하는 게 아니라 공동의 문화적 관습으로 아주 널리 퍼졌기 때문에 물질적인 실체를 가진 것처럼 보이게 된 것이다. 언어나 젠더처럼 말이다.

그날 밤 11시 10분에 보비가 열쇠로 문을 여는 소리가 들렸다. 내가 복도로 나가자 보비가 레인코트 지퍼를 내리고 있었다, 여름에 프랑스에 갈 때도 가져간 레인코트였는데, 소매를 타고 내려온 물줄기가 뚝뚝 떨어져서 바닥 널을 가볍게 톡톡 두드렸다. 우리의 눈이 마주쳤다.

이상한 메일이었어. 보비가 말했다. 하지만 나도 사랑해.

30

그날 밤, 우리는 우리의 이별에 대해서 처음으로 이야기를 나눴다. 우리 집에 항상 있었던 문, 매일 그 앞을 지나다니면서 절대 생각하지 않으려 애썼던 문을 여는 기분이었다. 보비는 내가 자신을 비참하게 만들었다고 말했다. 우리는 내 침대에 앉아 있었다. 보비는 머리판 쪽에 베개를 세워 기대앉았고 나는 매트리스 발치 쪽에 다리를 꼬고 앉아 있었다. 보비는 우리가 말다툼할 때 자기가 무슨 말을 하면 내가 얼간이를 보는 것처럼 웃곤 했다고 말했다. 나는 멀리사에게 들은 말을, 내가 썩 좋은 사람은 아니라는 말을 했다. 그러자 보비가 웃으며 말했다. 멀리사가 참 잘도 알겠다. 자기는 누구에게든 좋은 사람이었던 적이 있나?

어쩌면 좋다는 건 잘못된 기준일지도 몰라. 내가 말했다.

맞아, 그건 사실 힘의 문제야. 보비가 동의했다. 누구한테 힘이 있는지 파악하는 게 더 어려우니까 일종의 대역으로 〈좋음〉에 의존하는 거지. 내 말은, 이건 공적 토론이 필요한 문제야. 우리는 결국 이스라엘이 팔레스타인보다 〈좋은지〉 묻게 되잖아. 무슨 말인지 알지?

알아.

제리는 확실히 엘리너보다 〈좋은〉 사람이야.

그래. 내가 말했다.

내가 보비에게 차를 타주었기 때문에 보비는 찻잔을 무릎에, 허벅지 사이에서 잡고 있었다. 보비는 대화를 나누면서 찻잔으로 손을 덥혔다.

참, 네가 금전적 이득을 위해서 나에 대한 글을 써서 화가 난 건 아니었어. 보비가 말했다. 나는 농담을 해도 내가 등장해야 재미있더라.

알아. 너한테 미리 말할 수도 있었는데 내가 안 했지. 하지만 어떤 면에서 난 아직도 네가 내 마음에 상처를 줬다고, 그래서 내가 정상적인 관계를 맺지 못하는 거라고 생각해.

넌 네 힘을 과소평가하고 있어. 다른 사람한테 못되게 구는 게 네 탓이라고 생각하지 않으려고 말이야. 스스로한테 변명하지. 보비는 부자니까, 닉은 남자니까, 난 그런 사람들한테 상처를 줄 수 없어. 오히려 그 사람들이 나한테 상처를 주려 하고 나는 방어하고 있는 거야, 하고.

내가 어깨를 으쓱했다. 할 말이 떠오르지 않았다. 보비가 잔을 들어 차를 마신 다음 허벅지 사이에 다시 내려놓았다.

상담을 받아 봐도 좋고. 보비가 말했다.

그래야 할까?

해봐서 나쁠 건 없잖아. 너한테 좋을지도 몰라. 성당에서 기절하고 다니는 게 꼭 정상이라고 할 순 없지.

나는 정신적인 문제 때문에 기절한 것이 아니라고 굳이 설명하지 않았다. 아무튼 나도 잘 몰랐다. 네 생각이 그렇다면 뭐. 내가 말했다.

진짜 괴로울 거야. 보비가 말했다. 감정을 끊임없이 털어놓는 정신과 졸업생의 도움이 필요하다고 인정해야 한다니. 아마 노동당 지지자겠지. 하지만 좋은 면에서 괴로울지도 몰라.

내가 진실로 너에게 말한다. 누구든지 거듭 태어나지 않으면.

그래. 나는 평화가 아니라 칼을 주러 왔다.

그날 밤 이후 보비는 저녁마다 학교에서 샌드위치 가게까지 나를 데려다주었다. 보비는 린다와 통성명했고, 내가 앞치마를 입는 동안 린다와 잡담했다. 보비가 알아낸 바에 따르면 린다의 아들은 아일랜드 군대에 들어갔다. 저녁에 내가 집에 오면 우리는 저녁을 같이 먹었다. 보비는 자기 옷 몇 벌을, 티셔츠와 깨끗한 속옷 등을 내 방에 가져다 놓았다. 우리는 침대에서 오리가미[12]처럼 포개어졌다. 밤에 잠을 못 잔다는 것이 그토록 고마울 수도 있었다.

어느 날 매리앤이 학교에서 우리가 손잡은 모습을 보고 말했다. 너희 다시 사귀는구나! 우리는 어깨를 으쓱했다. 관계지만 관계가 아니었다. 우리의 제스처는 자연스러웠고 겉으로 보기에 커플과 비슷했지만, 우리에게는 흥미로운 우연이었다. 보비와 나는 우리 관계에 대한 농담을 만들었는데, 우리를 포함해 모두에게 아무 의미도 없는 농담이었다. 우리는 장난스럽게 말하곤 했다. 친구가 도대체 뭐야? 대화가 도대체 뭐야?

아침이면 보비는 나보다 일찍 일어나서 다른 방을 쓸 때 그랬던 것처럼 샤워하면서 뜨거운 물을 다 써버리는 것을 좋아했다. 그런 다음 보비는 부엌 식탁에 앉아 머리카락에서 물을 뚝뚝 흘리며 커피를 한 주전자 마셨다. 가끔 내가 건조실에 있던 수건을 들고 가서 보비의 머리에 씌워 주었지만 보비는 나를 계속 무시하면서 인터넷으로 공공 지원 주택에 대한 글을 읽었다. 보비는 오렌지 껍질을 벗긴 다음 부드럽고 달콤한 냄새가 나는 껍질을 아무 데나 놔두었고, 그러면 껍질은 식탁 위나 소파 팔걸이에서 바싹 말랐다. 저녁이면 우리는 우산을

12 자르거나 풀을 바르지 않는 종이접기.

같이 쓰고 팔짱을 끼고서 피닉스 파크를 가로질러 산책했고 웰링턴 기념비 아래에서 담배를 피웠다.

침대에서 우리는 몇 시간 동안이나 이야기를 나누었는데, 대화는 관찰에서 시작해서 거창하고 추상적인 이론으로 급상승했다가 소소한 이야기로 다시 돌아왔다. 보비는 로널드 레이건과 IMF에 대해서 이야기했다. 보비는 음모 이론가에게 독특한 존경심을 가지고 있었고, 사물의 본성에 관심이 있었지만 또 관대하기도 했다. 다른 사람과 대화할 때는 내가 이야기하는 동안 자신이 다음에 할 말을 준비하고 있다는 느낌이 들 때가 많았지만 보비와 대화할 때는 그렇지 않았다. 보비는 이야기를 경청했고 적극적으로 들었다. 가끔 내가 말하고 있을 때 보비가 갑작스러운 소리를 냈는데, 마치 내가 하는 이야기에 대한 관심이 보비의 입을 통해 저절로 새어 나오는 것 같았다. 보비는 아! 또는 진짜 그래! 하고 말했다.

12월 어느 날 밤, 우리는 매리앤의 생일을 축하하러 나갔다. 다들 기분이 좋았고, 바깥에는 온통 크리스마스 조명이 장식되어 있었으며, 사람들은 매리앤이 취하거나 졸릴 때 한 행동이나 말에 대해 재미있는 이야기들을 늘어놓았다. 보비가 매리앤을 흉내 내서 고개를 숙이고 속눈썹 사이로 사랑스럽게 위를 올려다보면서 어깨를 으쓱하는 척했다. 너무 재미있어서 내가 웃으며 말했다. 또 해봐! 매리앤은 눈물을 닦으며 말했다. 그만 해. 아, 세상에. 보비와 나는 매리앤에게 질 좋은 파란색 가죽 장갑을 사주었고, 한 사람이 한 짝씩이었다. 앤드루는 우리 보고 인색하다고 했지만 매리앤은 앤드루에게 상상력이 부족하다고 말했다. 매리앤이 우리 앞에서 장갑을 끼면서 말했다. 이건 프랜시스 장갑, 이건 보비 장갑. 그런 다음 장갑 두 짝이 꼭두각시 인형처럼 서로 이야기하는 척했다. 계속, 계속, 계속.

그날 밤 우리는 시리아 전쟁에 대해서, 또 이라크 침공에 대해서 이야기했다. 앤드루는 보비가 역사를 이해하지 못한다고, 전부 서구의 탓으로 돌린다고 말했다. 탁자에 앉아 있던 모두가 게임 쇼에라도 나간 것처럼 〈우우〉 야유를 보냈다. 이어진 논쟁에서 보비는 무자비한 지성을 뽐냈는데, 앤드루가 언급한 모든 주제에 대한 모든 글을 읽은 것 같았고, 자신의 더 폭넓은 주장을 위해 필요할 때에만 앤드루의 말을 정정하면서 자기가 역사 학위를 거의 마쳤다는 사실은 전혀 내비치지도 않았다. 누가 나를 무시하면 나는 제일 먼저 그 사실을 언급했을 것이다. 보비는 달랐다. 보비는 말하면서 종종 천장 조명이나 먼 창을 향해 시선을 들거나 손짓했다. 내가 집중력으로 할 수 있는 일이라고는 그 집중력을 다른 사람들에게 쏟는 것, 즉 동의나 짜증의 신호를 찾아서 상대방이 침묵할 때 다시 대화에 끌어들이는 것밖에 없었다.

당시 보비와 멀리사는 여전히 연락하고 지냈지만 사이가 멀어진 것이 분명했다. 보비는 멀리사의 성격과 사생활에 대해 새로운 이론을 만들었는데, 예전에 주장하던 것보다 눈에 띄게 덜 우호적이었다. 나는 모두를 사랑하려고 애쓰는 중이었다. 즉 조용히 지내려고 노력한다는 뜻이었다.

멀리사와 닉을 믿지 말았어야 하는 건데. 보비가 말했다.

보비와 나는 소파에 앉아서 그레타 거윅[13]의 영화를 보는 둥 마는 둥 하면서 종이 상자에 담긴 중국 음식을 먹고 있었다.

우린 그 두 사람이 서로 얼마나 의존적인지 몰랐잖아. 보비가 말했다. 내 말은, 두 사람은 서로한테만 푹 빠져 있다는 거야. 가끔 이렇게 극적인 사건을 겪는 게 두 사람의 관계에는 좋겠지, 그러면 서로 흥미를 유지할 수 있으니까.

그럴지도.

닉이 일부러 너랑 얽혔다는 말은 아니야. 난 사실 닉이 좋았어. 하지만 결국 두 사람은 항상 그 빌어먹을 관계로 돌아갈 거야, 익숙하니까. 알아? 난 멀리사와 닉한테 너무 화가 나. 두 사람은 우리를 심심풀이 취급했어.

13 미국의 배우이자 영화감독, 극작가(1983~)이다.

넌 우리가 멀리사와 닉의 결혼을 깨뜨리지 않아서 실망했구나. 내가 말했다.

보비가 국수를 입 안 가득 넣은 채 웃었다. 텔레비전 화면에서 그레타 거윅이 게임하면서 친구를 산울타리에 밀어 넣고 있었다.

애초에 결혼을 왜 하지? 보비가 말했다. 결혼은 불행해. 국가 기구를 이용해서 자기들의 관계를 지탱하고 싶은 사람이 어디 있어?

모르겠어. 우리 관계를 지탱하는 건 뭐야?

바로 그거야! 그게 바로 내가 말하려는 거야. 우리 관계를 지탱하는 건 아무것도 없어. 내가 네 여자 친구라고 말하고 다녀? 아니지. 내가 네 여자 친구라고 말한다는 건 우리가 통제할 수도 없고 미리 만들어져 있던 문화적 동력을 우리에게 강요하는 거야. 안 그래?

나는 영화가 끝날 때까지 이 말에 대해 생각했다. 그런 다음 내가 말했다. 잠깐만, 그럼 넌 내 여자 친구가 아니라는 뜻이야? 보비가 웃으며 말했다. 장난쳐? 아니야. 난 네 여자 친구 아냐.

⟋

필립은 보비가 내 여자 친구라 생각한다고 말했다. 평일에 같이 커피를 마시러 갔을 때 필립은 서니가 진짜 월급을 주는 시간제 일자리를 제의했다고 말했다. 내가 질투가 나지 않는다고 말하자 필립은 실망했지만, 나는 내 말이 거짓일까 봐 걱정됐다. 나는 서니가 좋았다. 책과 독서라는 개념도 좋았다. 나는 왜 다른 사람들처럼 그냥 즐기지 못하는지 나도 몰랐다.

걔가 내 여자 친구인지 묻는 게 아니야. 내가 말했다. 여자 친구가 아니라고 말하는 거지.

하지만 확실히 그렇잖아. 그러니까, 너희가 무슨 급진적인 레즈비언 실험을 하고 있는지는 모르겠지만, 기본적인 어휘로 따지자면 보비는 네 여자 친구야.

아니야. 다시 한번 말하지만, 이건 질문이 아니야, 진술이라고.

필립은 손가락으로 설탕 봉지를 구기고 있었다. 우리는 필립의 새 직업에 대해서 한창 이야기 중이었는데, 대화하다 보니 내가 무알콜 음료처럼 밋밋한 사람이 된 기분이 들었다.

음, 난 보비가 네 여자 친구라고 생각해. 필립이 말했다. 그러니까, 좋은 뜻에서 말이야. 난 이렇게 돼서 너한테 정말 다행이라고 생각해. 특히 멀리사랑 그런 불쾌한 일이 있었으니까.

무슨 불쾌한 일?

알잖아, 무슨 이상한 섹스 관계 말이야. 그 남편이랑.

나는 필립을 빤히 바라보았다. 무슨 말인지 전혀 몰

라서 아무 말도 할 수가 없었다. 나는 설탕 봉지의 파란 잉크가 필립의 손가락에 묻어나서 지문이 가느다란 파란색 선으로 물드는 것을 보았다. 결국 내가 〈나는〉이라고 여러 번 말했지만 필립은 알아차리지 못하는 것 같았다. 나는 생각했다. 남편이라고? 필립, 너도 그 사람 이름 알잖아.

무슨 이상한 관계? 내가 말했다.

너 두 사람이랑 잔 거 아니야? 그랬다고들 하던데.

아니, 아니야. 만약에 그랬다 해도 잘못했다는 건 아니지만, 그러진 않았어.

아, 그렇구나. 필립이 말했다. 온갖 이상한 일이 있었다고 들었어.

나한테 그런 말을 하는 이유를 전혀 모르겠다.

이 말에 필립이 충격받은 표정으로 나를 올려다보았고, 얼굴이 눈에 띄게 빨개졌다. 설탕 봉지가 미끄러져서 필립이 손가락으로 얼른 잡아야 했다.

미안. 필립이 말했다. 널 화나게 하려던 건 아니야.

그럼 그런 소문을 나한테 이야기하는 건 그냥, 뭐, 내가 웃을 것 같아서야? 사람들이 내 뒤에서 심술궂은 이야기를 한다는 사실을 알면 내가 재미있어할 것 같아서?

미안해, 난 그냥, 네가 안다고 생각했어.

나는 코로 숨을 깊이 들이마셨다. 일어나서 가버릴 수도 있었지만, 어디로 가야 할지 몰랐다. 어디로 가고 싶은지 생각할 수가 없었다. 나는 어쨌든 자리에서 일어나 의자 등받이에 걸려 있던 외투를 집어 들었다. 필립이 불편해하는 것을, 심지어는 나에게 상처를 줘서 죄책감을 느끼는 것을 알 수 있었지만 더 이상 그 자리에 있기 싫었다. 내가 외투 단추를 채울 때 필립이 가느다란 목소리로 말했다. 어디 가?

괜찮아. 내가 말했다. 잊어버려. 그냥 바람 좀 쐬려고.

나는 보비에게 초음파 검사나 진료받은 이야기를 하지 않았다. 아프다는 사실을 인정하지 않으면 병을 시공간 바깥에 둘 수 있고 내 머릿속에만 존재한다고 생각할 수 있을 것 같았다. 다른 사람이 알면 병이 진짜가 되고 나는 평생 병자로 살아야 할 것 같았다. 그러면 깨달음을 얻는다든가 재미있는 사람이 되겠다는 나의 다른 야망에 방해밖에 되지 않았다. 나는 다른 사람들도 이런 문제가 있는지 인터넷 게시판에서 찾아보았다. 내가 〈사람들에게 말할 수 없다〉를 입력하자 구글은 〈게이〉와 〈임신〉을 제안했다.

가끔 밤에 내가 보비와 함께 침대에 누워 있을 때 아빠가 전화했다. 나는 조용히 전화기를 욕실로 들고 가서 전화를 받았다. 아빠는 점점 일관성이 없어졌다. 가끔은 누군가에게 쫓기고 있다고 생각하는 것 같았다. 아빠가 말했다. 이런 생각이, 나쁜 생각이 들어, 알겠니? 엄마는 삼촌과 고모 들에게도 비슷한 전화가 온다고 말했지만 누가 뭘 어떻게 할 수 있었을까? 삼촌이나 고모가 집으로 찾아가면 아빠는 늘 없었다. 통화할 때 종종 뒤에서 지나가는 차 소리가 들렸기 때문에 나는 아빠가 바깥임을 알았다. 가끔 아빠는 내 안전도 걱정하는 것 같았다. 아빠는 그들에게 발각되지 말라고 했다. 내가 말했다. 그런 일은 없을 거예요, 아빠. 절 찾지 못할 거예요. 전 여기서 안전해요.

나는 통증이 언제든지 재발할 수 있다는 사실을 알았기 때문에 만일에 대비해서 매일 최대 용량의 이부프로펜을 먹었다. 나는 회색 공책을 진통제 상자들과 함께 책상 첫 번째 서랍에 숨겼고, 보비가 샤워하거나 수업에 갔을 때에만 꺼냈다. 첫 번째 서랍은 나의 모든 잘못, 스스로 나쁘다고 생각하는 모든 것을 상징하는 듯했고, 그래서 그 서랍을 볼 때마다 다시 구역질이 났다. 보비는 절대 묻지 않았다. 보비는 초음파 검사 이야기를 절대 꺼내지 않았고, 밤에 누가 전화하는 거냐고 묻지도 않았다. 내 잘못이라는 사실은 알았지만 어떻게 해야 할지 몰랐다. 나는 다시 정상이라고 느끼고 싶었다.

주말에 엄마가 더블린으로 왔다. 우리는 같이 쇼핑을 하러 갔으며 엄마가 내게 새 원피스를 사주었고, 그런 다음 위클로 스트리트의 카페에 점심을 먹으러 갔다. 엄마는 피곤해 보였고 나도 피곤했다. 나는 훈제 연어 베이글을 주문한 다음 포크로 얇은 생선 조각을 찍었다. 원피스가 든 종이 가방이 탁자 밑에 있었는데 내가 나도 모르게 자꾸 발로 찼다. 이 카페에서 점심을 먹자고 한 사람은 나였기 때문에 엄마가 예의 바르게 아무 말도 하지 않는다는 것이 느껴졌다. 엄마가 바로 앞에 있었지만 샌드위치가 말도 안 되게 비싸고 아무도 먹지 않을 샐러드와 함께 나와서 나는 놀라지 않을 수 없었다. 엄마가 차를 주문하자 복잡하고 쓰기 힘든 도자기 찻잔과 잔 받침, 찻주전자가 나왔고, 엄마는 찻잔 세트를 보면서 한번 도전해 보자는 듯 미소를 지으며 말했다. 너 여기 좋아하니?

나쁘지 않아요. 나는 이렇게 대답하면서 이 카페가 정말 싫다는 것을 깨달았다.

저번에 네 아빠 봤다.

내가 포크로 연어를 한 조각 찍어서 입으로 가져갔다. 레몬과 소금 맛이 났다. 나는 연어를 삼키고 냅킨으로 입을 닦으며 말했다. 아.

별로 안 좋아. 엄마가 말했다. 직접 보니까 알겠더라.

좋았던 적 없잖아요.

얘기 좀 하려고 시도해 봤어.

내가 고개를 들어 엄마를 보았다. 엄마는 샌드위치를 멍하니 바라보고 있었다. 다른 무언가를 숨기려고 멍한 표정을 짓고 있는지도 몰랐다.

네가 이해해야 돼. 엄마가 말했다. 아빠는 너랑 달라. 넌 강하잖아, 여러 가지 문제를 헤쳐 나가지. 네 아빠는 사는 게 너무 힘들어.

나는 엄마의 말을 판단해 보려고 애썼다. 진실일까? 진실인지 아닌지가 중요할까? 내가 포크를 내려놓았다.

넌 운이 좋은 사람이야. 엄마가 말했다. 본인은 그렇게 생각하지 않을 수도 있다는 거 알아. 원한다면 남은 평생 아빠를 미워해도 돼.

미워하지 않아요.

웨이터가 수프 세 그릇을 불안하게 들고 지나갔다. 엄마가 나를 보았다.

난 아빠를 사랑해요. 내가 말했다.

처음 듣는 소리네.

음, 난 엄마랑은 다르니까요.

그러자 엄마가 웃었고, 나는 기분이 나아졌다. 엄마가 탁자 위로 손을 뻗어 내 손을 잡자 나는 가만히 있었다.

31

그다음 주에 전화벨이 울렸다. 전화벨이 울리기 시작했을 때 내가 어디에 서 있었는지 정확히 기억난다. 호지스 피기스 서점의 신간 소설이 꽂힌 책장 바로 앞이었고, 5시 13분이었다. 보비에게 줄 크리스마스 선물을 고르는 중이었는데, 외투 주머니에서 전화기를 꺼내자 화면에 닉이라는 이름이 떠 있었다. 목과 어깨가 딱딱해졌고 갑자기 지나치게 노출된 느낌이 들었다. 내가 손가락 끝으로 화면을 밀고 뺨에 전화기를 댄 다음 말했다. 여보세요?

어이. 닉의 목소리가 말했다. 있잖아, 빨간 고추가 없어. 노란 고추도 괜찮아?

그의 목소리가 내 무릎 뒤 어딘가를 친 다음 홍수 같은 온기 속에서 위로 올라오는 것 같았고, 그래서 나는 얼굴을 붉히고 있었다.

아, 이런. 내가 말했다. 전화 잘못 거신 것 같은데요.

잠시 동안 닉은 아무 말도 없었다. 나는 생각했다. 끊지 마요. 끊지 말아요. 나는 아직도 책을 둘러보는 것처럼 손가락으로 책등을 쓸면서 신간 소설 코너를 따라 걸었다.

세상에. 닉이 천천히 말했다. 프랜시스?

네. 나예요.

닉이 무슨 소리를 내서 나는 웃음소리라고 잠깐 착각했지만, 곧 기침 소리임을 깨달았다. 웃음이 터졌다. 내가 울고 있다고 생각할까 봐 전화기를 얼굴에서 떼야했다. 마침내 입을 연 닉은 신중한 목소리였고, 얼마나 혼란스러운지 그대로 드러났다.

어쩌다 이렇게 됐는지 정말 모르겠네. 닉이 말했다. 내가 너한테 전화를 건 거야?

네. 당신이 나한테 고추에 대해서 물었어요.

세상에. 진짜 미안해. 어쩌다 너한테 전화를 걸었는지 설명도 못 하겠다. 진짜 실수야, 미안해.

나는 다양한 장르의 신간이 진열된 서점 앞쪽 진열대로 자리를 옮겨서 과학 소설을 집어 들고 뒤표지를 읽는 척했다.

멀리사한테 전화하려던 거였어요? 내가 말했다.

그랬어. 응.

괜찮아요. 슈퍼마켓인가 봐요.

그러자 닉이 이 상황의 부조리함에 웃는 것처럼 진심으로 웃었다. 나는 과학 소설을 내려놓고 역사 로맨스 표지를 들춰 보았다. 단어들이 책장에 납작하게 누워 있었지만 내 눈은 단어를 읽으려 애쓰지 않았다.

지금 슈퍼마켓이야. 닉이 말했다.

난 서점이에요.

그렇구나. 크리스마스 선물 사려고?

네. 내가 말했다. 보비한테 줄 선물 찾고 있어요.

닉이 〈흐음〉 비슷한 소리를 냈다. 웃지는 않았지만 여전히 유쾌하거나 기쁜 것 같았다. 나는 책을 덮으면서 생각했다. 끊지 말아요.

최근에 크리스 크라우스의 소설이 복간됐어. 닉이 말했다. 평을 읽었는데, 네가 좋아할 것 같더라. 이제 와서 내 의견이 궁금하지는 않겠지만 말이야.

당신 의견은 환영이에요, 닉. 목소리가 매혹적이니까.

닉은 아무 말도 하지 않았다. 전화기를 얼굴에 바짝 대고 서점을 나서자 전화기 화면이 뜨겁고 약간 미끌미끌했다. 바깥은 추웠다. 나는 인조 모피 모자를 쓰고 있었다.

우리의 재치 넘치는 대화를 내가 너무 밀고 나갔나요? 내가 말했다.

아, 아니야. 미안. 그냥 뭔가 좋은 말을 해주고 싶은데, 떠오르는 게 전부…….

진심이 아니라고요?

지나치게 진심이지. 닉이 말했다. 구차해서 그래. 전 여자 친구를 기분 좋게 만들어 주면서도 초연해 보이는 말이 뭐가 있지? 그런 생각 중이었어.

이 말에 내가 웃었고, 닉도 웃었다. 둘 다 웃었다는 사실이 주는 안심은 매우 달콤했고, 닉이 전화를 끊을 것 같다는 느낌이 적어도 당장은 사라졌다. 버스가 고인 물웅덩이를 지나가면서 내 턱에 물을 튀겼다. 나는 학교 반대 방향인 세인트 스티븐스 그린 쪽을 향했다.

원래 칭찬을 잘 하는 사람은 아니었는데요. 내가 말했다.

그래, 알아. 후회되는 부분이지.

취했을 때는 가끔 상냥했어요.

그래. 닉이 말했다. 취했을 때만 잘해 줬다, 뭐 그런 거야?

내가 다시 웃었다, 이번에는 나만 웃었다. 전화가 내 몸에 이상한 방사능 에너지를 전달해 내가 아주 빨리 걸으면서 아무것도 아닌 말에 웃는 것 같았다.

당신은 항상 잘해 줬죠. 내가 말했다. 그런 뜻 아니었어요.

나한테 미안하구나?

닉, 나는 한 달 동안이나 당신 소식을 못 들었고, 지금 우리가 대화하고 있는 건 당신이 아내 이름과 내 이름을 헷갈려서잖아요. 당신한테 미안하지 않아요.

음, 너한테 전화하지 않으려고 나 자신을 엄격하게 단속했어. 닉이 말했다.

우리는 잠시간 말이 없었지만 둘 다 전화를 끊지 않았다.

아직 슈퍼마켓이에요? 내가 말했다.

응, 넌 어디야? 바깥이지?

걸어가고 있어요.

식당과 술집 창은 온통 자그마한 크리스마스트리와 가짜 호랑가시나무 가지로 장식되어 있었다. 어떤 여자가 춥다고 투덜거리는 금발 꼬마 아이의 손을 잡고 지나갔다.

당신 전화 기다렸어요. 내가 말했다.

프랜시스, 네가 이제 만나고 싶지 않다고 했잖아. 난 그래서 그 뒤로는 널 괴롭히지 않으려고 한 거야.

나는 주류 판매점 앞에서 아무렇게나 멈춰 서서 진열창에 보석처럼 쌓인 쿠앵트로와 디사론노 병을 보았다.

멀리사는 어떻게 지내요? 내가 말했다.

잘 지내. 마감 때문에 압박감에 시달리고 있어. 있잖아, 그래서 채소를 잘못 사갔다가 곤란해질까 봐 전화한 거야.

멀리사가 스트레스를 받을 때 식료품이 아주 큰 역할을 하나 봐요.

사실 나도 멀리사한테 그 점을 설명하려고 했었지. 닉이 말했다. 보비는 잘 지내?

나는 유리창에서 고개를 돌리고 거리를 따라 계속 걸었다. 전화기를 든 손이 차가워지고 있었지만 귀는 뜨거웠다.

보비는 잘 지내요. 내가 말했다.

두 사람이 다시 사귄다고 들었어.

음, 보비가 내 여자 친구라거나 그런 건 아니에요. 같이 자긴 하지만, 가장 좋은 우정의 한계를 시험하는 방식이라고 생각해요. 사실 우리가 뭘 하고 있는지 나도 모르겠어요. 잘되고 있는 것 같아요.

아나키스트 같네. 그가 말했다.

고마워요, 그 말을 들으면 보비가 좋아할 거예요.

나는 신호등 앞에서 세인트 스티븐스 그린으로 건너가려고 기다렸다. 자동차 전조등이 번쩍이며 지나갔고 그래프턴 스트리트 끝에서 버스커들이 「페어리테일 오브 뉴욕」[14]을 부르고 있었다. 반짝이는 노란 광고판에 〈이번 크리스마스에는…… **진정한 사치를 경험하세요**〉라고 적혀 있었다.

조언 하나 구해도 돼요? 내가 말했다.

응, 당연하지. 내 문제를 결정할 때는 항상 형편없는

---

14 아일랜드 밴드 포그스가 1987년 발표한 포크 듀엣곡으로 널리 사랑받는 크리스마스 송이다.

판단력을 보여 준 것 같지만, 네 생각에 도움이 될 것 같으면 시도해 볼 수는 있지.

있잖아요, 내가 보비한테 숨기는 게 있는데, 어떻게 얘기해야 할지 모르겠어요. 내숭을 떠는 건 아니에요, 당신이랑은 관련 없는 문제예요.

당신이 내숭을 떤다고 생각해 본 적은 한 번도 없어. 닉이 말했다. 계속 말해.

나는 우선 길을 건너야겠다고 말했다. 이제 어두워져서 모든 것이 빛 주변으로 모여들었다. 가게 진열창, 추위 때문에 상기된 얼굴들, 연석을 따라 공회전 중인 택시 행렬. 고삐가 흔들리는 소리와 말발굽 소리가 들렸다. 옆문을 통해 공원으로 들어가자 자동차들의 소리가 헐벗은 나뭇가지에 걸려서 공기 중에서 녹듯이 저절로 낮아지는 느낌이었다. 내가 내쉰 숨이 내 앞에 하얀 길을 만들었다.

지난달에 나 병원 갔던 거 기억나요? 내가 말했다. 당신한테 괜찮다고 했었죠.

처음에는 닉이 아무 말도 하지 않았다. 그런 다음 말했다. 나 아직 가게야. 차로 돌아가서 얘기하자, 괜찮지? 여기가 좀 시끄러워서, 10초만 기다려. 나는 알았다고 말했다. 왼쪽 귀에서는 물소리, 다가왔다가 멀어지는 발소리 등 백색 소음이 들렸고 오른쪽 귀에서는 닉이 계산대를 지나칠 때 자동 계산기 소리가 들렸다.

그다음엔 자동문 소리, 그리고 주차장 소리. 닉이 리모컨으로 차 잠금장치를 해제하는 삐 소리가 들렸고, 그런 다음 닉이 차에 타서 문을 닫는 소리가 들렸다. 침묵이 흐르자 그의 숨소리가 더 크게 들렸다.

계속 말해 봐. 닉이 말했다.

음, 자궁 세포가 엉뚱한 곳에서 자라는 증상이 있대요. 자궁 내막증이라고, 당신은 들어 봤을지도 모르지만 난 처음 들었어요. 위험하거나 그런 건 아닌데, 치료는 불가능하대요. 그래서 말하자면 만성 통증 문제예요. 기절을 자주 하는데, 좀 골치 아파요. 그리고 애를 못 낳을 수도 있대요. 그러니까, 낳을 수 있는지 없는지 모른대요. 아직 병원에서도 정확히 모른다니까 속상해하는 것도 멍청한 짓이겠죠.

내가 가로등 옆을 지나가자 기다란 그림자가 마녀처럼 내 앞에 드리워졌는데, 어찌나 길었는지 내 몸 끝부분의 그림자는 희미해지다가 무(無)에 흡수되었다.

그 일로 속상해한다고 해서 멍청한 짓은 아니야. 닉이 말했다.

아니에요?

아니야.

우리 마지막으로 만났을 때 말이에요. 내가 말했다. 같이 침대에 들어갔다가 당신이 그만하자고 했을 때 난 그런 생각을 했어요. 이제 당신한테는 내가 더 이상 기분 좋게 느껴지지 않구나, 하고요. 내 몸 어딘가 잘못된 걸 당신이 느낄 수 있는 것처럼 말이에요. 어쨌든 이 병은 그전부터 계속 있었으니까 말도 안 되는 소리지만요. 하지만 당신이 멀리사랑 다시 자기 시작한 뒤에 우리가 처음 만난 거였고, 어쩌면 난 상처받기 쉬운 기분이었을지도 모르겠어요, 나도 모르겠어요.

닉이 수화기에 대고 숨을 들이마셨다 내쉬었다. 나는 그가 아무 말도 할 필요가 없고 기분이 어땠는지 설명할 필요도 없다는 느낌이 들었다. 내가 걸음을 멈추고 청동 흉상 옆 작고 축축한 벤치에 앉았다.

보비한테 진단 이야기를 안 했다고. 닉이 말했다.

아무한테도 안 했어요. 당신한테만 얘기하는 거예요. 그 이야기를 하면 다들 나를 병자로 볼 것 같아서요.

요크셔테리어를 산책시키는 남자가 지나갔다. 테리어가 나를 발견하고 목줄을 팽팽하게 당기면서 내 발치까지 다가왔다. 개는 퀼트 재킷을 입고 있었다. 남자가 사과하듯 나를 향해 얼른 미소를 지었고, 곧 남자와 개는 지나갔다. 닉은 아무 말도 없었다.

음, 어떻게 생각해요? 내가 말했다.

보비 말이야? 말해야 한다고 생각해. 보비가 널 어떻게 생각하는지 어차피 네가 통제할 수는 없어. 알잖아, 아프든 건강하든 그건 불가능해. 네가 지금 하는 행동은 단지 네가 통제한다는 환상을 위해서 보비를 속이는 건데, 그럴 가치는 없을 것 같아. 뭐 나도 내 충고를 높이 평가하진 않지만 말이야.

좋은 충고예요.

벤치의 냉기가 외투의 양모를 통과해 피부와 뼈까지 전달되었다. 나는 계속 앉아 있었다. 닉은 아프다니 정말 유감이라고 말했고, 나는 그 말을 받아들이고 고맙다고 인사했다. 닉이 증상을 어떻게 치료하는지, 시간이 지나면 나아지는지 몇 가지 질문을 했다. 그는 자궁내막증 환자를 안다고 말했다. 사촌의 아내도 같은 병인데 그게 어떤 가치가 있든 사촌 부부는 아이를 가졌다고 했다. 내가 체외 수정은 무서울 것 같다고 말하자 닉은 그래, 사촌네도 체외 수정은 아니었어, 아니었던 것 같아, 하고 말했다. 하지만 요즘은 그런 방법이 덜 침습적(侵襲的)이지 않아? 확실히 좋아지고 있을 거야. 나는 모른다고 말했다.

닉이 기침한 다음 말했다. 우리가 마지막으로 만났을 때 말이야, 내가 그만하고 싶었던 건 널 다치게 할까 봐 무서워서였어. 그뿐이야.

알았어요. 내가 말했다. 그렇게 말해 줘서 고마워요. 당신은 날 다치게 하지 않았어요.

우리 둘 다 아무 말도 하지 않았다.

당신한테 전화하지 않는다는 원칙을 지키려고 내가 얼마나 애썼는지 몰라. 마침내 닉이 말했다.

당신이 날 아예 잊었다고 생각했어요.

너에 대한 무언가를 잊는다는 게 나는 좀 무서워.

내가 미소를 지으며 말했다. 정말요? 이제 부츠 안의 발이 차가워지기 시작했다.

지금 어디야? 닉이 말했다. 걷고 있는 것 같지는 않은데. 조용한 데지?

스티븐스 그린이에요.

아, 진짜? 나도 시내야, 한 10분 거리에 있어. 널 보러 가거나 그러진 않을게, 걱정하지 마. 그냥 네가 이렇게 가까이 있다니 신기해서.

나는 닉이 어딘가의 자기 차에 앉아서 통화하며 혼자 미소 짓는 모습을, 그가 얼마나 짜증 날 만큼 잘생겼을지 상상했다. 내가 전화기를 들지 않은 손을 덥히려고 외투 안에 손을 넣었다.

우리 프랑스에 있을 때 말이에요. 내가 말했다. 어느 날 바닷물에 같이 들어갔다가 날 원한다고 말해 달랬더니 내 얼굴에 물을 뿌리고 꺼지라고 했던 거 기억나요?

닉이 입을 열었을 때 그가 아직 미소 짓고 있음을 느낄 수 있었다. 나를 정말 야비한 사람으로 만드는구나. 닉이 말했다. 장난이었어, 진심으로 꺼지라고 한 건 아니야.

하지만 그냥 날 원한다고 말할 수는 없었던 거잖아요. 내가 말했다.

음, 그때 사람들이 전부 그 이야기를 하고 있었잖아. 네가 쓸데없는 짓을 한다고 생각했어.

우리가 잘 안 될 걸 알았어야 했어요.

우리 둘 다 항상 알고 있었던 거 아니야? 닉이 말했다.

내가 잠시 말을 멈췄다가 말했다. 난 몰랐어요.

음, 하지만 관계가 〈잘된다〉는 게 무슨 뜻이지? 닉이 말했다. 전통적인 관계가 될 수는 없었잖아.

내가 벤치에서 일어섰다. 밖에 앉아 있기에는 날씨가 너무 추웠다. 나는 다시 따뜻해지고 싶었다. 발밑의 조명을 받은 빈 가지가 하늘을 할퀴었다.

그래야 한다고 생각하지는 않았어요. 내가 말했다.

있잖아, 넌 그렇게 말하지만 내가 다른 사람을 사랑하는 건 확실히 좋아하지 않았어. 괜찮아, 그런다고 네가 나쁜 사람이 되는 건 아니야.

하지만 나도 다른 사람을 사랑했어요.

그래, 알아. 닉이 말했다. 하지만 내가 그러는 건 바라지 않았지.

난 신경 안 썼을 거예요, 만약에…….

나는 〈내가 달랐다면, 내가 되고 싶은 그런 사람이었다면〉이라고 말하지 않고 이 문장을 끝낼 방법을 생각해 내려 애썼다. 그 대신 나는 그냥 침묵했다. 너무 추웠다.

당신이랑 통화하면서 내 전화를 기다렸다는 말을 들

고 있다니 믿어지지 않아. 닉이 나지막이 말했다. 그 말을 듣는 게 얼마나 가슴 아픈지 넌 모를 거야.

내 기분은 어떨 것 같아요? 당신이 나랑 얘기하고 싶었던 것도 아니고, 내가 멀리사라고 생각했잖아요.

나야 당연히 당신이랑 얘기하고 싶었지. 우리 지금 얼마 동안 통화했지?

내가 아까 들어온 옆문으로 가보았지만 잠겨 있었다. 추워서 눈이 아프기 시작했다. 울타리 바깥에서 사람들이 145번 버스를 타려고 줄을 서 있었다. 정문을 향해 걸어가자 쇼핑센터의 불빛이 보였다. 나는 친구들에게 둘러싸여 따뜻한 자기 집 부엌에서 「베이비 이츠 콜드 아웃사이드」[15]를 부르는 닉과 멀리사를 생각했다.

당신이 직접 말했잖아요. 내가 말했다. 절대로 잘 안 됐을 거라고.

음, 지금은 잘되는 거야? 내가 지금 가서 너를 차에 태우고 돌아다니면서 이야기도 나누고, 내가 아, 전화 안 해서 미안해, 내가 바보였어, 하고 말하면, 그러면 잘되는 거야?

두 사람이 서로를 행복하게 만들면 잘되는 거죠.

길거리에서 모르는 사람한테 미소만 지어도 그 사람을 행복하게 만들 수 있어. 닉이 말했다. 우리가 얘기하고 있는 건 더 복잡한 이야기잖아.

15 미국의 송라이터 프랭크 레서가 1944년 발표한 듀엣곡.

정문에 가까이 다가가자 벨이 울렸다. 점점 더 밝아지는 조명처럼 자동차들 소리가 다시 커졌다.

꼭 복잡해야 돼요? 내가 말했다.

응, 그렇다고 생각해.

보비와의 문제가 있어요, 나한텐 아주 중요해요.

난 어떻고. 닉이 말했다. 유부남이잖아.

항상 이렇게 엉망일 거예요, 그렇죠?

하지만 이번에는 칭찬을 더 많이 해줄 거야.

정문에 도착했다. 나는 닉에게 성당에 갔던 이야기를 하고 싶었다. 그건 또 다른 대화였다. 내가 닉에게 원하는 것은 다른 모든 것들을 복잡하게 만들었다.

어떤 칭찬요? 내가 말했다.

칭찬은 아니지만 네가 좋아할 만한 이야기가 있어.

좋아요, 말해 봐요.

우리가 처음 키스했을 때 기억나? 닉이 말했다. 파티에서 말이야. 내가 다용도실이 키스하기 좋은 곳은 아닌 것 같다고 말한 다음에 둘 다 거기서 나왔잖아. 난 방으로 올라가서 널 기다렸어, 알아? 몇 시간이나 말이야. 처음에는 네가 진짜로 올 줄 알았어. 아마 내 평생 가장 비참한 시간이었을 거야, 비참하지만 너무나 황홀해서 사실 난 즐기고 있었어. 왜냐면, 네가 진짜 위층으로 올라왔어도 그다음에 어떻게 됐겠어? 집에 사람이 가득했으니 무슨 일이 일어날 수도 없었을 거야. 하지만 아래층으로 내려갈까 생각할 때마다 네가 계단을 올라오는 소리가 들리는 것 같아서 나갈 수가 없었어. 정말로 몸이 움직이질 않았지. 어쨌든, 그때 어떤 기분이었느냐면, 네가 가까이 있다는 것을 알고, 그래서 온몸이 완전히 마비된 것 같았어. 지금 통화도 아주 비슷해. 너에게 내 차가 어디 있는지 말하면 난 여길 떠날 수 없을 것 같아, 네가 마음을 바꿀지 모르니까 그냥 여기 있어야 할 것 같아. 있잖아, 난 아직도 당신한테 언제든지 응하는 사람이 되고 싶다는 충동이 있어. 넌 내가 슈퍼마켓에서 아무것도 안 샀다는 걸 눈치챘을 거야.

나는 눈을 감았다. 주변에서 사람과 사물 들이 움직이면서 모호한 계층에 따라 자리를 잡고 내가 지금도 알지 못하고 앞으로도 알지 못할 시스템에 참여하고 있었다. 물체와 개념의 복잡한 네트워크. 어떤 것들은 직접 겪어야만 이해할 수 있다. 항상 분석적인 입장을 취할 수는 없다.

와서 날 데려가요. 내가 말했다.

감사의 말

이 책을 쓰면서 나는 친구들과의 대화, 특히 케이트 올리버와 이파 코미와의 대화에서 많은 부분을 가져다 썼다. 두 사람에게 진심으로 감사를 표한다. 또 초고를 읽어 준 친구들 마이클 바턴, 마이클 놀런, 케이티 루니, 니콜 플래터리, 그리고 특히 탁월한 감상으로 이 책의 전개에 큰 기여를 해준 존 패트릭 맥휴에게도 감사 인사를 전하고 싶다.

일찍부터 흔들림 없이 내 작품을 지지해 주고 여러 해 동안 만족스러운 우정을 나누어 준 토머스 모리스에게 특별히 감사를 표하고 싶다. 고마워, 톰, 진심으로.

나는 이 책의 많은 부분을 쓰며 지냈던 아파트의 주인 크리스 루크에게, 그리고 내가 이 소설의 일부를 브르타뉴에서 쓸 수 있도록 호의를 베풀어 준 조지프 패럴과 지젤 패럴 부부에게도 고마운 마음이 무척 크다.

이 프로젝트를 마무리하도록 재정적 지원을 제공해 준 아일랜드 예술 위원회에도 감사 인사를 꼭 전하고 싶다.

담당 에이전트 트레이시 보언과 편집자 미치 에인절에게도 크나큰 감사의 마음을 전한다. 두 사람의 통찰력과 도움은 정말 헤아릴 수 없을 만큼 소중했다. 또 나를 무척 잘 보살펴 준 파버 출판사의 담당 팀 전체와 호가스 출판사의 앨릭시스 워섬에게도 감사를 표한다.

늘 그렇듯, 부모님께도 어마어마한 감사의 마음을 전한다.

나는 이 소설을 쓰고 편집하는 모든 단계에서 무엇보다도 존 프라시프카의 안내와 조언, 지지에 크게 의존했다. 그가 없었다면 이 책 자체가 존재하지 않았을 것이다. 이 책에서 가장 뛰어난 부분들은 모두 그의 덕분이다.

옮긴이의 말

『친구들과의 대화』는 1991년에 태어난 아일랜드 작가 샐리 루니의 데뷔작으로, 작가가 트리니티 칼리지 대학원에서 미국 문학 석사 과정을 마치기도 전에 완성한 작품이다. 이른 나이에 발표한 첫 작품이지만 평단의 일관적인 호평을 받았으며 한국에서도 유명한 닉 혼비를 비롯한 기존 작가들도 기대에 찬 평가를 내놓았다. 담당 편집자로부터 〈스냅챗 세대의 샐린저〉라는 별명을 얻은 샐리 루니는 밀레니엄 세대, 혹은 2008년 금융 위기 이후 세대의 작가로 불리곤 하지만 이 소설의 주된 갈등은 이전 세대에게도 낯설지 않다.

소설의 플롯은 주인공 프랜시스와 오랜 친구이자 옛 연인 보비, 그리고 두 사람이 시 낭독 공연을 하면서 알게 된 사진작가이자 에세이스트 멀리사, 그녀의 남편인 배우 닉을 중심으로 펼쳐진다. 보비와 멀리사의 친근한 관계에서 소외감을 느낀 프랜시스는 닉과 가까워지다가 불륜 관계가 된다. 네 사람의 관계가 얽히고설키면서 드러나는 관계의 어려움은 물론 전혀 새로운 문제가 아니다. 제각각의 문제를 가진 사람들이 만나 부딪치며 빚어내는 갈등은 아마도 문학의 역사만큼이나 오래된 주제일 것이다. 그러나 이 소설이 그리는 네 사람의 관계에서 눈에 띄는 점이 있다면 바로 자신의 감정이나 나약한 부분을 드러내는 것을 지나치게 경계하는 모습이다.

소설 속 등장인물들, 특히 (화자이기 때문에 우리가 그 내면을 알 수 있는) 프랜시스는 무척 감정적인 상황에서도 초연한 척하거나 역설적인 말과 행동으로 대응하고, 이러한 태도는 이 소설 특유의 재기 넘치는 대화와 대조를 이루기 때문에 더욱 눈에 띈다. 문학 작품부터 국제 정세에 이르기까지 어떤 문제에 대해서든 서슴없이 토론하는 인물들이지만 정작 자신의 연약한 내면을 서로에게 보여 주는 일에는 더없이 서툴고, 따라서 관계는 점점 더 수렁에 빠진다. 자신에게 매몰되어 삐걱거리는 관계를 만들어 내고 그러한 관계에서 상처를 받으면서도 짐짓 아무렇지 않은 척 자신과 타인을 속이는 것은 젊은 시절의 특성이라는 생각도 들지만, 냉소적이고 역설적인 유머로 혼란을 감추는 초연함에 대한 강박은 시대의 특성처럼 느껴지기도 한다.

혼란스럽고 연약한 자신을 감추고 〈공산주의자〉, 〈동성애자〉, 〈신경질적인 개인주의자〉 등 스스로 주저 없이 붙인 꼬리표 뒤에 숨어 초연함을 가장하는 등장인 물들은 인간의 역사와 함께 축적된 지식 덕분에 직접 겪지 않고도 아는 것이 많아진 전형적인 현대인이다. 결국 프랜시스가 느끼는 혼란은 어떤 감정이나 경험을 직접 겪기 전에 그 이름을 먼저 알아 버린 사람의 혼란이다. 불안해질 때마다 자해를 함으로써 자신의 육체를 확인하고 아직 느낄 수 있음을 확인하는 프랜시스의 습관 역시 그러한 혼란에서 비롯되었으리라 짐작할 수 있다. 이처럼 샐리 루니는 젊고 재능이 있지만 나르시시스트적이고 자기 파괴적인 주인공의 모습을 과장 없이 정확하게 그려 낸다.

그렇다면 프랜시스는 이 혼돈에서 빠져나갈 실마리를 찾아냈을까? 프랜시스는 보비에게 보낸 편지에서 〈너와 나의 관계는 너와 멀리사의 관계, 너와 닉의 관계, 너와 어린 시절의 너 자신과의 관계 등등에 의해 만들어〉진다는 사실을 깨달았다고 고백하며 관계를 일종의 차연으로 이해할 가능성을 내비친다. 나와 타인, 타인과 타인 사이의 여러 관계들을 어떤 관계망 속에서 이해하려는 태도는 자신에게 매몰된 상태보다 한 걸음 더 나아간 모습이라 할 수 있겠지만 아직도 분석적이고 이론적이라는 점에서는 여전히 위태롭다. 아니나 다를

까 소설의 마지막 부분에서 프랜시스는 예전 상황으로
돌아가려는 것처럼 보인다. 여러 가지 일을 겪고 달라
진 프랜시스가 똑같은 상황으로 돌아가서 길을 확실히
찾으리라 말할 수는 없지만 어쨌거나 예전과 같지 않으
리라는 사실만은 분명하고, 그 사실이 프랜시스에게는
희망의 이유일 것이다.

번역 대본으로는 Sally Rooney, *Conversations with
Friends*(London: Faber & Faber, 2017)를 사용했다.

2018년 11월
허진

옮긴이 **허진** 서강대학교 영어영문학과와 이화여자대학교 통번역 대학원 번역학과를 졸업했다. 옮긴 책으로는 엘리너 와크텔의 인터뷰집 『작가라는 사람』(전2권), 지넷 윈터슨의 『시간의 틈』, 도나 타트의 『황금방울새』, 마틴 에이미스의 『런던 필즈』와 『누가 개를 들여놓았나』, 할레드 알하미시의 『택시』, 나기브 마푸즈의 『미라마르』, 아모스 오즈의 『지하실의 검은 표범』, 수잔 브릴랜드의 『델프트 이야기』 등이 있다.

친구들과의 대화

발행일   2018년 11월 15일 초판 1쇄
         2021년 2월 15일 초판 3쇄

지은이   샐리 루니
옮긴이   허진
발행인   홍예빈·홍유진
발행처   주식회사 열린책들

경기도 파주시 문발로 253 파주출판도시
전화 031-955-4000 팩스 031-955-4004
www.openbooks.co.kr

Copyright (C) 주식회사 열린책들, 2018, *Printed in Korea.*
ISBN 978-89-329-1931-7 03840

이 도서의 국립중앙도서관 출판예정도서목록(CIP)은 서지정보유통지원시스템 홈페이지(http://seoji.nl.go.kr)와 국가자료공동목록시스템(http://www.nl.go.kr/kolisnet)에서 이용하실 수 있습니다.(CIP제어번호:CIP2018034672)